《诗探索》编辑委员会在工作中始终坚持：

　　发现和推出诗歌写作和理论研究的新人。

　　培养创作和研究兼备的复合型诗歌人才。

　　坚持高品位和探索性。

　　不断扩展《诗探索》的有效读者群。

　　办好理论研究和创作研究的诗歌研讨会和有特色的诗歌奖项。

　　为中国新诗的发展做出贡献。

诗探索 9

POETRY EXPLORATION

作品卷

主编 / 林莽

2018年 第1辑

作家出版社

主　管：中国当代文学研究会
主　办：首都师范大学中国诗歌研究中心
　　　　北京大学中国诗歌研究院

《诗探索》编辑委员会
主　任：谢　冕　杨匡汉　吴思敬
委　员：王光明　刘士杰　刘福春　吴思敬　张桃洲　苏历铭
　　　　杨匡汉　陈旭光　邹　进　林　莽　谢　冕

《诗探索》出品人：北京人天书店有限公司
社　长：邹　进

《诗探索·理论卷》主编：吴思敬
通信地址：北京市西三环北路 83 号首都师范大学
　　　　　中国诗歌研究中心《诗探索·理论卷》编辑部
邮政编码：100089
电子信箱：poetry_ cn@ 163. com
特约编辑：王士强

《诗探索·作品卷》主编：林　莽
通信地址：北京市丰台区晓月中路 15 号
　　　　　《诗探索·作品卷》编辑部
邮政编码：100165
电子信箱：stshygj@ 126. com
编　辑：陈　亮　谈雅丽

目　录

诗坛峰会

诗人邰筐

作者简介

  邰筐，1971年生于山东临沂，现居北京，供职于某法治期刊。首都师范大学年度驻校诗人。曾获第六届华文青年诗人奖、首届泰山文艺奖、首届蓝塔诗歌双年奖、第二届汉语诗歌双年十佳等奖项。著有诗集《凌晨三点的歌谣》（21世纪文学之星丛书2006年卷，作家出版社出版）、《徒步穿越半个城市》（中国好诗·第二季，中国青年出版社出版）两部，诗合集多部。部分诗歌被译成英、日、俄等多种语言介绍到海外。

诗人邰筐

诗探索 9　作品卷　2018 年　第 1 辑

邰筐创作年表

    1971 年 2 月 12 日（农历正月十七日）生于山东临沂河东区小汤河畔的古墩庄。祖籍邰城（今陕西武功县），唐开元年间先人迁徙至平卢（今山东潍坊青州），清康熙八年再迁沂州府（今山东临沂）。祖父邰成僧，曾修行，后还俗，据村里老人讲他能单掌断石，1960 年死于水肿。祖母邰胡氏，育五儿一女，一生寡言，八十三岁辞世。对祖母记忆最深的是她床头几十年来一直放着的一只枣木柜子，印象中似乎永远挂着一把双销大铁锁，从没见打开过，给祖母简单的一生多少涂上了一点神秘色彩。父亲邰洪亮，人民公社时期当过民办教师和村会计，精通京胡、笛子、箫、埙等乐器，会唱各种稀奇古怪的民间小调，小时候最大的享受就是在歇工间隙或晚饭后听父亲吹拉弹唱。母亲朱佳英七岁丧母，没上过学，还讨过一年半的饭。母亲虽不识字，却教会我和弟弟、妹妹许多来源于乡间生活的至理名言，像"一条大路要走正当央"，"井淘三遍吃甜水，人受教调武艺高"，"冻死迎风站，饿死不哈腰"等。母亲为人善良慷慨，心直口快。记得小时候家里有点好吃的她总要分给左邻右舍的孩子。不管村里谁到我们家借钱，母亲总是毫不犹豫，要是我们家实在没有，她就会让我父亲陪人家坐会儿，自己出去跑好几家凑齐了再借给人家。母亲这些做法一直影响着我。

1977 年

8 月，在本村小学入学。

1981 年

在语文老师王西章处借到《钢铁是怎样炼成的》《聊斋志异》《封神演义》等书，看得入迷，上数学课也藏在桌洞里看。

1983 年

到乡驻地郑旺读中学，受电影《少林寺》影响，阶段性迷恋上了武术，曾疯狂崇拜一个玩把戏的人，逃学跟着他走村串乡几十里，想拜师学艺。

1985 年

写出第一首小诗《愿望》，登在乡中学黑板报上。

1986 年

花一毛五分钱在郑旺集市一旧书摊上购得一本撕去封面的《普希金诗选》，如获至宝。并以此作为摹本，开始了青春期最狂热的仿写。一个学期写满了三个日记本。

1987 年

同学刘英在兰州大学读书的哥哥刘飞暑假捎回一本《朦胧诗选》，有幸借阅，恍然大悟，诗歌原来可以这样写。9月，与张雁飞、张雁德、邱建峰等人成立"太阳文学社"，出手抄诗报《流星雨》两期，油印一期，共刊出邰筐诗歌三首（署本名）。

1988 年

暑假期间结识在乡镇企业当车间主任的诗人杜振彬，开始与校外文学团体进行交流。陆续看到两期油印刊物《北国风》和一本扉页上有郁东方签名的书《一首诗的诞生》，才知道临沂东北乡竟然活跃着这么多文学青年，像正在山东大学读书的中文系才子郁东方，在本地企业上班的王清涛、杜振彬、刘明鉴、曹夫存，在家务农的李恩维等。记得开学前夕，与张雁飞骑自行车往返五六十里拜访刘明鉴、李恩维、王礼乾等人，影集里至今还保存着与他们在麦地里、蒜地里的合影。后来有一天听别人说郁东方可能到郑旺坐大客车去临沂转车返校，就拿着一期有郁东方复印合影的《北国风》在大客车发车点乡供销社院子里等候，未果。10月，在李恩维自编的油印诗刊《乡野风》上刊邰筐诗一首（署本名）。

1990 年

10月，参加山东省文讲所在市一轻局招待所举办的文学讲习班。记得授课的有苗长水、黄献国。轩辕轼轲也在那个班上，他刚从某商校毕业，他那时写的诗和现在比简直判若两人，还是那种莱蒙托夫式的金戈铁马，他鄙视那些过于阴柔的东西，还因此和一个早已忘记名字的女学员争辩得面红耳赤，现在想来特别有意思。这小子后来几次嘲笑我说老邰当时背着一个黄书包，书包上系着一个白瓷茶缸子，茶缸子上写着"为人民服务"。为此澄清一下：黄书包确实背了，而且至今背的还是黄书包，但茶缸子是真没有系。有两件事至今难忘：一是当时听课费需交二十元，住宿费十五元，身上仅有八元钱，同届学员刚从图书馆退休的老馆长闫从舜知道后找人帮忙免了听课费和住宿费，并给了十斤粮票；二是在这个班上，还认识了去蹭课的李桂龙大哥，当时他写作已小有名气，还在某单位负点责，印象中他披着一件灰呢子大衣还不伸袖，怪有派头。讲习班结束的时候，他请我和李恩维、魏秋花等几个穷学员到东方红小吃一条街狠狠撮了一顿。

1991 年

4 月，写出第一组较为满意的诗歌《大豆兄弟》，发表在由相玉杰任责编的《沂蒙公安报》（内部刊号）副刊上。9 月，在临沂城见到刚从山东大学作家班毕业的姜自健，拿一组诗向他请教，他告诫说："写作的人要想把东西写好一定要多读哲学。"并借给我两本书：一本是柏拉图的对话录《斐多》，一本是弗罗姆的《逃避自由》。熟了以后才了解，自健为人慷慨大方，但唯独一件事例外，一般不借书给别人，就算借了也会让你写个条注明归还日期，塞到书架上，到期就讨回去。大约两个月之后，他问我看完了没有，我说有些地方看不懂，还要继续琢磨琢磨，故意拖着不给他。拖着拖着到现在也没还他，二十六年过去了，不知道我当年写的借书条还在不在，估计他连当初借的什么书都忘了吧。后来两本书差不多都快被我翻烂了，现在想来，那应算是我的哲学启蒙。

1993 年

12 月，组诗《守望家园》发表在《黄河诗报》（双月刊）第 6 期。这是写诗以来第一次在公开发行的出版物上发表作品。时任临沂地区艺术馆副馆长的作家张恩娜老师给写了一篇短评。

1994—1995 年

最疯狂的诗歌阅读和练习阶段，开始大量阅读荷马、但丁、荷尔德林、歌德、泰戈尔、惠特曼、艾略特、庞德、叶赛宁、弗罗斯特、加里·斯奈德等人的诗歌，开始了真正意义上的诗歌写作。期间陆续结识的好哥们有摄影家王洪斌、李百军、朱奇文、梁东和诗人芦苇泉、聂松泽。

1996 年

4 月 30 日，与医生郑鹿完婚。5 月，和已经读军校的张雁飞在北京见到诗人郁东方大哥。秋天遇到二苹。12 月，在《飞天》发表组诗《秋天絮语》。

1997 年

5 月，在《上海文学》发表《曲柳河的秋天》。9 月，由诗人谭延桐在其负责的《作家报》"全国青年诗人方阵"栏目推出邰筐组诗《眼睛里的炭火》。10 月，在《飞天》发诗一组。结识诗人陈建新和苍城子。

1998 年

8 月辞职，离开了一待六年的沉闷机关。

1999 年

5 月，与轩辕轼轲、江非三人碰面。8 月，在《飞天》发诗一组。9 月，骑摩托车从沂河源头沂源县骑行至最下游江苏邳州新沂河段，走完沂河蜿蜒曲折的五百五十公里，期间沿途考察了沂源猿人遗址、织女洞、并寨汉画像墓、阳都故城、诸葛亮故居、禹国故城、金雀山、银雀山汉墓群、郯国故城等文化古迹，并到沿途村镇采风，总行程八百五十公里。冬天集中研读了波德莱尔和狄金森，诗歌观念开始发生变化。这一时期结识了薛馥香和袁冬青。

2000 年

6 月，结识导演杨真。12 月，在《飞天》12 月号发诗一组，在《人民文学》12 月号发诗一组。

2001 年

4 月，在《诗歌月刊》发诗一组。5 月，见到诗人王燕生、林莽老师，写作方面得到两位先生的辅导。10 月，在《诗刊》发表随笔一篇，在《诗刊》下半月试刊号发诗三首。11 月，在《诗刊》"实力诗人方阵"栏目发表组诗《雪落在老家的屋顶上》，在《天涯》"新千年诗歌精选"发诗两首。结识诗人蓝野、盛兴、老了等人。

2002 年

7 月，在临沂至济南途中写出该时期比较重要的诗作《二苹》。

2003 年

1 月，在《诗刊》1 月下"群落展示"发诗两首。3 月，与杂文家理钊成为好友，在具体生活和思想认识上均曾得到帮助。陆续结识东紫、也果、子敬、李洪光等文友。4 月，在《绿风》发诗四首。8 月，在《诗刊》上半月黄页"佳作发现"栏目刊发《二苹》。

2004 年

赋闲在家。为给即将出生的孩子攒奶粉钱，阶段性到批发市场做点小买卖。期间完成一批以城市工商业文明批判为主体的诗歌，在诗歌的方向性上进行了实验和探索。这一时期写出代表作《凌晨三点的歌谣》《一个穷人的羞愧》等。8 月，在《天涯》发诗三首。10 月，与江非、轩辕轼轲诗合集《三个刀伏手》由中国社会出版社出版。结识评论家施战军。

2005 年

1 月 11 日，女儿邰篮子出生。2 月，在《诗刊》（下半月）"结识一个诗人"栏目发表诗歌七首。《凌晨三点的歌谣》入选王光明先生主编的花城版《2005 中国诗歌年选》。

2006 年

3 月，赴济南参加纪念徐志摩的诗歌活动，见到诗人食指，感觉食指是所见过的诗人里面眼神最干净的。4 月 20 日，个人诗集《凌晨三点的歌谣》入选中国作协"21 世纪文学之星丛书"2006 年卷，由作家出版社出版。4 月底，与刘瑜、白玛、辰水、朱庆和、轩辕轼轲、江非的诗合集《我们柒》出版。10 月 7 日至 17 日，和诗人徐俊国结伴赴宁夏参加诗刊社第 22 届青春诗会。因为都是头一次去那么远的地方，我和徐俊国约好一起同行，他提前四天从平度坐大巴到临沂，我俩再从临沂一路北上，舟车劳顿、风尘仆仆地赶往银川。记得临出发前，接到徐俊国的媳妇崔东平从平度打来的电话："邰筐哥，俺家俊国在家还是个孩子，你在路上多照顾他一点。"谁料这"孩子"一到银川就长大了，转身工夫就扔下我和当地美女喝酒去了。10 月 21 日，在济南东方艺术馆参加山东七〇后诗歌朗诵会，朗诵了新作《身体的旅行》。12 月，在《诗刊》12 月上半月号"青春诗会专号"发表组诗《纪事》，在《诗刊》12 月下半月号"百家诗会"发表《纪事：小区凶杀案》。在《延安文学》（双月刊）第 6 期发表《邰筐的诗》。在《诗探索》2006 年第二辑作品卷发表诗歌六首，并配发了王燕生和林莽两位老师的推介文章。年底，与理钊等好友在临沂城平安路上合开的小茶馆"一味茶坊"开张。亲撰对联："一壶两壶三四壶一壶一味，一人两人三四人一人一杯。"茶馆虽小，却是当年临沂城的文化地标，聚集了当地一大批作家诗人和一些喜欢跨界的艺术人士，外地也常有文友慕名到访。朋友们在这里也常说起于坚的"尚义街六号"，翟永明的"白夜"和简宁的"黄亭子酒吧"。《纪事：拆迁》入选林莽先生主编的漓江版《2006 中国年度诗歌》。《凌晨三点的歌谣》入选诗刊社编选的《新世纪五年诗选》。

诗探索9 作品卷 2018 年 第 1 辑

2007 年

3 月，在《人民文学》发表组诗《城市纪事》（七首）。4 月，《诗选刊》选发邰筐诗歌一组。4 月份，母亲因肝内胆管结石引发胆囊炎到北京动大手术，在医院陪床两个多月，每天晚上为信奉基督教的母亲读《圣经》。7 月，在《诗刊》2007 年 7 月下 "诗人档案" 栏目头条发表诗歌十九首，并配发了王燕生、吴思敬、林莽、张清华、江非等人的评论文章，共计二十三个页码。9 月，《诗选刊》选发邰筐诗七首。10 月，《诗刊》第 10 期下半月号 "青创会专辑" 刊发邰筐的诗。11 月，《诗选刊》2007 年第 11—12 期合刊 "2007·中国诗歌年代大展特别专号" 刊发邰筐的诗歌及评论。《纪事：雨中堵车》入选韩作荣先生主编的长江文艺版《2007 年中国诗歌精选》。《纪事：补路》入选林莽先生主编的漓江版《2008 中国年度诗歌》。《感谢》《洗》两首入选张清华先生主编的春风文艺版《21 世纪中国文学大系：2007 年诗歌》。

2008 年

1 月，《诗选刊》第 1 期 "2007·最具活力的 20 位青年诗人作品特别专号" 刊发邰筐的诗歌及评论。4 月，获诗刊社第六届华文青年诗人奖，并成为首都师范大学 2008—2009 年度驻校诗人。《诗刊》4 月下 "新世纪青年诗人百家" 刊发邰筐《纪事：补路》。5 月，《诗刊》5 月下 "第六届华文青年诗人奖获奖专号" 头条推出邰筐获奖诗选（十三首）。6 月，加入中国作协。8 月，一味茶坊关门停业，同时也结束了一段曲水流觞、闲云野鹤的散淡时光。8 月 30 日，离开生活了三十七年的临沂，坐火车北上北京。31 日，正式进驻首都师范大学诗人公寓，见到导师吴思敬先生。9 月，《诗刊》9 月上 "奥运专号" 刊登邰筐诗歌一首。9 月 3 日，和师兄霍俊明在首师大墙外的小酒馆碰面，就驻校诗人访谈录交流意见。9 月 19 日，第六届华文青年诗人奖颁奖仪式和邰筐驻校仪式在首师大国际文化中心举行。9 月 21 至 28 日，随中国作协组织的中国作家 "重建美好新家园" 采访团赴四川，走遍了地震重灾区彭州、都江堰、绵阳、德阳、北川等地。10 月 13 日晚，在首都师范大学第四教学楼做了题为"一个诗人的理想配方"的诗歌讲座。首师大中国诗歌研究中心专职研究员孙晓娅教授主持讲座。百余名本科生、研究生参加了此次讲座。10月18日下午，参加了由首都师范大学中国诗歌研究中心主办的"洛夫诗歌创作研讨会"，并就对洛夫先生诗歌的理解及其诗中所反映的诗学原理做了发言。11月6日，在首师大诗歌研究中心会议室参与"诗歌是有生命的"主题座谈，并做主要发言。由孙晓娅教授主持，其间回答了十几名研究生的有关问题。11月26日，由导师吴思敬教授在首师大诗歌研究中心会议室组织王士强、龙扬志、陈亮等十几名本门弟子召开了一次邰筐诗歌座谈会。《一个穷人的羞愧》《感谢》入选韩作荣先生主编的长江文艺版《2008年中国诗歌精选》。《在国贸大厦顶上眺望日落》入选林莽先生主编的漓江版《2008中国年度诗歌》。《父亲》入选徐敬亚主编，董辑、谷禾、苏历铭选编的《1978—2008：中国诗典》。《在国贸大厦顶上眺望日落》入选诗刊社主编的《跨越：纪念中国改革开放三十年诗选1978—2008》。2008年的最后一天，山东省政府评选的首届泰山文艺奖（文学创作奖）揭晓，获首届诗歌奖。

2009 年

3月，结识临沂籍喜剧演员盛石头。4月2日下午，应师姐连敏之邀为中国语言大学的留学生做了《从诗人身份的变化看中国新诗的发展》的主题讲座。4月17日，应邀为参加淄川笔会的学员做了一次诗歌讲座。4月26日上午，应邀为茂名学院高州师范分院师生做了一次诗歌讲座。5月，《滇池》第5期推出邰筐新作小辑，并配有青年评论家霍俊明的评论及编辑部专访文章。5月28日，与商震先生一起赴黑龙江参加端午诗会。6月，《诗探索》第3辑刊发邰筐诗歌评论小辑，刊发了张清华、王莹、李文钢、霍俊明等人的评论文章。6月27日，诗刊社、首都师范大学中国诗歌研究中心在首都师范大学国际文化交流中心联合召开了"驻校诗人邰筐诗歌创作研讨会"，来自北京、上海、山东、海南等地的诗人、评论家以及首都师范大学的部分研究生共五十余人参加了会议。与会者从多种角度对邰筐的诗歌创作进行了探讨。7月，霍俊明的《尴尬的一代：中国70后先锋诗歌》由广西师范大学出版社出版，这是中国第一部七〇后先锋诗歌的评论专著，其中列专章对邰筐诗歌进行了系统评价。8月，《诗刊》8月下"诗歌圆桌"刊登徐俊国、李成恩、李见心、卢娟、谷禾、王芬对邰筐诗歌《凌晨三点的歌谣》的不同解读文章。国庆前夕，与吴思敬、潘洗尘、汪国真一起参加了黑龙江卫视《问教》特别节目《诗歌中国》的现场录制，就中国诗歌六十年的发展接受了主持人的现场访谈。10月，赴黑龙江伊春林区采风，游览小兴安岭和俄罗斯口岸。11月20日至23日，赴珠海参加人民文学杂志社第八届青年作家评论家论坛。11月，《人民文学》第11期发表邰筐组诗《观虎记》（七首）。11月18日，应邀与鲁迅文学院五十五位少数民族学员进行了一次文学对话。12月，坐绿皮慢车游历了辽宁、吉林、安徽、江苏等地。《时代文学》（双月刊）第6期刊发组诗《邰筐诗选》。《孤独疗法》《一个男人走着走着突然哭了起来》《致波德莱尔》三首入选王光明先生主编的花城版《2009中国诗歌年选》。《父亲》入选林莽先生主编的漓江版《2009中国年度诗歌》。《一个穷人的羞愧》入选韩作荣先生选编的《新中国六十年文学大系：诗歌精选》。

2010年

1月，上旬，找房子，搬家；中旬，经东方涂钦（郁东方）先生推荐，到检察日报社·方圆杂志工作，陆续认识了检察系统的诗人老信、苗同利、刘红立、见君、叶菊如、周玲、崔友、清明、火狐、汪珮琳等人；下旬赴长沙采访王跃文、阎真、浮石。2月底，赴菏泽师院中文系采访耿立。3月，采访电影导演张秉坚。4月初，去枣庄采访民国大劫案。4月底，去上海采访世博会。5月上旬应邀去北京语言大学给留学生讲座；中旬去白洋淀参加新世纪十年诗歌研讨会；下旬去河南柘城老王集乡赵楼村采访赵作海冤案。6月底，去济南开青创会。7月，撰写引起广泛关注的封面故事《雅贿江湖》，登上凤凰网头条，《文学报》整版转载。8月，入选《芳草》组织评选的第二届汉语诗歌双年十佳，在《芳草》发诗一组，并配发《施战军、邰筐对话录：在时光的角落里写诗》。8月12至22日，和阿来、李森、宗仁发等人游历布尔津、喀纳斯、福海、克拉玛依、乌鲁木齐等地。9月21日至24日和谢冕、吴思敬、林莽等老师赴上海参加上海国际朗诵艺术节活动。9月，撰写揭露中石油腐败的封面故事《涉油腐败样本》被凤凰网等一百余家网站转载，引起关注和热炒。《2010中国诗歌民刊年选》选入发表在《齐鲁诗刊》的组诗。随笔《从公民到草民》入选《2010中国年度杂文》和《〈杂文选刊〉十年精选》。

2011 年

3月初至7月初，就读于鲁迅文学院第15届中青年作家高研班。期间陆续采写出《"三非老外"生存状况调查》《盗墓空间》《官场风水学》《首都荣誉经济链》《拯救乳房》等一批有广泛影响的深度调查文章。其中，《"三非老外"生存状况调查》获全国政法综治优秀作品一等奖。6月，写出《白鹭赋》《白头翁》《从一个汉字开始》等诗。7月5日，做客正义网直播间，做访谈：《在细节里寻找真相》。10月，在《人民文学》第10期刊发组诗《猜火车》（五首）。11月，收到莫言老师托检察日报社副总编守泉兄捎来的书法作品，内容是一首打油诗："沂蒙山上红旗飘，儿女英雄心气高。赤手空拳擒虎豹，三步诗成惊二曹。莫道方圆天地小，能使大众块垒消。"甚是喜欢，遂去荣宝斋裱了框，拿回家却又不好意思朝客厅里挂了，觉得里面除了鼓励还有溢美之词，媳妇说，那就挂卧室。年底，《白鹭赋》入选谭五昌主编的《2011年中国诗歌排行榜》。《从一个汉字开始》《猜火车》等五首入选宗仁发先生主编的辽宁版《2011中国最佳诗歌》。《白头翁》和《白鹭赋》两首入选耿立先生主编的《21世纪中国最佳诗歌2010—2011》。

2012 年

6月，《诗刊》6月号下"诗歌咖啡屋"刊登邰筐随笔《写在诗歌练习册上》。10月，参加检察日报社走黄河采风活动，从晋陕蒙三省交界处的古塞雄关河曲开始，沿黄河一路走府谷过佳县穿壶口至三门峡，沿途考察了山西、陕西、河南境内黄河两岸的几十个城镇，写出采风文

诗探索9　作品卷　2018年　第1辑

章和笔记数篇。11 月，写出《莫言先生印象记》，刊发于 12 月 26 日《南方日报》，后选入广东惠州地区高考模拟试卷和南京师范大学出版社出版的高中现代文辅读教材。12 月，《人民文学·路灯》（英文版）刊登邰筐诗歌《在国贸大厦顶上眺望日落》《一座摩天大厦主要由什么构成》《纪事：雨中堵车》。林莽先生主编的漓江版诗选《三十位诗人的十年：华文青年诗人奖和一个时代的抒情》选入邰筐诗歌二十首。

2013 年

5 月 29 日，写成《在江边》。6 月 7 日，以路也、蓝野、轩辕轼轲、邰筐等十位诗人为研讨对象的"山东青年诗群研讨会"在中国作家协会召开。会上，商震先生重点评价了蓝野、邰筐的诗。11 月 25 日，《文艺报》推出邰筐诗歌评论专版。刊发小说家李洱和诗评家霍俊明的评论文章。《父亲》《沂河桥上》《回来》三首入选林贤治先生编选的《金葵花焚烧的土地：新乡土诗选》。《从一个汉字开始》入选梁平先生主编的《中国 2013 年度诗歌精选》。12 月 18 日，儿子邰小筐出生。

2014 年

2 月，在《作家》2 月号"凝视与聚焦——六刊一报新世纪诗歌作品联展"栏目发表邰筐诗十首。3 月，《滇池》第 3 期"中国都市新生代·北京诗群"发表邰筐诗歌一组。3 月 7 日，接受作家网视频采访，做一期访谈：让诗歌在城市与乡村行走。5 月，《人民文学》第 5 期刊发邰筐散文《父亲与酒》。8 月，《新华文摘》8 月号选登邰筐诗歌《白鹭赋》。11 月 1 日，林莽、蓝野主编的漓江版《窗前的杨树：首都师范大学驻校诗人诗选》选入邰筐诗歌二十一首。12 月 1 日，参加首都师范大学驻校诗人十年回顾研讨会。年底，《题紫禁城北宫墙上的乌鸦》《在江边》两首入选林莽先生主编的漓江版《2014 中国年度诗歌》。《菠菜地》入选霍俊明先生主编的长江版《2014 中国诗歌精选》。《中年赋》入选梁平先生主编的四川版《中国 2014 年度诗歌精选》。《赞美》入选霍俊明先生责编的诗刊社《青春诗会：三十年诗选》。

2015 年

1 月，负责编剧并组织拍摄了以曾经的采访对象全国模范检察官马俊欣为原型的非虚构电影短片《温度》。3 月，临沂电视台"琅琊风云榜"栏目记者赴京作邰筐专题节目《双城记》。8 月，参加为期一周的鲁迅文学院两岸青年作家高研班。2015 年 9 月 16 日至 2016 年 1 月 12 日，集中四个月时间就读于鲁迅文学院第 28 届中青年作家高研（深造）班。

2016 年

2 月，《飞天》第 2 期发表邰筐随笔《时光练习手册》。3 月 1 日，去莫言老师家喝茶，莫老师书赠对联一副："放浪一壶酒，收心半床书。"顿时汗颜。这回裱了大大方方挂书房了，须当时时谨记鞭策和提醒，摒弃俗事杂事，好好读书写作。5 月，撰写脚本并组织拍摄了人民检察杂志创刊六十周年形象片：《60 年：一个甲子的记忆》。6 月，《野草》第 3 期（双月刊）刊发组诗《黑夜史》，配发林喜杰评论《月亮的背面》。《星火》第 3 期（双月刊）刊发邰筐组诗《孤独是一座监狱》。6 月，在四川省检察官学院组织举办了第一届中国检察官作家高研班。6 月 18 日，以《在江边》《题紫禁城北宫墙上的乌鸦》《中年赋》《地铁上》等一组诗获首届"蓝塔"诗歌双年奖。6 月 30 日写出《星空》。7 月，诗集《徒步穿越半个城市》入选"中国好诗·第二季"丛书，由中国青年出版社出版。7 月 24 日，应邀到中国现代文学馆做以"逃遁与面对：七〇后诗歌的梳理与反思"为题的文学讲座。9 月，《青春》第 9 期刊发邰筐组诗《吞吐》，配朵渔评论。12 月，随中国作协组织的大陆青年作家采风团赴台湾参加两岸文学对话，谈话内容收入台湾出版的《两岸文学对话录》。12 月，首师大历届驻校诗人诗选《诗歌 12 使徒》由北岳文艺出版社出版，收入邰筐诗歌十六首。《白鹭赋》入选霍俊明先生主编的长江文艺版《2016 年中国诗歌精选》。《在国贸大厦顶上眺望日落》入选《〈诗刊〉创刊 60 周年诗歌选》。《在国贸大厦顶上眺望日落》入选由中国作协组织编选的《中国新诗百年志》。

2017 年

4月，策划并组织拍摄了北京市检察院一分院三十一分钟纪录片《如是世界，如是人》。5月22日，给平顶山市新华区检察院全院干警做题为《我们这个时代》的讲座。8月，在伊春检察官培训中心组织举办了第二届中国检察官作家高研班。9月，应邀参加成都国际诗歌节，并做题为《诗人住在天鹅的城堡》的发言。11月，《人民文学·灯》（俄文版）刊登邰筐诗歌《在国贸大厦顶上眺望日落》《沂河桥上》《夜行车》。《中年赋》入选林莽先生主编的漓江版《2017中国年度诗歌》，《九月九日忆山东兄弟》《一个男人走着走着突然哭了起来》入选林莽先生主编的现代版《2017中国年度诗歌》，《星空》入选林莽、陈亮主编的《2017阅读记忆·年度诗歌精选导读本》。《凌晨三点的歌谣》入选林莽先生主编的《中国新诗百年·现代优秀短诗100首》。

邰筐诗歌三十首

邰　筐

凌晨三点的歌谣

谁这时还没睡，就不要睡了。

天很快就要明了。

你可以到外面走一走，难得的好空气，

你可以比平时多吸一些。

你顺着平安路朝东走吧。

你最先遇到的人，是几个勤劳的人。

他们对着几片落叶挥舞着大扫帚，

他们一锹一锹清理着路边的垃圾，

他们哼着歌儿向前走，

他们与这座城市的肮脏誓不两立。

你接着还会遇到一个诗人。

他踱着步子，像一个赫赫帝王。

他刚刚完成一首惊世之作，

十年后将被选入一个国家的课本，

三十年后将被译成外文，引起纽约纸贵，

六十年后将被刻上他自己的墓碑……

现在的诗人在黑暗中向前走着，在冥想中慢慢回味。

后面跟上来一群女人，她们是凯旋歌厅收工的小姐，

你在和她们擦肩而过的瞬间，

会听到她们的几声呵欠，

会看到一张张因熬夜而苍白模糊的脸。

你接着朝东走，就会走到沂蒙路口。

路北的沂州糁馆早就开门了，

小伙计已在门前摆好了桌子、板凳，

熬糁的老师傅，正向糁锅里撒着生姜和胡椒面。

他们最后都要在一张餐桌上碰面：

一个诗人、几个环卫工人、一群歌厅小姐，

诗探索 9　作品卷　2018 年　第 1 辑

像一家人，围着一张桌子吃早餐。
小姐们旁若无人地计算着夜间的收入，
其间，某个小姐递给诗人一个微笑，
递给环卫工一张餐巾。
这一和睦场景持续了大约十五分钟，
然后各付各钱，各自走散。
只剩下一桌子空碗，陷入了黎明前最后的黑暗。

在国贸大厦顶上眺望日落

要想到国贸大厦顶上眺望日落
必须先登上三十六层楼的高空
可以乘电梯，如坐上一块马尔克斯的魔毯
后工业的速度，让你发出对物质的喟叹
也可以沿着旋转楼梯，一级一级
将八百六十四个台阶走完。时间之上
一座城市的肩膀之上，你可以冒充上帝
对着地面上，熙熙攘攘的人群挥挥手
地面上都是些匆忙的人
他们匆忙得甚至来不及抬头
你可以朝着天空喊上两嗓子
你的声音就像在风中朝上抛出的一片树叶
在你的头顶盘旋了一下就不见了

夕阳，这只金色的大鸟
正要向远处的群山栖落，它朝着这座城市
抖了抖身子，落下了无数金色的羽毛
它把临沂变成了一座辉煌的城。在它的照耀之下
旧街区也散发出它古朴的光泽，你看见
在砚池街的一角，站着等公交车的王羲之
在药材批发市场的小摊上，忙活着
兜售金银花的孙思邈
对面长途汽车站，刚刚开进一辆大巴
那上面坐着一群，来临沂小商品市场打货的美国佬

坐着你的老哥哥桑德堡，他给你捎来了
治偏头痛的药，和一串芝加哥的辣椒
而在你苗庄小区的家里，妻子正包着招待客人的水饺

二　苹

二苹，我不知你现在哪里
可这并不影响我想你
我们已四年没见了
没有你的城市多么空旷
没有人住的院落多么荒凉
沂蒙路拓宽了
沂河老桥重建了
我们住过的那所老房子
去年它被拆除了
那方圆几百亩的地方
如今正建着一座世纪广场
好多街道已改了名字
临西八路成了工业大道
金雀二路的街牌换成了"平安"
批发市场已扩建到郊外了
那么多的温州人、东北人
正忙着来挣临沂人的钱

也有好多东西还是老样子
沂河水流得还是那样慢
河面上依然泊着
那么多捞沙的木船
我们曾无数次地
从西岸摆渡到东岸
大风刮起河滩上的沙子
也敲打着我们的脸
那一天你眯着眼说
给我吹吹，吹吹
这一吹啊，时光就吹过了许多年

诗探索9　作品卷　2018年　第1辑

灯　光

半夜难入睡，我常常站在窗前
看看小区里，远远近近的居民楼
有多少个窗口的灯还亮着——
那里面肯定有像我一样不睡的人
他们都是我黑夜里的同党
孤独地熬着灵魂的药
抄写着医治头痛的偏方
我甚至想去一一敲响他们的房门
告诉他们，我们都是一伙的
都是黑夜的敌人
有几个窗口的灯次第灭了
意味着又有几个人被睡眠招安
有一两个窗口突然亮了几分钟
就重新陷入了黑暗
那肯定是有人在梦中被一泡热尿憋醒
我盯住那些窗口
我目睹着他们明明灭灭的过程
仿佛度过了漫长的一生

悲伤总随着夜幕一起降临

悲伤总随着夜幕一起降临。
那些每天挤在回家的人群里，
木偶般面无表情的人。
那些每天在黑暗中摸索着上楼梯，
又找不到钥匙开门的人。
是什么一下子揪住了他们的心？

人只有在夜色中才能裸露自己的灵魂。
他们蘸着月光清洗眼中的沙子，
他们扯出身体里隐藏的乌云，

就像从破袄里扯出棉絮，而悲伤却总是
挥之不去。它有着尖细的嘴，它钻进你的肉里，
融入你的血液，并跟随着心跳走遍你的全身。

散　步

　　每天晚上出去散步
　　我总要把白天走过的路线
　　再走一遍。
　　要是白天去的地方太多、太远
　　我也要在心里走上一遍
　　我要把白天丢失的东西
　　一点点地找回来。
　　把被白昼打磨掉的激情找回来
　　把泥沙俱下的生活
　　再反刍一遍。就像
　　从肉里挑刺，剔除
　　一天的虚假、浮躁、麻木、欺诈
　　之后，我才能安然入睡
　　才能保证次日再次醒来
　　还是一个完全的人。

纪事：雨中堵车

　　被卡住了。那么多的车辆被卡住了
　　奔驰车被卡住了
　　宝马车被卡住了
　　小货车被卡住了
　　出租车被卡住了
　　救护车被卡住了
　　110 出警车也被卡住了
　　奔驰车里的大款被卡住了
　　宝马车里的贵妇被卡住了

小货车里的三箱冻鱼被卡住了
出租车里的小偷被卡住了
救护车里奄奄一息的病人被卡住了
110出警车里的警察被卡住了
警察的手枪被卡住了
手枪里的子弹也被卡住了
被卡在同一个路口，同一个黄昏
同一场大雨里
大款被卡在去会小情人的路上
贵妇被卡在做美容的途中
冻鱼融化了并轻轻摇动尾巴
它们就要借助一场大雨逃走
小偷偷偷溜出了车门
疲惫的警察坐在110出警车里睡着了
而病人早已变成了尸体
他的灵魂化作一缕轻风飞走

卡不住的是一场大雨。卡不住的
是那些骑自行车的
步行的人
还有胜利小学放学的小学生
他们灵巧的小身影
在车的缝隙里左躲右闪
然后一溜烟地
消失于远处的雨雾

沂河桥上

总有些人从这里走向河东
总有些人从这里走向河西
总有些盖着篷布的卡车
运来人民需要的青菜、萝卜
和大米
那个清晨拉着一车草莓进城的人

傍晚还要经过这里
车上捎回了地膜和喷灌机

有些人从这里去河东选墓地
有些人从这里去河西做生意
那么多行色匆匆的人在这里相遇
然后各奔东西
那些突突突吐着黑烟的拖拉机
从早到晚要往返多少次啊
它们不断把河东的沙子
运往河西的工地

总有些人从这里经过
然后渐渐走远
总有些人在这里停下
看一看河上的景色
看一看河面上那些捞沙的木船
看一看一列火车缓缓地爬过沂河
它巨大的声响惊飞了一群水鸟
整个水面就陷入了死一般的静寂

一个穷人的羞愧

每次经过临西三路中段
我都像一个正人君子
胸脯挺得直直的，目不斜视，大义凛然
从不向路两旁多看一眼

那些门挨门的按摩房
那些来自温州、福建、四川的小姑娘
不停地招着手，招着手
她们的目光充满热切充满期盼
只需一眼，就能撕破我的虚伪我的衬衫

这时，我突然就有了一个穷人的羞愧
这时，我不知道，除了钱
还有什么方式能够帮助她们
我甚至觉得自己是一个欠钱不还
生怕被她们认出的无赖
走着走着就忍不住跑了起来

一座摩天大厦主要由什么构成

一座摩天大厦主要有什么构成
钢筋的骨架水泥的肌肉立邦漆的皮肤马赛克的额头

这些还远远不够，还要有
大都市的背景工商业的传承纯物质的标签后现代的造型

这些还远远不够，还要有
一架电梯模拟人间到天堂的路径

这些还远远不够，还要有
一根天线连接着上帝的神经

这些还远远不够，还要有
一只老鼠钻进它的胃里冒充警察

这些还远远不够，还要有
两只野猫在它窗外冒充幽灵

这些还远远不够，还要有
五百块后工业的玻璃折射落日的光辉

这些还远远不够，还要有
五百个坐便器连着楼下的粪坑

这些还远远不够，还要有
五千个避孕套塞住下水道出口

这些还远远不够啊，如果没有
一挂窗帘上演生活的皮影

这些还远远不够啊，如果没有
一扇防盗门守护你的梦境

这些还远远不够啊，如果没有
一只猫眼替你睁大窥视的眼睛

这些还远远不够啊，如果没有
一个摄像头对准你隐私的背影

这些还远远不够啊，如果没有
两三个保安在你灵魂的小巷里盯梢

这些还远远不够啊，如果没有
无数盏路灯照亮通往乌有之乡的路径

这些还远远不够啊，如果没有
一把钥匙打开所有欲望的锁孔

这些都远远不够啊，如果没有
一座城池摇曳着后工业的霓虹

一座摩天大厦就像，来自远古的巨神
被疯狂的人类施了魔法

它所承受的比钢筋、水泥还重的
还有贪婪和无耻，我们无休止的疯狂、挤压

我真担心，有一天它会突然醒来并开始走动
"看啊一座移动的大厦——"，那将是多么可怕的事情

诗探索9　作品卷　2018 年　第 1 辑

金银木

槐树的叶子落尽了
银杏树的也落尽了
还有紫叶李、白蜡
叶子都落尽了
只有金银木除外
只有金银木还举着
一树红色的小果实
像举着无数红色的嘴唇
红色的奶子红色的吻
红得那么炫目
红得让人揪心

这是在北京
这是在西三环的岭南路上
在首师大的南墙外
489 路车开过去又开过来
一棵金银木让我如此恍惚
一分钟之内我变了好几次称呼
我叫她妹妹叫她姐姐
如果我愿意,她就是
我的母亲,我的祖国
靠着她,就像靠着一团火
在这瑟缩的冬日
我还有什么好怕的呢

白鹭赋

不是《诗经》里飞出的那一只
不是惊飞破天碧的那一只
不是一树梨花落晓风的那一只
不是一滩鸥鹭里

惊起的那一只
不是翘立荷香里
窥鱼的那一只
……

那些都是白鹭中的白领，都太白了
它们作为鸟类中的大家闺秀
和文人骚客攀上亲戚，成为相互矫情
和意淫的工具，被他们反反复复
描绘得那么美
那么不合群众路线

这是落寞的一只。像个鳏夫
它以八大山人的技法
在龙虎山下，一块水田里
遗世而独立
我用长焦镜头把它拉近，再拉近
它既没有想象中的白，也没有想象中的美
身子蜷着，脖子缩着，翅膀耷拉着
上面还沾着一些黑泥点

毫无征兆地，它全身的毛
突然耸起，一条鱼瞬间被叼进嘴里
它接着腾空而起，像一团飘起的白雾
越飘越远，很快就散了
只留下一个凶狠的眼神，似乎还久久地
在镜头里盯着我

题紫禁城北宫墙上的乌鸦

故宫。故国。故人
你终于借一只乌鸦的嗓子
发出了自己的声音
低沉的，喑哑的，战栗的

诗探索 9　作品卷　2018 年　第 1 辑

在暮色里，多么好

多么包容

在我大中国

旧日皇上的家门外

一只乌鸦的鸣叫

就像一条命运的缆绳

突然把我和

不远处的护城河、白塔、北海

以及水面上那

轻轻摇荡着的小船

紧紧地连在了一起

把我满腔的悲愤和热爱

与落日下的无限江山

连在了一起

观虎记

在海林，我们

一行十几个人

去虎园参观

我们统统被锁进

一个汽车拉着的大笼子

好像我们是动物

而老虎才是看客

车驶进虎园

几十只老虎在园子里

或走或卧或坐

笼子外的多么悠闲

笼子内的忍不住哆嗦

离得那么近，我们可以看清

老虎的胡子

和它嘴角的轻蔑

我们战战兢兢从笼子里钻出来

又被导游带进

一条铁网围成的通道
饲养员提着一个装满肉块的铁桶
怂恿我们掏钱
去体验一下喂老虎的快感
多么刺激呀，我们用铁钩子
把肉块从网缝里递进去
等老虎扑过来，却又飞快地抽回
又递进去，又扑过来
又抽回……
老虎被彻底激怒了
在铁网的另一边发狂，低吼
我们满意地尖叫，仿佛
只有这种恶作剧才能排解
我们内心对老虎的恐惧
我们接着又被带进老虎展览馆
馆内摆满了虎的胚胎虎的骨架
和一缸缸虎骨酒
解说员暧昧地介绍着
虎骨酒的功效如何如何神奇
一位老诗人悄悄带走了两瓶
他不时眯眼端详着
瓶里浑黄的液体
仿佛带走的不是两瓶酒
而是藏在酒里的两只老虎
和猛虎下山的威风

因果论

砍伐者拉着锯
最后锯伤了自己的影子
挖坑者挥着锹
最后弄断了自己的脚趾
告密者躲藏在人群里
一生被恐惧

诗探索9　作品卷　2018年　第1辑

牢牢捏住了舌头
事情总是这样
过河的毁在水里
走路的毙于途中
——只有死神他步履如飞
——肩上扛着自己的尸体

在江边

没有什么不是浪子的形象
那落魄的落日
那江面上越飘越远的帆影
没有谁比谁更苦命
在江边游荡的邋遢酒鬼
在江滩公园里捡拾空瓶子的老妪
万物总有它化解悲伤的办法
芦苇在水边写着排比句
老柳树在岸上练习倒立
而江水总是浑浊、无言
从上游到下游
它用浩瀚包容了一切

白头翁

在这里，没有什么可以
被打扰。清风吹荡
一片山河的气息
连群峰，也在接受
落日无言的教育，多么安静
只有那些高尚的灵魂
才配得上这里的安静，而
身后这一座城市，不配
被尘世的绳子

拴住的人们，不配
远处那两条浑浊的江水
也不配
白头翁在啼叫，高一声
低一声
仿佛在唤着谁的乳名
没有谁肯出来答应
那些松柏不，那些野花不
那些碑石也不

白头翁在啼叫，长一声
短一声
它一定在唤着谁的乳名

"还有雨水冲刷不尽的呵——"

还有雨水冲刷不尽的呵——
譬如，窗玻璃上的一块油漆
屋檐上的一抹旧斑
那个捡垃圾的老人，他心中的苦
一个城市的苦，远处蜿蜒的群山的苦
还有沂河水日夜不停地呜咽
像沂河水一般，连绵不尽的屈辱

菠菜地

如果有一小片地
我最想种的就是几畦子菠菜
那样就可以，在每个周末
煮上一大锅菠菜汤
把全北京的诗人们都叫过来
就菠菜汤喝二锅头
喝醉了就发发牢骚吹吹牛

诗探索9　作品卷　2018 年　第 1 辑

没人捏你的小辫子，也没人记你的仇
把手机关掉，把时钟调慢
让心灵找到陶潜牵牛耕田的节奏
这个念头一旦出现，就让我有点急不可耐
从天安门到天通苑，从朝阳区
到西三环。我首先要找到一块
还没来得及被水泥吃掉的泥土
一个夜晚，我穿过无数条街道
又绕过几个高架桥
突然就找到一片废弃的工地，有几个晚上
我要去松土，就找来了铁锹和锄头
我像一个经验丰富的老农
还弄出了整齐的垄沟
春不误种，秋不误收。我很快就收到了
老父亲寄来的一包菠菜种
可接下来的无数个日子
我却再也找不到那块地了
还是穿过那些街道，还是绕过
那几个高架桥
我整好的那块土地，它神秘地消失了
实在是没有别的办法了呀伙计
我只好把这包绿油油的菠菜种
全都埋进了自己的身体

夜行车

火车快得像逃跑
这个坏家伙，快得让人
来不及比喻和抒情
村庄一闪而过
小镇一闪而过
它们的区别，仅在于
几粒清冷的灯光
和连成一片的灯火

树木一闪而过

河流和桥梁一闪而过

这些大地上，相对永恒的事物

只是此时视觉中的短暂一瞥

有些景物被抛弃被拉长

被扭曲被裁剪被拼接

灵魂的快镜头，出自两列火车

交错而过的瞬间效果

贴在对面车窗玻璃上的

另一双窥视的眼睛

成为黑暗里最隐秘的细节

时光一段一段，记忆一截一截

只有夜色和阴影是甩不掉的

它们无赖般紧相随

还有那枚老月亮，走得不慌也不忙

一晚上，始终悬在

十五车厢三号窗子的左上方

既没向后也没向前，多移动半寸

仿佛这世上的一切

原本就是，静止不动的

地铁上

拥挤的混浊的窒息的 空间

晃动的暧昧的扭曲的 脸孔

焦躁的疲惫的麻木的 神情

外省的京味的夹杂的 口音

临时的不明的可疑的 身份

……

聚集在一起。聚集在一起

被一节节奔跑的铁皮挟裹着

像一个个密封不好的鱼罐头

散发出一股绝望的气息

一个男人走着走着突然哭了起来

一个男人走着走着
突然哭了起来
听不到抽泣声
他只是在无声地流泪
他看上去和我一样
也是个外省男人
他孤单的身影
像一张移动的地图
他落寞的眼神
如两个漂泊的邮箱
他为什么哭呢
是不是和我一样
老家也有个四岁的女儿
是不是也刚刚接完
亲人的一个电话
或许他只是为
越聚越重的暮色哭
为即将到来的漫长的黑夜哭
或许什么也不因为
他就是想大哭一场

这个陌生的中年男人
他动情的泪水
最后全都汇集到
我的身体里
泡软了我早已
麻木坚硬的心
我跟在他后面走
我拍拍他肩膀关切地
叫了声兄弟
他刚刚点着的烟卷
就很自然地
叼到了我的嘴里

中年赋

我身体里埋着曾祖父、祖父和大伯父。那些死去的亲人，
在我血液里再次复活，喋喋不休地，争论着无常和轮回。
我总是插不上话，作为身体的局外人，我倒更像个故人。

我的身体是一座孤寂的坟，常有时光的盗墓贼光顾。
这贼不贪财，只偷心。它偷过孔子的心，孟子的心，
老子的心。只有庄子的没偷成，庄子说"夫哀莫大于心死……"
说着说着，一颗心就开始燃烧，慢慢变成了一堆灰烬。

失败者的比喻总是令人愕然和陡生伤悲。中年如溃败之堤，
如演到中场就散了的戏。没了演员，没了观众，只剩下，
一套空空荡荡的戏袍，躯壳般，兀自朝星空甩着水袖。

九月九日忆山东兄弟

之于山东，游子的身份
都是一样的。为稻粱谋为理想谋
我最好的两个山东兄弟
一个去了遥远的澄迈
一个落户大上海的松江
而我在京城辗转，流浪
这不免让我想起了
那些历史上的大才子们
陆机、陆云和苏东坡……
想起了当年
被拒之郑国城门外的孔子
他那一脸的凄惶和沮丧

之于文人，孤独的命运
都是一样的。在古代
他们频频被贬

被流放，在今天
他们背着一口尘世的井离乡
夜夜听故乡的涛声
一直听到耳鸣眩晕
梦里一次次被月光掐醒
泪凝成霜
而在他们最新的诗句里
一次次地写到雷州半岛的清晨
和松江的黄昏
写到多尔峡谷的走向
和华亭老街的沧桑

我真想由衷地
赞美一下澄迈和松江
这真是两个好地方
不仅给诗人安下了一张书桌
还给了诗人一个灵魂的远方
兄弟们，你们现在
终于是有职称的人了
接下来还要做一个，称职的丈夫
慈爱的父亲和合格的南方市民
就在南方安家吧
天下炊烟飘到哪里都温暖
有空我真想去看看你们
我会每人送一把
清水泥的紫砂壶
那壶里，装着一个省的孤独

己丑年九月九日
我忙于加班，无法登高
只好趁傍晚，爬到鲁谷小区住宅楼的顶上
向兄弟们所在的南方，望了又望

在珠海洗温泉浴

去掉衣服、帽子、丝巾、围脖、乳罩、鞋子、袜子
去掉假发套、假牙套和旅行必备的安全套
去掉那虚伪的矫饰的讨好的献媚的表情
去掉那看不见的面具和枷锁
只剩下有限的布条，遮掩着我们
功能日益退化的私处
其他该露的都露出来了
一群胖的瘦的臃肿的松垮的身体
旱鸭子一般滑进泉水的 T 型台
彼此展示着多余的赘肉重叠的肚皮隆起的小腹
展示着稀疏的腋毛茂密的胸毛深陷的乳沟
和下坠的乳房
浴场里没有思想者，浴场里只有肉体
一堆被标示为"男人"或"女人"的，会呼吸的肉
在温热的泉水里扑腾、扭动
欲望雾气般，从体内上升
羞耻感一点一点地被唤醒
我们的身体，已经被灵魂用得很旧了
如一件别人穿过的衣服，显得那么陌生
我们在一面大镜子面前，一遍遍地审视自己的身体
像碰见了数年前的父亲和母亲
中年的身体是脆弱的，简直不堪一击
我们最终在一个青春的胴体前，集体溃退
男女有别、各找各柜
依次换上了裤头，系上了乳罩，穿上了衣服、鞋袜
围上了丝巾、围脖，安上了假发套、假牙套
在内兜藏好安全套
最后相当严肃地，正了正头上的帽子
旋转门里，走出
一群编辑、作家、诗人、评论家、女教授、女博士、女记者
彼此颔首，莞尔一笑
很机械很惯性很优雅很矜持很绅士很淑女

诗探索9　作品卷　2018年　第1辑

从一个汉字开始

从一个汉字开始。不
从组成汉字的一个笔画开始
打开一册江山，倾听遥远的风声
在笔墨中立身，立命，立心
字斟，句酌，捻断须数茎
在词的渡口解轻舟，溯流上
在汉语源头，有结绳记事的后稷
和忙于造字的仓颉
甲骨、钟鼎和简牍之上
最初的字，若游龙之抓痕
留下华夏古老的胎记
沿句子的河流，段落的瀑布，文章的海洋
奔流直下，浩浩汤汤
三千尺的落差是诗仙用诗句丈量的
用汉字垒成广厦不过是老杜的梦想
书中哪有颜如玉，书中哪有黄金屋
唯灵感之鸟投来惊鸿一瞥
唯思想的闪电点燃词语的惊雷
蘸着月光和泪光
把每一个汉字擦净，作为
一个有洁癖的人，一个汉字的
保洁工，我愿用一生的时光做赌注
在词语里画地为牢
做汉字忠实的奴仆
并以灵魂做抵押，割让无数白天黑夜
白纸和黑字，泾渭多分明
名词是灯塔，动词弄扁舟
只有内心装得下三千亩月光
或许才有资格，做那个
被汉语加冕的人

月 亮

今夜，月亮朗照着亚洲的山川
也朗照着非洲的沙漠

今夜，月亮看着一个婴儿诞生
也看着一个孤寡老人死去

今夜，月亮挥舞着大扫帚
清扫着富人家的大厅

今夜，月亮伸出小手指
拨灭穷人家的蜡烛

今夜，月亮将一把盐
撒在负心人的伤口

今夜，月亮把一些碎银子
装进一个乞丐的衣兜

今夜，月亮解开了衣扣
万物都在她的怀里消融

今夜，月亮是母亲的大乳房
总是先塞进那个饿孩子的口中

孤独是一座监狱
——致梵高

孤独是一座监狱，只适合囚禁更多的孤独
疯人院很多，梵高只有一个
他活着，画只配糊巴黎的鸡窝
换不来面包他就吃颜料

诗探索9 作品卷 2018年 第1辑

买不起礼物，他割下自己的耳朵
送给他深爱的那个妓女
他没有孩子，世界上所有的向日葵
都是他的孩子
他布道的嗓音忧伤
他叼烟斗的姿势很酷
他用草帽檐上的烛光点亮星空
他把苦难涂抹成暖色调
他让乌鸦守望麦田，他最后杀掉自己
只为祭祀太阳
他不属于巴黎和伦敦，也不属于津德尔特
这个可怜的家伙，他走得那么仓促
来不及带走他的画笔，他的苦难
仓促到，好像从来就不曾活过

星　空

这些年，你已习惯了生物钟的颠倒
习惯了固守老式台灯下一片领地
灯光明亮，无限接近真理
你像一个坏脾气的王，孤僻、严苛
墙上的影子是你唯一的侍者
没有一兵一卒，你可以指挥成群结队的汉字
可以用汉字排兵布阵，与黑暗对峙
逼近或包抄，那些隐匿的细节和真相
在母语的边防线上，你一次次用月光丈量
人生对开八版，乡愁灌满中缝
而每一个汉字都在你心里熠熠生辉
你怀揣着它们，就像揣着一片灿烂的星空

浣花溪记

此刻，我虚构了一只白鹭
它正从浣花溪升起，在我的凝视里
越飞越高，最终散成一团白雾
我一点也不觉得惆怅，现在从眼前消失的
未必不会在梦里回来，我们总是
过于迷恋现实的那一部分
站在万里桥上远眺，红尘滚滚
车流人流交织成一个绝望之境
从青羊宫到浣花溪，月光斟满
每一个梅花的酒盅
饮悲苦岁月甘之如饴
石狮子也会烂醉如泥
浣花溪水浊兮
曾洗过游方僧人的袈裟
浣花溪水清兮
曾洗过历朝游子的心
我还要虚构一只舴艋舟，穿过历史的云海
去载那些尚未消散的别恨和离愁
我分不清哪一缕风是现在的
哪一缕从大唐吹过来，那些消失了的
也许只是换了另一个形态留下
我要给溪边的事物重新命名
譬如瘦竹形态的杜甫，青梅形态的陆游
木芙蓉形态的薛涛
至于花心的元稹，就让他化身鹅卵石吧
铺满浣花溪旁的每一条小径

诗人邓朝晖

作者简介

　　邓朝晖，女，生于湖南澧县，中国作家协会会员，鲁迅文学院高研班第 22 期学员。从事文学创作十余年，八百余首诗歌见于《诗刊》《新华文摘》《人民文学》《十月》《星星》等刊物，入选若干年度选本，并有近二十万字散文、小说发表、转载。曾参加中国作家协会诗刊社第 23 届青春诗会，获第 27 届湖南省青年文学奖、第五届中国红高粱诗歌奖、湖南年度诗歌奖等奖项。出版诗集《空杯子》《流水引》。

诗人邓朝晖

邓朝晖创作年表

1999 年

散文诗《问候花岩溪》发表在《散文诗》第 10 期，这是迄今为止找到的第一首在公开刊物上发表的作品。

2003 年

诗歌《萍水相逢》《稻草人》发表在《芙蓉》第 4 期。

同年，到毛泽东文学院参加湖南省青年作家第一期培训班的学习。

2005 年

组诗《天真》发表在《诗刊》上半月第 7 期；诗歌《立夏后的一个清晨》发表在《北京文学》第 10 期；诗歌《一条逃跑的黑鱼》发表在《星星》诗刊第 11 期。

2006 年

组诗《一定有什么在追》发表在《诗刊》上半月第 3 期；组诗《路过的这些》发表在《星星》诗刊第 7 期；诗歌《一次煮饭过程》发表在《诗潮》第 6 期。并有诗歌《如今看到桂花》入选《中国星星五十年诗选》。

2007 年

组诗《黄花地》发表在《诗刊》上半月第 3 期；组诗《邓朝晖的诗》发表在《湖南作家》第 7 期；组诗《三轮车穿行在博鳌》发表在《诗林》第 4 期；诗歌《一个女孩听到叮咚的声音》发表在《绿风》第 6 期。

同年，参加诗刊社第 23 届青春诗会，作品《低处的光芒》发表在《诗刊》上半月第 12 期青春诗会作品专号。

2008 年

诗歌《等到》发表在《芙蓉》第 1 期；诗歌《孩子》发表在《诗林》抗震救灾诗歌专刊；组诗《邓朝晖诗选》发表在《诗选刊》下半月第 5 期；组诗《邓朝晖的诗》发表在《星星》诗刊第 10 期；组诗《想象桃花》

诗探索 9　作品卷　2018 年　第 1 辑

获诗刊社"我心中的桃花源"全国新诗大赛三等奖，诗歌《低语》《想象桃花》发表在《诗刊》上半月第10期；诗歌《从澧水到沅江》《我和你》发表在《诗刊》上半月第12期纪念改革开放三十周年专号；组诗《一只蚂蚁，一个瞬间》发表在《诗刊》下半月第8期头题。并有诗歌《一个人》入选《2008中国诗歌精选》（长江文艺出版社），诗歌《穿紫河边》《原谅》入选《梨花：2008中国诗歌档案》。

2009 年

组诗《邓朝晖作品》发表在《诗选刊》上半月第1期女诗人作品专号；诗歌《尘世之外》《原谅》发表在《诗刊》上半月第3期；组诗《反光镜里的春天》发表在《绿风》第5期；组诗《时光中的贝壳》发表在《诗刊》下半月第11期；诗歌《镜子》《江畔》发表在美国《新大陆》诗刊第115期。并有诗歌《回到》入选《2008—2009年中国最佳诗选》（太白文艺出版社），诗歌《我们》入选《2009中国年度诗歌》（漓江出版社）。

2010 年

诗歌《流逝》《看海的街道》发表在澳大利亚《酒井园诗刊》第19期；组诗《烟火之上》发表在《星星》诗刊第3期；组诗《草色和微澜》发于《诗刊》上半月第5期，并转载于《诗选刊》上半月第7期；《空杯子（外二首）》发于《诗刊》下半月第7期；《更多的人在和另一个世界说话（组诗）》、随笔《无法回避的疼痛》及诗评《棉布娃娃》发于《文学界》2010年第22期"诗人与故乡"专栏；《野菊花（九首）》发于《中西诗歌》2010年第3期；《再见木荷（组诗）》十二首发于《中国诗人》2010年第5卷。当年入围2010年华文青年诗人奖。

2011 年

组诗《看海的街道》发于《诗歌月刊》第1期；组诗《良辰美景》发于《星星》诗刊第3期；组诗《春天》发于《诗刊》下半月第4期；诗歌《暗道（外二首）》发于《诗刊》下半月第8期；组诗《节制的花瓣》发于《诗潮》第8期；诗六首和诗歌评论《心路与诗歌之路》发于《诗探索》第4期。获《人民文学》主办的"善卷故里，善德鼎城"全国诗歌散文征文诗歌类三等奖，诗歌《水泊晨光（外一首）》发于《人民文学》第8期。并再次入围当年的华文青年诗人奖。另有《醉花阴》《樱花树》入选《2011中国年度诗歌》（漓江社出版）；《一个人》《反光镜里的春天》入选《湖南青年诗选》；《安居》《厨房里》《李子或者樱桃》入选《新时期湖南文学作品选》。

同年，赴毛泽东文学院参加湖南省首届新锐作家班学习。

2012 年

组诗《春天里》发于《诗歌月刊》第 10 期；诗歌《花开如晤》发于《文学界》第 3 期；组诗《万米之上》发于《四川文学》第 2 期；组诗《邓朝晖的诗》发于《汉诗》第 3 季；组诗《婉约的词》发于《文学港》第 5 期；组诗《一沙一婆娑》及随笔《花非花 雾非雾》发于《星星》诗刊第 10 期；组诗《晚风之舞》发于《中西诗歌》第 1 期；组诗《伤春记》及随笔《生活是一出悲喜剧》发于《中国诗歌》第 3 期"女性诗人"栏目；组诗《若水镇》及随笔《虚有之镇》发于《诗刊》下半月第 9 期"双子星座"栏目；组诗《身体里的两条河流》发于《绿风》第 1 期；组诗《旧日子》发于《诗潮》第 7 期；诗歌二首发于《诗刊》上半月 3 期；诗歌二首发于《扬子江诗刊》第 1 期。组诗《春天里》获《文学报》与《诗歌月刊》杂志社联合举办的世界华文诗歌大奖赛二等奖。

同年，诗集《空杯子》出版。

2013 年

组诗《异乡小镇》发表于《沂河》第 2 期；组诗《与君书》，两篇评论《空间里的积木安放与精神漫游——读邓朝晖》和《看见的春天和守着的微澜——邓朝晖诗歌印象散记》在《文学界·文学风》第 2 期"新锐"栏目推出；《星星》诗刊第 3 期"每月推荐"栏目推出组诗《湘西记》和靳晓静的评论《诗人手中的魔杖》；组诗《一年堪比一年》发于《湖南文学》第 7 期；组诗《蛮荒之地》发在《中西诗歌》第 3 期。诗三首入选《金葵花焚烧的土地·新乡土诗选》（林贤治主编），《伤春记》入选《2012 年度好诗三百首》，《荷花记》入选《2012 中国年度诗歌》（漓江版），《铿锵曲》入选《中国 2012 年度诗歌精选》，《夷望溪》入选《中国诗歌地理：女诗人诗选》，若干诗歌发表在泰国《中华日报》《诗界·新世纪湖南诗歌档案》《中国风诗刊》等。散文《荒草碧连天（外一篇）》发于《湖南文学》12 期。

同年，获第 27 届湖南省青年文学奖，并加入中国作家协会。

2014 年

诗歌：《深蓝》（组诗）和随笔《绍兴班》发于《星星》第 1 期；《从一条河流出发》（组诗）发于《诗刊》下半月 1 期；《五水图》发于《诗

探索》2013年第4期；组诗发于《诗歌风赏》2014年第二卷；组诗发于《大别山诗刊》2014年春之卷；《丰厚梅开了》发于《诗刊》第7期下半月刊。诗歌《夜行青海湖》入选中国作协创研部主编长江文艺出版社出版《2014中国诗歌精选》，诗歌《钗头凤》入选漓江社出版《2014中国年度诗歌》，诗歌《钗头凤》《响水坝》入选《新世纪诗选》。组诗《湘西记》入围2013星星年度诗人奖。

散文：散文《小青》发于《文艺报》2014年7月14日；散文《逆江坪纪事》发于《山花》第6期；散文《万物非主，唯有安拉》发于《延河》第7期；随笔《粗粝之花》发于《作家通讯》第5期；一组散文《湘西记》发于《黄河文学》第8期；散文《雾失戏台（外一篇）》发于《湖南文学》第10期；散文《目莲救母（外一题）》发于《文学港》第12期。

小说：短篇小说《若水镇》发于《湖南文学》第4期；中篇小说《当时明月》发于《湖南文学》第12期。

同年，赴鲁迅文学院参加第22届高研班学习。

2015 年

组诗《槐花》发于《诗刊》下半月刊第8期；长诗《断桥十二拍》发于《星星》诗刊第11期；《坡子街的尽头》（组诗）发于《山东文学》第11期；《隐蔽之地》（组诗）发于《飞天》第3期；《流水引》（组诗节选）发于《诗潮》第4期；《流水引》（组诗节选）发于《四川文学》第6期；《夜行青海湖》转载于《新华文摘》第8期；《邓朝晖的诗》发于《中国诗歌》第11期。

同年，组诗《沅江词》获第五届中国红高粱诗歌奖。

2016 年

诗歌：《诗选刊》第3期发表《诗四首》；《青岛文学》第3期发表组诗《隐形》；《诗歌风赏》第1期发表诗歌《女儿国》；《诗潮》第4期发表组诗《八面山上》；《海燕》第5期发表长诗《玉堂春》；组诗《八面山上》转载于《诗选刊》第6期；《文学港》第5期发表组诗《琉璃大悲咒》；《星星》第11期发表组诗《旧核桃树》；《西部》第2期发表诗歌《我在》；《西部》第8期发表诗歌《大王殿》；《两江文艺》第1期发表组诗《邓朝晖的诗》；《城头山文学》第3期发表组诗《邓朝晖的诗歌》；《中国女诗人诗歌特辑》发表诗歌《声声慢》。诗歌《渡口》入选《2017天天诗历》；组诗《沅江词》入选《2015红高粱诗歌奖获奖作品集》；诗歌一组入选《后天2005—2015十周年纪念专辑》。

散文：《创作与评论》第 5 期发表散文《草木怀乡》；《文艺报》2 月 22 日发表散文《零阳》；《湖南散文》第 1 期发表散文《城南旧事》。

小说：《湖南文学》第 4 期发表短篇小说《洗车河》；《西部》第 9 期发表短篇小说《雪孩儿》；《当代中国生态文学读本》2016 年第 4 期发表短篇小说《后山》。

同年，诗集《流水引》出版。

2017 年

诗歌：《沅江（外一首）》发于《十月》第 1 期；组诗《春日途中》发于《山东文学》下半月第 4 期；《莲池上的城市（组诗）》发于《湖南诗歌》第 2 期；长诗《两条河流的三次婚姻》发于《北方作家》第 3 期；组诗《洞庭六首》发于《诗潮》第 8 期；组诗《琉璃大悲咒》和随笔《远去的神灵》发表于《诗歌风赏》第三卷；组诗《出生地》发表于《创作与评论》第 9 期；组诗节选《银杏客栈》发于《星星》诗刊第 10 期；长诗《梨花》发于《散文诗》头题栏目"开卷"。

散文：《牙屯堡的黄昏》发于《散文百家》第 11 期；《叶子上的水系》发于《文学港》第 11 期。

同年，组诗《五水图》获 2016 湖南年度诗歌奖。

邓朝晖诗歌二十首

邓朝晖

夜行青海湖

妈妈，我途中遇雨
青海湖的夜风也吹不走一个名字
这里的油菜比人矮只略高于泥土
不似江南的随风摇摆郎情妾意
妈妈，我收到你的信时正在青海湖的入口
大风吹走我的七岁髫年和二八碧玉
你托疯长的菩提赠我一缕衰败的青丝
你年华未老，而我已远走他乡
青海湖向北月黑风高
左手为丝绸的湖泊右手是芨芨草的故乡
一个忧郁的后生挨了牧羊女的长鞭

他和我一样习惯远行
去一个遥远的天边
寻找菩提的心脏
西部和北方都有一股莫名的大风
他们带走了风筝白色的脐带
我一去六年不返
姑娘嫁给陌生人
有了幽怨的眼神和一首心碎的情歌
我徒有歌王的虚名和大师的冠帽
众人膜拜的是一个空心的佛塔和负心的浪子
这么多年
你的子宫已不再接受欢爱的果实只研习
白旃檀的心经
树高大一天也只长一片叶子

你一天垒一块土坯
一夜修一个花儿般的来世
十五年垒成纯白的佛塔和金顶的寺院

妈妈，今晚我宿在西海镇
鞭马草开出金露梅
青海骢蹬着初生的蹄子
牛羊像野花般撒满牧场
已过十二点我还在夜风里奔驰
花姐姐开始讲烈性的情话
她的心里捂着一团迟来的火焰
我的到来如同那个眼神直勾勾的少年
那时，你年华未老，我情窦初开

这不是真的

我只能在梦里想那些美事了
包括置身于山水间
这地方形似夷望溪
有坟包样的山峰
我坐在水边
房子如一张空洞的大嘴
有的还挂着隔世的衣服
我知道这不是真的
它们像旧式照相馆的背景布
也是我用以画饼充饥的窗帘
这些美事不止一次送进来
像精心绘制的幻灯片
咔的一下插进我容量不小的机器
我让它们偏执一些，狂妄一些，夸张一些
让它们扔掉白日里猥琐谦让的外壳
让习惯逃跑的右脚
搁在悬崖之上

诗探索9　作品卷　2018年　第1辑

我想着美事
在雪花飘飞的夜里

戏楼前

每一株花朵都是前世的姐妹
饥饿猛于萧瑟
我系紧围巾，手伸进口袋
寻找宿命的温暖
自小对戏台有偏爱
知道父命难违
一个小旦有齐腰的长辫
她清秀，大眼睛
穿碎花方领的确良长袖
不同于戏台上的挥舞
她走过我
无视于一个八岁戏迷狂喜的目光
她的每一出我都记得
如同历数自己童年时代的悲欢

我听不进母亲的规劝
宁愿相信公子多情，小姐薄命
最爱鸾凤呈祥
驸马爷遇见多难的公主

我有成人之美
不想见生离死别
挥舞的大刀只是道具
你今晚的华美只为博取我
片刻的欢心

冬天冷得让人心疼
舞阳河水一天短似一天

你看不见格子之外的世界
武将军彩鞭佯装打马
为一个英名在番邦屈辱了一生

潕水河

我只有一副贫穷衰老的身体
沙洲是背上增生的骨殖
桃花是舌尖吐纳的毒瘤
从贵州到湖南三十里
从波洲到夜郎三十里
还要去国怀乡
绵延入芷江，下安江
改道去黔阳
我已老无所有
执偏安一隅
坐等梨花开在一个又一个陌上
还要着小袄春衫
看秋龄恰好
赴一场物是人非的合拢宴

人面兽一头罩上地狱的面具
一脚浮云过天堂
这沿江而生的植物
浮萍、睡莲坐在自己的子宫里
有一半开合也是前世修来
野芹菜芳香低矮
桑葚果困顿如母亲

我已经老无所有
凸面落麦芒，凹面停针尖
夜郎国度春风十里
容我不动声色慢慢地返回

唆 拜

到了这一站就放手吧
就此海棠雍容
竹山更迭了日暮
千面狐埋藏在井底
火葱洗手，一段葱白，一段豆绿
趁天色尚早，他们做起春分饭
惊蛰令，暗语生
香菇切成指甲状，花生、玉米
水边的芹菜入主街安
我们不得不留下
到此算半生亦老
黄花不论英雄
糯米煮酒，也不过是当时的错
还要什么木炭煨火
残颜遮羞
你只有一身赤裸的曲线
弯刀折向来路
直线跌跌撞撞
倒向千疮百孔的下一场
（注：唆拜，侗语，干杯的意思。）

青 碧

有河水为证
这里有铜质的楼台铁打的江山
有狐妖扮作小蛮女
牛头的旗杆装点暮色的城

你偶然流落到此
苦竹寨四面都是高山
黑瓦落满银杏

寡妇十里送君
你翻唐渡宋乘木筏
明清是一匹愤怒的黑马
你越来越近越来越暗然
枯柴躲在墙角
棺木安放堂屋
生的火焰低于死的尊严

在江湖
你的羊群出现在别人的山坡
母兽出了远门
夜里无人安睡

梯玛神歌

摆手堂大门紧闭
姑娘和神去往何方
那里有盛开过的烟火，丰收的大王
炭纹眉，红纸画心
青面獠牙只是我多愁的面具
可以手握木刀腰系红绳
从山脚匍匐到山腰
八面山上四面埋伏啊
婴儿啼夜公鸡打鸣
怀旧的人去了惹巴拉

梯玛
战死的人还会站立着回来
哭嫁的女没了娘亲
你在戏楼前生旦净末还我一世的情仇
马桑树上乍暖还寒又显灵了一盏烛光

梯玛，那是一个冬日暮晚

诗探索 9　作品卷　2018 年　第 1 辑

暮色四合，烟雨迷惑
我撑一把朱红伞
有碎花和流苏
有大风吹过茫茫酉水
牧羊女帘前洗澡落红飞花
　　（注：梯玛神歌，土家族的一种民俗，梯玛，敬神的人。惹巴拉，
地名，土语。）

小营门 42 号

那一年，我五岁
小营门的春天比往年的晚
碧绿棉袄比不过柳枝的妖娆
我披头散发，重重房间是一个偌大的宫殿
门口的杂货铺子顺水而下到过常德码头
爹的咳嗽一声紧过一声
姐姐担水洗红心萝卜，蓝水漂的花布
日子是院墙外的青石板
濡湿而温和
爹不曾打过我，娘也没有

我不记得爹什么时候走的
什么时候有了一个穿军装的继父
娘带着我在山路上转啊
我吐尽了肚子里所有的食物
也没有倒出远方的命运
山是青蓝
和手里的包袱一样

我把姐姐留在四合院
灰色的屋檐下只有一个斜斜的日影
雨滴从天井落下，被瓦缸接住
被外婆的小脚接住
我在翻山越岭时她在挑一担孤独的河水

我坐在两个人的航船上她在看淡蓝色的门楣

我开始哭泣
当那个短发妇人揽过我的头
尝试像母亲一样温暖我
我预感命运将会从此折弯
走向另一个未知的巷口
从此我学会了乖巧
门口的指甲花开得永远那么喜气
多像一个没心没肺的人

莲池上的城市

一朵莲花上能生城池
让我想起一个正在下腰的女子
乳房这片是小城
肚脐以下是大城
而正在受力的尾椎是城垣
隔着布衣葛袍和达官显贵
她的四肢是城楼上的飞檐
沉默而倔强
指甲是秦砖和汉瓦
结过盟，又英雄反目
她的乳房可生波澜，也可以是
客死沙场的坟茔
那杂草丛生的城门
易攻难守
最怕是自取其辱的囚笼

她无须用护城河来遮盖自己
她裸身
如同一张舒展的荷叶
撩人以滚动的露珠
她以不变的姿势来面对

诗探索9　作品卷　2018 年　第 1 辑

众人的目光
她的身上每一处都在开放
诱惑，幽深，孤独

窗　子

一扇通向阳台的门封了
十五楼的阳台
有眺望，也有绝望的可能
而只剩下窗
如一把折扇只打开三十度
只露出一截裙裾
半只鞋面
两枝风拂柳
一缕沉湎的春风
春风到的时候我睡着了
鸟雀涂了油彩
母鸡插上鹅毛
我依然有不动声色的痛
止住骨节根部的喧哗
它们仍然不肯委身于我
抵达旧楼阁、战车木马
大雪来临前的铃铛
它们仍然在深处停顿
只开出三十度的窗子
让我和外面有偶尔的对视
与暗合

缓慢病

紫色、绿色、褐色的药片
长方形、圆形、颗粒、粉末
威灵仙、丹参、川牛膝、当归

姜黄、香附、炙黄芪……
溶于水，归于胃
铺陈于血液、经络
有的从青褐色的皮肤挤进土壤
然后消失，似乎从未来过
它们如此缓慢
一种看不见的伤
见不到流血、战争
翻江倒海继而波平浪静
来势汹汹而后握手言欢
一种药能够疗一种伤
如果她是爱他的

十一月没有战争与爱情
雪下在外省
雨落在遥远的马路
它们如一个冗长的句子
总有打不完的逗号
晨起，黄昏。一天复一天
那些草木熬制的药丸、粉末
依然固执地进入，消失
没有改变一点
藏有内伤的土地

我只有缓慢地活着
不打仗
没有敌人也没有纠结的熟人
不走路不算计一天的里程
不看时间不因为一个惊心的数字
从缠绕的梦中惊醒
不关心雪落在哪个省份
阳光照耀了哪片陆地
阳光与雪都是他乡的
我这乌有之乡

只有六平方米
从床沿到桌边，从独醒到昏睡
就如一根红头绳
从燃烧的这头到平熄的那端

城墙上的人

所有的人，都在城墙上住着
他们在城墙上跑
他们生早炊、下地、种花
采摘碧绿的果实和清苦的心
他们不知道
脚下踩着一些仇恨的影子
他们在夜里厮杀、反抗
一个王征服另一个王

他们在劳作中拾得的砖瓦
刻米字、汉字……
或姓"楚"或姓"吴"
或是"武陵"或是"荆州"
他们不知道
小瓦当也带着仇恨
不肯被修复

他们沿城墙居住
围成四方形
住在南北城廓的人如同隔了一道
虚空的河流
他们隔着河流喊话
像是一个王招安了另一个

邮　路

当年
从里耶到荆州的行程是这样的
里耶到临沅九百一十里
临沅到索县六十里
索到孱陵二百九十五里
再经孱陵去往荆州，一百一十里

当他们说起的时候
我想起密林里的马蹄
想起驿道、驿站、长亭、界碑
拴马的桩，踩出蹄印的石板
沿途恶风苦雨，尼姑布施的茶庵
想起锦书，或者竹简
得有怎样的心思

想起一个人
得有怎样的心思
才能收下这步步为营的接力

快要结束了

快要结束了
这些守在桌边的日子
炉膛里的火，喉咙里的枪
这些沉默与谦让，缺席与放弃
我放弃雾里寻山
山中银杏和假寐的圣人
放弃坡度
一个平缓的坡也藏着回旋的命运
我放弃平衡
让身体向一边倾斜

海水灌满迷宫
心脏塞进盐
让事物破坏
充斥饱满的伤口
是的伤口
惯于吹拂的微风
打量溃烂的过程

快要结束了
十一月任意流淌
它总想流到尽头
得到答案与良方

银杏客栈（组诗）

之一：黄昏

黄昏是用来心疼的
我不便说出那些沉湎中的隐秘
跳舞的人们排起了长队
他们围成圆圈
追问一个守口如瓶的人
而中间虚无
没有人起舞
音乐指挥着空气
他们在空中划着拍子
等待一个人，从小道上分岔
走向自己的花园

一颗石子在山中迷路了
它不是左腹的那颗
不是负担重量的那颗
它有一百个不愿意

从一座山头到另一座山头
犹如从一个男人到另一个男人
的命运
有的时候
它需折四十五度角
弯成九曲的盲肠
越盲目越尖锐

我让那颗石子圆润下来
从枪口退出
回到黑暗的地方
回到哑
回到聋
回到平坦的日子
回到殊途的日子

之二：客栈

房子
一个空虚的人
这个薄雾的黄昏
人们都离开了
老祖母只剩下松软的肚皮
和空荡荡的子宫
我几次打开门
看见客居的卧榻形容整齐
如一个素缟的妓女等待一个
未知的良宵
我那么令她害怕吗
她在暗影中等待
没有喜色，也没有挣扎

我冷冷地瞟了一眼
今夜

我只是一个过客
于这间楼阁
这张床榻
这具四面楚歌的身体

之三：清晨

我往肚子里填进了馒头
鸡蛋和米粥
对面的人在叫我
对面是一间百年的屋子
两只鹅在树下散步
金银花晾在竹盆里
石臼靠着水井
井中只有月光
屋子大门紧闭
有炊烟却没有人

我完全可以想象
这间屋子里藏了一个神灵
这山中藏着神灵
他们造访了我昨晚的梦境
他们造访了我几近坍塌的屋子

之四：银杏

并非所有事物都要求圆满
银杏叶不要
它只要圆的三分之一
一天中的下午或黄昏
一个人的三十年
要么是丰腴的那一段
要么是告别的那一段

还未及天命
它已生放逐之心
而我在离它百米外的客栈里假寐
寻找一个可以度过半生的人

之五：错过的

上山的时候
我错过了磨市、雁池、苏市
安溪
错过了青玉米、茶园
双孔、四孔的桥
深陷或肿胀的河流
我错过了那么多集镇
人们在高山之巅仍然可以安生

我错过了野生的花
纯粹或杂交的树
无论正出还是庶出
都是一夜风声的结果
我错过了那么多倾斜的事物
书可以在倾斜之处诵读
种子在倾斜之处破土
人类或万物的交媾都不用倚靠
平衡的力量

之六：河流

在高山之巅
我洗漱的那些水
我泡新茶的那些水
我喝下的汤汁、米粥
我咽下的唾液

都出自一个幽暗的地方
寻找源头的人无路可走
越接近真实越虚幻
相见不如怀念
怀念不如流淌

我看到它的时候快到雁池了
我才看到有形的它
流淌的它
越低下越宽阔
越放荡越丰腴

我跟随着它
离开客居的源头
像一颗小石子一路打着水漂
我跳进去它就是我的衣服和子宫
我跳出来它就是我这一生
貌合神离的轨迹

探索与发现

探索与发现

作品与诗话

现实云图与未定的诗歌之途

霍俊明

> 眼前就是一个奇幻的故事
> 只是看我们怎样下箸。
> 沸腾的锅子，围桌而坐的人
> 喝下一杯，仰首长叹
> 我们要怎样在庸常的饭食前挨过这漫长的一生？
>
> ——蓝野《春明小史》

2017年4月的一天，在封闭的机舱里我正在读蓝野的诗集校样《浅妄书》。此时蓝野正隔着一个狭窄的过道坐在后排。这些白纸上的黑字所构成的修辞世界与现实中的诗人生活构成了一个不无奇妙的呼应。一个天天喝蔬菜汁、走路健身、忙于减肥的蓝野"王二"是如何把庞大的身躯转化为不无细腻、柔情的"诗人形象"的？

此行的目的地是湖北宜昌。临行前，天气显示当地是中到大雨。飞行途中，我脑海中突然出现了一闪而逝的念头——飞机会不会因为天气原因不能正常降落？过了一会儿，空姐播报飞机三十分钟后降落宜昌三峡机场。渐渐感觉到密集的雨阵已经击打在机身上，旋即飞机拉升、颠簸，好一会儿也没有下降的趋势。又过了一会儿，播报再次响起——"因为天气恶劣，为保证乘客的安全，本架航班备降长沙机场。"现实版的南辕北辙，去湖北却跑到了湖南。此后，各种等待和中转，深夜在长沙黄花镇的一个小酒店留宿。三个人在街边烧烤摊吃空心菜肉丝面，喝了几杯凉啤酒。酒店左侧临街，街上是从机场驶过来的轰隆的车辆，而车窗的另一侧则是略显安静的村庄以及阵阵狗叫。左侧和右侧，时代的新旧景观接踵而至。这些都是意外，预定之外的种种偶然和不确定性。我想这恰恰是诗人写作的某种现实隐喻。现实也如莫测不定的云图，何时晴朗何时暴雨冰雹都可能打破预设的行程。现实的云图与未定的诗歌之途也因此形成了微妙甚至戏剧性的呼应。这也是我在阅读"中国好诗第三季"时所强烈感受到的。一个优秀的诗人并不能因为习惯性的写作而封闭了语言的生成性和诗性的未定性，而是应该进一步强化并拓展。写作的自觉是一个成熟诗人的重要标志，这不只是一种修辞能力，更是精神视域甚至思想能力的对应与体现。对于当下的汉语诗歌而言，既无定论又争议不断。对于写作者来说，或许最重要的就是提供诗歌写作的诸多可能，而这些可能又必须建立于个体写作的自觉基础之上，而非欺世盗名或者自欺欺人的把戏。反之，如果在分行文字中看不到"人"，看不到属于个体的生命状态，而空有阅读、知识、修辞、技术和夹生的言辞，那么这与魔术师手中的魔术袋有什么区别呢——花样翻新最终却空无一物。我评价一个诗人有一个基本的标准——在放开又缩进的诗歌空间中有真实可感的生命状态，而生命状态的呈现和凭依又能够紧紧围绕着象征性场景和核心意象展开。在日常景象中发现异象，保留历史的遗像和现实中跌宕起伏的心像正是诗人的责任——"在拉卜楞寺，我被天空的异象惊呆了／看不到诗人写下的这一切"(《拉卜楞寺》)。

2006年1月蓝野出过一本诗集《回音书》，两年之后的4月9日这本诗集到了我的手上。而即将出版的《浅妄书》与前次的诗集之间是否也存在着"未定性"和"偶然性"呢?

这本诗集由"故乡别传""春明简史"和"山河小记"构成(上一本诗集《回音书》则由"京华志""旅行记"和"故乡谣"组成)。"别传""简史""小记"显示出了诗人打造"诗歌个人史"的努力。在多年前关于蓝野的文章中我曾指认他是一个黑色市井里紧抱灵魂大雪的诗人。故乡(乡村和县城)和北京构成了两个时时对照的张力结构，且不乏对立、冲突和怪诞的戏剧性，比如《乡村电影》这首诗。现实故事与电影、传统戏曲以及生命因果并置、龃龉。这首诗也可以看作蓝野的那些"现实之诗""乡村之诗"的"元诗"——包括写作态度、精神姿态以及伦理判断。当然，就现实的复杂性而言乡村和城市两个地带的关系可能超出了很多诗人的经验和想象力。以这种"倒退"着观察和追溯的方式抒写乡土经验的诗人并不在少数，反而是已经成为越来越普遍的写作趋向。那么从整体的层面考量，这样的写作在具有个人表达诉求合理性的前提下也会具有难度。这种难度既与个人化的乡村经验和想象能力有关，也与一个诗人的重新发现能力甚至词语创造性有关。在趋同化和表层化的痛苦经验的乡土写作潮流中，如何能够写出具有发现性的诗是对写作者最大的考验。一个真正的诗人必须是有效的——思想和修辞的双重有效，只有如此才能够为当代汉语诗歌尤其是同题材同经验的写作者们提供另一种可能。时代的戏剧性以及不可思议情节的制造者是谁？诗人有责任给出答案，尽管诗人的知识是"伪知识"。蓝野对"乡村"内部也进行着类似于标本解剖和田野考察的工作，在认同与距离中他同时充当了一个赞美者和犹疑者，而不是一个僵化的乡土写作的板硬面孔，比如《农妇们》就蕴含了复杂态度。

蓝野的那些行走、见闻和"观光"的诗歌，则显示出了这个时代碎片化的现实风景。这需要诗人具有良好的听力和视力——"在夷望溪的小船上 / 我看见河流分岔，然后突然拐弯 / 任性的流水，在山川之间各行其道 // 和夷望溪一样，我们一波三折的生活 / 未知和变化才是风景。夷望溪之上 / 远望可见隐约的青黛山峰"（《夷望溪》）。诗人必须在"分岔""拐弯"和"隐没"的地方仍保持足够的凝视能力，这也是对这一时代诗人们行色匆匆、浮光掠影的拙劣的"摄影术"和"描红术"的提醒。当下更多的写作是心灵鸡汤的残羹和励志式的思想余唾——"山与水的演奏，徐霞客之后的伪旅行家 / 没有哪一位驻足静听"（《雁荡山》）。喧嚣时代的"静听"之耳已难有敏锐的听力，而自然山水前驻足凝视已转换为快速景象的失重与眩晕，"速度还是有作用的 / 一个模糊的移动的时代"（《51 次，52 次》）。

《浅妄书》揭开的是一个谦卑的写作心态和抒写伦理，也是一种讽喻性的诗歌写作命运的几声无奈的叹息。写作对于这个时代的诗人而言并不是变得越来越重要或者不可或缺，而是越来越被浮躁和肤浅的观感和表态所僭越。

开篇是《压水井》，仿佛在黑夜的机舱里闪亮了几下。那不是希尼笔下黑夜的汲水者，而是故乡土层下奔涌出的语言的泉水以及个人化乡村史毛细血管的再次鼓胀。一个诗人有必要作为故乡的抒情诗人和讲故事的人，他可以欢叫也可以流泪，但是他的职责还不仅仅在此。他还应该进一步在乡村和现实的表层浮土、黄黏土和砂页岩下进行挖掘的工作，将那些植物的隐秘根系、土层里的砾石瓦片以及历史的残骸重新拨开、翻检出来——

父亲选了一个大旱的春天
再次把井深深地打了下去
花岗岩的缝隙间，那清亮的泉水被压水井抽上来了

现在，大地深处
有一眼泉水
还响着父亲那坚硬、执拗的探询的回声

　　诗歌注定是一种特殊的回声——这是历史的回声，现实的回声，经验的回声，也是语言的回声，但是这些"回声"并不是均衡对等的。具体到一个时代的诗歌写作而言，这些"回声"有弱有强，有的居于主导显赫的地位，有的则居于边缘消隐的位置——"在这里，手机短信遇见了长风万里"（《乙未暮春，敬亭山上》）"多么深远的历史／对于我，不若一个被翻出来的信息更有意义""夜过长街／我正想对伟大的建筑师说一声谢谢／那握在手里的手机，突然亮了"（《夜过长安街》）。

　　我更愿意把这首《压水井》看作蓝野"乡村叙事"的一个切口，从而进一步打开现实的"褶皱"，深入进去感受那迎面而来的黑暗、冷风，还有热泪、隐疾。

　　乡村的历史和现实有时正是那些日常、细小的事物，"我和孩子在院子里数出了六十多种植物"。这不是统计学，而是确认和发现。而现实之水必须映出历史的遗照，比如"失踪半个月的大头突然从水库里漂浮上来"（《星空》）以及"公社""地主"这些历史化的指向。被忽视的乡村蒙尘的屋子也正暗藏着一个时代"模糊的云图"，而个体命运的叶片形成的是整体性的乡村大树的形状。时代和历史的风雨雷电、季节轮回都在这棵树上得以对应。暗房、显影液和最终成像是诗人必备的工作——将那些消失、隐匿之物再次提取、现身。这一切构成的是一个诗人的个人化的历史想象力，这一想象力建立于个体真实的基础之上，并经由求真意志而具有了普世性，从而抵达那些具有相同或相似命运的"旁人""陌生人"的世界。这样的诗需要经验更需要想象力，需要诗人对个体和整体、历史和现实进行过滤、转换甚至变形。蓝野具有转化现实和历史的那个秘密开关的技能，比如《公社》《山路弯弯》《回乡偶遇》《取环记》等这些诗。他将乡村的历史和现实以及城市的图景巧妙地转化为具体的个人遭际——"地主家的孩子公社／小我两岁，新年后就四十七岁了／小时候，我用油浆敲他光光的脑袋／他总是抻着长长的脖子，伸过头来／等着油浆落到头上"（《公社》）。这些人物和事

件真假参半、虚实相生，更接近于一个个寓言化的文本。寓言是既介入又疏离的双重声调的文本。假托的故事以及讽喻和劝诫功能需要讲述寓言的人时时注意分寸、拿捏有度，既投入又适度疏离。这种特殊的故事形态能够揭示历史和现实夹缝深层的本相，进而体现讲述者的情感和意志。在此，寓言突破了经验和现实表层的限度，表层故事与内在指向形成了"夹层"般的异质性空间和意外的阅读感受。诗人需要找到那一个个对应于历史和现实"正文"的脚注，需要在一个个原型那里找到"替身"，在一个个现实景象中找到精神的"心像"与"象征物"——比如诗歌中的"父亲""大头""公社""疯子""老板""走失的人""石榴""蜜蜂""杜鹃花""水井""唱片机""印章""徐家村""县城""北京"。在这方面蓝野那些现实与历史夹杂的"寓言化文本"做到了以小博大、化实为虚。这样不仅没有拘泥于表层化和刻板化的现实和历史，而且做到了容留、提升和超拔。时间在这里也随之发生了变化，物理时间和个人时间有时通向了历史时间——"她太会藏了，柴禾垛后面／那条小路，通向了无尽的绵绵的时间"（《月光照着徐家村》）。

在蓝野纠结于乡村和城市景象的诗中，一个"成年人"和一个"少年"在黑白影像中对话或者盘诘。与此同时，亲人、异乡人、远行的人、走失的人、疯子、死者、梦中的人在语言和修辞中纷至沓来。这既是一种现实描摹，也是心理的显影，更是精神自我的寓言——"这一个走失的人，在世界的迷雾中／怀抱着一个小村清晰的图像"（《村子里总有人走失》）。乡村的夜路、城市的一条条水泥路以及外省烟尘弥漫的路上，"寻人启事"的失踪者可能正是诗人所要寻找的，甚至这个走失的人正是诗人自己。蓝野一再在诗中强化了对城市的疑问，并不断加深着一个"异乡人"迟疑的面影。这个时代已经不可能有"拟古诗"那样的闲情逸致和缓慢无际的游子般的乡愁，而往往是"反诗歌""反诗意""反乡愁"的诗歌更多，比如《曲阜东乘高铁返京微信致邹城潮汐兄》。"曲阜返京致邹城潮汐兄"是抽空了时间的"拟古诗"，而"曲阜东（站）""高铁""微信"等时代"新"词语的加入则使得诗歌新旧杂糅、彼此纠结、左右互搏，及物性得以提升。这样的诗歌写法往往像书法中的逆锋和破势，"我有浮生半日可醉／我有沿湖万步要减的肥"（《洞庭小令》）。

画鬼易，画人难。最考验一个诗人的还是那些日常的事物和人物，尤其是在十几行之内如何在结束时成就一首"完整""有效"的诗。

时间是割草机，现实是打夯机，一个在抹除、一个在重击。诗人需要在有限的诗行之内找到一个或几个特殊的刺激点——就像撬棍找到一个能撬动整个碾盘的支点一样，诗集中比较具有代表性的是《论时光和女人》《撒娇》等："几个亲密的同学每次聚会／点菜时大家都叫，来一盘毛豆/我们要剥毛豆//女同学小刘，小名叫毛豆/我们都知道。前几年/一点毛豆，她都会红一会儿脸//现在，我们说要剥毛豆/老刘就作势要脱衣服，来啊/让你们剥，让你们剥毛豆"（《论时光和女人》）。这个"小刘""老刘"是同一个人又不是同一个人，这种似是而非的反差揭开了滚沸的现实锅具之中的内里。这是日常之物和时间点阵对一个诗人的考验，蓝野在那些事物中保持了一颗细腻、孤独又热爱、多情之心，于时于人于物概莫能外。平心而论，我更喜欢那些肯定和虚妄同时展开的摩擦性、龃龉性、互否性的诗作，如："一个没有资格哭泣的人/总是热泪盈眶"（《回乡小记》）。

2017年春天结束了，也许总会有那么多的偶然和不定的云团带来同样阴晴难测的生活和同样不可言说的诗歌之途。一个叫王二的诗人仍会拿着饭碗、手抚胸口而盯着迷茫的远处和星云。日常中的不安需要在诗歌中安忖，消隐之物需要在诗歌中被再次指认，哪怕最终只是时间的灰烬带来的虚妄之语和浅妄之书。我想起了一首商震写的诗——"几个环卫工人 / 在焚烧枯叶 / 王二走过来 / 转圈看 / 他指着一堆灰中的 / 一小块灰烬说 / 这几片叶子 / 是我家左边那棵树上的 / 它们不分白天黑夜地啸叫 / 让我食不甘味睡不成眠 / 烧成灰 / 我也认识它们"。

蓝野诗歌十五首

蓝　野

压水井

筹划了好久
父亲终于打下了村子里的第一口压水井

一米深的沙土层
再有两米半的黄黏土
又有一米半的砂页岩
几位堂兄，仅用一天就在大地上掏了一个窟窿。
泉水喷涌而出
随着简单的杠杆原理
哗哗地来到老楸树下的院子里

后来，周围的人家
都打了井，地下水退缩到深深的地下。
父亲选了一个大旱的春天
再次把井深深地打了下去
花岗岩的缝隙间，那清亮的泉水被压水井抽上来了

现在，大地深处
有一眼泉水
还响着父亲那坚硬、执拗的探询的回声

乡村电影

先是男主角在北京开着
赚钱的公司，有了二奶
死驴撞南墙一样，回乡和女主角离婚。

诗探索9　作品卷　2018年　第1辑

女主角在村里坚强地养猪
种种困难之后，成了有钱的委员和代表。
话说，故事和传统戏一样没什么新意
二奶被车撞死了
男主角公司破产，流落街头

一个吕剧数字电影
剧情简单，三观腐朽
却对上了乡村的胃口
在村子里被一遍一遍地说起——
富贵就该要饭！
杏花就该委员！
那叫丽娜的二奶就该出事儿！

清晨，我在沉睡中醒来
听到鸟语花香的院子里
妈妈和她儿媳又将昨晚的电影讲了一遍

这个村子，这个电影
对人性的丰富壮阔不予理睬
将时代的波澜起伏看成因果故事
它们和妈妈的讲述一样
只对城市有着说不清的满满的恶意

星　空

乡村小学的复式班上
五年级的一个学生坐在我们一年级中间
他就是大头
脑袋大如箩筐，个子矮如木桶的大头
一着急，脸就红彤彤地着了火的大头

五年级的大头坐在我们一年级中间
坐着稳稳的老大交椅。

他有火柴，带我们去点荒草，放野火
他偷来西瓜，苹果，柿子
看着我们瓜分那些生涩的果实

五年级之后，大头去了生产队的牛栏做牛倌
据说接生过一只比自己身子还大的小牛
又去了后山做护青员
满山奔跑着撵走吃青草也吃庄稼的牲畜

突然失踪半个月的大头从水库里漂浮上来
脚上竟然决绝地捆绑了一块石头。
村庄是最容易忘记的，大头的传奇
也仅仅是他日过一只山羊
他在中学门外大声念着自己发明的英语
叽叽咕咕，女孩子们吓得绕道远去

十几年过去了，村里的老房子
翻新成高大明亮的新屋
只有大头的妈妈，还守着大头住过的小黑屋子

拜年时，我们吃惊地发现
黑黑的小屋子四壁，甚至山墙，房顶
被用粉笔画满了星星
月亮，太阳，银河系，还有模糊的云图

"都是大头画的。"我们站在小小的房子中间
眼前是繁星满天
是矮矮的少年大头的星光灿烂

公　社

地主家的孩子，就得叫这个小名：公社

1975 年，我们偷他家苦楝子树上的果子

诗探索9　作品卷　2018 年　第 1 辑

捣烂成泥，掺进棉花丝条团起来
做成铁疙瘩一样结实的球，油亮亮的球
——油浆

我家带暗柜的楸木桌子
是五十年代分浮财时，从公社爷爷家扛回来的
母亲将它抹上一层暗红的新漆

过年了，仙逝的祖宗都要回家
在虚设的上席，端正地坐下。
只有公社家，没有摆下供桌
他蜷缩在土炕上，不知新年已至
不知地主家的儿媳、自己的娘亲已在腊月里过世

媳妇在婆婆死后，号哭得最为断肠
之后，被娘家人接走了。
这个辉煌的集体主义名词，蜷缩在土炕上
昏昏沉沉，不觉饥渴

我和妻子商议去看看他
关于带钱，带油粮
关于怎样让别人认为，我们不是出于可耻的怜悯
关于儿时玩伴的友谊，老去后是否需要认领
争吵了好久
后来，我们没有去

地主家的孩子公社
小我两岁，新年后就四十七岁了
小时候，我用油浆敲他光光的脑袋
他总是抻着长长的脖子，伸过头来
等着油浆落到头上

初一深夜

街上那么多烧纸钱的人
悄悄地出来，悄悄地回家

他们是怀念的人和祈祷的人
道路的一侧，墙角，树下，他们点亮了
他们想点亮的那些，纸钱，和说不清的念头
打火机点亮了一次，再点亮一次
唯恐那光亮熄灭
唯恐风大了，那纸灰飞得太远

我就在窗子前站着
喜爱了这到处都是亮光的世界
暂时的失眠，因为爱
在凌晨的睡梦里寻找光线，因为爱

春明小史

这注定是一首藏下秘密的短诗
在吃蘑菇的小店里饮酒的人
就是浑身着火的人

饭馆和食客，这强大的掠夺者
将森林搬上饭桌
是的，流水也在
鸟鸣也在
那洁净的草木味道都在这里了

眼前就有一个奇幻的故事
只是看我们怎样下箸。
沸腾的锅子，围桌而坐的人
喝下一杯，仰首长叹

诗探索9　作品卷　2018年　第1辑

我们要怎样在庸常的饭食前挨过这漫长的一生？

几次走到窗前
我对这喧闹伴着酣眠的城市，看了一眼。
透过窗户的星星，在天际
你可听得见我轻声的晚安？

母　亲

一位怀孕的女人登上公共汽车
扶好车门里侧的立杆后
对着整个车厢，她很快地瞥了一眼
她那么得意
像怀了王子
她的骄傲和柔情交织的一眼
似乎整个车厢里的人，都是她的孩子

车微微颠簸了一下
我，我们，和每一丝空气
都心惊肉跳地惊呼了
——道路真的应该修得平坦一些
——汽车真的应该行驶得缓慢一点

很多母亲正在出门，正在回家
正怀抱着世界，甜蜜而小心

勃兰登堡协奏曲及其他

很多次了
在城市，乡村
熟悉的地方，陌生的地方
夜晚安寂之时，或者午后喧闹之时
音乐会突然响起

从临街小店的音箱中，自高树上的喇叭里
旋律倾泻一地

我就在那乐音笼罩下
或者激荡，目光放远，内心轰响如河流
或者安静，从内到外，像一棵站立的树木

天地之间
我旋即进入剧情
在最合适的配乐声里，出演了那一刻
没人替代的主角

朝阳路

对我来说，这确实是一条路
一条用双脚走的路
一条乘公交车缓慢穿越的路
一条出去和回来的路
从西到东的路，从东到西的路
已经好多年了，我的散漫和匆忙
都由它，在灰尘中做了详细的笔记

有时候，我会在路边站下
我的一贯动作是抱紧双臂
像怀抱里有一块怕碰的玉
我的动作是多么轻啊
我的嘴角老是挂着一个灼热的词
这个词，只念叨给遥远的你

秋天也有坏天气
雷雨中，每一片树叶都可能带电飞行
秋蝉的无邪歌声也会及时远遁了
杨树和泡桐造就了许多恐怖的黑影

诗探索 9　作品卷　2018 年　第 1 辑

朝阳路，有那么的天堂
也有那么多的地狱

走着，走着
我会猛地转身
对着已看不见的鬼影挥出拳去

道　理

城市孤独下来
我立刻成为一座废墟
身体是残破的栅栏
里面荒凉一片，寸草不生

仅仅是一个信息
我就明白了
地球的旋转是有道理的
夏天是有道理的
灰烬站了起来，成为
枝繁叶茂的大树是有道理的

石头记

我有什么脸面说自己满怀激情啊？
我们桌上的那小小石头
沉着，安静，却是从火山口喷射而出
它心里的火焰还在
内壁是红色的，有着沉重的起伏

这个城市，有人吸食毒品，我不敢
有人跳下高楼，我不配
有人狂啸，有人裸奔，有人毁掉诗篇……
而我沿道路上最僻静的一侧垂头走着

那外表冰凉的石头
曾经激烈燃烧过，看着它们
我有什么脸面说自己满怀激情啊？

落叶颂

落叶有落叶的味道
清新中隐含着苦涩的腐败气息
此刻，我们脚下
小路上布满了叶子
它们是银杏、刺槐、白杨
从又一季轮回里挥别的深绿和金黄

细雨后的道路湿滑
我们躬身前行
默默地辨认着
这些幽暗落叶藏起来的
生命，那闪亮的光芒

参观钢铁厂

这个炉子停产了，张师傅说。
不得不停，张师傅说。
钢产量将市场的大肚皮撑破了，张师傅说。

前年掉进去一个人，张师傅说。
还没结婚呢！张师傅说。
他就掉进去了！张师傅说。

一千八百多度啊，他瞬间就没了。
我都搞不清楚哪股飘升的热气是张国瑞。
——张师傅还在说，我突然有些失聪。

诗探索 9　作品卷　2018 年　第 1 辑

……默默地，我们乘上中巴
上车时我用手扶了一下车门
又迅疾缩了回来
这寒冬里的钢铁太烫，太烫

悬崖和铁索

在一堵悬崖上方
我们被一条铁索拦住

这正是照相的好地方
万丈深渊前，风吹着登山的人群
一挂铁索，阻挡了这些沉重的身躯
人生总有这样一截
写满了生活本身的矛盾

我们看不见危险的境地
轻快地踮着脚尖，对着镜头
将心里的欢欣彩云一样挂在了脸上
挂在了刚刚登临的又一座山峰

朱雀行

在这里，我们找到了给未来写信的邮局
在贴满了高铁票、登机牌的小店墙壁上
小心翼翼地将两张汽车票藏下
它们与我们分别了！它们与我们分别了
如葬在万水千山之间的两片叶子
顺应着命运的安排……

我们各自写了信，像两个怀着远大理想的孩子
写下了梦幻与期许
多年以后，此刻的情景

会乘着一张张纸片，穿过时空的阻隔
找到我们，如日暮的小鸟找到归宿

江岸和小巷子里的灯红酒绿
给山城的夜晚披上一件彩衣
这喧闹的酒吧之城，这狂欢的偶遇之城
总会有孤单的人，如山顶那盏孤单的灯
自个儿行走，自个儿长久地发呆……
喧哗的廊桥市场上，我们找不到旧日的卖书人
一条温暖的围巾搭在胸前
落雨的夜间，也有了彩虹围绕着我。
每个小店，临门的小厅里都有一位怕冷的南方人
用手臂，用身体，轻轻围抱着电火炉
如抱着初识的情人，不敢用力，又舍不得放下

一座大院子的门廊外
我们成了不能登堂入室的人
没有什么，所谓文化不过是院子里的几块青砖
估计，导游词是这样的：
那个男人坐过这里
离别之时，那个女人冲动地拥吻了这棵榕树……
有人在雨中跑了好远
想买一张门票，而卖票人已收拾了摊子
这就够了，——这街巷里的石板路，几百年卧在这里
被游客和乡民踩踏得光滑明亮
——这就够了，面对奔跑着的买票人
我拥有的足够多

这条河的落差，这条河的哗哗流水
这噼里啪啦的冬日小雨
正适合我踏实、安静的睡眠。
如那个喜欢在旅店和小舟中写信的归乡人
在温热的小旅馆，我找到了
——人到中年最安恬的一夜

诗探索9

作品卷 2018年 第1辑

两个为逃票而绕道的人，蹦蹦跳跳
在短暂的寻找中，命名了他们的旅途
——舟楫之旅，姜糖之旅，冰雪之旅，岁晏之旅……
就似这用比喻堆砌出来的朱雀城
静止和流动
都有着太多光彩夺目的名字

阿信诗：原初的味道

于贵峰

一   让天光自然呈现

对一个诗人诗歌的记忆，以及由此产生的取舍，肯定来自最初的阅读。我第一次读到阿信，是在 1998 年底的那期《飞天》诗歌专号上，荒寒的草茎、圆木上的木耳、草原的野花以及风中甩打的经幡等，构成了我眼中的阿信诗歌的基本外貌。《速度》一诗中，"对写作怀着愈来愈深的恐惧"的敬畏，更让我心生惊异。但慢并不是在语言上的精雕细琢，从那几首最初读到的诗中，就已经可以看出，在阿信这儿，语言的秩序，仿佛是语言自己决定的，是那样的自然。

"让天光自然呈现 / 劈柴和牛粪垛子高大的轮廓"（《折合玛》），不错，自然呈现，这就是阿信的秘密。这一点，在我那篇臧否甘肃诗歌（诗人）的《浮雕的凸凹》中，以及和阿信后来的聊天中，都反复提及。实际上，阿信对此也有着清醒的认识。他在随笔《花与寺》中写道："一个人，一座寺庙，一朵花，一处海子，甚或一只无感无知的甲壳虫，都透着神秘或原初的味道。仿佛等着你来发现，又仿佛浑不在意，让你更觉出世间生存的庄严和奇妙，以及置身其间的福分。因此，我所有的写作，都带有一种命名的意味 —— 那只能是庄严和虔敬，而不会是其他。如果说诗人的写作是一种创造，那么，我仅仅想通过汉语转述我在这里所见和所闻的一切，不需任何修饰，而且心怀崇敬。"

阿信说他在"转述"，仅此而已。他说他忽略了房子的存在，忽略了世界，正俯身于一张白纸，而那纸上"渐渐有东西呈现"（《旧雪》）。

而谁又是那神秘的口授者？

二   初雪，提着洁白的裙子

读到《初雪》这首诗时，还是想到了昌耀。但《初雪》已与昌耀的面貌相去甚远，如同剔除了话语方式上的一些阴影后，阿信留存了昌耀的精神和风骨，回归到自己的内心。最简单地说，在语言的使用上，阿信抛开了昌耀那些为保证诗意的准确和陌生而热衷的生僻字词，回归到

诗探索 9　作品卷　2018 年　第 1 辑

了契合甘南自然风貌和自己相对谦逊、低调的现实，却没有失去骄傲、浑厚、高贵和庄严。他保留了诸如"初雪""冷峭""荒原"等等看似稀松平常的词，却做到了与抒写对象浑然一体、音响和谐，常常使我忍不住反复诵读品味，那些再普通不过的词，是如何神秘地凿出一个个声音的隧洞，吸引前往，陷入、流连。汉语言的魅力，在阿信的诗中，再次彰显。不错，在阿信这儿，已经没有了影响的焦虑。他"横身探出马刀 / 品尝了初雪的滋味"（昌耀《鹰·雪·牧人》）之后，进入了属于自己的诗歌世界。"初雪，提着洁白的裙子"，"在匆匆经过的人群中"，也辨认并选择了阿信。沉重中的轻盈，寒冷中的晶莹，荒凉中的从容，繁华中的淡定，我们将有幸从他的诗歌中一一目睹。

三　在星星的课堂上

　　和阿信初次见面，大约是在 2004 年底吧。那次，我说对他诗歌的一些看法，谈到他由俯视到平视到仰视的视角变化，带来的表达方式由发现命名到自然呈现的调整。现在想来，他肯定是很不以为然。人世间的事物哪儿有那么清晰的界限呢，也由此决定对事物的认知方式、写作方式不可能那么截然分明。新诗集《草地诗篇》，也在呈现着这个简单世界的丰富性带来的"呈现方式"的多样性和"呈现"的艰难。我想无论多么前卫或现代，诗歌都不是"照相"；即便是类似"自然主义"写作，面对纷繁的大千世界和人间百相，叙写如同"取景""构图"一样，都是有选择、取舍和瞬间的剪裁的。语言和诗歌，总是在呈现自己，即便是外在于自己的人、事和物，也都是作者自己。呈现只是一种表象，根本在于生命、语言和书写对象的某种契合。这种过程，并不那么容易，因此，阿信的诗歌还是在发现和呈现等不同的路径上出没，加上情感、气息、自然、温度、宗教等的渗透，构成了一种冷寂、奇幻、壮丽而孤独的诗歌风景。发现和呈现之间，有一种意识的自觉在里面起作用。在一个容易迷失的世界，只有发现了，才能呈现，在这样的情况下，发现比呈现似乎就更重要。因此，那种艰难并不是一种反复，而是一种选择；不是方式上的求变，而是生命有一个不断展开的过程，是在现代社会背景下存在的两难在起作用。诗歌的现代性在阿信这儿，不仅仅体现在了表达方式上，更体现在了对某种精神的持守上：比如自然性，比如对生命的尊重；尤其是生命意识在诗歌中顽强的存在，更散发出星光般的力量。按照阿信自己的话来说，是"苦寒的金属"（《青海》），是在荒寒中"天底下一朵柔弱的花朵"，"集美丽善良于一身"。

或许我们会说，这种"呈现"是不是一种"改造"呢？不，这种"呈现"，要由外到内，要立足在真诚，"端出"一个本真的我。

到底如何，只有阿信这个诗歌的魔法师知道。在甘南，在某个秘密的时辰，在星星的课堂上，他正做着神秘而复杂的"推演"（《秘密时辰》）。

四　借着一生的月光悄悄回来

从山坡铺延至河滩的白雪还是需要有一点技术的。

看似随意的空中姿态，鸟儿们反复训练才能完成。

那时候我们把一簇小小的火苗从家里穿过河滩捧到学校。

几十年过去：那些曲折路径，依稀可以辨认。

阿信这首《练习曲》，核心是"路"：生活之路和艺术之路，两相交融，有些分不出彼此。但不管怎样，"依稀可以辨认"。

《练习曲》在《草地诗篇》卷四《旧情节》，应该是其小时候的情景。记得我曾在旧文《鹰，或者夜露疼醒的阿信》中说过，似乎阿信只是"草原的阿信"，而不是其出生地"临洮的阿信"，他似乎有意在诗歌中回避了一段生命的经历。仿佛作为回答，这次在《草地诗篇》中，关于其起初的"旧情节"有十二首之多，且在网上贴出后一片叫好。粗略读之，这些看似描写乡村物事的诗歌，没有对记忆的背景进行"修改"，更没有停留在一种廉价的喟叹，而是客观地呈现在一种艰难的困境中，那"一簇小小的火苗"穿过了时间，即便有光亮的明暗变化，但依然在生命深处顽强地摇曳；一边是"我像掉在路上的一枚土豆/借着一生的月光/悄悄回来"（《夜》），一边是从记忆的田野不断"收割"，"忙着低头装车"（《玉米地》）——正是这些收获，成为诗人一生的"口粮"。可以想见，在不同时空的两段生命经历之间，即便"几十年过去"，即便路径曲折，但生命的轨迹"依然可以辨认"："金黄的玉米"和"迷茫的风雪"，起初的依托和成长后必然的离开，构成感激和空茫相互激荡的人生风景和诗歌的情感空间。

就是从这样的一条路出发，阿信来到了具有异域特质的"甘南"。

诗探索 9　作品卷　2018 年　第 1 辑

五 一个异域、一个深不可测的自治区

甘南，单是阿信在诗篇中提及的许多寺庙，诸如郎木寺、拉卜楞寺、外香寺、年图乎寺（以及外地的大金瓦寺、塔尔寺）等，足可证明其藏文化特点。记得一位藏族朋友说过，对于藏族人来说，云朵、草叶、树叶、山峦、流水等等自然之物里，都有神灵，"神"无处不在。"神的脚下／人畜安居"（《扎尕那石城》）。因为对神灵的敬畏，这儿的人们和自然万物的相处，是平和的共处、共存、共生。自然地貌，和沿袭的风俗，都保留了"最初的味道"：荒寒、缓慢、明亮、冷寂、坚韧、翱翔、神秘、独立、歌唱、辽阔、安静、桀骜、虔敬等，如同时光一样流过他们的肉体，浸入他们的灵魂。世世代代，他们很自然地面对这些，没有想着要去改变，而是不知不觉中被浸染。他们，在渴望、在寻找着和神的"契合"。一辈子，都在"朝圣"的路上。这样一块自然的、生活的、生存的、文化的土地，"不惊不扰，几百年过去了／不喜不悲，几百年后亦复如是"。

这种质地的环境，对于深受农耕文明和汉文化深刻影响的阿信，必然在内心有一个吸引／拒斥、甄选／融合、适应／自治的过程。不错，无论如何，对于阿信而言，作为一个现代人，生存的焦虑就像《在尘世》一诗所写的那样依然无法去除，也必然有他为了保证生存必须遵从的秩序。《唐·一个诗人的消息》在一定程度上，就是阿信向我们透露的他自己的消息：

> ……青春作伴
> 美好的春天和诗酒岁月，在这里度过。
> 其余的日子，则形同梦游：
> 在一座座幕府和残山剩水之间。

他过着一个普通人再普通不过的日子，为青春的流逝而失落，而颓唐甚或沉沦于更其简单的牛奶、咸菜的日子，并在虚幻的"壮丽风景"和坚硬的"现实生活"之间做着辨认且不断挣扎："决不""是的"（《这些简单的日子》）。

那边是"次仁家的牧场"，是闪着蓝莹莹亮光的山峰（《降雪》）。而这边是从一座村庄出发的求学、谋生、历史、唐诗宋词以及不断重复的晨昏。是别人的日子和自己的日子摆在辽阔的草原上和逼仄的屋顶下。是本地人，和外地人，共同见证着对方，共同忽视着对方。是熟悉得不能再熟悉的外在风景，和陌生的恐惧。是民族性带来的"异域"，又是文化"深不可测的自治区"（《午后》）。他们之间，形成了一种"默契"：以承认或不承认，支撑着各自的生活与时间（《他和我们》）。

在这种简单而又艰难的日子中，阿信把一种看似"不可能的道路"——人生的和艺术的，变为了可能。他在甘南，已生活了近三十年，怀揣的梦想变成"知天命"。一个汉人和外地人，变成了"藏区来的"和"本地人"。探身其中，会有艺术的影子近身前来：源自生活和精神的一种结构，在诗歌中得以衍变。

六 "我更像一个匠人"

"我是一个糟糕的匠人"（《墓志铭》）、"我更像一个匠人"，阿信在反复地传递这样一个意思：写作实际上是一种手艺。所谓手艺，我想不单是一种简单的练习，而是"看似随意的空中姿态"，"也需要反复训练才能完成"，要把"简单的动作"做到完美，让其看起来像是那"手艺"就是来自生命和其使用的工具，是浑然一体的一门艺术。艺术是这样一个"奇迹"：

> 每到冬天，我的十根手指
> 都会感到火烧似的疼痛。
> 我必须不断地
> 将它们浸在冰水之中。
> 只有这样
> 那些花朵，才有可能
> 在它之上浮现。

这是如同艺术一样的"酥油花"出现的前提：生命的劳作，生命在疼痛中的转移和融入。诗歌必须凝聚着诗人的体温和灵魂，会像一个"匠人"那样"使用很多工具"：

> 锯子、锤子、钉子、绳索、石膏……
> 我会花很长时间用鹅卵石打磨一块粗布。
> 我使用一大堆矿物质颜料，甚至鼻血。

而诗歌的写作，同样需要借助语言等工具，需要细心揣摩语言的声、

诗探索 9 作品卷 2018 年 第 1 辑

色、味等，也离不开那些进入视野和内心的"材料"，包括所谓的形而上与形而下。

> 冥想打坐的时间也不会少。有一些时间
> 要花在去山洞的路上，顺便观察
> 植物的形状。
> 我一闭上眼睛，就会看到
> 光芒、色彩和神迹；圣山与圣湖
> 存在一种神秘的透视关系。

在这个过程中，许多事物本身是"沉默"的、隐蔽的，等待被唤醒和发现。因此，会"向大自然学习"，求助于大自然，发现事物之间神秘的关系。需要安静的沉思，需要如同"热病"一样的全身心的投入。这种投入，对生命是一种内在的改变，并进入诗歌的写作过程。阿信说他"尽可能保持这种冥想和高热的状态"，"直到奇迹出现，一切浮出水面"（《一个酥油花艺人与来自热贡的唐卡画大师的街边对话》）。

可以断定，这种"匠人"意识，作用到了阿信的写作中，也作用到了他的生命的自我塑造中。经历这样的过程之后，"剩下的事就简单多了/徒弟和装裱匠人就可以完成啦"，对于写作，他渴望那种"自然呈现"；而生命，也是一种"自然状态"，处于一种简单平常的生活之中。

七　但同时感到作为一个人的孤单

"写作是一种生活"，是生活的一部分。写作改变人，但人的改变更多是在写作之外发生的。对于阿信来说，藏文化和汉文化、游牧和农耕文明、传统和现代，来自时代的和来自历史的，来自现实的和自然的，不可否认，会在他的生命历程中交集，特别是甘南这个"深不可测的自治区"，作为阿信的生存地，浸透在其中的关于对生命、自然、艺术等等的意识，也必然深深地"侵蚀"阿信。这是一种内在的、看不见的选择和被选择、寻找和被寻找，是不同文化对生命的同构和异构。相近的特质，做了同构，比如阿信天性中的安静或者说来自汉文化中的对幽静的热爱，与藏文化中的单纯相遇，在阿信这儿，成为对生死的透彻认知，和写作面貌与内质上的澄澈。相异的特质，做了异构，比如藏文化中对天空、飞翔等的渴望，与阿信所受传统教育带来的"持守"之间，有了一种介于中间的选择，即做人的持重和写作的灵动。就阿信的写作而言，还能看到我所理解的一些藏文化特质在诗歌"理想"或方式上的一种转换，或逆向思维带来的转变，比如阿信诗歌中外在的荒寒与内心的热烈，比如生活的缓慢带来的对写作上的慢的要求，比如对神灵的虔敬转化为对语言的敬畏，比如地域的辽阔和阿信诗歌的疏朗之间显然有某种关联，比如那种难得的"明亮"成为一种对如同艾花一样明黄的美的热爱等。

　　一旦深入他的写作和他生命之间的关系，能够看到他的诗歌向我们提供的一条可以辨认的路。在这条路上，阿信是孤独的。他多次写到了"孤独"。"那一次，人群突然分开 / 把我一个人 / 暴露在大街上"（《秋天记事》），这是突然自己"看见自己"的一种孤独。更大的孤独是（《风吹》）：

　　　　　　风吹静静的山坡
　　　　　　小红花，正和穿金戴银的姐妹们
　　　　　　说悄悄话。

　　　　　　弯下身子，我说：
　　　　　　"让我也加入到谈话中来吧。"

　　　　　　茫茫大草原，云层中
　　　　　　鸟在和鸣。

　　　　　　我抬起头。但同时感到
　　　　　　作为一个人的孤单。

　　而孤独，正是因为存在，正是因为意识到自己的"独自"。这种孤独里面，有一种悲壮，不，是壮丽。有一种隐含的骄傲。

八　仅余呼吸和这天地间寂寞之大美

　　"最初我是从一片洼地开始起步，现在 / 我想我已经来到了高处"（《9月21日晨操于郊外见菊》），如果在这样的诗句中，我们还可以看出阿信在对自己的写作有一种喜悦的话，那么，这种喜悦也是阿信对自己的一种"确认"。包括他的孤独感，也是一种"自我确认"。这好像和我所感受到的"高处"有较大的差距。是的，这确认显得有点"外在"。

如果真是这样，阿信则有点陷于某种"处境"而不自拔，比如，似乎有点陷于写作。这与"写作是一种生活"的想法看似吻合但实质相悖。实际上，阿信一直试图在给自己和我们一种大美。

自然呈现，不仅是一种方法，更是一种美。

如同"池塘生春草"般的阿信的诗句，也是一种对声音美的追求。

处在两种不同的文化之间，让生命在其中一点点地、缓慢地自己完成自己，并与写作之间形成一种共生关系，就像人和自然之间，有一种呼应和安歇。

而这些，似乎进行着一种整体的、结构的、气息上的生成，有一种来自草木的、人的、诗歌的、"天地有大美而不言"的原初的味道。甚至成为一种在《看见菊花》这类诗中显示出来的观察和思维方式：隐身的全部隐身，只让事物本身说话——它选择词语、声调和节奏。

正如阿信在《湖畔·黄昏》中所说，早晨，"穿过油菜花地的一条沙土路把我们一直送到湖边"，"不时有小鱼跃出谧静湖面"，而在黄昏，"穿过油菜花地的一条沙土路把我们一直送回星光披覆的路"。进去了，又出来了；是不同的路，也是同一条路。生活带他走进了艺术，艺术把他带回生活的同时，也把他带回了自我。奇迹在阿信这儿发生了："把自己领回来的艺术"。我们和阿信一起屏息凝神，"没有赞叹、颂祷"，甚至"没有神"，——在我们的耳边，在我们的心里，"……仅余呼吸。和这天地间寂寞之大美"。

阿信，以草原般汁液充盈的诗篇，以生命和诗歌的"呼吸之美"，以回到原初和本真，向他厕身的这个世界表达着谢意。如其所言，他不是在"沉思"这个世界，而是在这个世界中，他一次次"失神"，成为洁白初雪、荒寒草茎、明黄花朵、河滩火苗、辽阔星空、艺术奇迹和草木人间的一部分。

阿信诗十二首

阿信

帐篷中的一夜

 与一盆牛粪火靠得这么近，我想
火一旦熄灭，凉着的半边身子
就会教导热着的半边身子：
什么是冷、无爱、边缘的生活
什么是坚持的肌肉和骄傲的骨头

与一对夫妻睡得这么近，我想
他们若翻身、发出响动
醒着的耳朵，就会教导茫然的眼睛：
对夜晚来说
什么是真正的看见和知道

与一座天空贴得这么近，我想
如果星星在闪烁，那它们就是在移动
呼吸、交谈和争吵，它们会很忙
很乱，也会沉思和怀念
当然不会注意
躺在地上，望着它们的我

与一场霜降离得这么近，我想
霜要是落在我的鼻尖和额头上
也不会融化——就像落在
那些花草、牛羊和安静的冈子上一样
只有山脚的溪水——它太冰凉
——会把霜融化掉

诗探索 9　作品卷　2018 年　第 1 辑

墓志铭

总会到来：让我长卧在这片青草下面，与蚁群同穴。
让风雨蚀尽这些文字：我曾生活过。
我与世界有过不太多的接触。近乎与世无补。
我恬退、怯懦，允容了坏人太多的恶行。
我和文字打交道，但我是一个糟糕的匠人。
我缓冲的血流，只能滋养
天底下一朵柔弱的花朵。那是我未具姓名的女儿，
集美丽善良于一身，
在露水的大夜中疼醒。
总会到来：这清风吹拂的大地，
这黎明露水中隐去的星辰……

风　吹

风吹静静的山坡
小红花，正和穿金戴银的姐妹们
说悄悄话。
弯下身子，我说：
"让我也加入到谈话中来吧。"
茫茫大草原，云层中
鸟在和鸣。
我抬起头。但同时感到
作为一个人的孤单。

扎西的家

扎西的家：玛曲河边
一顶黑牛毛毡房。

落日炉膛中，一块燃烧的焦炭。

他的阿妈：半口袋挪来挪去的糌粑。
他的妹妹：细瓷花碗中溢出清香的奶茶。

草　原（之三）
——兼答兰州友人

　我爱草原，我爱这四匹
不同颜色马拉的车

四匹马：春、夏、秋、冬
我爱这四匹马，朝向
四个方向

我爱这两扇巨大滚动的轮翼：太阳
和月亮。我爱这巨大滚动的轮翼上
镶嵌沾满风雪的星辰

我爱这驭手。青铜驭手
被愿望照亮内心

我爱这一切。你看我
从从容容，把自己的骨头
搬上一挂远行的马车

我不回来。我不回来，因为
露水要打湿我被风吹散的骨头

金盏之野

金盏之野！
秋日薄霜中籽实饱满的金盏之野！
长空雁唳下疾风吹送的金盏之野！
藏羚羊白色的臀尾始终在眼前晃动。

由晨至昏，西部的大天空偶尔也允许
一阵突兀的沙暴在其间容身。
我感到有生的幸运——为能加入到
这自在从容者的行列。而座下的
越野吉普：是一只缓缓移动的甲虫。

渐渐展开的旅途

十年前我们同坐一辆车前往玛曲，
像一船人中的两个，像两个亲兄弟，两个
趴在舷边呕吐的水手：那胆汁是绿的。
厌恶像墨汁在一块手绢上扩张，
同情是美人鱼的微笑，是善意的
大海上温煦的阳光。绿波铺开
草原的背景：另一个七月的心跳和远眺
途中我们经过一座敞开的小镇——
在那里小解、吃饭，与一个小诊所的
医生攀谈。过期的药片，发黑的纱布
坩埚中炖着
一只小羊的肋骨。但他有
需要推销的麝香和虫草：真正生活的秘藏。
一个喇嘛走出铜红的寺院。
潮湿街道上的热风：奔跑的孩子
和他乳房乱颤的母亲。必要的停顿：
在途中小镇，我们遇见
一个把羊群赶过街口的牧人，面庞带风。
更多的人开始呕吐。但车子
仍追求出发时的目标：不停地颠簸，
在颠簸中抵近——
草原持续展开，落日接近辉煌。
阿尼玛卿：骄傲的雪山引领目光向高处攀升——
那一夜我们在纷乱的梦境中度过，在彼此
兴奋而疲累的躯体中，虚构了各自的女神。

十 月

十月霜重
一个挨家挨户分发新鲜牛奶的藏族妇女
用腰际叮当作响的银饰
把这个黎明提前唤醒了
——在她返回的路上
一只牧羊犬，正代替主人
把羊群赶进一条结着薄冰的小河
我写下了十月的第一首小诗
并在炉盘上，替正在酣睡中的儿子
加热一壶牛奶

暴雨中的玉米林

　暴雨抽打墨绿的玉米林像抽打
暮年的大海。

暴雨抽打墨绿的玉米林像抽打
一架青春钢琴。

当我还是孩童的时候，暴雨抽打墨绿的玉米林
像抽打病中母亲，一盏飘摇的灯……

花喜鹊

　又一个老人上路了。我把头刚磕地上
就听见花喜鹊在身后的院墙上"喳"地叫了一声。
待我回头，它扑棱着翅膀，倏地飞走了。
从童年开始，花喜鹊每次出现
都要从我身边带走一个人，记不清一共有多少次。
有个孤老头，每次都说："快把我也带走吧。"
可花喜鹊总是带走还没有准备好的人。

点 灯

星辰寂灭的高原——

一座山坳里黑魆魆的羊圈
一只泊在大河古渡口的敝旧船屋
一扇开凿在寺院背后崖壁上密修者的窗户
一顶山谷底部朝圣者的帐篷……

需要一只拈着轻烟的手，把它们一一点亮

我始终对内心保有诗意的人充满敬意
——读詹姆斯·赖特，并致某某兄

雪落甘南。也可能落向羌塘、藏边。
一上午埋首十万道歌，半部残卷。
其间接过一个电话。取下镜片，移步窗前。
我始终对内心保有诗意的人充满敬意。
生活面前，我们还是儿童。还是那只
"在一根松枝上
反复地、上下跳跃的
蓝色松鸡。"
眼前只是街道、泥泞、缓缓驶过的
长途货车。远处，山岗上
白雪半覆茂密的沙棘林。
我始终相信：雪让万物沉寂。
而诗歌，会把我们日益重浊的骨头
变蓝、变轻。

"一些事情离我们越来越远"

——读陈马兴的诗

王士强

我们正处于一个快速变革的时代，它天然地就是属于诗、属于戏剧的。有人说中国用四十年完成了欧洲近四百年完成的变化，这一说法是否完全准确可以讨论，但不管怎么说近数十年中国所发生的变化的确是让人瞠目的。短短几十年的时间，中国从外在到内在、从物质到精神都发生着极为剧烈、天翻地覆的变化。从外在的社会变化来看，中国正处于快速的城镇化、城市化的进程之中，全国城镇人口占总人口的比例在 1970 年代末尚不足两成，到近年则已超过了半数，也就是说，短短几十年之中，至少有数亿人从农村迁移到了城市定居、生活。这一过程宏观来看可谓风云激荡、波澜壮阔，不但在中国历史恐怕在人类历史上都是前所未有的。诗人陈马兴便是这其中的一员，他在祖国大陆最南端雷州半岛西海岸的一个小渔村出生，而后来到了改革开放的前沿阵地深圳工作、生活、定居，城市化的进程在他的身心都有着深刻的烙印。从人心、从文化的角度来看，这几十年中国的变化同样非常之大。人们的文化思维、文化认同、观念方式都发生着质的、结构性的变化，正如美国学者马歇尔·伯曼的著作所言："一切坚固的东西都烟消云散了"，这其中既有进化论意义上的前进、进步，也有礼崩乐坏、斯文丧尽的滞退、垮塌。我们的文化经历着前所未有的危机与挑战，当然，其中或许也隐藏着生机、活力与可能性。

——的确，"一些事情离我们越来越远"，无可挽回，不可更改！但是，更重要的，还有诗。诗仍然是重要的，它有时是一种挽留，有时是一种追忆，有时是一种抵抗，有时是一种救赎，有时是一种抚慰……因为有诗，事情才变得没那么糟糕，事情才变得更为丰富，才有另外的可能，生活也才成为更值得去过的生活。对于诗人马兴而言尤其是这样，"事情离我们越来越远"并非无可挽回，更重要的是"我"的认知、感悟与反应。当他写下这样的诗句，远去的事物又重新获得了生命，回到了笔端。当他以一本诗集、几本诗集的规模写下这样的诗句，他的生命、情感、经历便在文字中得到了显形，过去、现在与未来融汇为一体，生命便具有了非同寻常的厚度、宽度与深度。

马兴的诗是有来处、有来龙去脉的。他有一本诗集《迈特村·1961》，初看似乎不知所云，但是，如果知道迈特村是他出生的村子，1961年是他出生的年份，就可知马兴不仅不是故弄玄虚，实则是非常朴实、诚挚的。作为地理的迈特村和作为时间的1961年如坐标系的纵轴和横轴，框定出了作为"这一个"的马兴的起点。马兴的诗是接地气，来源于生活的，有着生动、鲜活的生活气息，有对其出生地渔村生活的回忆、摹写，有对于现代城市、都市生活的反思与审视，有对于过往历史的回望与慨叹，也有对于复杂现实的凝视与批判……由此，马兴的诗构成了他的"个人史"，这样的写作是有现实性、历史感的，也是具有超越性、普泛性的。在当前浮躁、表浅、消费至上、娱乐至死的环境中，这样的写作无疑是值得提倡、有着重要价值意义的。

马兴是一个感恩、重情的人，这从他写给故土、父母、亲人的诗中可以鲜明地体现出来。他在《我的父亲母亲》中写出了父母所经历的生活的艰辛，以及他们之间沉默而又深挚的感情，感人至深。在《祭父母》中，他写道："院子里那棵苦楝树的小白花／在黄昏里纷纷洒落／邻家的炊烟／缠着海风爬过我家的篱墙／慢慢地弥漫了整个庭院／老屋的屋檐下／两只燕子正修建着它们的暖巢／曾经的欢歌笑语／如今只有父母留下的拐杖／和那只小船的木桨／烟雨中被青苔暗暗沧桑"，语调平静自然却有着极为丰富的情感容量，于无声处听惊雷，包含了内心的沉哀剧痛。对于故乡、童年，马兴的笔触同样深沉、敏锐，诗中写道："从迈特村到雷州七十公里／中间记载着我大汗淋漓的学生时代／有一段是我囊中羞涩的青春"，"县农科所坐落在渡口的西岸／田间到处是那个时代的标语口号／寒窗苦读的岁月里／我只读懂了一个'饿'字"，真实、生动地记录了那个时代的自己，同时也从侧面记录了当时的那个时代。诗的最后写道："时光过去三十年／每当我驾车在高速路上驶过／安揽渡口的船已经消失／河面上波光闪烁／恍惚中我依稀看见／那个消瘦的充满了期待的少年／依旧在那里眺望着未来"，这里面的时空对比，让人唏嘘感叹，同时也具有了强烈的艺术张力。在《回到迈特村我放缓了脚步》《兄弟是故乡的花朵，鸟鸣是榕树的花朵》等诗中同样有着对于故乡深情而真挚的书写，见真心、见性情，朴质自然而又耐人寻味。

马兴的诗不只有古典的抒情，同样有直面现实、更具现实性和现代性的一面，这在一定程度上也体现着马兴诗歌的时代性和及物性。马兴的诗是直面现实疑难的，所以他有着内心的纠结、困顿甚至一定程度上的"自毁"冲动，比如在《填表》中，"在这热闹的现场／面对一张申请表／我粗糙的笔／写了又擦，擦了又写／怎么也填不出一个自己／／转身的瞬间，我竟有／用橡皮把自己擦掉的冲动"，又如《真实的我站在镜子外》中所写的若干个不同的"我"，"我挪了挪自己／镜子里的脸／

一下子就离开了我"，所写均极具现代性，写出了现代处境下人的复杂性、紧张感和一定意义上的"精神分裂"。在这其中不同的自我都是真实的，但又都是暂时的、片面的，那种整体性、通体透明的个体已经不复存在，这是现代人不得不面对的现实处境，也是无可避逃的宿命。在《疑虑》中，主人公去精神病医院想知道自己是否患病，最后仍不能确定，却"看见以前在政府大院里很面熟的一个女人／被一群大汉抬了进来"，这无疑也是一种"现代病"，对于现代社会而言具有一定的隐喻意义。在《恐怖分子》中，马兴写到了电视中美国的恐怖袭击，"他"的思绪被"抽紧"，转而调换到"娱乐频道"，却是"被各款真人秀／镂空，覆盖／电视机成了同谋／甚至报纸、网页和宽阔的河水／都漂浮着地沟油、塑化剂和死猪的味道"，《转移》中所写"环境在生病／风暴的血口吞噬着物质／也吞噬了无数人的前程"，如此的书写有着对于时代、对于社会现实的介入，体现着作者的情怀和关切，包含了内在的情感态度，它是"在而不属于"书写对象的，也是有艺术力量的。

　　在诗歌《小的是美好的》中，马兴指出"伟大"虽然受膜拜，但是"摸不到它们温暖的细节"，"那些冠冕堂皇的事物／存在看不见的黑洞"，在此情况下，"妈妈告知"："蚂蚁虽小如尘埃／却也有四处闯荡的梦想／蝴蝶因为轻／可以飞得像一朵蒲公英／落在地上也是一粒种子"，故而，诗人最后说"小的是美好的／妈妈的话也是小的"，也就是说，妈妈的话也是美好的，是值得记取的。实际上，这种"小"也正是诗歌的特质，是诗歌虽然微弱却恒久的力量之来源。在急剧变化的时代，许多事物不可避免地"离我们越来越远"，但是，内心存留这种"小"，有这种微弱之光，一个人就不会失了根本，就会拥有更为丰富的内心和精神世界，也才可能走得更久、更高、更远一些。

（王士强，天津社科院文学所副研究员，北京师范大学文学院博士后，
中国现代文学馆客座研究员。）

陈马兴诗六首

陈马兴

渡 口

从迈特村到雷城七十公里
中间有一段是我大汗淋漓的学生时代
有一段是我囊中羞涩的青春
在杨家安榄渡口上
"牛腩、鸡蛋、菊花茶"的叫卖声
喊痛了那个年代的清晨和黄昏

那时的安榄渡
只有五分钱的宽度
但五分钱一碗牛腩的气味
香喷喷飘荡在渡口
仿佛是摇摇晃晃的渡轮涌起的波浪
撞击着我的心

县农科所坐落在渡口的西岸
田间却种植了那个时代的口号
寒窗苦读的岁月里
我只读懂了一个"饿"字

如今的渡口已架桥通上了高速路
两岸稻浪翻滚
在渡轮消失的河面上
我似乎又看到了泅渡的时光

梦

有时我会梦见
大队的喇叭叫喊刮台风
台风还未刮到迈特村
全村的男人就先被刮到了屋顶
我也会爬上屋顶帮父亲加固茅屋
伴着风雨我会像雨水一样滑下屋顶
遮风挡雨的祖屋
托不住我少年的梦

有时我会梦见
为了摘到那棵最大的果子
我攀上高高的树顶
而当我回头时树干却变细弯曲
我只有坠落、叫喊
晕厥中惊醒
虽一身大汗
也没有让我失去少年的梦

有时我又会梦见
太阳闪烁在天空
故乡的海滩上闪动着金银
多得让我无法背动
为了故乡的富饶
我一次次地攀上了高高的枝头
和面朝大海的祖屋

童年的海鸥

很久没有听到海鸥的叫声了
是我远离了大海
还是它们消失在涨潮的海滩

诗探索9　作品卷　2018年·第1辑

从渔村到城市
候鸟迁徙的道路依然如初
而我已回不到从前
在一片浮云里
只看见自己的影子

在这纷纷扬扬的喧嚣中
许多人的空间不如一只候鸟
我也忘了心灵的故乡
只是常常想起童年
看海鸥在大海上鸣叫，飞翔

深深浅浅的脚印

又见海鸥
又见白帆
却不见 椰树下
你的笑脸

海风轻轻
荡漾我的心田
撩起层层漪涟

海湾那边
你迎风奔来
我张开了双臂
却是潮水打湿了我的视线

海滩上
一串串脚印深深浅浅
在岁月里延展
而雨季的风啊
却拐走了

常常萦绕我的
缕缕花香

回到迈特村我放缓了脚步

下午三点的太阳
把村庄晒出了陈年旧味
回到故乡，亲亲土地
和牛羊们走在不分道行走的小路
不会违章，不被追尾
大口大口地把滞留胸间的污浊呼出
胸里似有莲花绽放

农忙后的青壮年大多进城务工了
收割后的田野少了弯腰劳作的乡亲
只有几头老牛慢悠悠地啃着青草
几位老人围蹲在祠堂的墙根晒太阳
一群鸡鸭在附近来回，喋喋不休

放眼望去，柔和的光线下
错落在田地和海岸间的几片防风林
苍翠层叠，常常栖满了候鸟
虽说也有城镇在向村庄逼近
但此刻，我还是不由自主地
放慢了返城的脚步

祭父母

已到中年仍漂泊在外
思乡的泪，洒落的常在他乡
清明回故里
拜土地 拜父母
杜鹃滴血 声声殷红

诗探索9 作品卷 2018年 第1辑

湿湿的目光高过蓑蓑的墓草
我天堂里的父亲 母亲呵
是你们的怀抱温暖了我的童年
是你们的汗水沐浴了我的青春
是你们的目光明亮了我的道路
是你们的教诲殷实了我的行囊

院子里那棵苦楝树的小白花
在黄昏里纷纷洒落
邻家的炊烟
缠着海风爬过我家的篱墙
慢慢地弥漫了整个庭院
老屋的屋檐下
两只燕子正举行着它们的婚礼
曾经的欢歌笑语
如今只有父母留下的拐杖
和那只小船的橹桨相伴
在烟雨中在篱笆旁被青苔暗暗沧桑

圆缺日月 烟雨清明
天地大恩 父亲母亲

汉诗新作

新诗六家

作者简介

幽燕，本名王伟。河北作家协会会员。诗歌在《诗刊》《诗歌月刊》《星星》《绿风》《诗林》《中国诗歌》等报刊发表，入选多种诗歌选本，出版诗集《诗的毒》。现就职河北电视台。

错过的风景（组诗）

幽　燕

一闪而过的白杨林

都清瘦，都挺拔
庄稼们都已回家，田野边只剩下它们
它们长在一起，成为一片林子
在寒冷逼近的原野上，在华北
这样的林子数也数不清

疾驰而过的车窗外
在我匆匆拍照的手机里
它们向上张开金黄的叶片
仿佛大地的羽毛，努力要飞起来

诗探索 9　作品卷　2018 年　第 1 辑

有些风景有些人就这样永远地错过了

说到眺望，日全食太远了，我只关心王者荣耀
说到迷局，一再重复的事物放大了绚烂
不可能之事总有可能发生
就比如现在
窗外的风景以快进的方式向我涌来
短暂的注视后迅速滑向身后
高铁时代，我眼光黯淡，心思游移
并不比玻璃缸里的游鱼更有见识
以至于，我错过的岂止是油彩里的九寨
还有你的智齿和剑气
他们以抱憾的心情映入我眼帘
以此证明，我错过了很多，
并将继续错过更多

那些笨槐花

小时候，我曾长时间仰望它的花瓣
怎样自树端簌簌地飘落
没有香气，也不悦目，很快铺满路面
有风的时候她们会沿街奔跑
又忽然犹疑着停下
仿佛一群并不出众的姑娘
总爱顺着大溜生活
那时候，槐北路行人稀少，被笨槐树巨大的
树冠遮盖得幽暗清凉
长长的暑假，我和小伙伴
捉树上垂下来的"吊死鬼"吓哭更小的孩子
踩着路上细密的绿虫屎去同学家写作业
时光，仿佛街边呆立不动的笨槐
迟钝、滞重，沉默地陪着一群盼望长大的孩子。
不像现在，是飞奔火热的年代

槐北路已显逼仄，经常塞车
那些伙伴，也四散在各自的命运里
生活中的泪滴，仿佛笨槐结出的豆荚
在各自的枝叶间一簇一簇，若隐若现

大山里

城市人的脚步早已退化，攀爬的喘息
被山林接纳，又被山石析出
乌云，翻过一座山梁赶来
顺便把阳光和温度挡在了山外。
一些树舍弃了叶子，一些
则还紧抓着泛黄的命运。
沙棘繁密的果实，很像一个人的心事
除了小鸟偶尔的顾盼
大多无法触摸和安慰。
大地坚硬的脊背突兀如犬牙
嶙峋如皱纹
被熔化过，挤压过，搬运过
形成思想的峰顶和疼痛的谷底
而那些浸在水里的碎石，缓缓张开着毛孔
拿在手里则冰凉、坚硬，呈现莫名的纹理
仿佛一些我们不能参透的秘密
又仿佛我们体内无法消解的过往和潮汐

风　向

城市很少大风，它们被楼群阻挡
但总会有风，树叶也总在抖动

看不透的事物太多了，听风声，辨风向
城市在埋首，规划它胸骨下铁轨的宽度
风在地上也在地下游走

诗探索 9　作品卷　2018 年　第 1 辑

很少兀立不动的事物
它们被风吹拂，随时调整姿势
以便在扭曲变形的镜子前
理清散沙和出头椽子的辩证关系
权衡鸡蛋碰石头的后果

对一场冷锋了如指掌的时候
人群彼此无语，假装昏迷
好让大地上的绝望
像一场透雨，彻底下下来

春天的来临其实是缓慢的

季节到来，天长了，风依旧不暖
旷野依旧是冬天的色泽和外观
倒春寒、沙尘暴，
冬天的雪依旧落在春天的门楣
春天应着它的虚名，艰难走在回归的路上
小草和花苞从不急急忙忙登场
它们都有足够的耐心，
懂得用大地的颜色保护自己
不像我花朵般的小女儿，总是迫不及待
穿得单薄，袒露稚嫩
然后患上严重的伤风

上班族

早上被占领的依次是：公交，地铁，电梯间
一群提线木偶占领键盘和光标

秋风占领了树梢，这么高的蓝天
什么开始发芽，又任其腐朽

此时谁在板着脸，彼时谁将弯下腰
向上者的套路，是一圈一绕攀爬的心思
快与慢都不畏惧

务实的人间暗含讥讽：哪里有星空和鸟鸣
不过是众多被占领的账单：套牢的股票、房贷，养老金
不过是面容模糊的你和我
你的心占领了我，又离开了我

阳光照着每个人的脸

阳光真好，照着写字楼里的每扇落地窗
也照着每个人的脸
每个人看上去都风轻云淡
仿佛没有阴影的沟壑
尤其胡夏二十四岁的脸
是办公室里最光洁灿烂的一张
这个喜欢跳伦巴的姑娘
穿亮珠小皮裙，有节奏地扭动小屁股
喜欢说段子
喜欢给每个人派发零食
有爱她的富有老爸和帅气男友。
如果她不说谁会知道
十一岁时，父母离异各奔东西
剩她一人住在江苏老家的大房子里
直到初中毕业
如果她不被送医院，谁又会知道
她有夜盲症、厌食症
白衬衫的袖口里藏着割腕的刀疤

诗探索9　作品卷　2018年　第1辑

石头·剪子·布

这么多年，无论怎么盘算
在这件事上，我们总是平分秋色
接收了差不多一样的惩罚
把拳头出成败笔是概率的必然

想起小时候，你说：我出剪子你出石头
长大后，我们都违背了约定
我出了剪子，你出了布
游戏而已，不必当真

有时，我会从心里左手做出石头的样子，
再右手用布覆盖，就像温柔包裹倔强
有时，我会伸出食指和中指
这不是剪刀，也不论输赢
它是幸福的二货
它是率性的呐喊

作者简介

　　刘忠华，1968年出生，湖南省道县人，硕士，副教授。作品散见于《飞天》《星星》等文学期刊和多种诗歌选本；著有诗集《永州志》。现为湖南科技学院图书馆副馆长，永州市作家协会副主席。

乡村志（组诗）

刘忠华

义　村

永水是一撇，仁溪是一捺
小村，是撇捺交叉上那一点儿

一点儿不大，数百幢房，有木有砖
一点儿不小，近两千人，有苗有彝
一点儿不深，穿过巷子就是永山
一点儿不浅，207国道可达南北
一点儿不浓，几抹黑全是炊烟
一点儿不淡，三杯酒口吐真言
一点儿不重，石头上趴着山羊
一点儿不轻，一轮月万物安宁
一点儿不含糊，撇是撇，捺是捺
即使处于下方，半截渡槽，接不了水
也能接风，接雨，接斜阳与归途

丁酉白露，在义村张汉良家。酒至酣处
想削竹，起舞，吟《易水歌》

石佛村

先有石头，还是先有佛？

在石佛村，我一直纳闷儿。村庄
有山，有水，有良田
就是不见石头，不见佛

蹲下来，可见绿色芝麻
粉白的小花，像多年前
失散的妹妹，在阳光下笑我
不确定是否来过。满眼庄稼
在八月的天空下绽放。水稻
花生，玉米，甘蔗，槟榔芋
安静得像隐藏在土里的亲人。广阔的
绿，掩盖了汗水，尘埃，碎片，以及
经年累月压抑的欲念。鸟飞过，风吹过
水面的斜纹，像母亲织出的图案

不问石头，不问佛。就像不用问先有云
还是先有天。问与不问，都在。张望石佛村
熟透了的苦瓜，辣椒，豆角，村姑杨朝凤
都向下垂着，仿佛向大地，这最虔诚的佛
致敬

良　村

双牌有良村，良村出良民
良民种良田，产良种
更产良心

潇水从上游走来，这个良家女子
良辰中的样子，像七月的葡萄

也像七月的丝瓜，葡萄藤和丝瓜藤
挽着昨夜娇柔，欲语还休

河流与村庄，我知道的不一定
比一只卷心虫多。它们向下的力量
超过我的内心
傍晚时分，河面上闪着
醒世良言，让良山上的夕阳
回眸良久

从良，须去良村。在良村，须慢。慢
会邂逅一段良缘。夜晚，知了与青蛙
会唤醒了些什么

上下村

上下村，上下都是诗：上有天，下有地
前有好水，后有嘉林
坝上，顽皮的孩童钓着夏天
树下，几条家狗蹲守着家门。其实不用守
上下村，上下都是好人

上下五百年，从江西来，从本土来
都是一家人。一家人，耕田，读书
做官，做民，都识一个理：可上下，可进退
上，为家国想；下，为家人想
进，守心，守身；退，守天，守地
上善若水，水往下流，上行下效
上下合一，正也

来到上下村，能放得下内心的迷茫
来到上下村，能克制住内心的欲望

诗探索 9　作品卷　2018 年　第 1 辑

进贤村

进贤水河，有进贤村。产进士，产贤人
亦产粮食，产鱼虾，产寒蛙，产满山青翠

我被自己追赶，进山，近水
紫薇花在进水河两岸次第绽放
像索命的火把。最低处的
野草莓，铁线莲，游龙草
匍匐的姿态让我心生愧意

老宅前，年迈的母亲劈柴，打水
她的力气渐渐耗尽。灶上的米饭
在等着花田里劳作的儿子

一匹马站在溪涧里。左右
甩动的尾巴，为其所走过之处
清扫。而我更欣赏它低垂的头颅
盯着水中的自己，和自己
暗暗较劲

天堂村

这里过于现实。所看到的天堂
像湘南众多村庄一样，易干旱
多水塘，接天水，谓天水塘，号天堂
春种水稻，秋点豆；夏开荷花
冬走亲戚

这里有牛市，三天赶一回
黄牛水牛，老牛稚牛
看牙口，看脾气，看腱子
看能否拉动铧犁和板车

妥了，便一手交钱，一手牵牛
未妥，一根劣质纸烟，一口浓浓乡音
买卖不成情义在，不失礼，不失约
过三天赶圩再来

也有豪爽汉子，卖了猪，牵了牛，集市口
小酒馆，约上老表，老庚，梅岗老张
三五个菜，三五壶红薯酒
划拳，谈白，直到
遍地月光中老婆找上门来

红军村，或：一个人的村庄

舜皇山。老山界。红军村。村民
谢红军，一个人，守天，守地
守山林，守山林中那座无名红军墓
守坟墓上的风和魂。另外的时光
一些给了娥皇溪，一些给了女英溪
至今，那里的鱼，像他的两个养女
偶尔游回来，让他开心大半年

春天，杜鹃花像血迹
我仿佛看见受伤的战士
还在山上爬行

夜半三更后，月亮
会爬上老山界，歌声
也会升上来
不会有人听见。山里的寂寞
夜色一样，吸进心里
会疼

诗探索 9　作品卷　2018 年　第 1 辑

空树岩村

都庞深处，有小村曰空树岩
有古树，岁久空心；问岩在哪里
瑶民盘大哥，指指天，指指地
指指高高的青山和崖壁

岩，山与石也。山高，雾绕，云低
不见鸟。石多，且大，若磐石
可打坐，听水响，蛙鸣，做深呼吸

若渴，饮山泉、松风与月光
若饿，有野梨，烤玉米
盘大嫂打的油茶，唱的山歌

最好大雪之前来。路面冰冻，封山。可
借居盘大哥家，围坐火炉，饮
家酿米酒，吃冬笋腊肉，听他们夫妻俩
讲山中野史。踏雪，望天，看黑狗变白
白狗变黑；醉了，可借卧竹榻。夜里
山里有些冷，可向盘大嫂
借一床棉被；向天，借几丈云

不担心谁扯耳朵。这里电视无信号
手机无网络。聊天，面对面；传情
须写在纸上，塞进矿泉水瓶
封了，放进黄叶溪
亦可点燃，烧成灰，吹到远方去

到空树岩，心会放空；自己
会长成一棵树，一棵凤尾竹，或者
低垂的葫芦

大皮口村

"波者，水之皮也。"大皮口
乃杨令公后裔渡过黄河与长江之后
在湘水上游荡开的余波

村南柴君山，村北梅溪河。山口水口
万物齐聚。这里
有本地杨氏最早的祠堂和最壮烈的情怀
——"金戈铁马将门之后男女忠列"
文臣武将，文治武功，比传说更多
有好种子，好水，沃土，瓦蓝的天
有烈如西风的糁子酒，卧薪尝胆的苦柚
石墙角羞涩的喇叭花，把尘世吹得更低
柴君山发电的大风车，把庙堂捧得更近
豆角翻过篱笆，犬吠挤出院门
留守女子，隔着手机屏幕让远方丈夫
看自己，看自己怀中
比再生水稻还长得壮实的孩子
背负稻草的婆婆，把秋天的光芒
驮回老宅，照亮彼此

高高的祠堂红墙，有正书的祖训：
"礼义廉耻，孝悌忠信。"彩绘人儿
贴着墙壁仰望。仿佛
书写的人没有走远；焚香的人
也没有走远，光绪年间留下的青石香炉
残留着纸钱灰的余温，以及后世的虔诚

时光穿越中，地主后代杨国丽，我远房表妹
一百公里之外，通过微信，让我
帮她看一看她家老宅，看一看
曾经框住她叛逆青春的雕花木窗

诗探索9　作品卷　2018年　第1辑

雕花木窗还在。我该不该告诉她：
那些残损的雕花，一如逝去好年华的她
亦如大皮口寒冬时节水的骨头

作者简介

　　傅浩,生于西安。北京大学英语系、中国社科院研究生院外文系毕业。中国社科院外国文学研究所研究员、博士生导师。2001 年加入中国作家协会。曾获尤金·奈达翻译奖、《文化译丛》译文奖、台湾梁实秋文学奖、中国社科院青年优秀科研成果奖、中国社科院优秀科研成果奖。

诗六首

傅　浩

放　脚

　　　　1949 前,
　　　　读过军校、
　　　　见过世面的爷爷
　　　　对新过门的妻子说:
　　　　"不放脚就休了你!"
　　　　刚从乡下出来的奶奶
　　　　很害怕,就不再
　　　　裹脚。

　　　　1949 后,
　　　　目不识丁的奶奶
　　　　被推选在居委会工作,
　　　　并屡次被评为先进
　　　　积极分子,只因
　　　　她有一双还能
　　　　跑动路的
　　　　半大脚。

即便解放了，
裹得变了形的脚
再也无法放归天然。

生活就是忍受

我曾对一位同事说：
"生活就是忍受。"
他不以为然。
后来，他忍受不了，
动手打了领导，
被迫做了检讨，
然后不到一年，
突然就先走了。

我对另一位同事说：
"忍受，英文是 endure，
意思是受苦，
一如享受，英文是 enjoy，
意思是享乐。
en 是使动，joy 是快乐，
enjoy 就是令人快乐；
同样，dure 是困苦，
可溯源至梵语的 dur，
endure 就是令人困苦，
或受苦、忍辱。"
她恍然大悟，
深以为然。
从前多愁多病，
如今她快乐平静。

他俩和我一起
同学过梵语，
都研读过佛经。

无尽的悔

你青春的美足以
让我冒险犯罪，
但一番得失算计
得出无尽的悔。

其实你爱的是我
在你心中幻影：
精心搭的多米诺，
迟早都会塌崩。

茶室中片时小坐，
彼此了解不足；
裤兜里名片紧握，
终于没有递出。

我在你心中幻影
想必早已抹去；
你在我心中魅影
久久挥之不去——

只好炼文字捉拿，
锁诗底永远镇压。

动物世界

"你现在还看电视吗？
都看什么节目呢？"

"我看够了人的嘴脸，
现在只看'动物世界'
'自然传奇'之类。"

野生动物从不
开会学习，也不会统一撒谎。
它们会痛快地杀死
对手或猎物，而不会
侮弄或折磨它，
不会因同类叫声不同
就逼它写检查做自我批评，
或下放到基层接受再教育，
甚至限制它的自由，
剥夺它的生存权。
野生动物的求爱简单粗暴，
用不着'非诚勿扰'，
但为了表明诚意，
它们彼此以性命相搏，
你死我活。"

一般来说，
"动物世界"里看不到人——
一种自绝于自然界、丑陋
没啥看头的驯化动物，
像牛，像马、像猪、像狗……

双重门

在美国，曾经
参观自然科学博物馆。
那里有活物观察室，
进去时，要依次
通过两道门。
在面前的第二道门
开启之前，
必须先关好
身后的第一道门，以防

珍稀的蝴蝶逃逸。
在室内可以近距离
与那些活物亲密接触。
凝神静气，保持
警觉，动作
尽量轻柔，静静
等待，它们
就会飞落到你
身上、手上、头上——
振颤着纤纤触须蓝蓝翅膀，
恍惚如梦如幻。

出来时，仍要依次
通过那双重门，
只是顺序相反。

在家里，每天
都要闭上肉眼之门，
暂时与世隔绝；
把尘嚣关在身后；
打开心眼之门，独自
走进一间生命观察室，
那里有秘密通道
通往另一个世界。
凝神静气，保持
警觉，呼吸
尽量轻柔，静静
等待，无数
纷飞的妄念幻觉
就会翩然
降落，栖止，变化——
振颤着蓝蓝翅膀纤纤触须，
像珍稀的蝴蝶。

时刻准备着，把
身后的门彻底关死，
不再原路退转。

美女标准

据说，意大利时尚界最近公布
鉴定上流社会美女的重要标准之一：
脚后跟粉嫩圆润。

记得四岁时，刚上小学一年级的姐姐放学后
和一位穿塑料凉鞋的同学
站在楼下说话。她
对姐姐抱怨说：
"你弟弟干吗
老摸我的脚后跟？"

作者简介

　　荫丽娟，1971 年生于山西省太原市。中国诗歌学会会员，山西省作家协会会员。作品入选多种选本。出版诗集《那年那雪》。

在青海（组诗）

荫丽娟

祁连山上的雪

在青海，只要能看到的白
都是神秘的。
譬如祁连山顶那一片遥远的雪
站在万物最高处
闪耀出千万条哈达的荣光。
羊和云朵在低处走动，一朵朵大雪花
涂抹草地裂开的伤口。
更低处，还有众多、细小的卑微
簌簌地，落向人间
还有我——
一个内心没有安放一片雪的人，被这些白刺痛
一个内心没有装得下辽远的人，除了失声尖叫
已经忘记，深深的歌颂与感恩。

卓　玛

不用多少，二十头羊儿作聘礼就能换来你的后半生。
不用多重，一条银腰带就能拴住你美好的青春。
你生下的每一个孩子都有和圈里小羊一样洁白的乳名

而你秋天的脸，一年比一年深红。
你守着瓦蓝瓦蓝的天空和一顶小小帐篷，这是你全部的家当
今生的富足。
你的衣裙里时常裹着酥油、奶茶的气味，这是草原上最昂贵的
香水。
你宽大的指节缝里流淌出青稞酒，在大河冰封之前
这也是你今生的富足。
你日日供奉在前堂的，是神的赐予
你用一盏酥油灯的光
擦洗它们，还有那颗匍匐在路上的，朝圣之心。

盐　粒

仿佛人世间所有的苦痛都有了证据。
这白花花的苦痛

没有边际
在众神安宁，如镜一样的湖水边。

迟早会被岁月板结，风干
——从心底流出的泪滴，汗滴，甚至血滴。

不为一时苦而苦
这样才配得上隐忍之外，深蓝的辽阔。

在茶卡，我并不动心于遇到最美的自己
我笃定，我要成为一粒盐，十万粒盐，铺在命的中途。

有光照耀

不知阿爸背着
一心皈依的小扎西到了寺庙门口没有
反正那道高高的门槛上，有光照耀

不知僧人们捏酥油泡在冰桶里的手在六月复苏了没有
反正供奉在佛前的酥油花瓣，有光照耀
不知大金瓦殿前磕长头的人把自己的双腿捆绑好了没有
反正木板大的一块空地上，有光照耀
不知养育了几年的小尾寒羊卖出好价钱没有
反正桑吉捧在手上的供养，有光照耀
不知菩提母子树的十万叶片刻着经文没有
反正清风送来
袅袅的佛音里，有光照耀

青海湖

这里的人们都叫你海子。
其实挂在天际边的你，更像一条深蓝色的路
没有尽头
能让我，从人间抵达天堂。
在靠近你的路途上，我要放牧我的一颗红尘之心
哪怕她如一头小羊，在茫茫的草波里
四处游荡。
在靠近你的路途上，再大的风雨也遮不住
你的光辉
它不动声色，磨洗我——
中年的羁绊与对爱的一些虚妄。
我知道再往前，你就是真正的海了
我的眼里再也装不下你盛大的寂静与辽阔
在你面前
我会越来越轻，越来越小。
我甘愿成为岸边的一颗沙粒
在你深蓝色的诱惑里，虚度此生。

经幡飘扬

有了经幡，草原就有了庙宇；
有了飘扬，湖水就有了殿堂。

读不出五色旗帜上的经文是我抵达不了的神圣
一个不合时宜的外乡人。

而这清风吹起的诵念
一波接一波，一浪接一浪。

仿佛我也在特别的祝福里
飞身成仙。万物之美尽收眼底。

羊皮筏子

我没有勇气去打探
一个活的生命是如何臣服于古老、伟大的手艺

……几只羊的躯壳鼓胀着，并排着，捆绑着，载负着
去到水里
天性，奔跑和草原，已经死去。

我没有勇气穿上救生衣，坐在筏子上
水中的木桨，仿佛在泅渡一些灵魂。

岸上，一个生意人
正对着羊皮上的气孔吹气
仿佛他在不停地歌唱，生命所谓的逆袭和重生。

作者简介

　　绿音，原名韩怡丹。1967 年 1 月生于福建。著有诗集《临风而立》《绿音诗选》和《静静地飞翔》。美国《诗天空》（PoetrySky.com）中英双语季刊创始人及主编。现居美国新罕布什州。

诗六首

绿　音

春　雪

刹那间
天使的羽翼
碎裂了
纷纷扬扬
从万米高空飘下

它们落在山月桂上
落在云杉巨大的手掌上
落在杜鹃绿色的花蕾和叶子上
落在枫树刚刚冒出的酒红色花蕾上
落在地上、草丛上，石头上，以及
绣球花和丁香花光秃秃的树干上
没有声音
如同痛苦，那么安静

一地雪白
仿佛大地缝合了
她的羽翼
而天使正伏在大地上
为众生祈祷

五月的风信子

五月中旬
雨后的葡萄风信子
仿佛要收起它的忧郁
忧郁的蓝，浅紫的蓝
有时似晨钟暮鼓
有时又如一阵青烟
忧郁可以这样明媚
像春光一泻千里
深沉也可以
摇曳有声
如少女的长裙

今天，它准备把
叮当作响的风铃
藏进它的衣袖
它清晰时
世界是模糊的
现在它开始模糊了
世界却清晰起来
那些枯叶、杂草、断枝
和土地的伤口
都清晰可辨

渐行渐远
这时间的森林里
灰蓝的呼吸

混　沌

那棵云杉在天空上
写下的遗言，转眼

被一阵狂风卷去
海浪翻滚着乌云——
那些乌鸦吐出的残渣
并以嘶哑的狂嚣宣告
又一个混沌之日的到来

天空开始下降
海滩上的人们顿觉自己
高大如云杉，他们可以
触摸到那些乌云
并且击溃它们
他们可以抓住那些乌云
并把它们和闪电一起
抛进大海

天使们在海底之下
歌唱，她们的声音
被海浪肢解，成为沙滩上
破碎的贝壳

海鸥在沙滩上疾走
它们撤退到黄昏的尽头
那里，夕阳蜷缩在
鲨鱼的残骸里
任海鸥啄食

黑夜与阳光

我喜欢在黑夜里行走
黑夜里，我能看清自己
和远处山顶上的光

我喜欢在黑夜里仰望苍穹
看那些在安静中闪亮的星星

诗探索9　作品卷　2018年　第1辑

流水般散落下来
溅湿我的脸

而阳光是适合飞翔的
阳光里，蒲公英、红鸟、蓝鸟、知更鸟，
鹰和云朵，以及
那些无所不在的尘埃
都飞了起来！

令我在目眩神迷中
迷失

石头和水

这个冬天
石头们忧郁不语

当水结成了冰
忧郁薄而透明，它反射阳光
而阳光不忧郁
它在冰上舞蹈，并用一道彩虹
打开了春天的门

让石头说话的，是水
让石头飞翔的
也一定是水
一块石头和水之间
可能有千山万壑
也可能只隔着
薄薄的空气

可能是
一个呼吸的距离

作者简介

　　黎权，1971 年出生于湖南省岳阳市，现居青岛市。崂山区作协副主席，青岛市文艺评论家协会主席团成员，山东省作协会员。

呜呜的割草声响起（组诗）

黎　权

野菊花

　　　清凉的秋窗外
　　　一串野菊花
　　　都是细碎的小嘴
　　　吐出苦味来
　　　仿佛我发黄的脸庞
　　　和酸胀的背膀

　　　夜晚
　　　为了追赶一个梦
　　　这些尘世里细碎的花朵
　　　以执拗的激情
　　　期期艾艾
　　　抵御尾随而来的寒冬

割草工

　　　树木被雪暴击倒
　　　匍匐于地，今夕何夕
　　　一个长长的冬天
　　　我蜷缩于北坡

突然，呜呜声响起
虽少有阳光眷顾
春草依然漫过了北坡

呜呜的割草声响起
我泪流满面
春草冲破了寒冷
打理荒芜的人们
并没有走远

水蜜桃

桃子的味道源自三月
窗棂外两朵娇艳的花
在风中嬉戏

六月的成熟快了一些
但果肉的甘美
滋养日常的琐屑

许多人会留下桃核
用以种植，或者雕刻
把密密麻麻的皱褶
交给刀或泥土

以及悬浮在时间里的等待
等待重新找到那映亮春的粉色

假　期

最美好的日子
是它的前夜

最悲伤的日子
是即将失去的前夜

用假日作为比喻
分分秒秒，一失再失
直至失无可失

亦如假期那样虚假
徒然悲伤的过程

早　上

从大玻璃向下看
花园里弯曲的小径
消失在枝叶掩映的地方

背着双手，慢慢走过
穿灰夹克的男人
消失在花园的曲径上

从地面到写字楼
加装在墙外的电梯
扶摇直上
阳光充沛的高处
白衬衣显得更加耀眼

这个明媚的早上
有人去了拥挤的地方
有人留在花园里

新诗作品展示

诗探索 9 作品卷 2018 年 第 1 辑

【编者按】

　　我们从漓江版和现代版 2017 年选中精选出了诗歌四十四首，分两次刊发在《诗探索》上，供大家阅读（年选中发在《诗探索》上的作品没再入选）。我们提倡诗歌作品与诗人的生命体验相关，与我们当下的生活相关，与社会文化相关；提倡诗歌语言准确，清晰，具体，有意味；提倡诗歌结构与构思的严谨性与独特性。入选的这些诗歌是具有了这些品质的作品，希望得到读者的关注。

2017 中国年度诗歌选精选诗四十四首（之一）

猫

小　西

它从那个人的怀里挣脱
跳到走廊里。经过我时
停下来，凝视我。
镶嵌在毛发中的两粒玻璃球
折射出冷漠的光。

我背靠窗子站着，手里抱着暖瓶。
金银木茂盛得让人伤心
我的父亲，躺在病床上
额头渗出大滴的汗水
他也有一只猫

正用疼痛喂养着，日益肥硕
他的身体，很快就要装不下它

（原载《人民文学》2017年第2期）

我的学生

王单单

最初我不喜欢赵小穗
遇到谁都怯生生的
某次她在作文中写道：
妈妈，我的眼泪不够用
每次想你，都省着哭

这让我心头一紧
趁其不在，忙向其他同学打听
大家异口同声地说：
她爹死后
她妈就走了
她妈走的时候
她还小

同学们回答得那么整齐
像是在背诵一篇烂熟的课文

（原载《十月》2017年第3期）

在会宁的时候

牛庆国

在会宁的时候 我经常去南关的毛毛利皮鞋店
鞋店生意惨淡 小老板常在鞋盒上写诗
他的诗里有一种新皮鞋的气息
我和小老板互递着抽劣质香烟
并在他的火炉上熬罐罐茶喝
有时老板娘一脚把一只鞋盒踢出门去
我们就从诗歌的云端跌到皮鞋店的板凳上
有时 街上所有的路灯都已经灭了
只有南关的这间小房子亮着
两个下决心要当诗人的人 眼里的光芒
比鞋店的十五瓦灯泡亮
那时 我们的身体里有很多可以发光的东西
当我们为一行诗而苦恼的时候
就听见有拖拉机或者卡车轰响着从街上驶过
过一阵有几个在舞厅里喝醉酒的人
高声大气地吹着牛从门前经过
街道上的垃圾被他们一下下踩响
他们是县城里活得现实而潇洒的一类人
在那里我没有几个朋友 鞋店的老板算是一个
忽然罐罐茶溢了出来
冲天而起的灰尘就落得我们灰头土脸

（原载《扬子江》2017 年第 3 期）

诗探索9 作品卷 2018 年 第 1 辑

想起父亲

札拉里·琴

春节的时候，兄妹四人终于和母亲
在雪乡团聚

要分别的那天
忘了是谁小心地提到父亲
——哥哥和姐姐想起为父亲沽酒
我说起父亲的自行车
妹妹谈到家长会上父亲胸前的大红花

快三十年了。我们四个孩子的心里
都活着自己的父亲
永远四十五岁的父亲

快三十年了
父亲留下的苦，母亲一个人扛了
父亲错过的福，母亲一个人能享受多少呢

说到这些时，我们都不约而同
更紧地靠拢着母亲

（原载《飞天》2017年6月）

青屋的寂静之光

叶丽隽

咳嗽已有月余。今日，独自在青屋
生了炉子，冰糖炖雪梨

青屋里，有着最为简单的生活
汲井水，生煤炉，出行需要过渡

今我一人在院中，守着噗噗直响的砂锅
这情形，类似于一头孤独的野兽在疗伤

但是蒸腾的热气里，我分明又看见了你，和你
那么回忆，也是存活的一种方式

亲爱的朋友，因为与你的相遇，因为那曾经的
火热的生活，我才拥有了这段时光的宁静

所以，院子里的蜡梅、芭蕉、樱桃、月季
含笑、茶花、柚树、菊花为证

谢谢你，我亲爱的朋友，谢谢——
我多么害怕，一生太短，许多事，就此错过

（原载《诗刊》2017年2月号上半月刊）

该怎样跟大字不识几个的母亲说荡漾

东 篱

母亲百日时，其他坟上的草
已没了小腿肚
油绿、齐整
仿佛出自园艺师之手
微风一吹，我脑海闪现出荡漾
五月的麦浪
初冬的芦苇荡
晨曦里的鸡鸣
月光下的蛙鼓
我想用这些熟稔的事物
跟大字不识几个的母亲说
如果不是因为母亲的新坟
土还湿热
这些大地拱出的斗笠状土包
身披绿蓑衣
头顶青焰火
我几乎脱口说出：
真好

（原载《扬子江》2017年第2期）

对一则报道的转述

毛 子

唐纳尔，一个普通的美国公民
在"9·11"，他失去了怀孕六个月的女儿
时隔十一年后的一个五月

民众拥上街头，欢庆本·拉登被击毙
只有唐纳尔待在家里，和家人一起
静静消化这个消息
他无法高兴起来，他说
——"我们不是一个会庆祝死亡的家庭
不管死的是谁。"

（原载《读诗》2017年第3期）

养蜂车

刘　年

买辆养蜂车，装二百只蜂箱
我们住的驾驶室，摆台十二寸的黑白电视

随香而栖，逐花而居
六月开往伊犁，看啊，西天红得发紫
——薰衣草开了

九月开往高原，酿苜蓿蜜
冬月开进罗平，酿菜花蜜

不看花的时候，就看你
看你吃琥珀色的巢蜜
看你将十根手指，一一吮吸干净
看你伸出舌尖，舔着上唇

写到这里，有词语嗡嗡地蠕动起来

（原载《汉诗》2017年第二期）

避雷针

刘泽球

我见过的第一支避雷针，是家属区马路对面
缫丝厂高耸的烟囱顶上，一截尖细的矮桩
像一枚被煤烟熏黑的粗铁钉
那时我以为它是戳中了闪电，才让闪电
不至于掉下来。但它是如何捕捉住闪电的？
按照一个儿童的想象力，铅灰的上空
一定密布着许多这样的触手
尽管我看不见它们全部
那个时候，我还不知道我们的县城
从上面看下来会是什么样子
那根烟囱是我童年时代
见过的最高建筑，我从没有尝试爬上它
它投下的影子一直穿过半个县城
我们钻进缫丝厂的铁丝网外墙
往裤兜里塞满卵石般的蚕茧
和胖乎乎的蚕蛹，每当我们抠它们身体下部
它们的头就会转着圈地扭动，仿佛
也在捕捉什么，像烟囱顶上的避雷针
那些细细的茧丝如同被编织起来的闪电
在阳光下，发出密匝、锐利的光
我的目光往往被烟囱，被木棍似的避雷针
引向高处，乌云、雨水和闪电
在那里集合，我屏住呼吸
惊讶地望着这些天上的事物舞蹈
仿佛是避雷针让它们获得了生命
多年以后，我明白它其实是用来摆脱闪电的
如同我们一生都在努力
用什么可靠的东西摆脱命运
它在我们内心深处，投下震颤和重量

那些下着雨的天空，一定有人
站在倾泻的高处，俯瞰下来
县城像一台老式收音机拆开的电路板
它正等待被击中，"哔啵"地闪出火花

（原载《飞地》2017年第18辑）

拥　抱

灯　灯

我的母亲从不知道拥抱为何物
她没有教过我
和最亲的人张开双臂，说柔软的话
她只告诉我
要抬头，在人前，在人世……
她说，难过的时候，就望望天空
天空里什么都有——
到了晚年，我的母亲开始学习拥抱疾病、孤单，和老去的时光
开始
拥抱她的小孙子——
有一次我回去，看见她戴上老花镜
低头翻找她的药片——
那时，天边两朵云，一朵和另一朵
一朵将另一朵
拥入怀中
仿佛这么多年，我和母亲
相互欠下的拥抱。

（原载《读诗》2017年第3期）

木 槿

李 荼

喜欢普通的夏天
以及在夏天盛开的木槿

它开在我家小区
整个夏天都没死
当我站在楼群拐弯处
回头望见它：
乳白色花瓣，花心里蝴蝶样黑斑

它不是疯掉的花
七月一到，便规规矩矩开花
规规矩矩长叶，发出簌簌的响声

这个小区里的人
每天有人经过它
没有一个人正眼瞧过它
只有我和我的狗享受它
逗留在它的花影下

世上的花，我独爱木槿
爱它的花期，它的颜色
它树样的身高
爱它
在遮住一楼小卖部后
透出稀疏的光

（原载《汉诗》2017年第二期）

现在，曾经

李 南

现在，我获得了这样的特权——
在文火中慢慢熬炼。
曾经厌恶数学的女生
曾经孟浪，啃吃思念的果子
曾经渎神，蔑视天地间的最高秩序……
现在，我顺从了四季的安排
屈服于雨夜的灯光
和母亲的疾病。
我终于有了不敢碰触的事物
比如其中三种——
神学、穷人的自尊心，和秋风中
挂在枝条上的最后一片树叶。

（原载《诗刊》2017 年 1 月号下半月刊）

良宵引

李元胜

你读到爱时，爱已经不在
你读到春天，我已落叶纷飞

一个人的阅读，和另一个人的书写
有时隔着一杯茶，有时，隔着生死

我喜欢删节后的自我，很多人爱着，我剪下的枝条
直到，奇迹出现了，你用阅读追上了我

你读到一粒沙的沉默
而我，置身于它里面的惊涛骇浪中

（原载《国酒诗刊》2017 年第 3 期）

在北方的林地里

李少君

林子里有好多条错综复杂的小路
有的布满苔藓，有的通向大道
也有的会无缘无故地消逝在莽莽荒草丛中
更让人迷惑的，是有一些小路
原本以为非常熟悉，但待到熬过漫漫冬雪
第二年开春来临，却发现变更了路线
比如原来挨着河流，路边野花烂漫
现在却突然拐弯通向了幽暗的隐秘深谷

这样的迷惑还有很多，就像头顶的星星
闪烁了千万年，至今还迷惑着很多人

（原载《芳草》2017 年第 4 期）

任她的孤独蔓延

余 退

任她一个人跪在地板上
自言自语，帮布熊粘好创可贴
为积木装上电池
让一截无轨列车越过森林

任她的孤独蔓延
我知道，那些时刻总会到来
她总要一个人睡一张床
一个人在晨雾里慢跑
一个人登机，接近越来越高的云

正如此刻电脑前的我
跟随白鹭，找到了一座荒岛
一个人的蝉鸣震耳欲聋

不要搅乱她的孤独
任她安静地捏出一个泥娃娃
任她的孤独成为造物主的孤独

（原载《青年文学》2017年第2期）

走山路，有了初潮

余修霞

郧庙路那时还没名字
石子路沿鄂西北群山打转
一会儿上坡，一会儿下坡
从吴家咀到大柳中学
拐六个弯，翻一座很陡的大山
看到山垭子那边的电线杆时
我的小腹涌出了一条温热的河流
和同龄的燕子描述的感觉一样
不会错，它终于来了
比同龄人晚了一个季节
比我远离大山早了整整六年
剩下的路，我一口气跑完
跑得稍慢，害怕秘密会滴在山路上

跑得稍快，害怕那血红的溪流
比预料，更快地跑出身体
它流动得矜持，曾一度中断
我怀疑是生理构造出了小差错
背包里的书和远方，跳得忽快忽慢
叽叽喳喳地给十三岁的我出点子
我徘徊在乡政府旁边的小卖部
像做贼一样，买了一包洁白的秘密
折开它们，试图堵住那条溪流
我越堵，它流得越远
从鄂西北流到四川盆地，流到江城
流过青春、落叶、街道和城中村
甚至在梦中，鲜红的颜色溢出郧庙路
把天空中来来往往的云朵都染红了
连同那些掌握不好速度的奔跑
时而中断，时而膨胀出大股大股鲜红
我怎么努力，也没看到山垭子拐角处
那根引领着青春和远方的电线杆

（原载《汉诗》2017 年第 1 期）

第五帖：通灵术

谷　禾

……七岁之前，我看到你看不见的
魑魅世界
山水是凝固的，神灵们衣袂飘飘？

死去的祖父有一张婴儿脸
一堆肠胃蠕动着酸水，晴空下闪闪发亮
他总在午饭时回来
坐在门槛上无声地哭，巴望着我吃面喝汤？

妈妈，前世里
你也是我的小女儿。我把你抱在怀里
扛在肩头，举过头顶
你渐渐地离开了我
越去越遥远，直到我与前世撒手别过
你走过我坟前时，不再瞬间停留或放慢了脚步？

我还看见我今生的风烛残年，贫病交加
一个人独守孤灯
那时你历经六道轮回
在另一个地方
为另一个儿子流下白花花的乳汁？
在七岁之后，灵异消逝了
你看我现在的样子，多么老实木讷

（原载《文学港》2017年第2期）

小学教室

灵　鹫

我逛过很多教室
只喜欢一间
它弥漫着泥土味儿 鞋臭味儿
油菜花味儿 栀子花味儿
到中午 尖椒炒腊肉的味道也会飘进来
我们可以穿各种塑料拖鞋进入
穿哥哥或者姐姐的大号衣服上课

教室的外墙只用石灰粉刷了八个字：
团结 勤奋 开拓 创新
除此之外
再无多余的装饰了

诗探索9　作品卷　2018年　第1辑

连校名也懒得挂上
夏天 暴雨 碎瓦片 泥泞地
刘小凤在窗台上晒她打湿的布鞋

每到中午
代课老师杨小英说
背不到作文就不准回家吃饭

正好
王小丽的妈妈赶场回来
从生锈的铁窗户给她递进来一个烧饼

（原载《诗潮》2017 年第 5 期）

太阳落山了

张二棍

无山可落时
就落水，落地平线
落棚户区，落垃圾堆
我还见过，它静静落在
火葬场的烟囱后面
落日真谦逊啊
它从不对你我的人间
挑三拣四

（原载《鸭绿江》2017 年第 6 期）

采 雪

张远伦

那卡的山包上建起一个铁塔
对山还有一个铁塔

雏鸟们从那卡的山包出发，在电线上
一停，一飞，就到了对山

奶奶的棺木，下一重坡
再上一重坡，就到了对山

雪，从那卡的山包出发，一片阳山
再一片阴山，就抵达了奶奶的新坟

小年阳光如恩赐，那卡从阴山坟头
取回的雪，到了阳山还没化完

（原载《凤凰》2017年上半年刊）

写诗是……

张执浩

写诗是干一件你从来没有干过的活
工具是现成的，你以前都见过
写诗是小儿初见棺木，他不知道
这么笨拙的木头有什么用
女孩子们在大榕树下荡秋千
女人们把毛线缠绕在两膝之间
写诗是你一个人爬上跷跷板

诗探索 9　作品卷　2018 年　第 1 辑

那一端坐着一个看不见的大家伙
写诗是囚犯放风的时间到了
天地一窟窿，烈日当头照
写诗是五岁那年我随我哥哥去抓乌龟
他用一根铁钩从泥洞里掏出了一团蛇
我至今还记得我的尖叫声
写诗是记忆里的尖叫和回忆时的心跳

（原载《读诗》2017年第3期）

叶 问

阿 华

一条锦鲤退去了鱼形，垂柳的
树荫下，它在等谁？

夕阳如一颗硕大的泪滴，黄昏的
江边，它在哭谁？

一个朝代，回望另一个朝代
它来人间找一趟

看见流水向前，蝴蝶慢飞
藤蔓又缠在了大树上

看见春风吹过了桃花
又吹杏花和李花

为什么每一次吹过，都像
在翻一页又一页的经文

昨夜我在江边，看到水里的

半个月亮，草叶上的一堆霜花

看到一个人长眠在远处的山岗

——他不知道，豆荚地里
只剩下一棵豆荚

世界空旷，让我神伤

（原载《山东文学》2017年第五期）

平度诗人小辑

刘成爱　姜言博　王忠友　董福寿　雅　诗　金小杰　孙萌萌

刘成爱的诗（二首）

刘成爱

迎春花开了的时候

迎春花开了的时候
柳树也开始吐絮
我在写一封寄往天堂的信
写着写着
所有的字都变成了嫩黄
这时候，母亲
正和两个孙女在空地上放风筝
晨光下
母亲的身体金光闪闪
我试着用相机去拍
却发现母亲在一点点消逝
像一片上升的云彩
慢慢淡入天际
我擦完眼泪
再去擦镜框里的母亲
感觉她的眼角有些潮湿

母亲看着我们过年

母亲看着我们过年
我的布鞋没了鞋跟
棉袄露出棉花
母亲看见我
在一个个地摊前停下
接近年关的集市
牲口市上的人明显少了
鞭炮市上的人明显多了
我在飘飘扬扬的雪花中发呆

母亲看着我
和兄弟姐妹们围着破桌子
几个人分吃一块年糕
几个人盯着供品和香火不说话
母亲坐在北墙上的镜框里
看见我们齐刷刷跪下来
给母亲磕头时
她走下来，在我们的肩膀上
每人轻轻拍了一下

姜言博的诗（二章）

姜言博

大雪之后有一场小雨

大雪之后有一场小雨。

小雨淅淅沥沥，绵密地落在尚未溶化的大雪之上，与雪一起浸

诗探索9 作品卷 2018 年 第 1 辑

入土地。

土地，从夏天到秋天到冬天，早成皱纹满身的沧桑。

而庄稼，在干旱的土地上欲哭无泪。

渴望一场温润，一场大雨即是一场豪宴。

可惜，气象不是豪门。

大雪之后有一场小雨。

土地饕餮大餐。

即使北风凛冽的冬天，也足以让久旱的土地感受到久违的幸福。

冬天之后，春天泛着绿色的光辉，照耀着夏天金色的麦浪翻卷。

春 语

呼吸着粗糙的春风，心在干涸的土地上痛苦。

嗓子长满老茧，思想在痛苦中挣扎。

尘土，在春天肆无忌惮地舞蹈。有微风拂面，便感觉一万把刀子从脸上掠过。

脸上没有伤口，灵魂却鲜血淋漓。

站在春天的尘风中，回忆。

三十年前的春风何等清爽，深深地呼吸一下便会洗净心灵的尘埃。

三十年前的河水清澈如镜，在河水中与小鱼儿戏嬉成为一生中无法洗去的记忆。

三十年前的土地湿润而丰沃，即使大风狂野地掠过，土地依旧湿润而丰沃。

站在春天的尘风中，眺望。

干涸的土地。

干涸的河床。

干涸的人们。

春天啊，此时真的渴望一场大雨降临。

燃一炉香，对长天叩首，不是祈祷，而是一种真诚的忏悔：我们，错了。

王忠友的诗（二章）

王忠友

白蛇传说

那年，一朵白浪花，躲进了雷峰塔。

断桥，这把古琴，让远去的人，如传说而来。

雷峰塔下，那把油纸伞，孤独地徘徊。内心有一个法海。固执，狂傲，带着魔法，穿越大半个江南。

这个尘世，永远不知道另一个世界的真实。一切的许诺和愿望，都经不起时间的淘洗。

一对对情侣，拥抱的身影融进了西湖的潋滟。

爱情——

在现代更替。

不说美好，不说忧伤。三潭印月，盛开的莲花，落满了宋朝的月光。

端午节的传说

我捧着《怀沙》，一粒粒的文字，爆醒我已经关闭的心。

汨罗江畔，找不到那个衣衫褴褛，流浪草泽，被士族门阀放逐，诗歌请回的老人了。

十二座疑冢，穿越两千多年的时光，讲述那一章民间疾苦的历史。

在屈子祠，我试图找到您流放沅、湘流域的身影，狂舞的呐喊，不死的心愿。拉近和平年代和春秋战国的距离。

沿着时光的走向，每年的端午，我们竞龙舟，吃粽子，喝雄黄酒，可振聋发聩的《离骚》《天问》《九歌》，有几个人去读？

诗探索 9 作品卷 2018 年 第 1 辑

一祭一读，都是无处可去，却无处不在的您。

玉笥山下，您的如椽秃笔，仍在历史深处狂舞着血性。而这个纷繁的世间，越来越多的人，相逐于名利场……

董福寿的诗（二首）

董福寿

清洁工

每天早晨，我都听到这些扫帚与大地交谈的声音
刷，刷，像黎明前的风，一层一层
刮掉时间，刮掉城市内心的黑暗

我熟悉的小区清洁工，一个面容沧桑的老女人
每次从她身边走过，她都面无表情
她把城市枝头上散落的树叶或者什么慢慢拢起
像收拾起多年前走失的儿子的外套，一点也不伤感

天气慢慢地暖了又渐渐地变冷
她的手越发变得粗糙
她把手伸进垃圾箱
抖出弃菜剩饭、烂瓜坏枣
抖出塑料袋子、空酒瓶子、卫生巾子、避孕套子
抖出些烂烂糊糊说不清楚的东西
抖出城市司空见惯的散发着腐臭的习气
一些实实在在的虚空
这时，她面无表情，甚至没有一点痛苦

不知道她的姓氏名谁
也不知她来自城市或者乡下的哪个角落
一天清晨，一觉醒来

当突然听不到那刷刷的扫帚与大地交谈的声音
这钢筋水泥筑就的盒子
突然增添了几分空寂。

空　巢

我一眼就认出了那个鸟巢
那个空旷的田野里
兀立的老梧桐树上空空的邮箱

我是多么地羞愧呵
曾经用石块扔它
在树下使劲地摇它
惊了一棵树和一对新婚的鸟儿的春梦
曾经悄悄地爬上去
偷了鸟蛋让老母鸡孵亿

鸟巢呵鸟巢
多少年过去了
你是否原谅了一个孩子的恶作剧
像一位父亲原谅他的不懂事的儿子
你不说话
你一定是陷入了深深的回忆
一位老者对过去的回忆无论如何都是幸福的
你一定又看到了那一对幸福的鸟
相互体贴也相互鼓励
从早到晚，衔来春天的枝丫
那是怎样的岁月呀
鸟出鸟进，满巢的生机

鸟巢它不说话
可我分明已听到了它内心的潮声
它的目光牵着我往回走

诗探索 9　作品卷　2018 年　第 1 辑

一步一回头
每一次回头都在心底荡起深深的涟漪

在乡间，在我们的老家
还有多少这样的空巢呵
它曾给了我们多么温馨的回忆
而今，又让我们酸楚，心怀忧伤

雅诗的诗（二首）

雅　诗

伤　口

翻过身，看见娘后背的伤口
刀割一样整齐，没有血痕
娘感觉不到疼
仿佛这不是伤口
像是贴身衣袋的拉链
一直以来
娘从衣袋里掏糖给我们吃
掏着掏着就空了
如今拉链彻底坏了
修锁匠摇摇头
菩萨也蹙着眉转身
我们只能眼睁睁看着娘
一点一点，瘪下去
露出她，全部的骨头

银耳环

这是娘留给我的最后一片月光

每当十五，娘就戴上她的银耳环
准时出现在我的梦里

她像树上的大鸟，粗糙而不失温柔

她的拿锄头的手，
捏起了针，给我做花棉袄

她哼着小曲，为我扎上红头绳
她的睡前故事，是治愈黑暗的良药

她不识字，只在神龛前
一遍又一遍，复述佛的语言

天空蓄满泪水
娘的银耳环，若隐若现

金小杰的诗（二首）

金小杰

化　妆

每天早晨我都会摆出一套工具
眉笔、口红、粉饼，还有其他的瓶瓶罐罐
一层层地扑粉、上妆，把表情抹掉
顺便把五官也通通涂淡

涂成一片片空白
成年人的白天不需要这夙夜的疲惫和真实
抬笔，描眉，勾勒出鼻子和嘴唇
镜子深处，一个面无表情的人
在画另一张陌生人的脸
每天早晨的这场仪式，都让我想到入殓

日 常

周末，喜欢提着篮子逛超市
如果能够撞见菜市场，更好
活着的鲤鱼、鲫鱼在水箱里游动
它们还不知道会有另一锅水
能轻而易举地要了它们的性命
摘下来的青椒、扁豆、黄瓜
挂着露水，似乎还在生长
用不了多久，它们会在
一群人的胃里，长成茂腾的菜园
就跟，生前一样
如果再有时间，我还喜欢去看看
河流。苇花零星，飞鸟过江
这些活的东西，会令人心生温暖

孙萌萌的诗（二首）

孙萌萌

风信子

它叫风信子
这是我第一次认识它——

从遥远的地中海沿岸赶来的新朋友
粉的澄澈、紫的庄重、蓝的清晰……
就像学生时代的她
圆圆的大眼睛，说起话来天使般的样子
清晰地浮现在我的眼前
"你听说过风信子吗？"
"听起来像种子。"
对话过后，就在那个温暖的下午
我站在敞开大门的院外
失落地朝里张望
从门口到里屋，什么也没有留下
忽然想到，以前她无意说到的话：
"我可能要转学，不知道是什么时候。"
不觉，泪水已流下脸颊
十年之后，我得知早在十七世纪
荷兰育种家从美艳的郁金香转向风信子
他们确信这里适合它生长
如今风信子在大洋的对面

升 起

我受够了回忆，那过往的并发症
扩散在花朵里，等风缓缓升起
空降，浸透在水里，由波纹推向远方

冥想这灵异的事情，竟这般费解
带它们端坐在楼顶，让红瓦的光
滴进心里，流入动脉，长出黑影

搭载一场大雨，隔空传递
纵然感冒，会轻轻地打着点滴

收拾回忆，装进心灵的麻袋
或者点燃天灯，去河边升起

诗探索 9　作品卷　2018 年　第 1 辑

泰山诗人小辑

吴玉垒　郭安文　彭浣尘　赵志远　李文焕　娄本立
顾文武　朱英谋　盛　立　徐西军　田丰赫　王传军

黎　明

吴玉垒

鸡叫三遍，黎明即来
盲人马小乐习惯性地打开窗子
直入鼻孔的残梦味和他从未迟到的阳光
多么亲切，多么亮，一伸手就能摸到
如同逝去多年的祖母的笑

多年以后，他对我说
不是他不想伸手，而是
祖母的笑里总噙着一滴泪
他害怕那滴泪再一次掉下来，再一次
淹没这世界

父亲这块煤

郭安文

秋天了 白发的父亲
独自蹲在墙角下
像一块从卡车上甩落的煤
在路边顶着霜

父亲坐在马扎上
没有着袜的双脚
长着一颗颗灰色的斑点
像煤块上的铁锈
倚在家乡的黄昏里

在家乡的煤城
在浩浩荡荡的运煤路上
到处散落着
父亲一样　被遗弃的煤
他们最终　在秋风里
销蚀掉了　自己的余温

诗歌是什么

彭浣尘

诗歌是什么
是你俯下身子系紧鞋带
是你手搭凉棚向远处望去
诗歌就是
这样一些简单的肢体动作

诗歌做什么
它于窗玻璃上擦拭着
白云和蓝天
它试图用流浪，照看流浪者
试图用幻象照看世界的真实

诗歌是一个人的
心灵史。是一个人的变形记
但你很难找到那个人在哪里
有时他佝偻着身体
躲在，文字深邃的棺木里

诗探索9　作品卷　2018年　第1辑

二重奏

赵志远

这是午夜。连梦也睡去的时刻
五千只止于漂泊的马蹄
埋伏于两根喑哑的弦上
等待风中的弓

让我成为最后的琴手
我要挖出尘土中所有被埋藏的耳朵
唤醒一千只天鹅的舞蹈
我要放纵一场灭顶之灾的大火
打开十二颗月亮深藏的湖水
我要让一把燃烧的二胡
说出前世的苦难和来世的幸福
我们的配合如此默契
连卓越的大师也无法分清
我在演奏二胡还是二胡正将我演奏
没有谁比我们更加
心心相印

今夜。我们一起去拜访盲眼的阿炳
或者扮演两只古典的蝴蝶
再现那个美丽永恒的主题
一场与生俱来的落雪
将是我们爱情的坟墓与新房

演奏即将进入尾声
无须癫狂的喝彩以及虚假的掌声
我们的歌声将在黎明到达之前
被花朵与露珠传达
直抵大地的心脏

泰山诗人小辑 ⁄⁄⁄ 新诗作品展示

对 手

李文焕

看不见对手。对手隐身在有几千年历史的
背景之后
排兵，布阵，运筹帷幄
隔着楚河、汉界
我要过足刘邦的瘾
我要把项羽，逼死在乌江

惊诧对手，行动如此之快
不过，我有足够的时间
我不走，项庄的剑就最多把鸿门宴
舞成一步险棋

我喜欢这样的对手。阴险，但不伪装
狡诈，但不拖泥带水
我可以背水一战，绝处逢生
却不容忍丝毫的妥协

我还喜欢上了小说
众多的人物命运
全由作者一个人说了算

远 山

娄本立

面对这青翠欲滴的呼唤
我毫不惊奇

诗探索 9　作品卷　2018 年　第 1 辑

从不谙世事，我就在里面种植了
一缕胎发。一滴垂涎。一夜鸣啼。
一声尖叫，又一声叹息。
并沿着山泉，埋设了两路泪水
一苦，一甜

我的小山村

顾文武

太阳是最亮的灯
月亮是最亲的脸

女儿是最美的树
男儿是最高的山

最深的秘密是胡同
最近的记忆是门楼

最富有的是盛粮的囤
最结实的是老茧的手

最甜的佳酿是山泉水
最美的滋味是野菜粥

最写意的行草是炊烟
最诱人的国画是麦田

最惬意的是雨事
最舒心的是晴天

最老的见证是古槐
最稳的脚步是碌碡

心　境

朱英谋

以为秋天离去就不会再有孤独
以为今日相聚就不会再有离愁
以为曾经牵手就可一生相守
以为曾经感动就不会变成伤口
我们多少次　凝望　幻想
我们多少次　沉默　彷徨

爱人　今夜
我有脆弱的权利
今夜　泪水突然醒来
并倾泻——

碎　片

盛　立

我用过多年的那只碗
掉在地上
碎了

我不是故意的
真不是故意的
可那只碗，还是
碎了

我蹲下身来，慢慢捡拾

我捡起了失联多年的父亲

捡起了母亲日渐佝偻的腰身
捡起了妻子涂抹不掉的鱼尾纹
捡起了自己雪染的双鬓
哦，我还捡起了三十年前
火车带走的那一声凄厉的长鸣
我还捡起了纸屑一样散落一地的
童年的梦

我捡起了……是的
我捡起了所有的碎片
却无法捡起
那一晃而过的
时光

零下十七度的气温，冻不伤一朵雪花

徐西军

冬天漫过北方大地住进我的村庄
零下十七度的气温冻不伤一朵雪花

羊群是山坡上跳动的火焰
牧羊人把鞭子甩得脆响

溜南墙根坐定的我的爷爷奶奶
他们是一年中最闲的时光

光　芒

田丰赫

当岩石里膨胀的梦境被唤醒
当失散多年的灰烬被重新擦亮
我看见了黑夜喷涌出石缝
身披荆棘
正在集体掠夺大地的畅想

远逝的渔火
被一只木筏
渡到黎明的草叶上
我们最后一次
把疼痛的脚步
背出故乡战栗的胸膛

跪倒在金色的阳光里
像一棵被雷电烧焦的树
用半生的企盼和期待
倾听一只掠过雷霆的蜻蜓
切割钢轨碰撞的光芒
霍然降落在自己身旁
给岸边的树木和村庄
制造一场汹涌的飞翔

彼　岸

王传军

让我以麻为裳
遮挡原始的赤裸与坦荡

诗探索9　作品卷　2018年　第1辑

让我以荆棘为烛
照亮大漠的浩瀚与苍凉

踏着西行驼队跋涉过的
无边风沙
循着敦煌壁上
飞天孤独弹奏了数千年的琵琶
让我以何为凭
在茫茫人海中与你相逢
然后说
走吧，请与我一路同行
现在就出发

总要以苦难为泉
一次次虔诚地浇灌
总得以肉身为砧
反反复复地无情锤打
究竟是该坚守，抑或是该放弃
我的朴素绚烂
平凡圣洁的蓝莲花

也许，不知不觉中
已经跋涉了千山万水
或者，我们历尽坎坷
却一直从未出发
意念之下
我曾无数次渡水而去
现世之中
新生的灵魂已经涅槃归来

诗歌细读

比较中细读：《小泽征尔指挥》

邱景华

上篇：蔡其矫《小泽征尔指挥》三稿比较

1978 年 6 月，日本著名指挥家小泽征尔访华。访华期间，小泽征尔还成功指挥中央乐团演奏一场交响音乐会。曲目有《二泉映月》《草原英雄小姐妹》和《勃拉姆斯第二交响曲》。

经历了"文革"长长的艺术荒漠，蔡其矫当年能有幸在北京，看到世界第一流指挥大师执棒的交响乐团演出，是何等的幸运。可以猜测：蔡其矫准备参看之前，是多么兴奋和激动；看完演出之后，心灵又是何等震撼！蔡其矫的写作习惯，就是随身带着小笔记本，一有灵感，马上记下来。所以，我们现在可以根据保存下来的小笔记本，去追踪和还原蔡其矫创作这首诗的构思和修改过程，从中窥探和概括蔡其矫诗歌创作的某些特点和艺术规律。

7 月，蔡其矫在小笔记本上记下他的灵感：最初题为《小泽征尔指挥》，后又被删去，改为《交响乐》。由此看出，他最初的构思有两个不同的关注点。

舞台银灯下
狂欢人群的脚步

马蹄，车轮
掀起漫天黄尘
响彻大地和天空
让过去的感情从心中再生。

天幕之下
想象出现海上明月
黯然的幽光闪烁不定
久积的哀痛
生命对残害的怨恨；
颤动的琴弦
向静夜诉说
发自灵魂的乐音。

沉思的眼睛
有使四周生辉的永远的微笑
这整个的美
爱过、醉过、享受过
瞬间即是永恒。

第一稿《交响乐》，主要是写诗人在音乐会上，看到、听到小泽征尔指挥的交响乐留下的整体印象和被引发的心绪；"沉思的眼睛 / 有使四周生辉的永远的微笑"，似乎是写小泽征尔指挥时的脸部表情，但不是指挥的动作。

1979 年 4 月 20 日晨，蔡其矫又在小笔记本上写下第二稿，题目改为《指挥》：

指　挥

全世界都认识
那音乐的化身
是怎样地表现交响乐。
一挥千钧重
好像雄狮振鬃
好像游泳摇臂。
低眉深情回视

张口无声呼喊

当胸握拳如锤。

温柔处，手指在说话，

有时像魔王

有时像少女

无穷变化在瞬息。

温柔处，手指在说话

狂怒处，头发暴跳如雷

全身 每一根毛细管

都感到颤慄。

第二稿的重点，变成写小泽征尔指挥时所特有的大幅度的形体动作和脸部表情，以及由此引发诗人的想象和感悟。一些精彩的诗句，出现了；但有些乱和重复，还不能形成完整的画面和场景。猜测是灵感突然到来，作者快速记下，还来不及推敲。

第三稿，目前还未发现在刊物上发表，最初出现是收入 1980 年 11 月出版的诗集《祈求》，题目还是《指挥》，诗尾注明写作时间是："1979 年"。推测应是第三稿，是定稿。1982 年 7 月，再次收入诗集《生活的歌》，题目改为《小泽征尔指挥》，以后收入其他诗集，都用此名。

小泽征尔指挥

银灯照耀下

浮动音乐炫目的波浪

全世界都认识

那个弄潮儿

最初的一个挥动

便发出千年压抑的呼声

响彻天空和大海

把万种情绪都唤醒。

想象出现波上明月

黯然的幽光闪烁不定

细棒甩出一串又一串的

久积的哀痛

生命对残害的怨恨
仿佛灵魂的震颤
借琴弦向静夜倾诉
温柔处，手指都有语声。

盖上来的乌云带着风的怒吼
扇起每一条发丝
有如雄狮振鬃
向黑暗的空中竖起
狂怒处，头发暴跳如雷
猛收时，当胸握拳似锤
穿过天昏地暗说出
战斗的胜利是多么光辉。

有时像魔王
张口欲呼无声
有时像少女
低眉深情回视；
无穷变化在瞬间
痛苦落叶在心的草地
抚触往日伤痕
光明和宁静川流不息。

（选自《蔡其矫诗歌回廊之六·雾中汉水》，海峡文艺出版社
2002年版。）

比较这三稿，可以完整地看出蔡其矫近一年的构思和修改过程。说明佳作常常不可能一步到位，须要反复构思，不断修改。蔡其矫的修改过程，有三个明显的变化：一是主题从最初的游移，到最终确定；二是意象不断细节化，构成完整的画面和场景，并且是和语言的诗化，融合在一起；三是结构从残缺的粗坯，到形成起承转合的完整章法。

蔡其矫经常引用高尔基的名言："主题第一、题材第二、语言第三"。当作者的主题还没有确定下来，所面对的是一堆杂乱无章的素材。一旦主题确定，作者就能根据主题对素材进行组织和想象，素材就变成题材。主题是作者对素材的观点和态度。

第一稿原来的题目是"小泽征尔指挥"，后来又删去，改为"音乐会"，这就是主题的转移变化。也就是说，第一稿的主题，是写音乐会而不是小泽征尔。这表明，蔡其矫最初的构思，是将"音乐会"与"指挥"分开。所以，第一稿只写"音乐会"。写完之后，大概沉淀了十个月，蔡其矫又觉得只写音乐会不妥，应该是以小泽征尔指挥为主。于是，主题又发生变化，第二稿专写小泽征尔的指挥动作和表情。写完了，再经过一段时间的沉淀，蔡其矫又感到不能将音乐会与小泽征尔分开，必须将两者融合起来写，交响乐是由小泽征尔指挥，他是音乐会的主角，是灵魂，二者如何能分开？于是，新的主题产生了，并最终确定下来。将小泽征尔与音乐会结合起来写，这样就产生了第三稿。要言之，这首诗的主题变化三次，蔡其矫也据此写出三稿。这就是"主题第一"的典型例子。

其二，修改的过程，就是不断把意象细节化，以构成完整的画面和场景；并且是和语言的诗化融合在一起。

第一稿，分为三节写"音乐会"。第一节写听小泽征尔指挥的交响乐，所引发的心灵震撼和浮想联翩："舞台银灯下／狂欢人群的脚步／马蹄，车轮／掀起漫天黄尘"。除了"银灯"还保留着，因为有现场感；其余三句，第三稿都删了，因为这几个意象都不美，特别是"掀起漫天黄尘"的联想，不妥。但"响彻大地和天空"，把交响乐的辉煌气势，很好地写出来，所以数次出现在小笔记本上，第三稿也保留下来，略做改动。"让过去的感情从心中再生"，第三稿改为："把万种情绪都唤醒"，虽然是同一种意思，但更直接更准确，强化了交响乐对听众情绪影响的艺术力量；并且是接在"最初的一个挥动／便发出千年压抑的呼声／响彻天空和大海"之后，不仅突出小泽征尔指挥的巨大作用，而且发展成完整的场景，非常精彩。

第一稿第二节，据蔡其矫说：是听乐团演奏《二泉映月》所引起的想象和感悟。小泽征尔首次访华时，曾听过这首著名的二胡独奏曲。作为出生在中国沈阳的日本人，小泽征尔对阿炳这首名曲所蕴含的痛苦和悲怆，有着深刻的理解，他是流着泪听完的。所以这次他指挥《二泉映月》，也把曲中的悲伤和隐痛，很好地传达出来。坐在台下倾听的蔡其矫，以诗人的敏感心领神会，他内心深藏的痛苦记忆，也被诱发出来，产生强烈的共鸣。于是笔下就有："天幕之下／想象出现海上明月／黯然的幽光闪烁不定／久积的哀痛／生命对残害的怨恨；／颤动的琴弦／向静夜诉说／发自灵魂的乐音。"

这一节在第一稿中，写得最好，较完整；所以，在第三稿第二节，基本保留下来，并做修改：删去"天幕之下"，直接进入想象；删去"发自灵魂的乐音"，这一句过于抽象；增写小泽征尔指挥棒的神奇："细

诗探索 9　作品卷　2018 年　第 1 辑

棒甩出一串又一串的／久积的哀痛"。在舞台上，小泽征尔双手往下一按，所有的乐器都停止演奏，全场一片宁静，只剩下二胡演奏家的独奏："生命对残害的怨恨／仿佛灵魂的震颤／借琴弦向静夜倾诉"。最后又回到小泽征尔的指挥动作："温柔处，手指都有语声"。强化小泽征尔指挥的具体动作。这是对第二稿"温柔处，手指在说话"的修改。手指在"说话"，显得平常；手指都有"语声"，是诗句。把小泽征尔指挥富有魔力的手，写活了。

第一稿第三节，比较抽象，第三稿都删掉。

第二稿集中写小泽征尔指挥时的形体动作和脸部表情。"全世界都认识／那音乐的化身／是怎样地表现交响乐"。小泽征尔是世界第一流的指挥大师，自然是全世界都认识；但接着说他是音乐的化身，是怎样地表现交响乐，就比较抽象，比较平常。所以，这三行，第三稿都删去，改为："银灯照耀下／浮动音乐炫目的波浪"。（诗中的"波浪"，最初为"波痕"，直到收入 2002 年出版的《蔡其矫诗歌回廊》，才改为"波浪"。）先展开华美的想象：众多银灯照耀下的音乐厅，其华丽而炫目的灯光，好像波浪一样浮动起伏。先有"音乐之海"的想象，然后再把小泽征尔，比喻成"全世界都认识／那个弄潮儿"，就有了内在的联系，显得自然、形象、生动。很巧妙地把外来的日本指挥家，引入中国人熟悉的弄潮儿语境，让读者有一种亲近感。

第二稿，重在写小泽征尔指挥时所产生的力量感和温柔感。表现力量感的诗句有："一挥千钧重／好像雄狮振鬃""当胸握拳如锤""狂怒处，头发暴跳如雷"。第三稿大都保留下来，并发展成画面和场景。"一挥千钧重"过于简单，改为："最初的一个挥动／便发出千年压抑的呼声／响彻天空和大海"。这就把小泽征尔指挥棒的魔力，把交响乐震撼听众心灵和情感的非凡气势和磅礴力量，非常生动地表现出来。

第二稿只写小泽征尔的指挥动作和表情，而第三稿则是把指挥动作与交响乐的具体曲目联系起来想象，这样就有更多的意象和细节。第三稿第三节，是写小泽征尔指挥《草原英雄小姐妹》而激发的想象，并升华为完整的画面和场景："盖上来的乌云带着风的怒吼／扇起每一条发丝／有如雄狮振鬃／向黑暗的空中竖起／狂怒处，头发暴跳如雷／猛收时，当胸握拳似锤"。后面两句，是源自第二稿的"当胸握拳如锤"和"狂怒处，头发暴跳如雷"。在第二稿中，这两句是分开的，第三稿把它们改成对偶句并押韵，使小泽征尔指挥时的独特动作和力量感，更加清晰、完整。

写小泽征尔指挥时的温柔动作，第二稿有："低眉深情回视""有时像少女""温柔处，手指在说话"，第三稿都保留下来。第二稿："有时像魔王／有时像少女／无穷变化在瞬息。"也很精彩，但像魔王是什么表情？像少女是什么表情？第二稿还没有具体写出。第三稿不仅生动地写出来了，而且用对偶句发展成对比画面："有时像魔王／张口欲呼无声／有时像少女／低眉深情回视；／无穷变化在瞬间"。这五行又构成一个三联句，把小泽征尔指挥时，完全沉浸在音乐世界中，根据内容而无穷变化的动作和表情，极其逼真地描绘出来。

第三稿修改的一个特点，就是更关注细节，不断细节化，这些细节，即来自诗人对音乐会和小泽征尔指挥时的精细观察，但又不局限于写实，而是与诗人的感觉和想象融为一体，形成一种新的艺术真实。比如，一开篇就营造音乐厅的现场感和浓重的氛围："银灯照耀下／浮动音乐炫目的波浪"，紧接着就写出大师指挥时："最初的一个挥动／便发出千年压抑的呼声／响彻天空和大海"。第一稿是"响彻大地和天空"，声音由下而上；第三稿改为："响彻天空和大海"，声音由上而下，更适合听众坐在音乐厅里听台上交响乐的感受；而且"大海"又与前面的"炫目的波浪"相呼应。第一节收尾句："把万种情绪都唤醒"，非常精确地传达出在倾听小泽征尔指挥的交响乐团演奏时，听众们所产生的那种激情澎湃、想象纷至沓来的审美体验。第一节，从音乐厅的现场感，写到听众内心的现场感，前后呼应，非常完整。

第三稿第三节，是全诗的高潮。所以一上来就是一个很有力度的长句："盖上来的乌云带着风的怒吼／扇起每一条发丝／有如雄狮振鬃／向黑暗的空中竖起"。诗人一层层地加强力量，用粗大的笔触，刻画小泽征尔指挥时那种独特的大幅度的形体动作："狂怒处，头发暴跳如雷／猛收时，当胸握拳似锤"。这两个对偶句，以工整严谨的格律，完美地把小泽征尔指挥时的力量感，转换为语言韵律的力度。最后是"穿过天昏地暗说出／战斗的胜利是多么光辉"。让听众隐隐约约地联想起"草原英雄小姐妹"战胜暴风雪后的胜利喜悦。"说出"是跨行，如果是俗手，会把"说出"放在下一句："说出战斗的胜利是多么光辉"，这样常规的艺术处理，也是可以的。但效果显然不如"跨行"。因为，如果把"说出"放在句首，则是一种强调；但此时需要强调的显然不是"说出"，而是"战斗的胜利"。所以蔡其矫做跨行处理，跨行这种外来句式，在他手里，能根据题材需要，灵活运用。

第一稿第三节（结尾）："有使四周生辉的永远的微笑／这整个的美／爱过、醉过、享受过／瞬间即是永恒。"过于抽象，又无所明指，第三稿整节删去。改为："痛苦落叶在心的草地上／抚触往日伤痕／光明和宁静川流不息。"也是写听完交响乐后的心灵体验。前面说过，交响乐唤醒了诗人心中的痛苦记忆；但听完音乐会后，痛苦就像落叶一样飘落在心的草地上，交响乐仿佛像小泽征尔神奇的双手，在抚摸和治愈

诗探索9　作品卷　2018年　第1辑

听众心中的创伤。于是，心灵又化痛苦为欢乐，充盈着审美的愉悦，"光明和宁静川流不息"。成语"川流不息"，用在这里，非常好，在诗的语境中产生新意：听众的心灵里，痛苦消失了，只剩下光明和宁静，不停地流动，形象地写出了音乐绕梁三日的艺术效果。

第三，修改过程就是结构从残缺的粗坯，到最终成型和完成的过程。

第一稿"音乐会"，分为三节：第一节是开场情境，第二节是听《二泉映月》引发的想象，第三节是听完音乐会的体验。已经出现了"起、承、合"结构粗坯，但没有"转"，整个结构显得平面。第二稿，因为专写小泽征尔指挥时的动作和表情，不分节，一气贯之，没有变化，也显单一；且第一稿起承转合的粗坯结构，也没有了。

第三稿，因为是把小泽征尔与音乐会结合起来写，所以内容丰富，篇幅增大。其中结构上最大的变化，就是增加了第三节"转"，即小泽征尔指挥《草原英雄小姐妹》，而激发出诗人心灵的幻象。这样就构成具有传统特点的"起承转合"结构。如果说，由《二泉映月》诱发想象的第二节，在结构上是慢板；那么按照结构一张一弛的节奏，第三节应该是快板。这是起承转合的结构思维，引导诗人选择《草原英雄小姐妹》与暴风雪搏斗的素材，作为快板的内容，形成诗的高潮。而对另一首《勃拉姆斯交响曲》则放弃了，一是他不熟悉这首交响曲，二是"转"的高潮已经完成，无须再根据另一首交响曲发展为一节了。第四节在结构上是"合"：即是对小泽征尔指挥特点的整体概括："有时像魔王／张口欲呼无声／有时像少女／低眉深情回视；／无穷变化在瞬间"；又写听众听完音乐会的感受和心绪。"合"即完成。要言之，第三稿共分四节，起、承、转、合，各为一节。每节八行，形式上斟于整齐、严谨、完整。

音乐是时间的艺术，当我们走出音乐厅，那神奇的乐曲便在空中消失了。即使是小泽征尔这样世界级的大师，也会老去，也会放下手中的那根指挥棒。而诗歌是语言的艺术，不像音乐那样易受时间的销蚀。蔡其矫的《小泽征尔指挥》，用语言来"造型"，把一代指挥大师无与伦比的丰采和气势，永远"塑造"在新鲜生动的诗歌语言中，具有无穷的艺术魅力。只要我们打开这首诗，大师便"复活"了。他永远在诗中挥动着那根魔棒，把"万种情绪都唤醒"！

下篇：艾青、彭燕郊、蔡其矫
同题诗比较

　　引人注目的是，在新时期初期，艾青、蔡其矫和彭燕郊这三位当代诗歌大家，不约而同地都以小泽征尔为题材，写同题诗。下面，将他们的同题诗做一比较，从中了解三位诗人艺术创造的独特性，和不同的艺术风格，以及新诗艺术的多种可能。

小泽征尔

艾　青

把众多的声音
调动起来，
听从你的命令
投入战争；

把所有的乐器
组织起来，
像千军万马
向统一的目标行进……

你的耳朵在侦察，
你的眼睛在倾听，
你的指挥棒上
跳动着你的神经：

或是月夜的行军，
听到得得的马蹄声；
或是低下头去，
听得情人絮语黄昏；

诗探索9　作品卷　2018年　第1辑

突然如暴雨骤至，

雷霆万钧，

你腾空而起，

从毛发也听到怒吼的声音。

你有指挥战役的魄力，

你是音乐阵地的将军！

紧接最后一个休止符，

刮起了经久不息的掌声……

（选自《艾青诗选》，人民文学出版社 1996 年版。）

艾青的《小泽征尔》，写于 1978 年 6 月 16 日，也就是艾青观看小泽征尔指挥音乐会的当月。整首诗的构思是把小泽征尔比喻为指挥战争的将军："把众多的声音／调动起来，／听从你的命令／投入战争；／／把所有的乐器／组织起来，／像千军万马／向统一的目标行进……"两节八行是对称，用的是明喻，过于浅白，因为没有更深的内涵。后面三节，具体写小泽征尔指挥的情形："你的指挥棒上／跳动着你的神经"，这一句新颖。后面两节是比较，类似蔡其矫写小泽征尔指挥时的两种艺术效果——温柔感与力量感：前者如月夜行军，听到得得马蹄声和黄昏中情人的絮语；后者"突然如暴雨骤至，／雷霆万钧，／你腾空而起，／从毛发也听到怒吼的声音。"整首诗，这一节写得最好，最有力量感。结尾一节，是点题，"你有指挥战役的魄力，／你是音乐阵地的将军！"最后两句，写音乐会演奏结束时受到热烈欢迎的盛况："紧接最后一个休止符，／刮起了经久不息的掌声……"。

这首诗，因为是刚看完音乐会之后，艾青就凭印象写出来，显得浅显；加上多用口语，变得直白，缺少更深的联想和艺术上的变化。在艾青晚年的诗作中，不能算是佳作。也不像蔡其矫同题诗那样，花一年时间精心打磨，修改了三稿。

如果与蔡其矫的诗作相比，高下就更明显了。蔡诗一开始，也是一个比喻，但不是简单的明喻，而是用暗喻与音乐厅的场景结合起来写，"银灯照耀下／浮动音乐炫目的波浪／全世界都认识／那个弄潮儿"。对比之下，艾诗两节八行，还达不到蔡诗四行的效果。蔡诗紧接下来，就是"最初的一个挥动／便发出千年压抑的呼声／响彻天空和大海／把万种情绪都唤醒。"一下子就把音乐会的小泽征尔指挥的气势和力量感，充分表现出来，而且把听众的"万种情绪都唤醒"。艾诗则缺少这样的磅礴气派的现场感。

艾诗第三、四、五节，也是写小泽征尔指挥的动作和情形："你的耳朵在侦察，/你的眼睛在倾听，/你的指挥棒上/跳动着你的神经"。与蔡诗："细棒甩出一串又一串的/久积的哀痛/生命对残害的怨恨"相比，前者是简单的比喻，后者是具体的动作和想象。艾青的诗，也写小泽征尔指挥演奏时的两种不同效果：轻声如月夜行军，马蹄得得；情人絮语黄昏；蔡诗则是："仿佛灵魂的震颤/借琴弦向静夜倾诉/温柔处，手指都有语声。"

艾青诗也写出小泽征尔指挥的力量感："突然如暴雨骤至，/雷霆万钧，/你腾空而起，/从毛发也听到怒吼的声音。"也写得不错，但与蔡诗相比，略逊一筹："盖上来的乌云带着风的怒吼/扇起每一条发丝/有如雄狮振鬃/向黑暗的空中竖起/狂怒处，头发暴跳如雷/猛收时，当胸握拳似锤"。蔡诗还有更具象的细节："有时像魔王/张口欲呼无声/有时像少女/低眉深情回视；/无穷变化在瞬间"。这样细致入微的刻画，是艾青诗所没有的。

艾青诗的最后是："你有指挥战役的魄力，/你是音乐阵地的将军！/紧接最后一个休止符，/刮起了经久不息的掌声……"蔡诗则是："痛苦落叶在心的草地/抚触往日伤痕/光明和宁静川流不息。"前者，是总结，过于直白；后面是发自心灵的想象，意味深长。"经久不息"和"川流不息"都是四字成语，但艾青的"经久不息"没有在语境中产生新义；而蔡其矫的"川流不息"，却深刻地写出听完交响乐之后，听众的心境从原先被音乐激发的痛苦记忆，转为充满着光明和宁静的喜悦，而且这种心灵的喜悦是"川流不息"。在蔡诗中，前有音乐炫目的波浪，弄潮儿，响彻天空和大海；中有想象出现波上明月，最后有川流不息，组成一个前后呼应的"音乐之海"的语境，也就是想象丰富、意蕴深厚的诗境。

如果说，艾青和蔡其矫的诗，都是在观察小泽征尔指挥音乐会的基础上，进行想象；虽有不同，但那是艺术程度的高下之分；那么彭燕郊则是另一种艺术思维，虽然也写小泽征尔指挥时的手，但是用一种超现实的奇异而怪诞的想象，呈现给读者是一个非人间的艺术世界。与艾诗和蔡诗相比，其艺术风貌完全不同。

小泽征尔

彭燕郊

多么虔诚，多么平静：他走出来
——"阿门"，他刚刚做完祷告
多么从容不迫，多么镇定，他走过来
走着，思索着，他踏上指挥台
那指挥台（高度不及半步）
像一座悬崖斜出于碧海之上
似乎，他长嘘了一口气，他把自己交出去了
交给那即将到来的无尽的煎熬和纠缠

手举起来时，光就从他的腋下涌过来了
光开始缓缓地泛滥
光在上涨，上涨，已淹没到他的胸部了
他把音乐唤醒了时
音乐也把他唤醒了

现在，他的颜面似乎已经陷没
有的只是一个反映音乐的屏幕
没有肌体也没有感官了
音乐的最敏锐的反应已经囊括了他
追逐着，回旋着，终于熔化了他
有什么东西在他的脚下沉陷下去
同时有什么东西向他坍塌下来
他上升，又下降，颠倒
强和弱的交替不断冲击他，他着魔了

只剩下这一双我们习惯称为手的"手"了
"手"成为无限长的了
——指挥棒使手可惊地延长
指向空中的某一点
追讨着，逼迫着立刻回答那感情的索取
"手"，时而散开，像热带植物

肥厚的若干片长叶子在赤道的风里摇晃
用粗线条的优雅邀请音乐
"手"的距离伸缩着，稍稍放宽又稍稍收拢
这把衡量感情的尺
在量着热情的距离，量着理智的距离了
时而他那锐利的眼睛
那颜面上剩下的唯一的光源
瞄准着而且捉住了
一个我们看不到的悬空的球体
那异样长的手，在严密的计算之后
做出漂亮的一击，于是
球体爆炸，有水珠般的东西纷纷奔涌而出
落在动荡的礁石和动荡的浪涛上
并卷如椭圆形的旋风，乐声大作了
太顽皮了，太活泼了
这些感官、情绪，这些连锁反应
像互相溅水为戏的孩子
夸耀他们的悦耳的童声，尽情地叫
不断地把正在闪耀的
抛开，引出更新的闪耀
两只手是两只辘轳了
在急速地往上摇着，摇着，要挽起
那有许多冷酷的眼的网
终于，在用急促的一瞥估量丰硕的收获之后
全力把沉甸甸的颤动着的网
甩到地上，网里
千百只有圆的头和三角旗状尾巴的鱼
蹦蹦跳跳在我们脚下
——那些我们自己的悲哀和欢乐的实体
如今让我们用自己的耳朵"看"得清清楚楚了

音乐推进着，音乐高举大旗向前了
"手"有咬牙切齿的表情，"手"坚定地张开
有一条长锯现出一排尖齿
弦一般绷得紧紧

诗探索9　作品卷　2018 年　第 1 辑

一来一去，在连续的颤动中运行
平行，垂直，或是曲线，锯齿，咀嚼
（每一根手指都冒烟了）
和谐吞没着一个又一个不和谐
更多的敏感的金色的鱼
带着清脆的共鸣
带着个性鲜明的轻和重
云集着，云集着并且酝酿着
一时间，倾盆如注地倒泻下来
唤醒我们，想让我们回到那些体味过的
不寻常的日子里

那只是片刻……音乐，猛醒了，安静下来了
"手"在不胜柔情地上下抚摸着
一座温馨的高大建筑物的
暖热的立面而微微陶醉了
激情通过建筑物融融的体温
滋润着那些手指，手指更加强壮了
而他的白罩衫，像一朵饱满的云
卷舒着，夔觎着
远涉重洋归来的帆影般
在静悄悄地从海天交线处冉冉上升
当音乐像一道道白光
在众目睽睽下轮回扫射时
我们的听觉已经像万顷波涛下的一只贝壳
饱和到极点，但又愈来愈贪馋
呵，时间！呵，大气！呵，人类奇思妙想的表达者！
在音乐世界里，将出现某种非人间的奇迹了
听，这呐喊，这呼唤！此刻，音乐却好像遭到阻拦
音乐亢奋起来了，"手"在阻碍里开辟道路
开始在某一个坚硬的坑道里掘进
向着局限，要夺回一分一秒地努力着
"手"挥汗如雨了
迎面似有火星乱迸，"手"在艰苦地
继续掘进，当发现略有偏高

——间或，一个逗乐开心的音符
带着过于流利的旋律，跳出来了
叫他皱了一下眉头
是想出乖露丑吗
很快地，他拨开什么，推倒什么
他喘息，喘息，难得有一个落脚点稍事休息
忽而，他发窘了，满脸歉疚
一面，他在和滔滔不绝的感受争辩
一面忙于反抗那张企图罩住他的薄膜
那薄膜可能是他自己过于热忱造成的
他必须以冷静换取时间
以便挑选一个姿态来做恰当的表述
他这样做了，出现了一个轻快的旋转
优美地，像舞蹈家，然而仅仅是"手"

他开始下潜，再下潜
音乐已经得到一条轨道，一个新的合适的起点
他向深水摆动那鱼的鳍（那只手）
在那以水为气体的空间里
回声像无情的折光一样，响得更悠远了
那里，光有自己的三棱镜，声音也有自己的三棱镜
叠叠绿波般的节奏
在鱼鳍的加快划动里反映出来
而当他在水面上浮现时
那魔法的小棍棒（那手指的延长）
竟然刺向我们每一个人的背脊
一道喷泉遂净化成纯白色的血
着火的树那样，在忧郁的平坦的
荒原上面（观众席上所有的只是沉默和战栗）
溅射，溅射他那竖直的银发

这样久了，音乐啮他的每一个动作
他的身体，被他自己的那只"手"
绞着，绞着，成为双向的弯弓形

诗探索 9　作品卷　2018 年　第 1 辑

什么样的代价，又是什么样的突破呀

要从那个甲壳里蜕飞出来

要摆脱黏糊糊的成规给他造成的被动

要表达几乎表达不尽的多少世纪积存的遗憾

他已竭尽心力而且为之憔悴了

就这样，给绞着，绞着，绞得那么紧而细

滴下的淋淋汗水已减少到只有一滴两滴了……

呵，这是谁？每个人都在问

难道游离出来的"我"就是这样子

我们听着，一边我们给自己

挖下一个又一个洞穴

一边让我们心头的某一块肉

在某一个洞穴里得到栖身之处

然后我们把它填平

为了我们好就此飞升

到底，每一个人都终于看到"人"了

像我，像你

这具有最普通的"人"的特征的

人的勇气又一次得到肯定

这个守望在自己所发出的声音的旋风里的

这个和我们一样通红炽热的

永远在自己的理想里沸腾的人

提炼出来的一堆血肉，熔岩般地颤动着！

附记：每次，小泽在指挥时是要先做祷告的。小泽指挥时，往往不穿礼服，而穿白罩衫。

[选自《彭燕郊诗文集》(诗卷·下)，湖南文艺出版社2006年版。]

彭燕郊的《小泽征尔》，是长诗，一百五十一行，是三首同题诗中最长的。艾诗二十四行，蔡诗三十二行。艾诗每节四行，共六节，有比较整齐的格式。蔡诗每节八行，共四节，也有严谨的结构。彭诗也是自由体，共九节，但节无定行，采用的是散文句式。

第一节，写做完祷告的小泽征尔走出来指挥。第二节，开始超现实的想象："手举起来时，光就从他的腋下涌过来了/光开始缓缓地泛滥/光在上涨，上涨，已淹没到他的胸部了"。后两句是点题："他把音乐唤醒了时/音乐也把他唤醒了"。第三节，具象写音乐如何唤醒他，使他着魔。

从第四节到第八节，共有五节，以小泽征尔指挥时的"手"为线索，用奇异的想象创造超现实的意象、画面和场景，写他是如何把音乐唤醒。特别是对小泽征尔"手"的叙述，把现实中小泽征尔的手，变成"魔手"："手"在不胜柔情地上下抚摸着/一座温馨的高大建筑物的/暖热的立面而微微陶醉了/激情通过建筑物融融的体/滋润着那些手指，手指更加强壮了。而他的白罩衫，"像一朵饱满的云/卷舒着，夒蚰着/远涉重洋归来的帆影般/在静悄悄地从海天交线处冉冉上升"。彭诗最精彩的，就是这些超现实的想象和超现实的意象和场景，把交响乐雄壮而美妙，但不可捉摸的世界，表现得如此具象而清晰。

如果说，前面是写音乐唤醒了小泽征尔，再写小泽征尔唤醒了音乐；那么，最后一个层次，则是小泽征尔指挥的音乐，产生神奇的力量，让听众的"耳朵"，看到自己悲哀和欢乐的实体。不仅如此，神奇的音乐力量，还让听众们从异化的甲壳里蜕飞出来，摆脱奴性，还原于"本真的我"。"到底，每一个人都终于看到'人'了/像我，像你/这具有最普通的'人'的特征的/人的勇气又一次得到肯定"。最后在小泽征尔的身上，看到自己所向往的"真正的人"："这个守望在自己所发出的声音的旋风里的/这个和我们一样通红炽热的/永远在自己的理想里沸腾的人/提炼出来的一堆血肉，熔岩般地颤动着！"

既是对小泽征尔指挥精神的概括，又融入彭燕郊自己的苦难经验。所谓"真正的人""本真的人"，就是平时是被高压的现实，所沉重压抑在内心，压进无意识，难以现出"真身"。而小泽征尔音乐的魔力，有力量把"真身"唤醒和呼唤出来。彭诗是借音乐，找到自我，看到自己潜藏在心灵深处的精神面貌，最后像火山似的爆发出来，那熔岩似的血肉，颤动着，令读者难以忘怀。这样神奇的构思，是艾诗和蔡诗所没有的。

彭燕郊奇异而怪诞的超现实想象，并不是天马行空地乱想，而是有一个内在的"想象逻辑"：小泽征尔"唤醒"了音乐，音乐也把他"唤醒"；他所指挥的音乐，具有神奇的力量，能把每个听众深埋在无意识中的"真我"唤醒并呼唤出来：这三个不同层面的"唤醒"，具有严密的内在逻辑，构成这首诗独特的想象结构。

晚年彭燕郊这种超现实的天纵之才，这种长期处在高压之下，瞬间爆发出来的巨大能量和上天入地的神思，只有在散文诗体，才能得到最充分最圆满的表达。而自由诗，则难以达到最佳的艺术效果。这首诗也是这样，全诗一百五十一行，基本上都采用散文化的句式，来表现超现实的想象，恣意展开，少节制，过于冗长，缺少自由诗应有的格律和形式。我以为，如果用散文诗体，来写这首诗，会比用自由体写得更好。有的超现实想象，也欠佳，比如有关渔网拉鱼的想象和挖一个个洞穴，放置心头肉的比喻，也显得别扭；缺少《混沌初开》超现实想象那样的神奇瑰丽，雄浑博大。

如果与艾诗，特别是蔡诗相比，彭诗就显得松散和拖拉，过于散文化；蔡诗虽然也是采用散文句式，但语言简洁而有韵味，句式舒展又具有内在凝聚力，加上富有汉诗特色的结构；整首诗具有一种散文美。总之，在自由体中，根据不同的题材的特点，探索各种不同的格律和形式，是蔡其矫晚年孜孜不倦的艺术追求，并取得重大成就。

值得注意的是，彭燕郊和蔡其矫，在他们青年和中年时期，都受到艾青抗战时期诗歌的重大影响，具有"艾青诗歌家族"的某些特点，即继承了艾青诗歌表现时代和散文美的主张。彭燕郊把艾青关于散文美的主张推向极致而导致散文化，在自由诗中追求最大的容量和最大的空间；这样势必冲破自由体应有的格律和形式，最终走向散文诗体。晚年彭燕郊认为："'现代散文诗作为最具活力的新诗体'……经过诗人们的努力，它已发展到不仅包容了自由诗……，有着将在很大限度上取代自由诗的趋向。它是否像自由诗战胜格律诗那样，成为诗歌形式发展的必然结果呢？诗歌史上从来未出现过的一场巨大变化，正在悄悄地然而不可遏止地进行着，这已是现代诗人面临的一个值得深思的问题了。"[1] 明乎此，就会明白：为什么彭燕郊诗的最高成就，是在散文诗，如《混沌初开》，达到了二十世纪散文诗的艺术高峰。蔡其矫则不同，他同时还吸收闻一多、何其芳、卞之琳对新诗格律探索的成果，也在探索如何在自由诗中，创造不同格律和形式的艺术目标。相比较而言，蔡其矫与彭燕郊晚年所走的是不同的艺术道路。这在他们的同题诗中，可以清楚地看出来。

蔡其矫晚年诗歌还有一个重要特点，就是受弗洛斯特情节诗的影响，对细节越来越重视。其实，这是蔡其矫的艺术自觉，是对抒情诗"直抒"艺术的一种重要反拨。艾青的《小泽征尔》，就保留着抒情诗的特点，直抒而浅白。而蔡其矫的诗，却具有现代诗对细节高度重视的特点，反对直抒和直露；充分利用细节组成画面和场景，来刻画小泽征尔指挥的动作和表情，以及听众心理，达到了很高的艺术水平。换言之，卓越的观察力、奇异的想象力和心灵的理解力，三者融合产生了蔡诗的洞察力和概括力。

晚年的艾青也有佳作，那是把自己的苦难经验升华为普遍性的象征，

---

① 转引自刘长华《彭燕郊评传》，湖南文艺出版社 2008 年版，第 243 页。

如《虎斑贝》《古罗马大斗技场》《鱼化石》和《盆景》。而《小泽征尔》则没有与他的苦难经验相联系，采用的又是抒情诗的句式和明喻，把小泽征尔比喻成指挥战争的将军，也是单向度的想象，所以整首诗是平面的。艾青的晚年，抗战时期那种天才式的想象和激情，已经大大衰退了。没有激情，想象力的翅膀也飞得不远，所写的同题诗自然不如蔡其矫和彭燕郊。

这是因为艾青在"落难"时，所处的生存环境比蔡其矫和彭燕郊更加艰难，在二十多年的漫长岁月，艾青被迫放弃写诗；无法像蔡其矫和彭燕郊那样，在苦难的岁月中，仍在潜藏中读书和写诗，暗中积蓄着巨大的能量，并在新时期爆发出来，冲向一个新的艺术高峰。艾青是在"复出"后，才开始重新写诗和读书，但与诗长期的背离，而导致想象力的萎缩、语言的生疏、对世界诗歌潮流的陌生。所以晚年艾青，虽有佳作，但成就有限。换言之，晚年艾青未完成的探索，由他的"诗歌家族"成员——蔡其矫和彭燕郊来完成。

在三位诗人艺术创造的差异性中，我们也看到同一性：当中国经历了长期的封闭之后，远离世界文明；当国门重新打开时，诗人们有幸倾听世界第一流音乐时，那是一种怎样的喜悦和幸福？因为这种喜悦和幸福，是与三位诗人重新归来的"复活感"和"新生感"融合在一起。（此外，三人还看过东山魁夷的画展，并写同题诗。）

诗人永远眷恋着世界文明，因为他们是人类文明的纽带。小泽征尔的到来，东山魁夷画作的展出……让诗人们与人类文明曾经一度断开的纽带，重新系上。他们能不喜悦吗？他们能不一起写诗吟唱吗？

《诗探索》编辑委员会在工作中始终坚持：

　　发现和推出诗歌写作和理论研究的新人。

　　培养创作和研究兼备的复合型诗歌人才。

　　坚持高品位和探索性。

　　不断扩展《诗探索》的有效读者群。

　　办好理论研究和创作研究的诗歌研讨会和有特色的诗歌奖项。

　　为中国新诗的发展做出贡献。

诗探索 ⑨

POETRY EXPLORATION

理论卷

主编 / 吴思敬

2018年 第1辑

作家出版社

主　管：中国当代文学研究会

主　办：首都师范大学中国诗歌研究中心
　　　　北京大学中国诗歌研究院

《诗探索》编辑委员会

主　任：谢　冕　杨匡汉　吴思敬

委　员：王光明　刘士杰　刘福春　吴思敬　张桃洲　苏历铭
　　　　杨匡汉　陈旭光　邹　进　林　莽　谢　冕

《诗探索》出品人：北京人天书店有限公司

社　长：邹　进

《诗探索·理论卷》主编：吴思敬

通信地址：北京市西三环北路 83 号首都师范大学
　　　　　中国诗歌研究中心《诗探索·理论卷》编辑部

邮政编码：100089

电子信箱：poetry_ cn@ 163. com

特约编辑：王士强

《诗探索·作品卷》主编：林　莽

通信地址：北京市丰台区晓月中路 15 号
　　　　　《诗探索·作品卷》编辑部

邮政编码：100165

电子信箱：stshygj@ 126. com

编　辑：陈　亮　谈雅丽

目 录

诗学研究

纪念杜运燮
诞生百周年
学术研讨会
论文选辑

陈超诗学
研究

中生代诗人
姿态与尺度

诗人访谈

新诗理论
著作述评

外国诗论
译丛

作为方法与信念的细读

——关于《沙与世界：二十首现代诗的细读》的几点反思

宋宁刚

一

　　说到细读，人们首先想到的，大约是英美新批评派。这个活跃在"二战"前后的文学批评流派，提出的重要术语之一，就是"细读"（close reading），即通过细致的阅读，发现文学文本中的反讽、悖论等特点，进而引出关于语言之张力的论述。为了反对意识形态介入对文本的解释，同时也反对思想对艺术的侵扰，新批评派更注重从文本到文本的解释。而这一倾向，也造成了包括女性主义、后殖民主义在内的解构派对其进行解构批评的一个口实。

　　拙著《沙与世界：二十首现代诗的细读》[①]中的"细读"二字指什么？它是从新批评来的吗？如果要我做一个简单的回答，那么答案是否定的。实际上，十多年前，当我还在读大学二年级，一边旁听中文系的《中国当代文学史》课程，一边读海德格尔的《荷尔德林诗的阐释》，并试着写下第一篇诗歌细读的文字时，我对新批评派根本不甚了了。以后几年，也没有予以太多关注。那时的阅读兴趣，逐渐从文学转向哲学。而在哲学系上的不少课（以及参加的读书沙龙），大都与"细读"或"精读"有关。康德的《纯粹理性批判》、海德格尔的《存在与时间》、维特根斯坦的《哲学研究》、伽达默尔的《真理与方法》……都曾在课上一字一句地读过。黑格尔的《精神现象学》和胡塞尔的《现象学的观念》在老师带领的读书小组中也读过，《心经》和《尚书·洪范篇》则是在读书沙龙中听老师的详细讲解后多次读过。至今记得读博士时，听同宿舍一位中国哲学专业的同学说起他所选修的课中有《论语》和《大乘起信

---

　　① 中国社会科学出版社 2017 年版，以下简称《沙与世界》。

论》精读，心里生起的羡慕。那时课业紧张，已经不允许凭着喜好四处听课了……

工作之后寄身文学院，才回过头来补"新批评"的课。虽然也有收获，可是像大学时读哲学书的欣喜乃至惊绝之感，并不是很多。因此，回想起来，倒是在哲学系的学习，对我后来渐次写成这些"细读"文字，影响更为直接一些。

话又说回来，"细读"是独属于"新批评"的吗？在新批评派将"细读"作为一个核心概念提出来之前和之后，难道没有过其他样式的"细读"吗？现象学的方法，不就是关于细读的一个很好的范式？在《艺术作品的起源》中，海德格尔对梵高的《农鞋》所做的描述和阐释，既是现象学方法的经典呈现，也可以看作是"细读"的一个典范。随着新世纪的脚步被引进汉语学界的、以列奥·施特劳斯及其友人和学生为代表的古典政治学派，对古典作品的论述与分析，难道不是"细读"？从《圣经》到古希腊经典，从荷马史诗到柏拉图、亚里士多德，从古希腊的悲剧、喜剧到历史和散文著作……从希腊罗马一直到中世纪、文艺复兴、启蒙运动，以及距离今天更近的现代和后现代，不难发现，通过古典政治学派的"细读"和耙梳，西方思想的图景在我们的视野中发生了多么大的变化！而他们对历代经典展开论述的基本方式则是"绎读""解读""解释""释义""义疏""疏证""讲疏""剖析"……不只是"细读"，还是对"细读"及其意义的伸张与开拓。

更不用说西方有历史久远、内容丰赡的解经学传统。仅就笔者粗浅读过的，马丁·路德的《〈加拉太〉注释》和卡尔·巴特的《〈罗马书〉释义》，都可说是解经学著作中可供我们学习"细读"的经典之作。

虽然上述"义疏""注释"等名目多变的称谓，多是中文翻译的结果，但是从其论述的具体展开方式来看，如此称谓也是名副其实的。它同时提醒我们，反观汉语世界自身的传统。与之相似的是，从古至今，无论是对四书五经的历代校勘、注疏与释义，还是各类选本的评注与绎读，抑或像李贽、金圣叹、毛宗岗、张竹坡等人对中国古典文学名著所做的旁批与评点，其实都是"细读"，只是侧重各有不同。

说到这里，不能不提到笔者在南京读书时，有缘读到的《德林老和尚讲〈金刚经〉》、江味农居士的《金刚经讲义》、净空法师的《〈地藏菩萨本愿经〉讲记》、宣化上人的《金刚般若波罗蜜经浅释》《大悲心陀罗尼经浅释》《华严经贤首浅释》等具有醍醐灌顶之效的开示之作。这些文意通透的讲释，当然也是对经文的"细读"。其中，笔者最早读到的净空法师的《如何挽救社会人心》，更是让我这个对中国传统文化近乎无知的人受益匪浅。这些作品，似乎不太进入主流学界的讨论视野，其谈论问题的方式与方法也较少得到学界的关注，但是作为一种中国式的学习和细读样态，它们无论如何不该忽视。这些学习和谈论问题的方式，给予后学者的方便和启发，同样不容抹杀。想到它们对于补充和矫正现有的教育方式所具有的意义，就更是如此。

以上各种"细读"，路径和归旨各有不同，讨论问题的基本方式则是一样的：细致、虔诚、充满思想的张力与开解力。于是，就带来一个问题："细读"只是一种阅读的方法吗？难道它不也是阅读、进而做事和为人的一种基本态度，甚至一种基本的德行？乃至信仰？君不见，许多佛经前都有印光大师撰写的"读经须知"。以独力翻译《圣经》的冯象先生也自承，译经前他要焚香沐浴，摒除杂念。记得多年前，笔者读《第六才子书西厢记》，翻开书即看到前面的《读第六才子书〈西厢记〉法》，其中竟提到"读法"八十一条。其中有：

（六十一）《西厢记》必须扫地读之。扫地读之者，不得存一点尘于胸中也。

（六十二）《西厢记》必须焚香读之。焚香读之者，致其恭敬，以期鬼神之通之也。

（六十三）《西厢记》必须对雪读之。对雪读之者，资其洁清也。

（六十四）《西厢记》必须对花读之。对花读之者，助其娟丽也[1]。

读到这些话时，我几乎哑然失笑，禁不住腹诽金圣叹的天真和迂腐。而再往下读：

（六十五）《西厢记》必须尽一日一夜之力，一气读之。一气读之者，总览其起尽也。

（六十六）《西厢记》必须展半月一月之功，精切读之。精切读之者，细寻其肤寸也[2]。

又不得不叹服金圣叹实在是个"读书种子"，懂得如何读书。继而

① 金圣叹评，傅开沛、袁玉琪校点：《第六才子书西厢记》，中州古籍出版社1987年版，第16页。
② 同上。

自我责备：如此天真、单纯、会心到虔敬的读书态度，去讥诮、毁谤它，实在是罪过。而所谓讥诮，不过暴露了讥诮者在做人上的虚浮、油滑，乃至庸堕。

从大学起十多年的学习，让我越来越清晰地认识到，大至生活的基本观念与取向，小至如何看待别人的认真，包括认真到极致的迂痴，都是基本的人生态度问题。面对文艺作品时，这些态度又会直接影响、甚至决定我们从中会读到些什么，做出什么样的反应和判断，并最终决定我们会成为怎样一个人。古典政治学派经常提起一句话："敬畏，是从一个伟大的心灵所写下的伟大作品中学到教益的必备条件。"比敬畏再往前走一步，就是虔诚，乃至虔信——虔信不是迷信，不是取消自我的思想，而是经由自我辩驳之后的认信。我将这些称之为阅读的德性。虽然阅读的德性与人的德行没有直接的因果关系，但是前者对后者具有可能的影响，却是毋庸置疑的。相比今天身处后现代的人们，中国传统的苏熟人对读书的道德意义更加熟稔，也更加笃信。比如马一浮先生就曾说，读书的目的不在以"博文"炫人，而在"穷理"，更在"畜德"[①]。

二

《沙与世界》一书中所讨论的现代诗歌文本，也许算不上什么伟大的作品，但无疑，它们都称得上优秀，至少在某些方面，多有可圈可点之处。它们值得被细读，也经得起被细读——一直以来，我都认为，能否经得起细读，是检验作品优劣的重要标尺之一。

这些细读文字，最早的来自做学生时的练笔，晚近则有部分来自课堂讲稿。各篇取向不同，侧重不一。或者多花笔墨在诗本身的解读和释义，或者旁及创作的心理与机制。有的着重于从文本到文本，有的则期待能通过某个作品稍稍揭示写作观念和时代风向的变更，甚至提示出某种生活的态度。

私底下，我曾和朋友开玩笑说，这些对诗的"细读"文字，实际上和叶嘉莹先生对中国古代诗词的"讲读"，是一脉相通的。这话说来有些大言不惭，却是内心真实的想法。或者说，至少我是怀着这种向往的——希望能够讲出现代诗的美和妙处。一来，让更多的读者亲近诗歌；二来，让走近诗歌的读者在阅读时不再匆促而过、怠慢作品，而是慢下

[①] 参见马一浮：《读书法》，《马一浮学术文化随笔》，中国青年出版社 1999 年版，第 274—285 页。

来，细细地体味、品鉴，获得读诗的愉悦和享受。

应当承认，对诗的如此"细读"和解释，是有风险的。虽然书中部分的细读文字曾得到一些读者朋友的肯定，但与此同时，我也不止一次地面对别人的质疑："诗能这样解读吗？"每每这时，我就会想起庄子"日凿一窍，七日而混沌死"的故事，想起苏珊·桑塔格的名言："反对阐释"。如果说我对自己的"细读"有什么怀疑和困惑的话，就是这一点了。当然，我可以自我说服，"反对阐释"说的是反对阐释导致的思想贫瘠，反对阐释中的误解，以及对作者本意的蒙蔽、侵犯和掠夺。如果阐释让读者与显得隔膜的作品走近了一些呢？它是否因此获得某些正当性？无论如何，桑塔格的"反对阐释"不能使阐释和批评灭绝，更何况她本人也在从事"阐释"的工作，并因此获得声名。

在《沙与世界》的"细读"中，我更多使用的也是桑塔格所说的"描述性的词汇"，而不是"规范性的词汇"。也即，更多凭靠的是她所说的"新感受力"在进行一种更加直接的对事物的观照；在欣赏诗作的时候，放下一些观念的理解和分析，而是强调感受的重要。就此来说，在阅读上，我更像是一个保守主义者。我至今认为，"阅读式"批评、印象式批评没有过时。阅读的直观感受，是最基本也最宝贵的。当然，这并不是说阅读没有前提。实际上，经过现代文化理论的洗礼，我们都知道，一个人的阅读储备和"前理解"，决定了他会怎么看，以及能够看到什么。所以，前述这种直观式的阅读与欣赏，其实隐含着对读者的基本要求。理想的状态，是能够成为弗吉尼亚·伍尔夫意义上的"普通读者"，既具有现代的眼光，又能保持对文本的直觉和敏锐的感受力。

伍尔夫曾带着轻微的讥讽谈到某些批评家的文字：

（B先生的）这类批评文字固然都很出色，精确，渊博；但问题在于，它们不再传达情感；他的头脑似乎分隔成一个小室又一个小室，彼此不通音讯。因此，人们记下B先生的一个句子，它会突然掉到地上——没了气息；但记下柯勒律治的一个句子，它会爆裂开来，激发各种各样的想法，只有这类写作，才可以说是把握了永恒生命的真谛[①]。

和伍尔夫一样，我欣赏的也是这类有"气息"、会"爆裂"、具有"启示"力量的文字。我自己的文字如何，则是另一回事。

---

① [英]弗吉尼亚·伍尔夫：《一间自己的房间》，贾辉丰译，人民文学出版社2003年版，第113页。

诗探索9　理论卷　2018年　第1辑

尽管如此，面对《沙与世界》中的"细读"文字，我还会自问：我是不是对作为"细读"和讨论对象的诗，说得太清楚了？如此解读，是不是太容易排除其他理解的可能性了？虽然我理所应当地相信，一首诗可能有无数种阅读的方式和进路；然则事实上，我所提供的不过是其中之一种。而这一种，在缺乏其他可能的比照下，有时难免显得有些"独断"。因此，我不得不提醒读者，在阅读时需要借着我提供的（思）路，找到自己理解的"大道"；同时，也尽可能多地注意我的讨论中犹疑、困惑和不确定之处。它们都是新的可能性的生长之处，也是阅读的意义之所在。

另外，这些"细读"似乎缺少了一些现代性理论的观照和支持。这一方面是因为，如前文所说，我希望能够对诗保持一种阅读的直观感，而不是对理论的借重；希望突出基本感受性对诗歌阅读的重要性，而不是简单、便宜地拿理论的手术刀来解剖。当然，我也并不因此而排斥从某种理论方法切入的讨论。这不可能。后一种方式，毋宁说是近几十年来我们最习见的讨论诗文的方式。类似的讨论，可能更容易获得，不用我赘言。再说，这种讨论似乎也有内在的困难。比如，面对同一首诗，我们可以从不同的方法、观念乃至主义入手，那么，我们的讨论是不是也要分成很多种？有的诗不见得适合从多种甚或一种理论方法来进行讨论，自不必说。即便可以，笔者也无意这么做。因为我们的目的是获得读诗的基本感受，而不是将诗作为理论方法的实验用小白鼠。也就是说，不仅所有的方法都是视角性的、有限的，不能以一种普遍的方式展开，而且可能错失一般阅读的重心。

相比这种讨论，我更希望提供一种基本、原初、与我们的阅读行为更为接近的讨论方式；希望通过这些细读，能够呈现一种基本的阅读方法，进而呈现一种基本的阅读、欣赏和学习的态度，乃至一种人生的取向与态度。这些文字，也许与文学史的图景不尽相同，甚至相去甚远，但我希望、也确信它应当是属于文学的，更多是从文学内部出发的。至于我在多大程度上做到了这些，只能由读者来评判。

三

熟悉的人知道，我对诗的细读源于大学时代对海德格尔的阅读。因此，曾有朋友建议，像海德格尔的《荷尔德林诗的阐释》一样，把《沙与世界：二十首现代诗的细读》这部关于诗歌的书取名为《诗的阐释》。

我很乐意接受这个建议，一度认为它是本书最为理想的书名。仅从这个名字看起来更酷，就足以令人心动。但最后我还是放弃了。不仅因为这些文字无从与海德格尔的阐释相比，更因为书中所写，与其说是"阐释"，不如叫作"细读"，更诚实、可靠一些。

"细读"是文学性阅读和理解的一种基本态度，也是对所读作品基本的尊重，更是对世间之"应当"的承认与信赖。书中收录的文字，试图呈现的正是这种尊重与信赖。

做学生时，因为阅读而产生写作的冲动。如今，在个人化的阅读之外，于相继承担的课程中，也不断获得关于诗歌细读的灵感与冲动。愿这本来只产生于一个人身上的感兴，也能分享给更多人。

书中所收的文字，有五篇讨论的是翻译诗歌。讨论译诗是有风险的。对此，笔者当然清楚。虽然可能会遭人诟病，但是作为一种"试验"，它至少展示了讨论的可能性。某种意义上说，讨论汉译诗歌，也是在讨论汉语诗歌本身。其所讨论的，本质上是汉语的可能性、诗的可能性。所以，虽有僭越之嫌，笔者还是不揣冒昧，将其一起呈现。如此细读和讨论，在多大程度上有效或者无效，相信读者也会有自己的判断。我也希望能够因此引起更多关于此一方面问题的讨论。或许是一种错觉，我觉得在如何对待和接纳"汉译"这一问题上，学界似乎还有不少的犹疑。虽然"汉译"作品已经成了现代汉语中不可分割的一部分，不仅推动了现代汉语的发展、成熟，拉伸、拓展了现代汉语的表达力，为现代汉语带来了更多可能性，而且已然成为现代汉语非常有机的一部分。

《沙与世界》的书名，会让人想到那句偈语般的"一沙一世界"。很多人知道，它出自英国诗人威廉·布莱克（William Blake）的名作《纯真的预言》（*Auguries of innocence*）："一粒沙里看世界 / 一朵野花里有天堂 / 掌中握着无限 / 霎那成为永恒……"（To see the world in a grain of sand /And a heaven in a wild flower /Hold infinity in the palm of your hand / And eternity in an hour）。这些诗行，既有玄想诗人的高度思辨，又有宗教色彩的神秘。在东方的佛教中，也能听到类似声音。"一沙一世界，一叶一菩提"式的禅思与妙悟，正是如此。

不过，什么叫"一沙一世界"？和很多挂在嘴边、说得已经有些烂熟的话一样，或许我们不曾真正地深思过。

"一沙一世界"，一粒沙里也有一个世界。仿佛提醒人们，对看似微小、简单的东西不可轻忽。这似乎也正合本书之意。然而，我并非想要借此来为自己提供一些方便的话头，而是更看重它的另一层意蕴，即

诗探索9　理论卷　2018年　第1辑

沙与世界的对比和差别。一粒沙里虽然有一个世界，不容我们粗疏对待，但是它与真正的大千毕竟不同。我更想借此提醒自己，不要因为沙而忘了大千，不要因为沙的世界，而忘了更大的世界，比如更为整体和宏阔的文艺世界，更不要说我们生活的这个娑婆世界。

与英国经济学家舒马赫（E. F. Schumacher）说的"小的是美好的"正好相反，佛学中有一个说法，叫"小即地狱"。我们常说，一个人的肚量小、气局小，甚至襟抱和心眼小。这些"小"意味着狭隘、偏私、局促，乃至为人的"恶"与"邪"，所谓"小人"正此之谓。相反的情形则是，心胸宽广、襟抱远大等等。"小"可能导致琐细，甚至妄以为大，不知天外有天，忘了自身的局限。这是我要警醒的。虽然我有时也会以寸心与万宇之间的辩证来自我宽慰或解嘲。

记得读博士时，业师戴晖教授有一次和笔者说起，她在德国读书时的老师、海德格尔的晚期弟子、德国当代思想家贺伯特·博德（Heribert Boeder，1928—2013）先生跟她讲过的一番话。大意是：一个人，终生在自己年轻时开辟的一点小园地里打转，是不可取的。回头看自己，从高中起，摸索着写诗，大学期间热烈地爱着文学，尤其诗歌。吊诡的是，直到博士毕业，都没有在中文系读过书。如今，却寄身文学院，不免常常自嘲是"野狐禅"。这也是我要提醒自己的：不要过分沉溺于自己的喜好，只做一个业余的"爱美"（amateur）者，而要像这个世界今天要求我们的那样，专业一些。虽然十多年来，我已经深深感受到大学过分专业化和实用化带来的各种弊端。

书中的篇什，仅从题目看，也难免给人见树不见林的感觉。在具体的细读过程中，虽然我也不时提到"林"的存在、特点，不时念及一些普遍性的问题，但总体来说，谈"树"较多而顾"林"较少。也因此，就更要提醒读者留意各篇文字中，对于"世界"（即一些更具普遍性的问题）以及"沙"（特殊性）与"世界"（普遍性）的关系问题的讨论。希望自己在具体的讨论中所引出的一些问题，能够在读者那里伸展为更为普遍性的思考。

书中各文对于诗的细读，除了赏析、评论之外，时有从创作层面入手的讨论。这固然由于作者本人的偏好，同时，也不乏一些现实性的考虑。比如，在关于文艺的评论中，本来就应当赏析与创作并重，注意从创作的角度来审视作品，而当下的批评文字，似乎在这一方面有所缺失。是不屑为之？无力为之？抑或两者兼有？

我一直固执地认为，从创作层面去感知、体会和评判作品，似乎才更能搔到文学的痒处。因此，细读文字中有关创作的内容，算是自己所做的一点尝试改善的努力。

进入新世纪的第二个十年，再迟钝的人也能感受到社会的变化，与新世纪初、我学写诗时相比，大为不同了。当然，新世纪时的情形与二十世纪八十年代又大不相同。只是，今天的世界越来越显示出它的商业和资本运作本性。面对资本逻辑如此强硬的世界，文学艺术在很多人眼里，就像是沙子一样的建筑，甚至像是缥缈的肥皂泡，虚无而不切实际。正因此，作为一个个体，我们在面对这个世界时，不仅会感到艺术的边缘，更会时时感到它相对于生活的微不足道。然而，愈是如此，又让人觉得愈是不能缺少文艺对于现实生活和世界的观照。因为诗是赋予生活以尊严的一种方式。更不用说，作为一个读书人，面对当下文艺对于世界的无力感，虽然多有失望，心里却还是多少会感到有些不甘。想起孔子说的"天不丧斯文"，就更是如此。

实际上，外在的世界和现实逻辑貌似生硬和强大，其内底却很脆弱。相反，文学艺术看似"虚"、不起眼，其实是永恒的。因为它所道出的，是我们的心灵图景，乃至愿景。哀莫大于心死。只要心不死，文艺就不会死，世人又何至穷途？

就此而言，我将艺文之事看作是积沙成塔，再造，至少是重塑"世界"的努力。希图对自己和他人的内心，对我们生活的这个生活世界做一点"补救"。如此看来，沙与世界，又似乎不是那么截然分别的。所谓寸心直通万宇，所谓一即一切、一切即一，更像是互为表里，不那么简单截然有别的。

[作者单位：西安财经学院文学院]

代际经验的显现及其审美理性

林馥娜

诗歌是最具有非虚构性的文体，诗人的真情或虚饰都很容易显露于人前，因为诗人在创作中会自觉或不自觉地流露出自己的审美理性。诗是感性的，它从感知事物中来，但同时它也蕴含着审美的理性。从思潮和标签式划分来分析诗歌创作是不可靠的，而从诗歌的本质，也即蕴涵于诗中的审美理性来辨识是一个更知性、更贴近诗歌这种文体的做法。德国哲学家伊曼努尔·康德认为知性是介于感性和理性之间的一种认知能力。对于诗歌的创作、赏析和诗学理论的概括、形成正需要这种知性的认识。

代际与流派群体在现今多元裂变的价值观中已无法达成风格上的整一性，但可以在文本的内涵中厘清审美理性的相关与相异点。价值裂变的原因有许多，其中主要有社会风潮的快速变换，也有在其影响下各自侧重于某个方向的分支。以下将从城市诗所形成的代际经验中追寻其审美理性。

一 时间的城市，历史的城市

城市与时间本来是没有相交点的单独存在，却因为人的存在而形成了间接相系的关联方，并通过独特的表现形式——文学创作，而拥有了记忆。一些优秀的诗人将时间生活、空间生活中得到的个人经验与公共场景、集体记忆糅合在一起，形成了多维的呈现，从而完成了从时段性的场景过渡到历史场景的文学记忆。相对于国内其他地区，广东城市诗歌的诗写还是比较普遍的，这其中有地理上的原因，因为改革的先行一步和现代化的推进使西风东渐，从而为广东带来了经济、生活、思想各方面的冲击力而促生出诗歌的新质。下面由全国范围的梳理进而聚焦广东诗歌，并通过对个体诗文本的细读而展开对城市诗歌发展的精神探索。

中国的城市诗歌与西方在时间上没有横向的可比性，因为时代发展的前后不一和国家体制、文化背景的不同，由此所产生的价值观等影响也自无可比处。而从国内纵向的浏览中，也可以说没有一条明确的串线，不像"朦胧诗""第三代""中间代""七〇后""八〇后"的命名这样虽属权宜，但也有一个时序的梗概。中国现代化城市的发展是从八十年代开始的，在这之前及以后的每个诗歌时代都有零星的城市诗歌写作，虽然所占比例极少，但在个人阅读视野所及，也不乏一些让人记得起的诗歌。

在不同的时代背景下，诗歌留下了各自的时代记忆，食指离开北京到山西插队时写下了《这是四点零八分的北京》，诗中攒动的"手的海洋"，表面上热火朝天的这些公共场景和"不知发生了什么事情"的混沌的个人感觉互相契合，反映了那个时代特有的场景和征状，从而衍生了它的历史性。接下来是北岛们的英雄主义，直至对英雄主义进行了解构的韩东们的《有关大雁塔》时期，以及于坚的《尚义街六号》所传达的人们处于城市开放时代初期对前景及价值取向的混乱与摇摆。这些都是在各个阶段得以广泛流传的诗歌。

到了九十年代，城市发展的脚步已经快速到有点脚不沾地的忙乱，因而产生了瓦解、反叛及灰调子的诗歌，像宇向的《绘画生涯》，就反映了从无奈地接受生存的逼迫，到物化的现实状况对理想的消解，直至游走在颓废与希望共生的灰色地带中的城市生活，这时急速旋转的生活与精神追求的冲突已不能简单地用白与黑去判断所处的当局。而在二十世纪末、二十一世纪初，越来越趋向于"地球村"的社会也产生了许多公共世界的危机与契机，信息、能源、环保等大环境问题也不可避免地进入了诗人的视野，像姚风的《大海真的不需要这些东西》，就是关于环保题材的作品，这首诗化批判于无形，表达了一种向内的自省与审视，既是要敲响整个人类对自然环境肆意破坏的警钟，也是对自己的警醒与敦促。在批判主题的诗歌中，我较喜欢这种表现手法，它有一种让人们意识到自己就是社会的一员，从而领悟到要"从我做起"的韧力量，而不是简单地把责任归于社会，以高企的姿态做出超然其上的批判。而在历史的链条中，一个城市乃至一个民族、国家，如果不注重自己的文化在延续中不断地重建与衔接——既注重固有的辉煌也融入新的文化元素、形式，以真实的存在让人们对自己的文化有自豪感与融入感，那无疑会在断层中衍变成一种巨大的损失，文化的软力量是不可估量的，它往往在不知不觉中就已渗透到生活的每个角落里。雪克的《呈请领导参阅》正是反映了这样的问题。从"哈日"时期到"哈韩"时期两个阶段，两代人的经历，竟是如此的相似，难得诗人有这样独到的眼光。

二 导致城市诗歌发展迟滞的因素

从诗歌文本上来看，城市诗歌虽然有一些存留在人们记忆中的文本，但大规模地进入人们视野的现象并没有出现，这和城市化的进展是不对等的。而且大部分的城市诗是在农业背景下偶尔涉足，虽然有些写作者也在城市生活，却是用惯常的农业背景、语境与否定的观念来观照城市。因为没有与现实的物质或图境相联系，所以产生出来的城市诗是只有枝节而没有血肉的标本，是伪城市诗。

导致城市诗歌迟滞的因素也是多方面的。首先，它与历史的重农轻商思想有关，虽然诗人也有正在从商者，也有渴望从商者，但一回到诗歌表达上来，却依然坚守着精神上的洁癖，集体构建乌托邦、集体回乡，若是真正反映城市化过程中的农村倒也真实可赞，但这些农村题材、背景的作品触目多是"记忆"中的农村，是早已成了"别处"的生活。其次，因为文化的进步是缓慢的，它需要积淀与去芜存菁，而科技的发展、社会的进步是快速的，所以文化相对总是滞后于时代，这其中也有主流传播的落后、传统思想的审慎所形成的一部分阻力。最重要的一点是，诗写者的懒性和不能把握现代事物的内涵使然。乡土诗歌可供借鉴与研读的文本经过古代与近代长时间的积累，已经有了一定的量和质，一些业已成形的隐喻也让诗写者可以驾轻就熟地化用表达。而现代事物是全新的，没有任何参考体系，必须要求创作者去深入事物的内质，像石油、期货、电话、汽车、动漫，这些从未有过意象的新事物，我们要如何从无到有地生成新的意象，形成文学记忆，这不是一朝一夕能建构的，也有可能是吃力不讨好的，所以，大家都拣捷径走，由原有的路上山，而不去另辟新途。

评论家张清华说过，中国的诗歌经验和历史发展轨迹有同构之处，是从南方到北方。由于广东处于改革开放的前沿，诗人对于时代脉搏的跳动无疑是敏感的。早在九十年代，世宾就进行了"诗歌污染城市"的诗歌行为艺术；杨克则开拓了城市诗歌的写作领域并带动了一大批的诗写者。

三　城市诗歌的价值取向

综观城市诗歌的写作，大部分属于批判类型，一方面是波德莱尔诗歌的模范作用；另一方面是诗人真正对城市从心里接纳并同呼吸的不多，因为现代社会的精细分工使人们不得不将自己打造得专业化、机械化，以适应竞争机制及急速发展的现代化脚步，就像每天所面对的打卡钟，哪怕只超过一分钟，记录卡上打印出来的结果都是迟到的红色警告，因而，人的个性在社会的流水线上受磨损、受挤压的同时产生了逆反、愤懑的心理；还有一些是因为诗者想划清精神与物质的界限，以物质享受为恶，以显示自己的清高，这是受传统思想中一向对什么都要总结出其"意义"来的定向思维所左右，好像不把事物升华到一个高度，就无表达的必要。殊不知诗意是多样性的，不只是言志、遣怀的体现。没有物质的基础，精神也无处承载，一个诗人没法最低限度地养活自己、本身不独立的情况下，如何承托精神上的独立、创作上的独立。

物质欲望太强会荒芜精神生活，但割离物质生活去追求精神生活，则流于为诗而诗的空洞，只有深入到生活内部，以主体的意识去拥抱生活，经历从激怒、批判，到妥协、融入，再上升到个性呈现的过程，成熟的城市诗歌文本才会出现。在物质化的社会中，表面的物质追求潜在的是价值的追求，由物质带来的感官享受是狭义的价值，广义的价值是社会价值与每个人心中的价值取向，这是一个精神的标尺，在当今多元甚至芜杂的现状中，有赖于我们在实践中建构起具有当下审美向度的新价值体系。

"打工诗歌"作为城市诗歌的一种，表达了农民到城市后的角色转换及其过程中的变化，但大部分的文本都太过于神似，像同一个模具印出来的批量产品，一味地诉苦、一味地批判物质的侵蚀，甚至连事件、句式都像孪生兄弟，集体迷于当局而不可自拔。大家跑到城市来干什么，追求什么，而自己的价值追求在哪里，是否沉没于物质的漩涡而不能自持，或者因为潜意识里害怕不被城市接纳而进行反接纳，物质是否就毫无诗意……这些都是我们必须思考及承担的。物质文明是社会发展、国家强大、生活舒适的基础，是我们所应该面对的，而不是自欺欺人地去避开它。就算是一件身外之物，也承载着人的情感，一个物件，如果是爱人或朋友所赠，这物就包涵了两者之间的交情和记忆；而买来的物，也会因为喜欢程度与使用中的记忆而附着了"意见"。面对一对乳房，

诗探索 9　理论卷　2018 年　第 1 辑

如果我们屏蔽了感受力和想象力，单纯从科学及应用的角度来分析，那么她只不过是一团物质，对婴儿来说也只不过是输送食粮的物质工具，但就是这样一团物质，却成为多少作家、诗人笔下充满美与爱、母性与根性、激情与慰藉的歌吟对象。可见诗意先于我们的描述而存在于物质中，存在于生活本身，我们只是对她视而不见，只是远远地在分析她，而不是放开胸怀去拥抱她、感知她。

俄国女作家、思想家莎乐美感叹曰："啊，生活根本就是一首诗！我们不知不觉体味它的韵味，一天又一天，一滴又一滴，它以不可触摸的整体，叫我们诗化。"是的，生活本来就是诗，只要我们不观念先行（事事寻求意义）、感觉滞后（耻于承认心灵的颤动、对物质的享受），不违背生命的感觉，不过度压抑在内心埋藏着的、喷泉一样要迸发出来的情感，我们就会生活在诗中，并再次进而诗化生活。生存（这里的生存不仅仅指活着）压力在每个阶层、每个时代、每个国家都存在着，这也是时代前进的必由之路。就像美国在二十世纪初的飞速建设，正是由无数的中国及各国劳工的血汗所构建起来的，当时漂洋过海的打工者所遭遇的苦难，远非今天的人们所能够想象的。正视这些才能在不断纠偏扶正中超越，争取让生存环境趋于稳健、和谐；沉迷则只能造成积怨及颓废滋长。

内在的价值才是决定生存质量的因素，诗意的缺失让人心灵枯竭，而外部物质的富足并不能充实人的精神世界。为什么那么多外出打工的人都怀念故乡，实际上是怀念那种松弛闲适、邻里鸡犬相闻、相守相望的和谐精神。城市因为激烈的竞争，已失去了那份人与人之间的温存，而写诗的人，正是在培养大爱精神，创造这种失去的温存，以文化充实心灵，用诗意融洽人心。一个城市要成为一个诗意的城市，正是在于让诗歌走向大众，扩大诗歌精神的感知群体，在高度紧张的生活节奏中放缓心灵的脚步，缔造和谐的人文生态。

四 现代性的探索与表达的多样共冶

随着工业化的深入，商业文明也随之进入我们的视野。商业文明在我的拙见中便是我们所生活的都市里的生活现象和节奏，比如电子商务、比如文化进入商业操作时的价值取向、比如高楼大厦和大厦里面的人们的生活及精神寄托……农业文明的歌唱在这个商业时代、数码时代只能是一个"生活在别处"式的精神留恋。而我们的诗歌如果不是来源于生活，就没有了灵魂。虽然城市的高节奏和物化在淡漠着人的内心世界，但作为诗人，不正应该让艺术激活人们日渐麻木的灵魂吗？！为了适应现代社会剧烈的竞争机制，我们在向专业化、规范化的方向修正自己的知识结构和行为，思想在无形中也被慢慢改造成一台适应工作的机器，人的存在感、痛感在渐渐麻木。而文学的责任就是要警醒我们保持作为人的尊严和清醒。雅斯贝尔斯说"艺术创造就是一种人的存在的发现"，是的，任何生存阶层的人都有其生存的阴影，艺术家的职责就是深入所生存的时代，去批判黑暗、颂扬光明，展示悲悯的人文关怀和对理想的追寻。要开拓一条有别于农业文明的新路子不容易，但不管路有多难走，还是有一些有志之士在坚持走第一遍的路，直到有人来走第二遍，第三遍，路也就慢慢走宽了。

城市诗写作中不可避免地要经过现代性的审视。现代性包括科学技术的现代性、社会的现代性（"地球村"的全球经验互动化）、公民意识的现代性等，我国目前在前两者上都有长足的发展，但公民意识上的现代性却处于滞后状态。

诗人西川说过"中国当代诗歌欠缺的就是当下存在的社会主义经验的处理"的话题，并说到了"我们如果不表达曼德尔施塔姆的痛苦，而表达我们自己的痛苦时，就显得非常捉襟见肘，你找不到一个非常恰当的方式来谈你自己的难过"。也许可以说"钉子诗歌"（本人写过关于拆迁的诗歌《钉子》，为了便于表达，这里权且这样名之）是有别于其他社会主义国家的经验，但是必须强调的是，我所理解的西川期望看到的经验，是具有高度的精神自治，具备可输出性的、有效的价值经验。不是拆迁这一社会经验，而是反对"野蛮拆迁"之类的时弊所表现出来的钉向弊端的钉子精神、公民意识。文学，尤其诗歌所担当的就是对所处的社会保持警醒的独立状态，从"朦胧诗"时期的英雄主义精神所呈现出来的对当时集体主义的反省，到"第三代"的日常主义所呈现出来的以个性与庸常反对虚假高尚，我们可以看到诗歌在起着价值引导的作用。而在二十一世纪，在我们的公民意识现代性相对滞后的情况下，这就是诗学所应努力的方向了。

从一个社会事件——旭日阳刚与汪峰因为歌曲《春天里》而引发的争论来看，社会大众的意识还停留在人情社会的旧套子里，法治社会的春天还远未到来。大多数的群众还是在情感驱使下偏向"弱者"，而没有理性地认识到作品的版权所有者的权利。但"春天里"事件的争论起到一个公民现代性的启蒙作用，使以人情为判断事物准则的大众明白了法治的原则。而具有政治体制、社会机制、人文景观等多维现代性的文学作品将起着思想层面的公民意识普及作用。如何使这些价值取向体现在诗歌内部，形成诗歌理性，这是有担当的诗人们要努力做到的。

面对现代瞬息万变的当前事物，更适合的表达方式，应是对市场经济、商品洪流，信息轰炸等不逃避、不抵触，面对现实，客观地呈现城市的事物的方式（暂且名之为"零表态"写作），提供一个可能性的价值思考，这样的文本才经得起研读与拓宽。从表达形式来看，"口语"化的诗歌在二十一世纪的兴盛应该说有它的必然性，口语诗在《诗经》等古代篇什中早已有之，但真正大范围、大幅度地进入人们视野是在二十一世纪初的时候，这并不是肯定"口语诗"的好坏，而是指它的影响力度、深广度、覆盖度。城市化是社会进步的必然走向，人们不得不正视摆在眼前的事实。但现实的纷纭复杂和价值观随着商品时代而产生的摇摆让人无从抒情，一部分的诗写者已有意识地从自己所熟悉的日常生活的入口处开始，试图打通城市诗歌的路径。而口语的兴盛对于城市诗歌来说是一个比较容易进入的方式。因为对于新事物的认识，往往要通过命名来确认，而口语是正在使用的日常语言，是最贴近每个时代脉搏的，对最新的事物有着最初的敏感，简洁而生动，也更容易走近大众，缩小技术上的边缘化。口语可抒情、可叙事、可调侃的自由变换对诗写的准确性和诗意的拓宽是有一定作用的，所以，适当使用口语（区别于口水化的口语），与原本的各种抒写方式共冶一炉，对于表达的裕如应是有益的。

城市到了二十一世纪已经进入成熟阶段，跨过了一味追求各种经济指标窜高的时期，现在正是文化发展的时候，我们必须有正视物质的奠基作用的态度，更换旧有的观念，在构建新的价值体系与人文关怀中，体现城市温暖和谐的一面，毕竟，追求美好是一切文学创作的终极指向。人们所依仗的信仰，对个人来说是心态，对社会来说就是一种文化。从诗歌上来说，这个信仰就是坚持诗歌精神的爱、美、自由、共生等大境界上的方向，同时又充分发展个人表现、个人关注点上的创新与独特性，当个人的好心态与社会的大准则（大爱、大美）形成一个良性的循环，那么这种多元发展与大方向上的相辅相成便形成了和谐的人文景观。

[作者单位：《诗·译》编辑部]

诗学研究

纪念杜运燮诞生百周年

陈超诗学学术研讨会论文选辑　研究

中生代诗人研究

姿态与尺度

诗人访谈

新诗理论　著作述评

外国诗论　译丛

诗探索 9 理论卷 2018年 第1辑

【编者的话】

　　"九叶"诗人杜运燮，出生于 1918 年 3 月 17 日，逝世于 2002 年 7 月 16 日。今年适逢他诞生百周年。为此我们特约请"九叶诗派"研究专家王圣思教授组织了"纪念杜运燮诞生百周年"这一专栏。杜运燮先生是"九叶诗派"中有重要影响的诗人。本刊曾于 1998 年第 3 辑辟"杜运燮研究"专栏，发表了唐湜的《杜运燮论》、邵燕祥的《杜运燮式的发现》、李方的《相识在秋天》，以及杜运燮的自述《从邂逅到情有独钟》。倏忽之间，二十年过去，唐湜、杜运燮先生仙逝，这组文章已成为杜运燮研究的重要文献。如今本刊再辟"纪念杜运燮诞生百周年"专栏，发表青年学者王芳的《试析杜运燮诗创作对于中国现代诗发展的意义》，杜海东的回忆文章《父亲杜运燮二三事》，以及王圣思收集整理的《杜运燮致辛笛书信二十通》、李光荣所辑《杜运燮早期佚诗六首》及其相关说明。这其中既有杜运燮研究的最新成果，又有极具文学史价值的资讯，相信会有助于杜运燮研究的拓展，并借此表示我们对杜运燮先生的敬仰与怀念。

试析杜运燮诗创作对于中国现代诗发展的意义

王　芳

　　"九叶诗派"，成长并崛起于二十世纪四十年代，在八十年代重新活跃，对当代诗坛产生过重要影响，是中国新诗现代化进程中的重要流派。杜运燮是"九叶诗派"中受西方现代派诗影响较多，颇具现代风的一位诗人。他的诗创作有：诗集《诗四十首》（1946 年）、《南音集》（1984 年）和《你是我爱的第一个》（1993 年）中部分诗作，揽括了 1940—1949 十年，也即诗人第一个创作期的全部作品，其中内含多篇具有现代诗风的诗篇，在深沉的哲理中蕴含深致的情感，同时亦不乏轻快但泼辣的讽刺诗和政治诗。七十年代末以后属于诗人第二个创作期，八十年代出版的《晚稻集》（1988年）收录了诗人1970—1980年代作品，诗风变得大方明朗，乐观而自然。九十年代出版《你是我爱的第一个》（1993年）中大部分作品，集结了诗人对于自己曾经成长过的第二故乡——马来西亚的热爱和曾经工作过的新加坡的记忆和怀念。而《杜运燮诗精选100首》（1995年）和《海城路上的求索》（诗文集，1998年）涵盖了诗人几近一生的创作全貌。

在中国现代诗发展史上，杜运燮留下了两次有意义的记录。一次是二十世纪四十年代，朱自清先生在《诗与建国》中肯定杜运燮创作对于中国诗现代化的意义："我们需要促进中国现代化的诗。……有一位朋友指给我一首诗，至少表示已经有人向这方面努力着，……杜运燮先生的《滇缅公路》。……这里不缺少'诗素'，不缺少'温暖'，不缺少'爱国心'。"[①]在朱自清看来，杜运燮是继戴望舒、李金发、艾青、卞之琳、冯至之后又一位为中国新诗现代化做出努力并显示了创作实绩的诗人。杜运燮在中国现代诗史上意义的另一次体现是1979年创作了引发中国诗坛关于"朦胧诗"论争的诗作《秋》，这一论争不仅使"朦胧"作为一种诗美特征重新得到认识，对中国当代诗歌创作转向产生了深远影响，同时也使一个沉寂了近四十年的现代主义和现实主义相结合的诗歌流派——"九叶诗派"进入当代诗歌视野。

关于杜运燮的研究，袁可嘉和唐湜两位先生在四十年代就曾有过深入且透辟的分析和评论[②]。伴随着"九叶诗派"在八十年代初被重新认识以及"九叶"诗人们复出以后的再创作，杜运燮诗歌研究在九十年代中期又曾掀起过一个高潮，研究者从其诗意的深沉追求、意象的独创性、反讽的智慧及对时代和生命的凝重意识对杜运燮诗歌创作进行了多方面探讨。新世纪以来，有关于杜运燮诗歌创作外来影响及其"轻松诗"的专题研究，更有海外研究者从其归侨作家身份出发，开启了杜运燮诗文创作经验的新领域探讨[③]，但总体来说关于杜运燮诗歌的研究呈式微的趋势。张桃洲先生《有待开掘的矿藏——"九叶诗派"的历史形象》一文为我们提出了研究"九叶诗派"乃至"九叶"个体诗人新角度。他认为"现代主义"概念本身有其复杂性，把"九叶诗派"定位为"现代主义"

---

① 朱自清：《诗与建国》，昆明《文聚》杂志，1942年2月。转引自杜运燮：《海城路上的求索》，中国文学出版社1998年版，第295页。

② 袁可嘉：《新诗现代化底再分析》，上海《大公报》，1947年5月；唐湜：《诗四十首（书评）》，上海《文艺复兴》杂志，1947年9月。转引自杜运燮：《海城路上的求索》，中国文学出版社1998年版，第295—296页。

③ ［马来西亚］许文荣：《论杜运燮诗文创作的双重经验》，《诗探索》理论卷2014年第1辑。

诗歌流派，忽视"现代主义""现代化""现代性"等概念之间的差别，在实际运用中把"现代主义"既作为一种表现手法，又作为一种"现代性"品质混为一谈。……从诗质上来说，九叶诗派显示出一种诗学上"现代"感应。与其用"现代主义"来框定描述其体现的诗质，不如直接对九叶诗派诗质的现代要素进行挖掘和提炼①。因此，站在诗学本体角度，从"诗质"或者"诗素"来分析杜运燮诗创作文本并探讨其创作呈现的现代要素，由此彰明杜运燮诗对于中国现代诗发展的意义，便成为本文撰写的初衷。

本文拟分三个部分：其一，从诗本质观念出发，结合"九叶诗派"创作总体特征，探讨杜运燮诗创作的现代内涵；其二，从诗表现策略出发，探讨杜运燮诗创作文本结构的两个现代性要素；其三，从诗与现实关系处理角度，考察杜运燮作为一位诗人的创作姿态及其诗歌的现代风格。

一　现代诗创作内涵：情绪体验内涵和情绪体验层次的两个变化

什么是诗？朱光潜先生从诗的起源和心理学角度解释："诗歌是表达情感的。"②这一诗观念已成为中国历代诗论者的共同信条。时间进入现代，关于什么是现代诗。四十年代，中国新诗创作多受西方现代主义诗歌影响，袁可嘉借鉴艾略特诗观念："诗歌不是感情的放纵，而是感情的逃避"③，并结合当时中国新诗发展状况提出："现代诗歌观念已经改变，诗不再是表达激情，而是反映人生经验。"④并同时把这一诗潮现象归结为"现实、象征、玄学"的新传统，从三方面显示出现代诗发展的新方向，并尤其突出"玄学"，即现代诗人对社会人生的哲理把握对于诗创作的重要性。

相对于诗的本质观念，现代诗观念可能会引起一种误解，就是现代诗要改变"诗表达情感"这一本质内容吗？瑞恰兹在《诗的经验》一文

---

① 张桃洲：《有待开掘的矿藏——"九叶诗派"的历史形象》，《现代汉语的诗性空间——新诗话语研究》，北京大学出版社 2005 年版，第 135 页。

② 朱光潜：《诗论》，安徽教育出版社 1997 年版，第 5 页。

③ T.S.艾略特：《传统和个人才能》，转引自沈奇选编《西方诗论精华》，花城出版社 1991 年版，第 271 页。

④ 蓝棣之：《坚持文学的本身价值和独立传统》，袁可嘉《论新诗现代化》附录，生活·读书·新知三联书店 1988 年版，第 234 页。

诗探索 9　理论卷　2018 年　第 1 辑

中提醒我们："误解诗歌……，大抵是由于把诗中的思想看得太重。假若我们把诗人的经验稍稍加以考察，我们就更明确地看出思想不是根本的因素。"① 现代诗论家们既突出了思想的重要性，同时又指明思想不是根本的因素。现代诗创作内涵的要义是什么？瑞恰兹所指诗根本的因素正是"情感"。袁可嘉所说现代诗不再表达激情，不是说不表达情感，只是不应以偏于单纯的热情宣泄为潮流。而"情感"，一种情绪体验，正是"人生经验"中非常重要的部分。只是现代社会现实如此丰富且复杂，从意识开掘角度来说，现代诗具有获得最大量意识状态的可能性，现代诗人的情绪体验在类型和内涵的丰富性以及体验层次的深度方面都发生了变化，杜运燮的诗创作正体现了这种现代性转变，并成为以知性为显性特征、以情感内敛为隐性特征的"九叶诗派"代表诗人之一。

　　杜运燮诗创作呈现出两个清晰的走向。一类是经由"感觉曲线"描画的"感性"情绪体验，一种情绪状态的描绘。不同于传统诗歌相对单一的情感（多为怀古、思乡、思亲、思国、梦幻和醉酒等）抒发，杜运燮诗中的情绪体验类型趋于丰富，有四十年代的战争体验诗、知识分子成长内省诗、政治轻松诗和反传统体验的爱情诗；八九十年代的社会反思诗、友情诗、怀乡诗等。而在情绪体验内涵上则更显丰厚并呈现出情绪感受的发展过程。杜运燮亲历1940年代中日战争所带来的情感体验，尤为值得珍视。他为我们准确刻画了作为个体生命在战时复杂的情绪体验过程。《露营》，又名《夜》，真实传达了一个士兵在战前美丽的夜晚（"今夜我忽然发现 / 树有另一种美丽：/ 它为我撑起一面 / 蓝色纯丝的天空"），面对即将来临的死亡威胁（叶片飘然飞下来，/ 仿佛远方的面孔，/ 一到地面发出"杀"），一方面是对远方亲人遥不可及的思念（"风从远处村里来，/ 带着质朴的羞涩"），一方面却难掩内心的深深不安和恐惧心理（"夜深了，心沉得深，/ 深处究竟比较冷，/ 压力大，心觉得疼，/ 想变做雄鸡大叫几声"）。《季节的愁容》则向我们呈现了战场的残酷情景及诗人的情绪痕迹："……死僵的，呻吟的，/……他们忧郁的 / 眼睛一起望着我，要求我叹息"，而其时，季节的雨"凄寂地接着滴着"，"……冬天的风，……/ 刺我的骨髓"，真实地刻画了士兵忍耐战争的痛苦情状和无奈情绪，而从中我们也体会到诗人难以言表的同情和感同身受的悲哀。

　　而另一类则是从感性出发，向意识的深层开掘，凭借对事物和现

---

① 艾·阿·瑞恰兹：《诗的经验》，转引自沈奇选编《西方诗论精华》，花城出版社1991年版，第97—98页。

象深入透彻的把握和认识，表达以"知性"为特征的情绪感悟，体现为一种深致的情感。让读者在感受诗人智慧思想闪光的同时，更为蕴含其中诗人的情感（情感态度）所打动，正显示出"九叶诗派"以沉思的知性为代表的流派特点。下面，我们以中日战争带给他的深度思考为例，来说明杜运燮诗歌情绪体验的深层开掘。在那场历时八年，给中国人民带来深重的民族灾难，也使日本民众深受其害的中日战争中，在以"我以我血荐轩辕"保家卫国的抗战热潮中，作为一名西南联大在校的外国语文学系大学生，杜运燮响应号召毅然决然地参了军，于1942年底到1945年先后在美国援华空军大队（飞虎队）和中国远征军驻印度蓝伽军营任随军翻译，成为"九叶"诗人中真正直面战争的两位诗人之一①。作为一名现代诗人，关于这场战争，杜运燮不仅仅以表达个人感性的情绪体验为满足，而是以他透入现象思考本质的智慧，带我们体会基于现象背后的真实所引发的深致情感。生命，如果我们尊重且珍视生命对于个体的意义，那么我们对在战争中经历了最大痛苦与灾难，做出了最大贡献和牺牲的中国农民付出的生命代价不会无动于衷，农民是这场战争的主要参战者。杜运燮对战争的思考从他们开始：他的诗寄寓了对中国农民的深切同情和悲悯，而这源于他对他们的历史和现实处境的思考。在《草鞋兵》中，诗人重述中国农民的苦难处境："任凭拉伕，绑票，示众，神批的天灾"，就连同参与到这场战争"也只好接受冬天般接受"。正如他们所经历的永远是"桎梏的日子"，只有被动接受苦难。他们同时还背负着社会上流阶层对他们的嘲笑和偏见："……负着已腐烂的古传统"，一是盲目轻信，在战争中"被教会兴奋，相信桎梏的日子已经挨过"；一是愚昧无知，不知道现代武器致命的危险，"仍然踏着草鞋，走向优势的武器"；就连抗战胜利了他们也"还不会骄傲"。但是通过对蕴含在他们身上人性光辉的再揭示和再认识，杜运燮向国人昭示了中国农民对于这场战争胜利的意义。因为正是凭借他们的勇敢精神，凭借他们的忍耐精神，中国坚持了长期抗战并最终迎来抗战胜利日。《滇缅公路》正是在这样的感动下抒写的"现代史诗"——不仅是写给筑路的中国农民，也是写给参战的中国农民的赞美诗。感谢他们踩过一切阻碍，给战斗疲倦的中华民族送鲜美的海风与鼓励，用他们的坚韧和勇敢带给中华民族信心。

然而，当诗人进一步把个体生命付出的意义上升到历史高度来考量

---

① 另一位是诗人穆旦。

诗探索 9　理论卷　2018年　第 1 辑

的时候，他抒发的是悲愤和不平。历史，人们看得见的历史，永远是当权者权杖的交接，正是"多少种权力升起又不见"（《草鞋兵》）；是"……无知而勇敢的牺牲，/永在阴谋剥削而支持享受的一群"（《滇缅公路》）；在历史加速度的脚步下，这些经历无声的死亡和挣扎的中国农民的生命和名字，被历史和时代无情地忘记。他们经历了何等残酷的战争，被"不同的枪，一样抢去'生'"（《草鞋兵》）。"忍耐'长期抗战'像过个特久的雨季"（《草鞋兵》），然而他们的命运不仅是要埋在土里，还要"更深地被埋在/历史里"（《无名英雄》），这怎能不让人悲愤？于是诗人要以诗为他们刻录下历史的名字，在诗人的笔下，"滇缅公路"就是"不惜仅有的血汗，一厘一分地/为民族争取平坦，争取自由的呼吸"，负载着整个民族希望的中国农民化身。不仅如此，诗人更赋予他们"无名英雄"的荣誉，因为"太伟大的，都没有名字"。哪怕最终的命运是要"更深地被埋在/历史里"，但仍然会"燃烧，给后来者以温暖"（《无名英雄》），因为他们已经化作历史的生命，就是历史的化身。正是怀着对中国农民付出生命的沉重和散失生命的痛楚的切身感受，以及对时代历史无情的认识让诗人以木刻般的诗笔记录下这一段深深的历史行迹。

　　杜运燮对于这场战争的思考更超越了国界，站在对人类人性批判的角度。作为这场战争痛苦的见证者，他深刻地认识到战争不过是人类又一次在用心扮演的热闹悲剧，导致万千善良无辜心灵整体被撕裂被利用，生命被剥夺。他痛斥战争的发动者希特勒等法西斯的疯狂，抛弃人道剥夺人权，把人性当作利用的工具，而以剥夺人的生命为游戏（《悼死难的人质》）。作为一名中国军人，他甚至对在战争中同样丧失了生命的日本兵寄寓了同等的同情，揭穿了他们也是被利用的事实。借他们的口道出一切被战争夺去生命的战士的共同愿望："死就是我最后的需要，再没有愿望，/虽然也还想看看，/人类是不是从此聪明。"（《林中鬼夜哭》）是的，"人类是不是从此聪明"正表明了诗人对发动战争的一切法西斯者的痛斥和蔑视态度。

　　通过以上分析，我认为杜运燮的诗创作体现了向着时代、人生、生命深层底蕴探索的知性特征，正体现了袁可嘉对于现代诗潮流所做的总结："现代诗人作品中突出于强烈的自我意识中的同样强烈的社会意识。"① 正是这一强烈的社会意识使杜运燮诗歌具有了深刻的严肃性，

纪念杜运燮诞生百周年

---

① 袁可嘉：《新诗现代化——新传统的寻求》，《论新诗现代化》，生活·读书·新知三联书店 1988 年版，第 3—4 页。

体现了"九叶诗派"流派总体特征。而从现代诗意识层次开掘这个角度，相比较中国传统诗歌以及中国新诗二三十年代以来的创作，杜运燮诗创作实践则体现了向着"人类最大量意识状态"开掘的现代诗方向的追求，他诗中体现的"最大量"不仅有广度的意义，更有深度的内涵。就"感性"的情绪体验来说，杜运燮诗歌体现了在情绪体验类型和内涵上的丰富性。基于对事物现象本质的透彻把握而呈现的"知性"情绪感悟来说，则体现了现代情绪体验向人类意识更深层面的探求。从现代诗创作内涵在今天的发展来看，我们认识到"知性"的情绪感悟也还不是现代诗所要表现的意识层次终点，以哲理诗创作著名的"九叶"女诗人郑敏认为在第二次世界大战后，世界现代诗有向人类意识深层开拓的趋势，即超出了伍尔夫的小说和艾略特《荒原》中的下意识，更进一步向着存在于人们心灵的"无意识"——非理性的情绪状态探索[1]。而郑敏先生也从1985年开始进行这一方向上的诗创作实践，从而使现代诗创作内涵继续不断地加深和推广开去。

二 现代诗表现策略：知觉意象的引入与多视角文本结构方式

袁可嘉认为，从创作的技术层面来看，现代诗发展首先起源于现代诗人的"感性革命"。我认为这一"感性革命"包括两个维度，一是现代诗人的认知水平体现了从感性向知性深入的趋势。一是伴随现代诗人认知能力趋向深入的变化，使多角度观照社会现象，透视社会现实，揭示出社会现实深处种种问题成为可能。作为"九叶诗派"中有个性的一位诗人，杜运燮诗歌以机智而闻名，他也被称为中国诗坛的智者和顽童。那么，杜运燮"智者"和"顽童"形象是如何在其诗歌文本中体现出来的？正是知性化意象的开发和多视角文本结构方式，使他的诗创作完成了从传统诗歌向现代诗歌的转变。

意象是诗歌表现策略的首要因素，也是诗歌文本结构的主要元素。杜运燮诗中的"智者"形象正是通过知觉化意象的开发和创造体现出来。杜运燮诗歌中不乏传统的感性意象，但是不同于传统感性意象只满足于相对单纯的情感抒发，比如伤春悲秋、离别失意等等，杜运燮诗歌中的意象更多通过知识分子内省以及对现代社会现象的本质探索，或在传统感性意象中注入现代哲学思考，使其具有知觉化内涵而体现出现代性；

---

[1] 郑敏：《天外的召唤和深渊的探险》，《诗歌与哲学是近邻——结构—解构诗论》，北京大学出版社1999年版，第411页。

或者直接创造出现代知觉化意象，来表达他的思想和深致的情感。在杜运燮作为知识分子自我探求、自我反思一类诗中，他创作出了系列知觉化意象：如"井""山""海礁""塑像""枯树"等，这些意象融合了诗人的深度思考，可以说从深处传达了诗人在不同成长时期的内心体验和人生经验。"山"的意象在中国传统诗歌中，多作为一种外在的景致来寄寓诗人的心情。比如陶渊明以"悠然见南山"来表达内心闲适的心境，姜夔以"数峰清苦，商略黄昏雨"来表达内心的孤苦与落寞。杜运燮则赋予"山"以生命，使其成为具有独立性的意象，通过它来完成诗人的思考。诗作《山》中，"山"意象已然成为一个拟人化的"知识分子形象"，一个具有独立意识不满足于现状、不断追求的青年知识分子，诗人从山的起源来抒发"山"的梦想："植根于地球，却更想植根于云汉"。因为追求，所以他"来自平原，而只好放弃平原"，"没有桃花，没有牛羊，炊烟，村落"等一切平原上所拥有的温暖。因为"向往的是高远变化万千的天空"，"可以鸟瞰，有更多空气，也有更多石头"；所以"他只好离开必需的，永远寂寞"。他意在通过"山"的意象传达现代知识分子在自我成长中必须经历得与失以及要耐得住寂寞的清醒认识。杜运燮把"落叶"比作"严肃的艺术家"的追求完美艺术的手，这一意象联想和创造力让人感觉新奇又惊叹。《落叶》中的"落叶"，与传统"落叶"意象表达由叶落知秋、由秋生悲的情绪内涵不同，诗人从"落叶"一年年地落，又一年年地绿这一自然规律出发，完全跳脱了"落叶"被喜新厌旧的人们弃置的被动处境，通过"落叶"与"手"的形象相似，把"落叶"比喻为有创造力有主动权的"严肃的艺术家的手"，由"落叶"在春天一年年地绿，而赞美它勤劳，充满激情。由"落叶"在秋天一年年地落，赋予它在修改自己的作品，"没有创造出最满意的完美作品，绝不甘休"的耐心和责任心。

在杜运燮表达时感的一类诗中，我们也能捕捉到渗透着诗人深度思考的知觉化意象。如《闪电》中的"闪电"意象已经不是简单的自然现象，也不是高尔基《海燕》中与"海燕"对立的黑暗势力的代表，而是在1948年国共内战，人们希望一个光明未来的历史背景下，诗人赋予它能带领中国人走向光明的"革命先导者"形象：不仅有"有乌云蔽天，你就出来发言"，"有暴风雨将来临，你先知道"预言家的先知能力；还有"在刹那间把千载的黑暗点破"的气势，"指点怒潮狂飙"，指挥千军万马的作战能力。"闪电"这一知觉化意象的新内涵不能不说显示了诗人充满激情的独特创意。而《里尔克的豹》中的"豹"已然不是一个被锁住想要跳出的"伟大意志"，而是一群在现代化的小圈子里"想跳出来而总跳不出来"现代社会的"豹"，从被锁的铁栏杆到自制的铁栏杆的转换，寄寓了诗人对于现代社会现代人自陷于所创造文明的深度揭示和思考。

在中国传统诗人及二三十年代诗人多通过寻找和创造与诗人情绪相通的感性意象和意境来传达情绪的基础上，以"知性"创作为特征的"九叶诗派"代表了中国现代诗在四十年代发展的新方向，以融合了对事物及现象思考的知性意象来传达思想和深度情感的杜运燮诗歌创作就体现了这一转向，正是这一转向塑造了杜运燮诗坛及诗中的"智者"形象。

如果说意象是诗歌文本结构的主要元素，那么文本结构方式则起着连接这些意象成为诗歌有机体的关键作用。更进一步探讨下来，我们发现杜运燮诗中的"智者"形象以及其诗所体现的诗思深度还源于他观察事物的多角度和辩证观念。与传统诗人感于外物，沉浸于某一情景，然后选取系列相关意象，采取寓情于景，营造意境传达情感的创作方式不同，现代诗人以更多视角观察和体验社会，从而获得多方面情绪体验经验，多角度揭示出现象本质，还原事实真相，传递诗人的思考和态度，这不能不说是一种创作思维的现代性转变，而这种创作思维从杜运燮文本结构方式中也体现了出来。

杜运燮诗歌文本正是通过多重视角透视下的意象组织和安排结构出来的。《月》的表现策略不仅在于"月"作为一个意象，作者赋予了它传统和现代内涵，更在于作者以"月"为视角来组织全诗意象使之成为一个有机体。全诗通过"人望月"，以及"月照人"两个视角来构筑全诗。诗的前四节写"人望月"的感受，同时在这一部分，又分为古今两个角度。首先"月"作为中国诗歌中的传统意象，它没有改变象征着"忠实的纯洁爱情"的内涵，"看遍地梦的眼睛"说明它仍然能激起人们对美好爱情的向往，正是"今夜的一如古昔"。但这同时又是一轮现代的"月"，一轮在战争环境下的"月"，所以人们对她的美好期望或许只能停留在古昔，而代之以诗人在战时的感受："寒冷而没有人色"，白天"永远躲在家里"，"晚上才洗干净出来"，到天亮"因为打寒噤才回去"，其实正是战时环境带给诗人恐惧不安的情绪写照。紧接着诗的后四节，是月光之下的情景剪辑。"花瓣一般"的"一对年轻人"象征美好爱情，但"飘上河边的失修草场"，以及"苍白的河水""拉扯着垃圾闪闪而流"的情境在告诉我们战时爱情是那么苍白且无力。月光之下其他情景如"异邦的旅客枯叶一般""褴褛的苦力烂布一般"，以及"我像满载难民的破船，/ 失了舵在柏油马路上 / 航行，后面已经没有家"，而"前面不知有没有沙滩"等，都是战乱时期的现实处境。诗最末一节是全诗两个视角合成为诗人感受的总结："今夜一如其他的夜"，高悬的"月"，曾经人们赋予她的美好内涵没有变。但是变的是月下的现实，一个战乱年代人们无家可归，爱情与垃圾为伍的残酷现实。诗人最后把"孙女的羞涩"所隐含的不安胆怯心理赋予了月光下的自己和所有战时恐慌不安的人们，而把对"祖母的慈祥"的安全渴望赋予了"月"，从而完成了他对一轮现代战时月的勾画和情感寄托。

　　1979 年曾引发中国当代诗坛关于"朦胧诗"大讨论的《秋》，有批评者提到诗中两种"朦胧"。一种是感觉意象带来的朦胧，一种就是文本结构引起的朦胧："用酷暑来比喻十年动乱，不清楚为什么第二节又扯到春天"，说"使读者产生思想紊乱"[1]。首先诗人已经赋予了"秋"现代内涵，但也不是把它作为"丰收"的象征来歌颂，而是从季节的成熟与感情和智慧成熟这一基点出发来抒发他对十年动乱的历史思考。作者是采取历史透视的视角来安排情节和意象的：第一节从秋天成熟的"鸽哨"出发，回溯到"那阵雨喧闹的夏季"，喻义自己人生乃至整个国家经历的"闷热的考验"，庆幸"危险游泳"已经过去；第二节再进一步回溯到"春天"，检省"扭曲和受伤"的"幼叶"，"烈日下也狂热过"的枝条，同样庆幸他们没有"在雨夜中迷失方向"。因为"成熟"需要时间来成就，需要理性经验的积累和思考，因此第一、二节通过历史回顾来说明"成熟"的由来就是很清晰的思路了。而又因作者的主题是"秋"，所以后三节再回到主题，从第三节"平易的天空没有浮云"和"河水也像是来自更深处的源泉"来暗示经历过"喧闹"和"狂热"的历史运动之后，成熟的心理状态是"平易"和"理性智慧"。从第四节"紊乱的气流经过发酵 / 在山谷里酿成透明的好酒；/……醉人的香味"再次说明成熟需要时间的酝酿。永远保持乐观是诗人一贯的性格，诗人最后通过"塔吊的长臂在高空指向远方，/ 秋阳在上面扫描丰收的信息"寄寓秋天能收获成熟的希望，同时也寄希望中华民族从此"视野"会"格外宽远"。以上分析说明正是多视角在《秋》创作中的运用，才可以集结各个视角观察和思考所带来的种种经验，使得诗篇意义扩大、加深和增重，使其具有了"朦胧"的诗美特征。

　　一般都认为杜运燮诗中的"顽童"形象源于其诗歌的反讽手法，而

　　① 章明：《令人气闷的"朦胧"》，转引自杜运燮《热带三友·朦胧诗》附录，中国戏剧出版社 2006 年版，第 221 页。

我以为反讽也正体现了一种创作视角，一种深入现象本质的透视和揭示。正是通过诗人对于某一社会现实的辩证看待，对存在于现实中矛盾两面的清醒认识，才使得我们在诗人轻松幽默诙谐的笔调里，在诗人表面戏谑嘲讽态度之下，去把握诗人对所触及严肃题材的真正态度和真实意图。杜运燮的反讽诗正给我们提供了观察事物的另一个视角，从这一视角，让我们对现代社会的病态弱点清晰可辨，在诗人揭示世相百态可笑一面的同时，去透视社会的虚伪黑暗、人性善恶面目以及人生酸楚的真相。诗人赞美崇高实在是批判崇高，《登龙门》和《论上帝》即从反讽角度，把崇高的上帝从宝座上拉下来，不仅揭示了上帝造物的虚妄，还揭示出上帝霸权主义形象，指出它不过是人类某一阶层臆造出来统治普通民众的工具。诗人嘲笑弱小实在是在同情弱小，《一个有名字的兵》《被遗弃在路旁的死老总》《阿Q》等一类反讽诗寄寓了诗人对社会小人物命运的深切同情和反思，揭示了隐藏在战争背后的罪恶，更揭示出他们被当权者阴谋剥削而不自知的可悲事实。《悼死难的"人质"》更上升到对于战争制造者的质疑和批判。另一类反讽诗则寄寓了对社会现实的嘲讽和揭露以及现代忧思，如《追物价的人》《游圣淘沙》等，而《善诉苦者》《狗》等一类反讽诗则透视了对知识分子阶层弱点的自我反省。

诗人穆旦说要识破一切虚妄，才能把持一个坚定的大智大勇者的风度。识破正体现一种智慧，诗人杜运燮拥有这种智慧，在他的诗中，我们惊异于他自觉的清醒、反讽的智慧、感情的深厚和浓烈，以及对社会种种问题触及的深透。"顽童"不过是诗人杜运燮的语言表象，而智者才是诗人杜运燮的真实写照。他以机智把握事物之间的本质联系，创造出知觉化诗歌意象；他采取多视角结构诗歌文本，带我们多角度透视现代社会世相百态。然而诗人却没有因此伤感，他的人生他的诗正如他的一个诗歌意象"海礁"："十年，百年，千年后／仍然只有一个目光和回答／海礁的真名叫硬骨头"（《海礁》）。像所有大智大勇者一样，没有虚妄的伤感，只有更深的坚忍，智者的坚忍。

三　诗与现实：距离的观照与深静的现代诗风格

诗来源于现实。诗与现实的关系体现了诗创作的双向过程。一方面是诗人以何种态度面对现实，走向现实以获取对现实的感受；另一方面诗人又如何从现实走向诗，即诗人以何种态度，采用何种方法把对现实的感受转化为诗。在关于杜运燮诗的研究中，我们更多关注诗人的表现

诗探索9　理论卷　2018年　第1辑

策略以及其诗歌智性特征体现,对诗人创作时面对现实的态度似有忽略,较少关注克制情感与传达情感在艺术转化过程中的重要性,而杜运燮对诗与现实关系的处理态度却是其诗创作中很有特色的一面。正是因为诗人在走向现实时有意识地把握了观照社会现实的"距离",采取了"现代飞行员的观点,把个人从广大社会游离出来,置身高空,凭借理智的活动,俯视脚底的大千世界。"① 保持了冷静克制的情感态度,才使他从一切现实的乃至政治的局限性中跳脱出来,能更完整深入地观察他所面临的现实,获得对于现实事物全面而深刻的理解和认识。同时又是深藏在诗人心中对于生命和生活的热爱,对于国家民族的责任担当,对于社会现象的忧患意识及对人生处境的乐观意识等种种复杂情感始终贯穿在从现实转换成诗的创作过程中,才使他的诗完成了从现实到诗艺术的华丽转身,并最终形成其诗歌深邃又沉静的艺术风格。

我们知道,中国现代诗发展的特殊性在于重大社会现实以及社会政治意识形态对于诗人创作的裹挟和影响。即如 1940 年代前后在国家面临巨大不幸和民族处于危亡的时刻,一些具有代表性的现代诗人如何其芳、戴望舒、卞之琳、辛笛等纷纷改变创作方向,从个人心绪抒写的"象牙塔"里走出来,拥抱现实,写出了与当时社会人生紧密相关的现实性很强的作品。但同时,因为受到残酷战争现实的冲击,也使得一些现代诗人矫枉过正,浸淫在社会流行的感伤情绪中,甚至为政治意识形态观念所绑架,认为诗是热情的产物,在创作中急于抒发激烈的情绪,甚至不惜让诗歌行使政治宣传和说服教育的功能,致使诗歌流于痛哭怒号的伤感情绪宣泄形式,或振振有词徒有呐喊的口号宣传,导致文坛说教与感伤之风盛行,而丧失了诗作为独立艺术所应该享有和追求的艺术生命。

作为亲历战争的现代诗人,在面对四十年代战争创伤时,杜运燮曾用诗来阐明其创作中自觉的"距离"意识:"啊,喜欢抚摩创伤的,/让自己迷失在黑暗里了,/完全盲目……"(《唱歌者的歌》)。可见诗人不愿意因为沉浸在战争伤感中而导致对于战争完全盲目的认识。唐湜先生曾引杜运燮诗歌《登龙门》开首:"造物者在沉思:丰厚的静穆!/他正凝神在修改他的创作。/至高的耐性与信心使他永远微笑,/为作品的完成,他要不倦地思索"。他认为"丰厚的静穆"正可以代表杜运燮

---

① 袁可嘉:《从分析到综合——现代英诗的发展》,《论新诗现代化》,生活·读书·新知三联书店 1988 年版,第 191 页。

诗创作上的最高理想^①。如果"丰厚"是指广博而深厚的现实，那么"静穆"正可以用来说明诗人观照现实时应该保持的态度，就如同君临万物的造物者，与万物保持着俯瞰的"距离"，态度冷静而耐心，保持不倦的思索，且对现实事物的深透认识有着充分的信心。而杜运燮在创作中的"距离"意识同时受到西方现代诗人及诗歌作品，尤其是英国现代诗人奥登的作品《西班牙，1937》和《在战时》，及其创作时理性和沉思态度的影响。奥登认为"诗方法上应是'临床的'，诗应有'临床的'效果，诗人应有'临床的'心灵"^②的想法与杜运燮的创作观念就产生了共鸣，所以更加坚定了他在创作上以"距离"观照现实的自觉意识。但作为一名中国现代诗人，在面对惨烈的战争现实及战争后方现实以及知识分子心灵现实时，杜运燮并不能全然达到"造物者"创作时静穆平和心态，也不可能全然采取奥登"临床式"理性思维，他最终选择以冷峻的目光来面对现实，保持与现实的"距离"，进而审视现实、沉思现实、剖析现实，把对现实浓烈且沉痛的情感深深地包裹在对于现实深透剖析的诗行里，使其诗歌在具有深邃的思想深度的同时又始终渗透着震撼人心灵的情感温度以及乐观自信的态度。

因为冷峻的距离审视，不让灼热的情感左右观察社会现实的视角，杜运燮诗歌获得了重新审视现实生活的新角度。《盲人》中的"盲者"不再是个失落了光明、遗失了怅惜的梦、寄希望于人们的怜悯和同情的悲观者，而是一位理性的盲者。面对黑暗尽管踌躇，却还"能欣赏人类的脚步"；面对黑暗"不觉恐怖"，却能凭借智慧量出"空虚世界的尺度"；面对黑暗不是失落痛哭，却感谢和欣赏"手杖的智慧"为自己"敲出一片片乐土"；面对黑暗更不是去寻找光明，而是坚定地认为"黑暗是我的光明，是我的路"。诗中呈现的是一位坦然接受现实生活、乐观面对黑暗现实的盲者。杜运燮这首诗以诗人的冷峻态度和新角度带给当时处于长期抗战疲劳期，在黑暗的胜利前夜中摸索的中国军民以坚定的希望和坚韧的信心。因为冷峻的距离审视，使杜运燮得以多角度审视社会现实，揭示出事实真相。在反讽诗《追物价的人》中，诗人以调侃的笔调从四个角度揭示出追物价人的心理现实^③，一是决不能落后于伟大

① 唐湜：《遐思者运燮——杜运燮论》，《九叶诗人："中国新诗"的中兴》，上海教育出版社 2003 年版，第 98 页。

② 杜运燮：《海外文讯》，《热带三友·朦胧诗》，中国戏剧出版社 2006 年版，第 229 页。

③ 袁可嘉：《新视角·新诗艺·新风格——读〈杜运燮诗精选一百首〉》，《文学评论》1998 年第 3 期。

时代的"英雄"心理（"抗战是伟大的时代，不能落伍"）；二是怕物价和人们嘲笑的恐惧心理（"而我还是太重，太重，走不动，/让物价在报纸上，陈列窗里，/统计家的笔下，随便嘲笑我"）；三是唯恐自己追不上的自卑心理（"为了抗战，/为了抗战我们应该不落伍"）；四是看见人家在飞，自己也必须迎头赶上的逞强心理（"看看人家物价在飞，赶快迎头赶上"）。透过这种种荒诞的社会心理现实，结尾"即使是轻如鸿毛的死，/也不要计较，就是不要落伍"才真正透视出诗人的真实态度，即时代潮流对于个体生命的裹挟和碾压，以及个体生命无从选择的无奈与痛楚。因为冷峻的距离审视，更使杜运燮诗歌获得了穿透现实的深度。《滇缅公路》并不仅仅是一首简单的中国农民赞美诗。诗人以他的冷峻目光穿透人们以为的"这只是简单的普通现实"，并揭示出简单普通现实背后的重重意义。第一重现实："滇缅公路"是一条不平凡的路，"整个民族在等待，需要它的负载"。第二重现实：让我们从不平凡的路上，注意到一群更不平凡的人——中国农民，"冒着饥寒与疟蚊的袭击，/（营养不足，半裸体，挣扎在死亡的边沿）……"与其说整个民族需要路的负载，不如说整个民族需要中国农民的负载，是他们"用勇敢而善良的血汗与忍耐/踩过一切阻碍，……给战斗疲倦的中国送鲜美的海风"，于是让这坚韧的民族更英勇，更有自信。第三重现实：历史当权者阴谋剥削中国农民以及中国农民被历史时代无情遗忘的悲哀，"而就是他们，（还带着沉重的枷锁而任人播弄）……无知而勇敢的牺牲，永在阴谋剥削而支持享受的一群"，而当"一个新世界在到来"的时候，中国农民这一切血的付出将如"一个浪头"没入历史的大潮而不被记取。第四重现实：历史不容停留和感叹，"一切在飞奔，不准许任何人停留"，无论是我们称之为"光荣的时代"或者任何一个时代，中国农民始终是我们民族的实际负载者。因此，尽管"牧羊的小孩正在纯洁的忘却中/城里人还在重复他们枯燥的旧梦"，但是诗人认为中国农民对于民族对于历史的承载如"天地的覆载，四时的运转，海洋的辽阔"（《无名英雄》）一样，是不会被变更的事实，因而也将与天地一样永恒。在诗人为战争中死难的中国农民所写的系列诗篇中（如《草鞋兵》《无名英雄》《狙击兵》《游击队歌》《被遗弃在路旁的死老总》），诗人同样把最深切的痛惜和悲愤情绪中紧紧包裹在他对战争现实对历史时代最清醒的认识里。《不是情诗》三首以爱情为主题，也同样揭示出战争年代一个渴求情感慰藉的青春缩影对于爱情追求的奢望以及战争对于爱情的无情剥夺。可以说，正是诗人冷峻的态度成就了其四十年代深邃而又坚韧乐观的诗歌风格。

如果说从杜运燮作品中我们看出冷峻和坚韧是其个性底色的话，那么时间更成就了其冷静达观的人生态度。在经历1949年以后"三反五反""文革"等系列政治运动带来的身心上的创伤之后，到1980年代诗人的人生终于步入深静平和的秋天，而诗人的人生态度也正是他面对现实的创作态度。我们从他关于《秋》的创作说明中看出："秋"正代表着一种人生成熟的态度，即"表现为知识和经验较丰富，能理解较复杂的事物，能做较全面的分析，处事决策较冷静慎重、较能符合客观规律，也较能平心静气地与人讨论……"①。与四十年代诗歌相比，杜运燮晚年诗歌的现实视野更加开阔，更加接近社会日常生活。而因生命成熟带来创作态度的冷静和达观，使诗人的创作风格也出现了一些变化，一是表达方式从四十年代的深长含蓄转为平易朴实而直白，二是抒写生活感悟和情趣的诗多了，作品中常洋溢着对人生晚年的乐观精神和对平静生活的欣悦之情。如《香山红叶》《我们相逢在秋天》《黄昏，散步在河边》《最后一个黄金时代》《小河静静地流》《厦门看海》《乐水》等；更有朴素真挚对于故乡深情的表白《你是我爱的第一个——献给我的第二故乡》《故乡毕竟是故乡》等。但诗人仍然保持多角度展开自我沉思的风格，如《海》："太大了，不是每个人一次都能体会得完整"。但诗人仍然用全身心去体会它的每一个侧面，认为只有真正理解它是一个辩证的生命体，才能感受它给予的自由和它赋予的权利。诗人仍不乏对于现代社会现代人处境的思索，如《忧"网"》《里尔克的豹》《游圣淘沙》《生活》等；当然我们也不得不说诗人晚年的一些创作，即从辩证的视角关注时代和现实的一些诗篇，如《占有》《俘虏》《错误》《只因为》等，这一类从生活中获得的经验在诗中的表达深入且全面，但这一类诗显得理趣有余而诗味不足。究其原因，是因为诗人在四十年代既扮演了冷峻的"造物者"，保持了静观现实的理性态度，又同时扮演了热情的盗火者"普罗米修斯"——情感的传递者，所以蕴含在诗人沉思中的情感得以通过诗行来层层传递，最终使诗的有机体熠熠生辉。而作于八十年代这一类理辩性较强的诗，诗人的理性观照是通过格言式警句形式来陈述，没有让人感受到"普罗米修斯的火把"传递的情感温度，而同时也没有以感人的形象去包裹思想，所以诗人最终没能跨越现实与诗的距离而到达诗的彼岸。正如诗人所说："必须有深入的内容和

---

① 杜运燮：《我心目中的一个秋天》，《热带三友·朦胧诗》，中国戏剧出版社2006年版，第216页。

诗探索9　理论卷　2018年　第1辑

深切的真情实感，才能成为好诗。"①但这并不影响诗人在青年、在壮年、在晚年为我们留下的一首首诗作的光辉。

　　杜运燮曾说："我知道自己不是个诗评家。……我平常只是爱读诗，爱写诗。……因为我觉得，诗才是作者要说的最重要内容。"②袁可嘉在 1947 年的评论中就认为杜运燮是四十年代最足以代表新诗现代化倾向的诗人之一，1998 年他又写道："经过五十多年的风风雨雨，运燮已经以实绩证明他在现代诗坛中不可替代的位置：一个以自己独特的追求新深静的现代风格推动了新诗进程的重要诗人。"③我以为深邃乐观代表了杜运燮四十年代诗歌风格，而深静达观则可以用来说明晚年杜运燮诗歌风格承继中的新变化。"深刻的思想，深切的激情和精深的诗艺"④是诗人杜运燮一生创作追求的目标，而他正是以深入洞察现实的目光和透视现实的思辨能力获得了诗思的"深"度；以一个创作者对于自己所感所思不可逼视的忠实传递了情感的"真"实，更是以其感觉的智慧创造出一个个与思想情绪相当的意象以及多视角结构文本的诗歌艺术完成了现代诗的探索，为中国新诗奉献了属于他自己的现代诗风格，为中国新诗奉献了一个可以让后来的诗探索者们去学习和体会的诗歌范本。

2017 年 12 月 22 日

[作者单位：浙江工商大学国际教育学院]

---

① 杜运燮：《谈深》，《热带三友·朦胧诗》，中国戏剧出版社 2006 年版，第 264 页。

② 杜运燮：《〈脚步的诱惑〉序》，《热带三友·朦胧诗》，中国戏剧出版社 2006 年版，第 341 页。

③ 李丽君：《深深的怀念》，见《热带三友·朦胧诗》，中国戏剧出版社 2006 年版，第 368 页。

④ 杜运燮：《谈深》，《热带三友·朦胧诗》，中国戏剧出版社 2006 年版，第 262 页。

父亲杜运燮二三事

杜海东

父亲杜运燮先生（1918—2002）离开我们十五年了。

2005年9月，在父亲去世三年后，我们家属曾编辑出版了杜运燮散文集《热带三友·朦胧诗》，收录了他一生创作的主要散文和诗论文字，并附有家人的记忆文章，完成了父亲最后的愿望。前两年（2015年），我们家属又将他全部诗文手稿（包括未完成和未发表的诗稿）及与友人的往来信函等捐给了中国现代文学馆，加上父亲生前已捐赠部分（从"文革"以来与巴金等名人往来信函等），至此，父亲与文学相关的资料已基本如数捐给了中国现代文学馆。我们认为，这些文献资料应该放置在中国现代文学馆这样的研究收藏单位，提供给感兴趣的学者学人们去接触、去了解、去研究，才能真正体现它们对于中国现当代文学史研究的真正价值，我们相信这也是父亲的愿望吧。年初，"九叶"诗人辛笛先生的女儿王圣思大姐提醒说2018年将是父亲——"九叶"诗人杜运燮诞辰一百周年，她正在和《诗探索》主编吴思敬先生策划出一期纪念专辑，希望我们家人能写点怀念父亲的文字放入其中。父亲一生低调，不事宣扬，我本想推辞，但实在感念圣思大姐为"九叶诗派"诗歌及诗学思想传播所做的努力，故再次记录下记忆中与父亲一起经历的那些往事。

一件签满名字的大衣

回忆西南联大的文章，父亲写过好几篇。在许多回忆文章中也常写到西南联大的人和事，因为西南联大留有父亲一生中最重要的记忆。他在文章中回忆了他在名师荟萃的西南联大向各位老师请教学习、面聆教诲的情景，以及从中结识了相交一生的老师和诗友。他回忆在那里学习东西方诗歌，并在师友们的引导下步入现代诗歌殿堂，开始了他的现代诗创作。父亲健在时很少和我们谈到他的大学生活，但回忆文章中可见

诗探索 9　理论卷　2018年　第 1 辑

他谈及参与西南联大文学社团——冬青文艺社活动的情况，我能够感受到父亲当年大学生活是相当活跃的，是大学生进步文化社团的积极参与者，冬青文艺社许多活动他都积极参与，有时候还是组织者。冯至先生在 1940 年的日记中写有这样一段："十月十九日冬青文艺社纪念鲁迅逝世四周年，约我做演讲，接洽人为袁方、杜运燮。"冬青文艺社当时为了配合抗战宣传，多次举办演讲会、朗诵会、讨论会等。在闻一多先生的建议下冬青社曾组织过一次带学术性质的诗歌朗诵会，主要着眼于让大家体会和研究各种格律诗的普遍规律，以及诗的音乐性问题。冯至先生在会上朗诵了尼采的德文诗，闻家驷先生朗诵了雨果的法文诗，另外还有老师朗诵了英文诗和中国古典诗歌，他们在朗诵前都做了简明扼要的介绍与说明，同学们也用几种方言朗诵了诗歌。朗诵会主题新鲜，内容新颖活泼，在当时很受欢迎。几十年后，冯至先生与父亲谈起当年朗诵会情景两人仍记忆犹新。在一次与父亲的闲谈中我们谈及当年在西南联大的情况，父亲无意中说到他有一件棉大衣在当年的西南联大非常出名，大衣里子上签满了西南联大及当时文化名人的姓名，许多同学都想得到它。我追问那件大衣后来哪里去了，父亲已经记不起来了。大衣的事父亲从未在回忆文章中提起，记得曾看到过父亲有张在西南联大穿长棉大衣与人合影的照片，我想是不是就是那件签满名字的大衣呢？看来，父亲当年也是一个"追星族"啊，这件大衣想来一定签有巴金、沈从文、闻一多、卞之琳、冯至、李广田等许多耀眼的名师大家的名字。他可是利用一切学习机会接触这些老师，向他们近距离请益受教。父亲是在林庚先生的指引下，走进了现代诗创作的大门；是在沈从文先生的介绍下，走上了新闻从业之路；是在巴金先生的帮助下出版了第一本诗集……西南联大的老师成为他一生的导师，他用一生追随他们，尊敬他们，与他们保持着师生之谊。到晚年，只要有可能他仍然会去看望老师，聆听教诲。他将上西南联大和遇上这么多的好老师视为他一生为数不多的好运。那件大衣如果能保存到今天，我想应该可以作为西南联大文物送进博物馆收藏。

1976 年随父亲访巴金先生

1976 年 5 月我们兄弟俩陪父母赴福建探亲，父母与哥哥实甘从山西出发，我从北京出发，我们在无锡会合后转车去上海。在上海住在妈妈的同学韩阿姨家。父亲准备在上海见一些朋友和亲戚，其中最重要的是去拜访巴金先生。

1971年10月父亲突然被开除公职，下放到哥哥插队的山西省侯马市凤城公社林城大队。父母没有了工资，来到了中国最基层靠工分吃饭，他们也因此远离了"文革"运动的舆论中心新华社，来到相对平静的农村生产队。哥哥早在1964年就来到林城插队，与当地农民相处不错。村里领导虽然得到上面指示说父母需要监督改造，但村里的老乡与父母接触后都认为他们是好人，虽然村里也有少数人偶有刁难，但大多数乡民对父母都尚好，他们说父母按旧戏文里说的就是秀才落难，早晚会再有出头之日。到农村后，工资没有了，政治压力倒也减小了。晋南是山西经济较好的地区，父母在哥哥嫂子的照顾下，生活虽清苦，但较为安稳。到农村后，没有人再让父亲写学习体会和思想汇报了。父母开始给亲友写信，告知他们生活的变化和新地址，报告平安。父亲在信中基本不谈政治，只是告知他们在农村的生活：在院里盖了一间新房，栽种了果树，养了几只鸡和种了花草蔬菜等等。在外面"文革"高压令人窒息的情况下，林城这样平静的生活在亲友的眼中俨然成了"采菊东篱下，悠然见南山"，与世隔绝的"世外桃源"了。这也令当时已经身患癌症并处于上海"文革"运动高压中心的西南联大老同学萧珊阿姨（巴金夫人）羡慕不已。她在给父亲的信中说希望等身体好些能到山西住几天。父亲当即回信表达了欢迎的意愿。没想到几个月后巴金先生来信告知了萧珊阿姨去世的消息，他们想在山西见面的愿望完全破灭了。父亲一直希望有机会亲自去看望巴金先生，能当面表示哀悼慰问之情。他没有忘记自己第一本诗集《诗四十首》就是巴金先生为他出的，没有忘记西南联大老同学萧珊。这次去福建探亲正好顺路前往拜访。

1976年5月，正值北京纪念周总理的"四五"事件刚过去不久，政治形势尤其敏感压抑。我们到达上海后落脚在韩阿姨家，她听说我们要去看望巴金先生，没有说什么，只告诉我们路应怎么走，但从她的脸上能看出诧异、担忧的表情。巴金先生还住在上海武康路，大门外看不出什么异样，我们问街上的邻居，这里是不是李尧棠同志（巴金先生的本名，父亲称巴金先生为李先生）的家，旁边一个大妈点头示意是的，但用警惕的眼光看着我们。我们进了院子，巴金先生看起来状态尚好。父亲问候他身体可好，身边可有人照顾等等。他们还谈起萧珊阿姨生前希望去山西小住的愿望，父亲连说她走得太突然、太可惜了。巴金先生略有口音，两人声音都不大，大多时候在低声交谈。他们还谈起其他一些认识的朋友近况。巴金先生听说我是从北京来的，就问我北京的情况，对"四五"事件了解吗？我说我工作地在北京郊区，因此也只是听说一点。巴金先生小声告诉父亲，上海有人想整死他。父亲回到山西后一直很惦念巴金先生的安全，直到打倒了"四人帮"才放下心来。

父亲自从被开除公职落户山西林城农村后一直与巴金先生保持书信联系，萧珊阿姨在世时信写给她；萧珊阿姨去世后，信就直接写给巴金先生了。巴金先生虽然自己身处困境，但他仍然关心父亲。父亲在信中谈到自己过去对传统文化了解不够，山西是中华文化发源地之一，现身在山西希望多了解一些中华传统文化，进行"补课"。巴金先生收到信后，不久就给父亲寄来几本在当时非常宝贵的古代诗歌集。为此在这次拜访中父亲当面表示了感谢。巴金先生说，他的书房被封了，藏书都不让看，给父亲寄的几本书是他儿子小棠"偷"出来的。我们这时才注意到这座外表没有什么异样的房子，里面有些房间是关着的，是这家主人的禁区，自己的藏书要拿必须"偷"才行。迫于当时的政治形势，怕给巴金先生添麻烦，我们没有耽搁很长时间就告别出来了。现在想来当时唯一的遗憾是未能将照相机带上，照一张合影。出门后那位大妈又探头出来张望一番，不知是监视还是好奇。

天津访查良铮（穆旦）先生

由于时隔四十多年，我都已经记不清楚是哪一年陪父亲去天津看望查叔叔和周与良阿姨了，只好求教远在美国查叔叔大公子英传。他给我回信：《穆旦诗文集》2卷304页，日记手稿有一则记载："1973年9月19日—22日运燮来天津我家，并带海东。"往事慢慢忆起，想起那次去天津看望查叔叔是父亲在"文革"中寻求落实政策，曙光初现之际。

1971年10月，父亲在新华社干校突然被开除公职，下放到哥哥插队的山西省侯马市凤城公社林城大队。当时我们全家除我以外都离开了北京，京城内极少亲友。父母到林城农村落户过了一段时间后，就让我抽空代表他们去看望几位在京的老朋友，大家已有些时间互不通信息了，让我告之他们在山西的近况，顺便了解一下老朋友的情况。

记得大约在1972年我去看望查婆婆（穆旦的母亲）。查婆婆家我以前曾去过两次，三间南房，很干净整齐。查婆婆人很瘦小，但非常干练、麻利、爽快，一看就是出身于大户人家、很有见识的一个人。我按印象找到她们原先住的院子，院子里的新主人告诉我她们已不在这里住了，搬到了附近的另一个院子。好在两个地方离得不远，我很快就找到了他们。查婆婆搬到了一个破旧的大杂院，住在一间东房里。正好查婆婆外孙女刘慧也在，她说前几年她们就被赶到这里，原来的房子被人占了。查婆婆听我讲述了父母去山西的生活情况，非常为他们抱打不平。她提醒我：你爸妈不是归国华侨吗？不是有华侨政策吗？你们得去反映情况，这太不公平了！你们不要怕，这年头就是撑死胆大的，饿死胆小的！不能怕事！越怕事越欺负你，越倒霉。这见识大约是老人在多年风雨的历练中感悟出来的。一个身形瘦小的老人，居然说出这么铁骨铮铮、令人鼓舞的话，一股敬佩之情从我的心底油然而生，在那个年代能有这种见识和抗争精神，真是很了不起。过后我写信告诉父母与查婆婆见面的情况，提及查婆婆的建议，说咱们应写信向上面反映自己遭受的不公正待遇及目前的艰难处境。后来，家人决定由大姐起草申诉信，申诉这种随意将一个爱国归侨开除公职的做法有违国家侨务政策，要求落实政策。信是由我送到国务院信访处的。信访处接待工作人员穿一身军装，板着脸，以教训的口吻要我和父母划清界限，但好在最后申诉信还是收下了。出了信访处，我感到没什么希望，可能白跑一趟。信送出后一段时间，没想到申诉信有了回音。1973年9月新华社同意重新为父亲安排工作，让父亲来京谈复职和工作安排的事情。由于落实政策有了些眉目，虽然父母不能回京，但毕竟给重新安排了工作。1973年来京是父亲那些年来心情最愉快的一次。来京谈完事后，他让我陪他去天津看望查叔叔。

　　查叔叔到火车站来接我们，他对我们的到来非常高兴，安排我们住在他不很大的家里。他说这已比以前好多了，"文革"初期他们曾被赶到一个很小的房子居住。现在的房子是因为他们过去在美国的亲友应邀回国访问，明确提出要到家里看望他们，学校才给重新安排的。查叔叔和父亲已多年未见，见面似乎有谈不完的话。我们在天津待了有三天多，这段时间基本上是父亲与查叔叔两人在一起聊天。我偶尔与小瑗、小明、小平聊天外，基本都是旁听他们的谈话。在天津时，查叔叔陪我们去了离南开大学不远的水上公园游览，并在水上餐厅吃饭，这也算是对我们的欢迎吧。我头一次吃了咕咾肉，查叔叔说这是他最爱的一个菜。在饭馆吃饭，在那个年代应该是很奢侈的，尤其查叔叔当时的处境也非常不好，但足见他对老朋友的这次相见是何等兴奋。他们聊天范围很广，从家庭情况，到老师、朋友近况，到父亲新工作安排情况等等。父亲非常关心查叔叔当时翻译英国诗人拜伦的长诗《唐璜》等的情况，两人不时讨论起翻译诗歌的一些问题，他们从翻译外国诗的韵脚、节拍、

诗探索9　理论卷　2018年　第1辑

节奏、每行诗的字数如何对应中国诗的格律、押韵、汉语的声韵，到中西诗歌如何相互借鉴学习转换等等问题，一谈就是半天，交谈中还不时夹杂着两句英语。其时，我对他们之间的谈话似懂非懂，只是觉得他们谈的内容理解起来有点困难。那一次可能是父亲与查叔叔关于诗歌问题有数的几次深入长谈之一。他们之间在此之后的通信中关于诗歌的内容越来越多，至 1975 年后，查叔叔来信中时有新诗寄予父亲。我去山西探亲，父亲还将他们之间的通信给我看，让我看看查叔叔的新作。父亲自 1957 年后的二十年里基本没有写诗，在与查叔叔的谈话后，父亲回山西后也开始尝试再次写诗，尝试将中国古典诗歌、民歌，甚至顺口溜与现代诗相结合来创作。他对那些尝试很不满意，以至于那时写的那些东西都销毁了，未见拿出。他真正尝试重写诗歌并拿出来发表，应该是在打倒"四人帮"之后。

1976 年查叔叔突然离世，我们都感到非常突然。父亲感到作为老朋友他有责任为查叔叔的译著、诗文集的出版尽一份力。1979 年父亲落实政策回北京后，就一直关心查叔叔翻译的《唐璜》的出版事宜，并为其奔走。此后，周与良阿姨（查叔叔的夫人）将查叔叔的著作出版事宜基本交给父亲把关。父亲晚年为查叔叔著作出版花费了许多精力，在他去世前不久他还与友人商谈《穆旦全集》的出版大事。他觉得这是一种托付，一定要完成，以至于在去世前他都没有来得及完成构想很久的两篇回忆文章《西天缘》和《中原补课》写作，以及出版他个人的散文诗论集。但我想，父亲无愧于他与查叔叔多年的同学情、诗歌情和患难之情。

2017 年 8 月 10 日

[作者单位：中国侨联文化交流部]

杜运燮致辛笛书信二十通
（1979—1980）

杜运燮 著　王圣思 编辑整理

【编辑整理者按】

2018 年适逢杜运燮先生百年诞辰，为此，我整理了杜运燮先生给我父亲辛笛先生的书信二十通（其中 1979 年三通，1980 年十七通），以示纪念。

父亲生前看着满屋子的书刊信函，只说了六个字："身外之物——捐掉！"我们遵照他的嘱咐，把他的藏书和所收到的友人信函全部捐给了中国现代文学馆。承现代文学馆在保存书信原件的同时，将扫描件刻录成光盘寄给我备用，我才有可能将其中极小部分整理出来。现在得到《诗探索》编辑部的大力支持，在"杜运燮先生纪念专辑"栏目刊出。

这次编辑整理的信件集中在 1979 至 1980 年时段，从中可以看到他们在重新拿起诗笔后有哪些创作上和工作中的交流；他们是如何讨论和筹备《九叶集》（1981 年）的出版，他们在选诗时做了怎样的年代限定和篇目的增删，又有着什么样的期盼和担忧……

书信以第一手资料真实地展示了当时的时代氛围、诗人之间的诗谊和《九叶集》问世的过程。这批书信的发表同时得到了杜运燮先生子女的支持，在此表示感谢。

需说明的是，有几处笔误已在中括号内加以更正。

（一）1979 年 7 月 29 日

辛笛兄：

今天我和辛之、唐祈诸兄一起去看艾青。在辛之家看到你给他的信，前些时也看到你给唐祈、敬容的信。承拳拳地关心我的工作和生活，至感。回想我们上一次见面，也已经十几年了。好在我们虽都经历过不少风雨，终于"青山"都健在，今后还能做点工作，还能继续"探索"。关于八人诗选，我们几个人今天简单地凑了一下意见，集子名字初步方案叫"探索——四十年代八人诗选"，你看如何？我们还将继续苦思，找个好名字，请你也速将好意见寄来。我们准备在八月五日前把八人诗稿集齐，八月五日在可嘉家里开始看稿，商量各项具体问题。可嘉也即将开始写前言。辛之说，许觉民同志一周前已写信给郑煌，建议出我们的集子。现需要你在沪找巴公，请他敲敲边鼓。我也将给巴公写信，请他帮忙。四川出版社揽的活很多，已知的就有《老舍全集》《八月的乡村》《生死场》等等，即使考虑出八人诗选，恐一时也排不上号。如能在沪出版，当然最好。《中国新诗》原来就在上海渡 [度] 过一生的。因此我们将力争在沪出版。这里，我们就是要抓紧把集子编出来，可嘉抓紧把前言写出来。估计出版社如愿考虑，我们也得先拿出"货色"。

我的工作最近已定下来，负责搞特稿（features）工作，编写国际问题的英文特稿，直接发给国外报刊。这对我是新工作，需从头学起。前些时，卞公（之琳）的朋友从美国寄来过去英刊上他的诗，没想到同页也有我的诗（裘克安译的吧），对这意外的发现，我们都觉得挺有意思。因影印有数份，现寄上一份，聊博一粲，也算是对你的关怀的一点致意。不一，祝

全家暑安

弟 运燮

7 月 29 日

（二）1979 年 8 月 25 日

辛笛同志：

承寄《艺术世界》，甚感。晚上拿回家，一口气就读了大半本，觉得很好。总的感觉，近来杂志编得越来越好，"可读性"越来越高。应算是"思想解放"之赐也。谈起"解放"，最近几个朋友都有共同的感觉：戏剧、小说领先，诗歌界最落后，而且田间手下还出了个李剑！谈起新诗，多数人还在摇头。

昨晚去找卞公，聊了一个晚上。彩色照片，他已收到，大概是辛之夫人送到文研所，由其女儿从那里取回。卞公下月底要去美国，是应哥

伦比亚大学的邀请，原来也邀请杨宪益，因杨要同 Gladys 回英探亲，改由冯亦代与卞公一块去，他们将在美两个月，大概有学术交流讲学的任务。他正在准备，估计月内正忙。卞公的女儿已在文研所工作，看来她和青林的情况都越来越好，卞公也可放心走了。

可嘉已于八月二十日去烟台，参加山东大学主持的研究美国文学的一个会，两周后回来。"八人诗选"稿子现正在传阅中，拟等可嘉回来后再聚谈一次。关于你的诗，我和可嘉都建议只选四十年代的，虽然三十年代的有不少好诗。因我们的诗选，既名之为"四十年代八人诗选"，那就最好只限于四十年代作品，你以为如何？我老伴近几年身体挺好，因此我日子也好过多了。不尽，再谈。祝

阖家近好

运燮

8 月 25 日

（三）1979 年 9 月 27 日

辛笛同志：

今天收到惠寄的《上海文学》，拜读了《酒花林下》，联系到前些时看到你在《人民日报》上发表的新作，想见你仍然写作颇勤，值得我学习。月初来信，早已收到，迟复为歉。今天可嘉电话告，江苏人民出版社已来信通知，表示愿意出版我们的诗选，这是最新的好消息。我们准备于十月七日再聚谈一次，把稿子最后定下来。出版社方面也要求早日把稿子送去。可嘉大概可于十月份抽出时间写序。现在第一步是要把诗稿定下来。前些时我们几个人传阅了一次，但似乎提的意见不多，可能都有点客气。我和可嘉有个共同的意见：既然我们的作品是作为一个"流派"端出来的，那么就应该真正有点特色，有一定艺术水平，同时思想性方面也要注意到。因此，为了不负读者的期望，我们挑选作品时，还是以"少而精"为好。你大概也收到文研所现代文学研究室的信（那名单上没有我的名字，但也寄我一份），那里面有一问题："自己比较喜欢的是哪些作品？最能代表本人思想和艺术风格的是哪些作品？"我觉得我们自己编选诗时，也得回答这个问题。你以为如何？对于你的过去的诗，我们这里几个人的偏爱恐怕也不会完全一样，最主要的还是你自己的意见。你如有空，希望能告诉我们你的意见。关于八人诗选，一

开始就把袁可嘉包括在内，而未包括唐湜，他们考虑唐湜当时写的主要是长诗，短诗不多。后来辛之、唐祈、敬容讨论后又决定也包括唐湜，因此现在算九人诗选了。唐湜的诗听说也已寄来，我尚未见到。

巴先生最近来信告我拙作《素描》已由"收获"退回。那篇东西我自己也不满意，不发表也好，等写出了自己稍感满意的东西再发表也不迟。不瞒你说，我现在的苦恼仍然是眼高手低。总觉得自己年纪已经不小，写诗年限也已不少（虽然中间停顿了多年），现在如要拿出作品，总应该略有点特色，水平也不低于过去年青［轻］时代的作品。可是一动起笔来，总写不出满意的。我现在白天搞新闻，晚上搞文艺，但晚上和星期天却经常受干扰。也就因此，我很羡慕你不断有新作发表。每当我想到巴先生比我年纪大得多，却写得那么多，总感到很惭愧。这些都是压力，但压力也是一种鞭策。我现在的思想状态就是这样。

不尽，再谈。祝

阖家秋安

运燮

9 月 27 日

（四）1980 年 1 月 11 日

辛笛同志：

十分感谢你的盛情，上星期我们在辛之家里聚谈了一次。你起的"九叶集"名字，大家都觉得很好。我们对可嘉的序都提了点看法。前两天见到辛之，可嘉的序已拿出最后定稿，但辛之觉得还有一两个地方须再斟酌一下，大概最近几天即可解决。江苏人民出版社已来函催要诗稿了。可惜你不能在京一起商量，听取你详细的意见，这是一憾事。近来想仍忙，有何新作？《诗刊》一月份刊出我的诗，二月份刊穆旦的，三月份刊郑敏的。你如早点给他们，三月号还来得及吧。辛之说也开始准备写。

我的工作最近有了变动。新华社决定办个介绍外国情况的综合性刊物，中宣部已批下，准备四月份出版，临时编辑部已成立，我是其中一人。刊物性质类似"世界知识"（但不发表评论文章）及"世界之窗"（但有中国人写的见闻，不完全是翻译）。写此信除对你表示谢意，谈诗选外，还想请你帮忙买一本最新一期（三）的《世界之窗》。我们机关阅览室没有订，北京听说也买不到。最好挂号，以防万一。另外也请帮忙约请一两个名家（最好是最近出国回来的）写文章，给我们新刊物增辉。你大概认识不少工商界人士吧，谈外国经营性的文章也需要。文章两三千字即可，特殊的长一些，当然也可以。"环球"（刊物名称）月刊是知识性、趣味性的，题材很广泛，包括外国的各个方面情况。一般见闻也可以，有关某些专题的观感也可以，只要能向读者提供知识，文章写得引人入胜即可。听说唐祈兄已回京，还未见到，余再谈，顺颂

　　阖家冬安

运燮

1 月 11 日

（五）1980 年 1 月 28 日

辛笛兄：

　　《世界之窗》和信均已妥收，甚感。《环球》编辑部将订购《世界之窗》，如下期还订不上，恐怕还得麻烦你代购。北京有何刊物你想买而一时买不到的，我当寄奉。《环球》计划四月出版，到时一定及早寄奉请指正。约稿事当照兄建议进行。今天去看辛之兄。《九叶集》已编好，准备明天就寄走。可嘉给他的信说，他已把序言寄给香港"八方"及许觉民同志。我看香港发表当无问题，但《文学评论》是否发表，尚无把握。今天最后我又读了一次序言，觉得有些地方，还可改进，但既然可嘉已将该稿寄走，那就算了，等清样排出后再说。我同意可嘉意见，要赶紧寄去，以便出版社早日列入计划，免得夜长梦多。将来清样排出后，最好同他们商量一下，也寄一份给你提改正意见。

　　《环球》正在紧张筹备中，"主持者"并不是我，另有高明，我只是协助而已。究竟是六十多岁的人了，而且晚上还想搞点"副业"，我也担不起这个重担。最近是否又有新作？希望早日发表。我继续在写。我也希望"九叶新声"早日实现。不但在香港刊物上发表，而且继《九叶集》之后，还要出《九叶新集》，汇集我们九人解放后的作品。还是那句老话，目前最重要的是写、写、写，拿出作品，而且要拿出比过去更好的作品。这个任务很重，对我们的压力很大。近来还见到巴公吗？

在努力写作方面，我们要向他学习。一想到他，我就感到惭愧。

余再谈。祝全家冬安

运燮

1 月 28 日

（六）1980 年 3 月 18 日

辛笛兄：

来信和你给辛之的几封信都看到了，盛情款待的"聚会"也于星期六举行了，还承蒙勉励我的"占有"，这些都在这里一并致谢。你在《文汇报》发表的新作，我们也都拜读了，都说是个好消息，希望一鼓作气，新篇章源源而来，也在此向你祝贺！

现抄一二首新作奉上，国内尚未发表过，但过些时也许要和其他诗寄给国内报刊。大家都说没关系，"八方"不会介意吧。穆旦的几首较好的遗作都在《诗刊》上发表了，我想，用较差的凑数不好，就抄两首"冬"。"冬"第一首每一节的末行，本来都是"人生本来是一个严酷的冬天"（即《诗刊》发表的版本，不是我给的），后来我向他提了意见；太悲观了，并写了一首"冬和春"（刊"《诗刊》一月号"），他接受我的意见，把每节的末行改成现抄的这个样子。你看够吗，如不够，请再抄一两首。

我和穆旦的小传也奉上，这样就够了吧，九个人要占不少篇幅，恐怕不宜太长。

王佐良即将赴美讲学半年。他讲的一门课是英美现代诗歌在中国的影响，他说一定要讲到我们这批人。"八方"的特辑，再加上他的讲课，这将有利于海外对我们的进一步了解。我也希望佐良的讲稿将来也在国内发表。诗友们都将给你写信，我就写这些。祝

春安

《世界之窗》请续寄。

《环球》定五月中旬出版

运燮

3 月 18 日

（七）1980年3月19日

辛笛兄：

我老糊涂，昨天忘了把穆旦的诗装进信封，现奉上。请看下，选这两首是否合适。《诗刊》上登的那些诗，可增选，也可以换用其他的，请你最后决定。如果其他同志都选用较多，就请增选一两首。

《环球》月底要交稿，最近真忙。现要我选一本小说连载，真不容易完成任务。已看了好几本小说，都不合用。主要想用有关国际斗争，有点思想性的，不单是情节离奇紧张。有好的合乎这个要求的短篇小说，也可用。你多年博览群书，希望帮我注意。

匆匆，顺颂

撰安

若有熟人从国外方面归来，也代顺便约稿。

运燊

3月19日

（八）1980年3月21日

辛笛兄：

寄上二信及我和穆旦的诗后，收到来信，才知需要四至六首。现再抄奉上。《占有》，《人民日报》已刊过，不知可用否，其他三首都未发表过。

巴公父女来京，我当然很想去看他们，只是怕他们总很忙，要去看他的人太多。我将试试看。

我前些时还写了一些诗，因有的已给别人，有的也已答应给人，只好不抄了。有一首《摇篮曲》由杨苡带去给《雨花》，刊出后请指正。

顺便问一下，你是否认识译文社的包文棣。我去年五月由冯亦代介绍，寄给他穆旦遗稿"拜伦诗选"（四百多张稿纸），不知是否采用，迄今没有音讯。我催问过两次，也得不到回信。如可能，请就近打听一下。他们如不拟用，我将另想办法。穆旦的家属也很焦急，拜托拜托！

余再谈，祝

全家近好

运燮

3 月 21 日

（九）1980 年 3 月 27 日

辛笛兄：

廿二日来信收到。其他的事，前数函已谈过，此信只简谈来信中提到的问题。谈起了，实在令人扼腕。穆旦自从被扣上历史反革命帽子后，他的家人当然受到极大的压力，过日子也担惊受怕。他的爱人因此不让他再写诗，怕又惹出祸来，进一步影响全家。穆旦是很爱他的家庭的，的确相当长不写诗，只专心致志搞翻译。但他爱诗的"癖"当然也绝不能改，有时也"偷偷"写一些。到底他共写了多少，现在谁也不知道。死前，他准备去住院治腿疾，清理过一次抽屉。反正死后他家人未发现还有其他诗稿。现存十几首，大部分是写完就寄给我的，家里连底稿也没有。另有几首是寄给一个青年的（是我的亲戚，也是我介绍认识他的）。据我所知，他的遗诗只有这些。较好的都由《诗刊》发表了，还有一两首较差的，由一个老同学带去，可能争取在国内刊物发表。把他过去集子中未收进的遗诗汇集一本诗集出版，我也想过，凡是我看到的，都抄下来，只是恐怕找不到出版的地方。不知香港有可能否。你认识古兆申，如海洋文艺出版社等愿出，那就好了。"八方"第二辑已看到。他们的态度是很严肃的，我想他们可以越办越好。承为办好《环球》出主意，甚感。《环球》创刊号即将发排，"火烧屁股"，最近的确忙。创刊号内容，我们并不满意，真感到找材料之难。连载小说，不是现成译本，最好是近年国外畅销书，有影响的小说或 nonfiction 都可以。《环球》出版后，我一定给你每期寄去，请释念。余再谈，祝

撰安

前次补寄的诗，如已够，就不想再寄了，
因是《人民日报》发表过的，可能他们也不感兴趣。

运燮

3 月 27 日

· 纪念杜运燮诞生百周年 ·

（十）1980 年 5 月 20 日

辛笛同志：

由平邮寄去的《环球》想已收到。请提意见，也希望告我你听到的别人的评论。没经验，仓促上马，人手少，因此缺点不少。我们是有决心把它办好的，我们也有不少有利条件，希望不断有所进步。前信想也收到，请你就近处理穆旦译稿事，不知有困难否。知你很忙，又要麻烦你，很感不安，不知你近来身体如何。

昨天在敬容家与唐祈、可嘉畅谈甚欢。古苍梧要你寄的《诗，诗，诗》想已寄走，"八方"应该也快出来了吧。昨天我们谈时，都觉得最主要的还是拿出新作品来，拿出好作品，令人信服的作品，要比跟人打笔墨官司更有力。你看到谢冕最近在《光明日报》（5、7）上发表的文章吗？我们都觉得写得不错，讲真话，但听说已有人准备挞伐了。

可嘉就等着六月份美国方面的决定，社科院已同意他去。现他正积极备课。

我们这里新华出版社的一位负责同志也想要一份《世界之窗》，从下期起请给我多寄一份。书款日内将邮汇去。《环球》编辑部与《世界之窗》已有交换关系。顺颂

阖家暑安

《大公报》发表《嘤鸣旧录》已拜读，但听说你最近还发表些新诗，因忙着搞《环球》，尚未看到。敬容说，你诗兴又大发了，值得祝贺，对我们是好消息。

运燮
5 月 20 日

（十一）1980 年 6 月 15 日

辛笛同志：

五月廿六日来函早已收到，迟复为歉。六月初，诗刊社通知我将在十一日举行一次小型座谈会，请安格尔夫妇谈美国诗歌，我就想等会开完后再给你写信，这是迟复的主要原因。那天，可嘉、郑敏、敬容、辛

诗探索 9　理论卷　2018 年　第 1 辑

之都应邀出席了，并作了主宾的一部分，介绍给安格尔、聂华苓。荒芜开玩笑说，"今天是现代派诗人的会。"在那天会上，我高兴的是，见到好几位过去闻名未见面的诗人，如毕朔望、严辰、张志民、袁鹰、李瑛、谢冕、蔡其矫、邵燕祥等。那天，聂华苓因与萧军长谈，会快完时才来，安格尔谈话由朱虹翻译。接读来信后，也找出《文汇报》看了关于聂、安在沪活动情况。昨天在我们阅览室也看到你在《新晚报》发表的欢迎聂、安的三首新作。我想见你那一阵一定很忙。香港《开卷》上古苍梧写的关于我们之"出土"的"现代派诗人"的报道，我早已看到，就在那一期上，林真专文介绍你的《夜读书记》，也已拜读，觉得很吸引人，可惜还没有机会拜读那本大作。从那篇文章想到，你不但要继续写诗，也要继续写诗评，发挥你在那方面的"优势"。郑敏最近在《诗刊》第六期上发表的诗评就很好。

关于穆旦译诗，方平尚未给我来信，见到请顺便问问。可嘉去美事，他昨告我，已经定下来，大概时间在八月。辛之最近住在北纬饭店专心写作，估计一定会有收获。中国作协通知我，主席团已批准我加入中国作协，只待办理正式手续。有了这名义，我想过些时要求"请创作假"（老实说，这是我加入的主要原因），找点时间写东西。我想写不少东西，就是没时间，很苦恼。"新华出版社"是新华社办的，就设在社内，出版的一些内部发行书籍，可能值得买。你如需要请告。

再谈，祝阖家安好

《环球》第二期今寄上，《随想录》收到，甚感。

运燮

6 月 15 日

（十二）1980 年 6 月 24 日

辛笛同志：

前不久奉上一函，想已收到。《世界之窗》六月号出版已颇久，《环球》编辑部也早已收到，可是还没有收到你寄来的。我不想催你。也许你最近太忙，也许到外地去，但我也怕你已寄来，而在新华社被人搞丢失了，因此我特写此信问一下，请勿介意。

我最近主要忙着两件事：一是中国作协主席团已批准我为中国作协会员，要办正式手续，其中包括写一篇文学活动自传。这件事刚办完，另一件事是新加坡最大中文报纸《南洋商报》托香港《大公报》朋友（作家梁羽生、潘际坰等），要我写一篇文章，顺便谈我"文革"遭遇及最近情况，另外梁还将写一文介绍我的作品。这篇文章还未写成。我每天只有晚上那点时间，还常受干扰，因此成绩不大。

我进作协是老同学林元（也是联大的老战友，最早发表我诗作的编辑之一）替我办的，前不久我也托他为郑敏介绍，他已答应。如果郑敏的办成，"九叶"所有诗友就都是作协会员了。

可嘉前几天来信说，丁芒已告他，《九叶集》确定在今年下半年出版，这是个好消息，想你早已知道。可嘉赴美事也已定下来，八月廿五日左右可成行。

余再谈，顺颂

暑安

运燮

6月24日

（十三）1980年8月5日

辛笛兄：

谢谢寄来的近译，你的其他近作也看到一些，诗笔老当益壮，真是可喜可贺！

今天到阅览室（好久未去了），偶然看到香港《明报月刊》今年七月号，上有艾青的文章《中国新诗六十年》，当即一口气读完。关于我们几个人的评价一段，现全文抄奉。我的首先感觉是：没想到！可能你也没想到。我还想到《九叶集》本来就有点吉凶未卜，现经一个大人物打了这么一棍子，恐怕是凶多吉少了。此文本来是艾青预定在巴黎六月向召开的"中国抗日时期文学研究会"上宣读，后来他没有宣读，改为漫谈他自己的情况。听说此文即将在国内发表。据说全文很长，《明报月刊》登载的只是评价部分，但也可见其看法了。你如想窥全豹，可请香港友人给你影印一份。我想也值得搞一份，不知在国内发表时有无改动。

我也将此摘录，分寄辛之、可嘉、郑敏、敬敬 [容] 诸兄。我觉得
这个评价是不全面，简单化，因而不公平的（只是"盆景"吗？）希望
很快听到你的意见。过一两天，我也将往访辛之诸兄，是否也可向艾青
表示我们的看法？如果此文公开发表，大人物（正在最红的时候）的评
价的份 [分] 量是很重的，从此标签就贴定了。《诗刊》八月号将刊郑
敏文章，现在看来可能是作为反面文章。原来我就怀疑是有意"抓"这
个问题的。看了艾青的文章，更加强了我的想法。九月号将刊我的说明
《秋》的写法的文章。要准备看到更多的批判的文章。邵燕祥给我看了
读者来信的综合材料，关于"看不懂"的诗，除《诗刊》上的郑敏的三
首及我的《秋》外，也有你的二首。另有 [外] 也有艾青的《绿》。巴
金父女未见到，不知他住哪里。匆匆先写这些，再谈。祝好

运燮

8 月 5 日夜

　　"日本投降后，在上海以《诗创造》为中心，集合了一批对人生苦
于思索与怀疑的诗人：王辛笛、方敬（他本来属'现代派'）、穆旦、
杜运燮、袁可嘉、杭约赫、唐祈、唐湜、田地以及女诗人陈敬容、郑敏
等。他们多少接受了新诗的现实主义的传统，采取欧美现代派的表现技
巧，刻划 [画] 了经过战争大动乱之后的社会现象。
　　这是属于四十年代后期的像盆景似的园艺。"

——艾青：《中国新诗六十年》中的一段
摘自香港《明报月刊》一九八〇年七月号

（十四）1980 年 8 月 11 日

辛笛兄：

　　《文汇增刊》收到，甚感。喜见又发表新作，你算是我们诸友中发
表作品最多的一个。我那首《一刀切》原由唐祈兄寄给《海韵》，他们
没有要，只用了我的另一首"哲理诗"《缺乏》。我估计是《一刀切》
太尖锐了一点，他们不愿冒风险吧。该诗我拟稍加改写，过些时我还想
寄你数首，请转《文汇增刊》试试看。最近新华社决定要我下月底去西

德作短期采访（大选），已开始作各种准备，因此一时也就顾不上写诗了。当然，在西德访问过程中，如有所感，也将写一些。艾青文章事，我已与辛之兄交换过意见。他说，可能主要是他不了解情况。当时他不在国统区，现在又无时间作仔细的调研，恐怕只凭一时印象，或者听别人的一面之词。他拟于最近偕荒芜（与艾青较熟）往访，向他提一下此事，说明事实。该文已确定将在《文艺研究》十月号发表。我争取在未发表前看到全文清样。此事影响我们很大，如"盆景"的标签贴上，以后就难洗清了。你有何好主意？你和艾还熟悉吗？也可托别人转达我们的意见，主要是"盆景"的那一句"结论"。

上海译文社（不是用方平个人名义）曾于五月间来信告"决定接受出版"，并说"还要经过编辑过程。文字上或其他方面不免会有一些需要商讨的问题，如何解决尚待研究。"我记得已写信告他们，主要请你就近负责解决稿件中的问题。经你一问，我也忘了是否写了信，如见到方平，请你直接告他这种想法。我日内也将再写信，为了更保险。我的上述想法是经过穆旦夫人同意的。你是穆旦的老朋友，想正也乐于帮忙吧。再谈，祝

全家近好

运燮
8 月 11 日

（十五）1980 年 8 月 24 日

辛笛兄：

估计辛之兄可能已经写信告你，艾文中的问题已经顺利解决。他同意删去最后关于"盆景"的一段，还有前面的"怀疑""多少"，方敬，田地也未再提。艾预定今天飞美参加爱荷华年会。辛之兄担心他近忙，无时间通知《文艺研究》编辑部。我已问过该刊负责人林元，他说艾已通知修改。这样，此事就算解决了。辛之说艾的态度还好，只是因为当时他在解放区，解放报，他又未有机会多研究我们这些人的情况。我上次给你写信时，真担心他是有意这样说的，现在我们都放心了，可嘉预定八月卅日赴美。他也将去参加爱荷华年会。卞之琳也受邀去参加，但不知是否可赶得上。可嘉已得到艾文的全文（将于《文艺研究》十月号

发表）带去美国，经修改，该文对我们的提法，比较起来，还算是重视的，因为他对其他许多诗人都没有什么评价，或极简单。

听说丁芒近写文反对晦涩，不知发表在哪里。近来报刊接二连三发表文章反对"看不懂"（兰翎、章明、杨柄等等），好像是个什么"新动向"似的。希望你能抽空写一篇较有份［分］量的文章，澄清一下气氛，邵燕祥说，《诗刊》九月号将发表五篇讨论文章，包括我的说明（我的文章是低调的，没有反驳），你看后再写也好。我看你的文章也必须写。可嘉说可惜他写不成了。他在那边每周九节课，够他忙的。我现在也忙于准备采访事。西德问题未搞过，须从头摸起。去西德的人已不少，游记，旅游诗抄等也不少，回来写文章也不易。因此不能不多花点力气。再谈，祝

全家近好

八月号《环球》已寄奉，想已收到

运燮

8 月 24 日

（十六）1980 年 9 月 13 日

辛笛兄：

信及《世界之窗》均妥收。现奉上《环球》第五期（另寄）及《一刀切》。此诗请代推销，你可看出，比我原来写的要少点刺，希望有人敢登。据《文艺研究》负责人说，艾文已发排，"盆景"一段照删。辛之兄听说，曾经还有过插曲：文艺研究院还有人想把评论我们的那一段全抹掉，也有人想把郑敏的名字抹掉！结果还好，他们并未如愿。但最后还是加了一段高度评价王致远（原人民文学出版社副总编）的《胡桃坡》（基本上是用七言写的叙事诗）。还有人要求把王老九也提一下，最后大概未照改。从这一段插曲，你可看到北京诗坛（更确切点讲，文艺评论界）的一点面貌了。诗刊社已决定从九月二十日至二十七日在京召开诗歌讨论会，主要是邀请各方面的"文艺评论家"吧，我们这一批中，只邀请郑敏。另外也有蓝翎，闻山，章明等。郑敏想不去，势孤力单，怕吃亏。请你也出个主意，去好呢，还是不去。我是倾向于不去的。在那种场合，说不清楚。我们不妨拭目以待。反正我将于九月二十三日

· 纪念杜运燮诞生百周年 ·

· 55 ·

晚八时离京赴西德，十月九日返京，到时再听消息吧。你不妨注意观察，将来再写文章。

《拜伦诗选》事，还请继续相机催问。这本诗稿是我去年五月寄给译文社的，不觉已一年多了。穆旦夫人最近来信说，穆旦的问题已全部平反，历史问题定为一般政治历史问题，所谓"对抗领导"（"外文系事件"）及在《人民日报》发表的《九十九家争鸣记》都属不同意见的认识问题（过去曾作为现反的罪行之一），南开大学决定为他举行骨灰迁葬（烈士公墓）仪式。举行仪式日期定后好通知亲友，我也把你的名字列上名单。他们要职务，我只是根据文学家辞典写了"市政协特约编译"，如有别的"官衔"，请速告。再谈，祝

全家好！

运燮
9 月 13 日

（十七）1980 年 10 月 16 日

辛笛同志：

我回来几天了。几天来，忙于给《环球》赶写文章，给有关组织汇报座谈，处理离京期间积累起来的琐事等，一直拖到今天才给你写信。你本月是否能来京？真希望你能来再次畅谈。今早听这里一位同事说，辛之病倒了，据说是心脏病。今晚我适有事，明天准备去看他。前几天见到敬容，并在她家里见到邵燕祥。昨晚我与郑敏到友谊宾馆刘君若（美籍华人）处会见美国女诗人 Alicia Ostriker。我已收到《八方》，敬容、郑敏的《八方》也都由我转交了。听说辛之还未收到，不知何故。想你早已收到。内有评论你的诗作，很高兴读到公正的评价。我也已拜读你最近发表在《新晚报》上的几首新作，为你的诗笔越来越健而高兴，值得祝贺。

我此次在西德期间，日程排得很紧，主要是听、看有关大选的材料和场面。当然在走马观花（坐车观西德）过程中，有时也有感触，但一行诗也没有。过些时，有时间好好咀嚼回忆一下，也许能写一点，但也不一定。《九叶集》有无新消息？看到了丁芒反对晦涩的文章，郑敏和我都为此而担心《九叶集》的命运。可嘉大概也给你写信了吧。他给郑

敏一信给北京诸"叶"传阅。你在港《大公报》十月十二日副刊上可看到梁羽生写的《杜运燮和他的诗》。估计是前些时新加坡《南洋商报》通过他约我写一篇散文，并要他写一篇介绍文章，他大概把介绍文章一稿两用，也在《大公报》上登载了，可惜里面有好几处错误，如说我"主编"《环球》，还有谈巴公给我寄陆游诗集一段，也不完全对。再谈。盼来京面谈！

运燮

10 月 16 日

（十八）1980 年 11 月 14 日

辛笛同志：

十日来信收到。承为复印梁文，甚感。由于国际部的同事和香港的朋友的热情帮助，该文我现已有数份。新加坡《南洋商报》也已于十月十九日刊载该文，并于十月卅一日刊登他们特约我写的散文《海的怀念》以及我的近照。他们对我的热情，也使我更加怀念我的"第二故乡"了！今天我已把来信送交敬容。我们都对你最近曾晕倒二次甚为关切，希望你一定注意降压和休息。如果会晕倒，那就最好别再骑车。去南京跑一趟相当辛苦，是否可暂时不去？先写信问问看。只怕你身体吃不消。我听说上海一带现在投机倒把、跑单帮的人很多，火车、汽车都很挤，出门很累人。总之，希望珍重，注意身体，究竟年令[龄]不饶人也。去美的令媛是否就是在金华的那个，我在京见过的那个？这个孩子也受够了苦，现在能去美学习，真值得祝贺！

周与良就是穆旦的夫人，她赴美前曾来我家畅谈。她将去一年，进修微生物化学。穆旦骨灰安葬仪式恐怕要等她回来后再举行了，因为悼词一直未能定下来。她行前来不及搞，索性等以后再办。

今天听我孩子说，书店已开始卖《唐璜》。我得争取最近写一篇怀念穆旦的文章给《读书》。这是冯亦代早就约我写的，等《唐璜》出来后就给他。可惜我最近较忙，《环球》的事较多。最近也开始写"访德杂咏"，已成二首，先抄一首短的，奉上以博一粲，顺颂

全家近好

《世界之窗》二册早已收到，谢谢。

昨寄去最新一期《环球》，请查收。

手头无 10 分邮票，改寄平信。

运燮
11 月 14 日

坐飞机断想
——访德杂咏之一

（一）

人间看到的天，

　　是一片白云；

飞机上看人间，

　　也是一片白云；

相隔一重熟悉的白云，

原来就是天上人间。

（二）

感觉分明是坐着，半躺着，

　　吃饭、看电影，和在北京一样。

也不过是个拥挤的小屋，

　　人们有各自的目的和回想，

只是多了前进中的嗡嗡声，

原来就是天上人间。

（十九）1980 年 11 月 26 日

辛笛兄：

今敬容来，读来信，我们都感谢你专门去南京跑了一趟。这样当面谈，效果好，许多问题都搞得比较清楚，一次都解决了。关于删我的三首诗，我无意见，就请照删，不过要我自写一段评论补入，我觉得最好还是请可嘉自己写。我今晚已写一信给他，请他得信后立即写了寄回

（直接寄章品镇），来回二十来天，是否来得及？是否可请他们先把诗发排，序最后排？穆旦的四首也可照删，只是序中有一段（"读书"稿，P.63，关于先烈的一段）提到《先导》，是删还是补，也已请老袁考虑。我请他补写，主要考虑这是"袁序"，同时也有思路文气的问题。如能等他补写最好。关于我是否补选一二首，我想如不嫌太多，请考虑补入我的《晨歌》和穆旦的《春天和蜜蜂》，这二首都已被选入《新诗选》，无论从政治上，晦涩方面当无问题。为照顾篇幅不要过大，就不必再加了吧。

郑敏去成都参加外国文学的讨论会，十二月十日后才能回来。袁可嘉编的《外国现代派作品》及穆旦译的《唐璜》最近都已出版，想已看到，这也算是咱们"九叶"的一点幸事。可惜我最近还无时间为《唐璜》的出版写一篇东西。琐事不少。我对《九叶集》的想法是否合适，请酌。关于补选诗的问题也请你提意见。再谈，祝

冬安

运燮

11月26日

（二十）1980 年 12 月 13 日

辛笛同志：

前函计达。近接可嘉来信说，他已把序中改写的一段写好，直接寄给章品镇。我《公路》一段行文，改用《追物价》一诗。这个问题算是解决了。序中提到穆旦《先导》诗的一部分，他说即使删去《先导》，也无碍。那我们二人的诗就都照删即可。其他诸叶的问题是否都已解决？以后就看他们如何付印了。正在写《读〈唐璜〉，怀穆旦》，但琐事不少，迟迟尚未出手，争取最近写出。再谈，祝

合家近好

运燮

十二月十三日

[编辑整理者单位：华东师范大学]

杜运燮早期佚诗六首及其相关情况

李光荣

杜运燮早期的诗作收入《诗四十首》《南音集》和《你是我所爱的第一个》三个集子。后来诗集里所列的早期诗歌大体出于这三本诗。也就是说，这三本诗集以外的诗歌基本上是佚诗。本人在西南联大文学的搜集与研究之中，发现了较多佚文，其中有一些是杜运燮的作品。经查证，有的作品没有收在以上三本诗集之中，所以判定为是佚诗。录在以下的六首诗发表于不同的报刊上，也不是一个时候写成，没有统一的思想主题和内容，因此只能分别做些介绍。

一　《海（一）》

诗人曾有两首题名为"海"的诗，加上这一首，就有三首同名诗"海"了。为了区分，笔者在这一首的诗题上加一括号"一"字，称为"海（一）"。杜运燮自述"我发表诗习作，始于四十年代初（现已找到的最早诗作写于 1940 年）"[1]。但是，他找到的是哪几首诗，没有说。我们知道，收在《南音集》里的《粗糙的夜》《园》《答老同学》《奇异的旋律》《开荒》等几首署有"1940 年"。但很明显，这是为了统一体例而据回忆加上去的，并非原刊的文字。而这几首的写作先后顺序仍不清楚。从发表时间看，这几首都没有《海（一）》早。据笔者掌握的材料，《海（一）》是今见杜运燮发表的第一首诗。这首诗并没有单独发表，而是在散文《海》中出现的，是散文《海》的一部分。笔者将它独立出来，并加上标题"海（一）"[2]。全诗如下：

---

[1]　杜运燮：《海城路上的求索·自序》，中国文学出版社 1998 年版，第 1 页。

[2]　此诗的分节空行不明显，尤其是第二、三节，其间没有空行。诗节为笔者所分。

试想忽然有一天/御了只/雪白的海鸥/翅尖蘸上一点天空碧与灰/万里长空/落下了一饼黄金圆月/望着清凉的天外/飘然乘风归去

试再想有个时候/留下一切忧烦/在海边独自徘徊/偶尔捡了枚日色的白羽/在浅水之底/看一只孤禽/哀声落在天外

忆起水晶蓝的海水/那年遇到了细沙/濯过少女的脚/偷藏了鲜艳的花/更有春晴云彩的刺绣/秋暮的晚霞

惦念那泛银的浪花/几曾失去了颜色/见海燕尖削的双翅/轻奏云间声音/有星眼的失望/夜夜落在波心/待团圞佳期/却见湖色满镜子/那一点灰尘

　　诗用海鸥、海燕、孤禽、圆月、星眼等映衬大海的辽阔，用彩云、晚霞、海水、浪花等凸显大海的美，用海边散步、少女及细沙等写大海的温柔，而末尾"却见"蒙上"灰尘"的镜子里的"湖色"，暗示着诗人对大海的思念。这首诗刊登于1940年3月出版的《今日评论》第三卷第十二期。《今日评论》是一份综合性的杂志，文学编辑是沈从文。就是说，这篇题名为《海》的散文包括笔者命名《海（一）》的诗是经过沈从文之手而公诸于世的。作者杜运燮1939年秋到昆明入西南联大学习，很快显出了文学才能和社交能力、创作诗歌，参与发起冬青文艺社，成为西南联大的文艺活跃分子。沈从文先生是与杜运燮同年进入西南联大师范学院的，他在西南联大教"大一国文"和"写作"课，注意发现文学爱好者并尽力加以扶持。沈从文是怎样"发现"杜运燮的，或者说杜运燮是怎样与沈从文先生认识、什么时候认识的，目前没有材料表明，只知道他与沈从文关系密切。这篇散文（这首诗）证明：杜运燮和沈从文先生至少在1940年3月已有交集了。

二 《雨天的眼睛》

　　1940年7月25日《大公报·文艺》刊登了杜运燮的《诗三首》。但事实上只刊登了二首。也许杜运燮投去的诗稿是三首，编辑决定全部采用，但排版时版面不够了，又不便临时删节其他文章，于是采取最易为的办法：抽去一首诗，这样便把杜运燮的诗抽去了一首。诗抽去了，却忘了改题目。这虽然是推测，但那时的报纸上这类情况是时有的。刊发的两首诗是《雨天的眼睛》和《"给"卞之琳——读〈慰劳信集〉》。《雨天的眼睛》是忧时感世之作。全诗如下[①]：

> 这屋里五个人，／一样的一双眼睛：／一样灰雨的天色，／一样想起一条死鱼。
>
> 偏有过一对耳朵——／叹息，一团发霉的灰棉线，／足声，深夜的春猫叫，／唱"卖马"，废墟上啼着杜鹃。
>
> "巴黎陷落"传来，接一封信，／朋友的两脚踏遍中条山[②]，／一天他睡在深雪的战壕里了，／淡淡的血痕渐渐为土灰色。

历史知识告诉我们，中条山战役结束于 1940 年 5 月 27 日，巴黎陷落于 6 月 14 日。那么，这首诗应该写于 6 月中下旬，或许通过沈从文抑或南荒文艺社同学介绍给《大公报》，才于 7 月 25 日刊出的。令人郁闷的雨天，传来巴黎陷落的消息，接到朋友战死于中条山的信，心情悲痛，朋友们忧心时局，静坐无语，只闻偶然间发出的叹息声。偏偏在这个时候，听到静夜的猫叫，传来"卖马"的唱词，啼叫于废墟上的杜鹃声！诗歌抓住无神的眼睛，突出其忧伤感，并为其铺设了灰色的底子，用声音加强悲情，把战场失利的伤感表现得清晰可见，淋漓尽致。时代感和艺术性是这首诗歌的两大特色。诗歌把前方与后方，把中国战场和欧洲战场联系起来，表达出反法西斯是世界人民的共同任务的思想，显示出诗人眼界和心胸的开阔。

三 《"给"卞之琳》

1938 年，卞之琳访问解放区，写了《慰劳信集》。杜运燮读到，深为赞同，便写了这首诗《"给"卞之琳——读〈慰劳信集〉》[③]：

---

① 原诗第二行末是"；"，每节末是"，"。现在的标点为笔者所改。

② "两脚"原诗为"旧脚"，据文意改。

③ 这首诗的标点符号为原载版，未予改动。

诗探索 9　理论卷　2018 年　第 1 辑

勇敢的，抛下"圆宝盒"／竟踏上多风沙的高原／仍未忘你用另一支枪／说出整个民族的心愿

予所有的战士以慰安／你却漏了你自己一枝笔／让我算你的老朋友，我说：／"老卞，辛苦了，真有你的！"

但以后的日子还长着／"慰劳信集"是一个新的开始／你会用你的枪，画出更多／更宏大的民族新生的史诗。

　　诗歌对卞之琳走向解放区的行为给予赞赏，并寄予新的希望；对卞之琳改变自己艰涩的现代诗风，走向大众化的诗学风格给予赞赏；而对于卞之琳给战士以"慰安"，却不写自己予以补充慰问。从这首诗可以看出，杜运燮追求的诗歌风格与《慰劳信集》非常接近，因此他把卞之琳视为知音同调，抑制不住激动的心情而作诗赞美。这首诗的特殊价值在于标识着杜运燮的诗歌倾向：内容上的人民大众、风格上的通俗流畅。这之后，《海（一）》那样空灵的诗少了，《机场通信》《滇缅公路》《草鞋兵》这样的诗歌多了。令杜运燮没想到的是，这位"老卞"不久进了西南联大外文系，成了自己的老师。杜运燮非常高兴，表示出热烈的欢迎，曾代表冬青文艺社请卞之琳做过一次讲座。

四　《女人》

　　距《雨天的眼睛》和《"给"卞之琳》发表一个月的 8 月 26 日，杜运燮又在《大公报》上发表了《诗二首》：《粗糙的夜》和《女人》。《粗糙的夜》已收入《南音集》，此不录。《女人》未收入集子，录于下：

我的梦多起来了／我喜爱幻想了／白日梦原来是这么一回事／你赞美诗人／现在我才算得到解释。

你比往日结实些／两眼有金属之光／登（蹬）着草鞋的瘦脚／已赶上急行军的老兵／骑一匹日人的大战马／就像古画里岳武穆的英姿。

我也梦见你梦见我／在睡上刚收复的村落时／在忽然遇见一只南来的孤雁时／在同伙伴们谈起家事以后／在井边看见自己黧（黧）黑的脸色之

后/在发见（现）日人身上有一张相片以后

你骑马回来了/穿一身日人的黄呢军服/带（戴）一个日人的手表/配一支日人的指挥刀/送我一具最新式的小照相机/你跳下马，要狂吻我/两眼有金属之光/两唇有水蜜桃的颜色/可是你刚说："亲爱的……"/我便又知是捧着信在自己床上/四下黑夜围得挺周密/多来信啊/它是梦的钥匙/幻想的翅

这首诗为什么未被诗人收入任何集子？大约与这首诗"梦女人"的内容有关。这首诗在杜运燮诗歌中是独特的。杜运燮的诗很少描写私人的思想感情，更何况这是写对女人的思念。其实，这是青春期心理的表现，写出来没什么不好意思的。《女人》记述一个白日梦：手捧一封信念着念着，脑际出现了"来信者"，恍恍惚惚看到一个女军人的形象。梦中的形象总是跳跃的而不完整，"幻化"而不那么"现实"的，因此诗中的"女人"不一定实有，描写也只是一个概貌，只有几个"特写镜头"。值得注意的是，杜运燮在"白日梦"中出现的形象是一个军人，而且是身穿日本军服，佩戴日军指挥刀，骑着日本战马——胜利归来的女军人！由此可知杜运燮对夺取抗战胜利具有强烈的愿望与坚强的信心，让人联想到写出"夜阑卧听风吹雨，铁马冰河入梦来"的老诗人陆游，对杜运燮能够停止学业而两次从军，历时四年的行为也就不难理解了。诗中"两眼有金属之光"的比喻新颖，让人过目不忘。

五　《星子·金字塔》

抗战中期，昆明文化界思想活跃，出现了多种报刊，《中南报》（三日刊）便是其中之一。1943年，冬青文艺社的另一个负责人刘北汜应邀编辑《中南报》副刊《中南文艺》，刊发了大量西南联大的文艺作品。1943年5月28日出版的《中南文艺》第4期上便有杜运燮的这首《星子·金字塔》：

星群的零乱里窥探着神秘，/金字塔的三角形划出无数难题，/而聚成顶点，如光的结晶，/伸进永恒，烧化欲望的症结。

诗探索 9　理论卷　2018年　第 1 辑

俨然是古代虔诚的老学者，/面对无边的"远""阔"有所满足，/有所痛苦，而拾起自己足声的/疑惑，讽刺，投身于暗室。

星子天真的眼睛每每含笑，/来看夜的疲倦，沙漠的沙粒，/如迷途的旅客不时想打开/金字塔的门：都是①现象而惊人！

啊，只看那包裹一切的蓝色，/记着不绝的见证者而终于忘记，/星子，金字塔；金字塔，学者，/无尽的关连，单纯的可怜②。

1943 年，杜运燮报名从军，乘飞机去了印度，在中国驻印军里当翻译。这首《星子·金字塔》即是诗人在印度的军队生活的写照。诗人执行任务在外露营，晚上住帐篷，帐篷里点马灯照明。此时，诗人在帐篷附近散步。于茫茫夜色中，他回看帐篷，帐篷呈现为三角形，于是联想起埃及的金字塔，而自己也仿佛是一个"老学者"，在金字塔外的沙漠里散步，并展开了对于空间和时间的思考。这首诗可以看作诗人早期的哲理诗，可与《登龙门》归为一类。漏收的原因，可能是诗人身在国外，寄回国来发表，他没有看到发表稿，过了两年回国，原稿不存，自己也忘记了这首诗，后来就没有收入集子了。

六 《晓东街》

1944 年，中国军队从滇西和印度两面夹击反攻缅甸日军据点。杜运燮随部队从印度出发，入缅甸作战，取得胜利后，坐汽车经"史迪威公路"回国，返西南联大复学。此时，他已离开昆明三年。当他再光顾自己钟情的晓东街时，心情格外激动：虽然在战争年代，晓东街比他离开时更精致华贵，让人刮目。于是写了这首《晓东街》：

当我不堪黑暗压迫的时候③，/我就上晓东街，晓东街/是昆明的钻石，钻石的闪光，/曾使我忘记重重叠叠的黑暗。

---

① 原诗此字空白，"是"为录者所加。

② 原注：夜间，帐篷里点起马灯，露出三角形微弱的光，经过雾里夜的魔力的渲染，在附近散步沉思的人，就仿佛所踏着的沙地，真是埃及的沙漠，而不在印度。

③ 原注：我指的是刚刚轮到我们停电而买不起洋蜡的时候。

当我有远来盟友和客人，/我就上晓东街，晓东街/是昆明的骄傲，介绍给他们，/才能对我们有真正的了解。

当我要写一篇"四强之一的贡献"，/我就上晓东街，晓东街/有各种的物资，保管得纤尘不染，/人民都穿得体面，安居乐业。

当我要看看中国的救星的时候，/我就上晓东街，晓东街/有最现代的青年，知道吃好东西，/会跳舞，预言战争六个月就完结。

当朋友问我最喜欢要什么，/我说我喜欢有一条晓东街：/请全国的傻子们打扮起来，/喝酒，跳舞，谈战后的建设。

晓东街在昆明闹市区，与南屏街相连，多数商店卖贵重物品，高档豪华，因此诗人说它"是昆明的钻石""昆明的骄傲"。现在，城市改造，晓东街似乎不存在了。而在当时，晓东街可是和南屏街、保善街、金碧路一样著名的，到了二十世纪八十年代，晓东街的地位有所下降，不那么著名了，街道短而窄，改造时消失是必然的。这首诗里有几点有必要做些说明：第一是"黑暗"。昆明电力不足，采取的供电方式是轮流停电，即让一两个片区停电，以保证其他片区有充足的电力。诗歌的"注"说的就是这种情况。西南联大在昆明城的西边，晓东街在城的东部，不会同时停电。因而诗中颂扬晓东街"曾使我忘记重重叠叠的黑暗"。第二是"四强之一"。当时的美国总统罗斯福曾把中国与美国、苏联、英国合称为"四强"。蒋介石在日记中对此表示"惶惧"。但此话传出，便成为"流行语"，因为它符合当时国人的愿望。今天对此当然有更清醒的评价，但在当时它是一个鼓舞人心的词语。第三是"盟友"。第二次世界大战中，反对法西斯战争的中国、美国、苏联、英国、法国等组成同盟国，对抗以德国、日本、意大利等为首的轴心国。同盟国之间的人们互称"盟友"。杜运燮从军数年，结识了许多盟国军人，故有"盟友""远来"之语。第四是对未来的预测。杜运燮的诗较少标注写作时间。这首诗末却署着"四月"，就是说，这首诗写于1945年4月，是杜运燮从缅甸战场回来不久写成的。"战争六个月就完结"的诗句实际是诗人自己的预言。日本于当年8月15日宣布"停战"，战争"完结"。如果把作诗当月和停战当月算上，抗日战争正好是"六个月完结"。预测战争何时结束是当时人们的中心话题之一，杜运燮的预言是准确的。

第五是战后"建设"。在战争中"谈战后的建设"是西南联大知识分子的思想特点，反映了他们对战争胜利的信心。杜运燮要"请全国的傻子们打扮起来，喝酒，跳舞，谈战后的建设"，可见这位战士对于胜利的坚定信念与超前思想。"傻子"是对怀疑战争胜利者的蔑视。

以上仅就这六首诗的写作和发表情况做了一些介绍，介绍中偶尔涉及对于诗的理解问题，但未做深入的阐释，其思想和艺术有待读者去"释放"。笔者要点明的是，由于杜运燮研究的早期资料奇缺，这六首诗对于研究杜运燮的生平思想有珍贵的价值。

[本文系国家社科基金项目"西南联大文学作品编目索引与综合研究"（编号 15BZW128）的阶段性成果。]

[作者单位：西南民族大学文学与新闻传播学院]

· 纪念杜运燮诞生百周年 ·

【编者的话】

2014 年 10 月 31 日，著名诗人、诗评家陈超先生逝世。在他逝世一周年之际，本刊 2015 年第 3 辑曾辟"纪念陈超"专栏，发表了唐晓渡、霍俊明、大解、王永的文章。2017 年 10 月 15 日，在陈超逝世三周年之际，中国诗歌学会、河北师范大学文学院、廊坊师范学院文学院主办的"陈超诗学学术研讨会"在廊坊师范学院举行。来自全国各地的学者、诗人五十余人，以研讨会的形式缅怀这位敏感睿智的诗人兼诗评家，并对陈超的诗歌创作与诗学批评做了深入的探讨。本刊现从提交研讨会的论文中，遴选出《论陈超的诗学理论与批评》（邢建昌）、《陈超个人历史化生命诗学体系》（苗雨时 郭友钊 王之峰 王克金）、《陈超的"生命诗学"理念——以对海子评价为中心》（刘卫东）、《让文字"带上自己的心"——陈超〈诗野游牧〉诗话随想》（薛梅）等四篇论文，希望能对陈超诗学思想的研究有进一步的推进，并以此表达我们对陈超真诚的怀念。

论陈超的诗学理论与批评

邢建昌

陈超是诗人，这为多数人所知道。陈超也是诗歌评论家、诗学理论家，后者往往不为人所重视。其实，在陈超的生命世界里，诗歌创作、诗歌批评与诗学理论建构，是彼此融合、相互照亮的。它们之间没有轻重贵贱之分。他的诗是温润的、鲜活的，既感性呈现又哲学思辨，闪烁着哲性之诗的光芒；他的批评文字与理论书写，也如诗一般，散发着独特性和陌生性的迷人气息。陈超诗学批评与理论建构的文字，是一个富于召唤结构、有待打开的文本。

诗探索 9　理论卷　2018年　第 1 辑

一

陈超是一个孜孜以求、不容争辩、向着生命深处噬心主题不断掘进的先锋诗人，也是一个特立独行、昂首挺立，绝不屈服于集体意识、大众传媒、市场逻辑的诗歌评论家，还是一个有着鲜明的个人话语意味的诗学理论家。陈超诗歌创作、文学批评以及理论生产，都指向一个核心的场域，即生命／生存。生命／生存，既是陈超诗歌创作得以展开的内生动力，又是其诗学批评及其理论建构的本体依据。没有对于生命／生存的深入勘察，所谓诗歌创作和诗歌批评都将变得轻如鸿毛。或浅浅的吟唱，服膺一己之悲欢的述说；或歌声嘹亮，表达出的却是喋喋不休的失语。

在陈超看来，"追问生存／生命的姿势，是文学最动人的姿势。"[①]陈超诗学理论的独特贡献，就在于提供了这样一个从生命／生存出发理解的文学世界。陈超用生命守护着这个世界，他乐意为这个世界倾其所有。他的诗歌创作、诗学批评与理论文章的书写，并不是承载什么社会学意义上的伦理信念而展开的命题作文。他沉醉其中，是因为她给他安慰、给他呵护、给他陪伴，也给他希冀。诗和诗人是相互成全的。没有诗的日子，对于陈超毋宁去死；而没有陈超，诗是否也缺少了一些理解？我们庆幸在一个散文化的时代，陈超为诗歌留下了最后的体面和尊严。它捍卫了诗歌高贵的精神血统和只有诗才能达到的境地，刷新了人类对于可能世界探究所达到的高度。他不止一次地谈到，写作的过程，是一次次领受"诗的赐福"的过程。是诗中留下的"纯正的灵魂和丰盈的才智"，一次次将他那敏感而细腻、多情而丰富，既优柔又决绝的心灵世界照亮。

但是，陈超致力于守护的这个文学世界，并不是鲜花铺地，温暖如春。它不是用来提供舒适安逸的居所的，不是用来做"逃避生存的快乐行当"的，不像卡拉 OK 伴奏那样，顺着你的歪曲了的调值一路哼哼唧唧地下来。他倾心的工作，都在诠释这样一个信念：生活并不像你想象的那么简单！正如捷克作家米兰·昆德拉所说，小说不是别的，"它正是对被遗忘的存在的探寻"。它仔细考察人类的具体生活，"抵御'存在的遗忘'，将'生活世界'置于不灭的光照之下"[②]。于是，我们看

———————
① 陈超：《打开诗的漂流瓶》，河北教育出版社 2003 年版，第 15 页。

② [捷] 米兰·昆德拉：《小说的艺术》，唐晓渡译，作家出版社 1993 年版，第 3—4 页。

·陈超诗学学术研讨会论文选辑·

到了这个"文学世界"异样的风景。

在这个世界里，一切都变得陌生而含混，那个明晰的、已成的世界本质荡然无存。那个全知全能，操控着文本和读者的写作者放下了盛气凌人的架势，谦恭甚至卑微地向读者发出询问、磋商的呼唤。怀疑、盘诘、谨慎持重，勇于不敢的心灵游牧，替代了一目了然、非此即彼、斩钉截铁、舍我其谁的理性的乐观和自信。揭示生存、追问真相是诗人义不容辞的责任。越是深入开掘生命与生存的真相，越是格外强烈地碰触到生存本源处的矛盾、纠结、痛楚和孤绝。陈超的文学世界，是本真的世界，是直面生存的世界。它捍卫的是属于个人心灵的声誉和权利，传递出的是被意识形态话语、传媒话语、科技话语所稀释和压抑的弱者的声音。诗歌，包括一切种类的文学，从来不应该是强势话语。强势话语是依附权力才形成的支配性话语。人在强势话语面前的缄默、无语，只说明这种强势话语所依附的权力发挥了作用，并不能证明这种话语是深入骨髓的心灵关照。诗歌的话语，是弱者生存的母体。唯独有诗，真切地倾听那被压抑、被疏离的边缘者的声音，顽强地要在幽暗的生存领域发现光亮。犹如涅瓦河畔的猫头鹰，习惯于在黄昏来临的时候飞翔。因为诗歌，生命与世界发生了关联，我在世界之中和世界在我的作品中"显灵"。

基于对于生存／生命的理解，陈超把诗说成是一种"特殊知识"的生产——一种与生命深层（乃至诡异）体验、矛盾修辞、多因争辩、互否、悖论、反讽、历史的个人化等有关的"灵魂知识""经验知识"的生产。通过对诗之"特殊知识"的命名和阐释，来对抗那种与思想与科技、意识形态顺役和物质放纵主义同步的集约化、标准化的干涸历史语境下的绝对主义、二元对立和唯理主义崇拜。从这个角度讲，陈超的诗学理论建构是有着鲜明的人文立场和现代哲学底蕴的。

二

世界是诗，这是陈超留给后人的精神遗训。然而，诗并不能自己证明自己为诗，诗的一切可能性，是通过语言来完成的。语言是诗的表征。舍此，还谈什么诗意。对语言的敏识，是陈超作为诗人、评论家和诗学理论家极其杰出的天分之所在。陈超的诗学理论无论在不同语境和条件下如何变化，他构成诗之为诗的基本观念（他名之为"诗性"）却从未发生过变化。那就是，诗歌是个体生命在语言中的瞬间展开，揭示生存、

诗探索9　理论卷　2018年　第1辑

眷念生命、流连光景、闪耀性情。在陈超的世界里，诗与语言在生存的临界点上没有分别。这里的语言，当然不是指一般的作为信息传递的语言，而是指那配得上诗的"仅有的言辞"。因为，是"诗人将日益变滑变薄变烂的大众信息语言，上升为本质的，根源性的诗性话语"①。他认为，一个诗人之所以能够赢得人们"严肃的敬意"，是因为他对于"题材的个人化开拓"，以及对于"人性和想象力"，以及"语言奥秘"的独特发现。"语言奥秘"不是指语言对于现实的承载，而是词语竟然可以如此"自有生命"，与其说"我们把它说出"，不如说"词语在对我们诉说"。

我们难以设想，如果只是有基于生存/生命的本体论承诺，而没有具体微观的操作策略，这样的本体论承诺能维持多久。陈超诗学理论的独特贡献在于找到了一个使生存/生命得以展开的语言论通道。在陈超的诗学体系里，语言秉持有极其尊贵的地位。所谓噬心的主题、晦暗不明的经验、紧张的搜索与小心翼翼地询问等等，都是在通向语言的途中实现的。语言不是表征，语言是存在的家。

写于 1988 年的《生命：另一种"纯粹"》，更像是陈超诗学理论的宣言。这篇文章里，作者鲜明提出了基于可能性的诗的语言和结构问题。他赞同瓦雷里的观点，纯诗是一种探索，探索词与语之间的关系所产生的效果。决定诗之为诗的，不是诗的其他什么特征，而是语言和结构。他强调由诗的内在结构和视觉表象上所传达出的诗的特征，它不是直接而实用的，而是非指称性的。在多项的、前后文相互纠葛的状态里，达到整体性语境的自足实现。诗人揭示生命、生存的真相，要达到像科学家那样精密、一针见血，达到"知觉的准确"，就必须在寻找"语言的纯粹"上铆足劲，做好文章。纯粹，不仅是指彻底敞开的勇敢交流，而首先是这种交流的语言能力。纯粹，不是放任情感的宣泄，而是寻找最适宜于澄明生命的纯粹的"仅有的言辞"，纯粹，意味着控制和节制。正是在这个意义上，陈超明确表达对于那种"颂体调性的农耕式庆典"，也就是"美文"的否定。表面看，"美文"似乎具备了诗歌所能采用的一切修辞，但是在这个拜金的时代，"美文"恰恰最容易成为体面的商品。而只有那些纯粹的呈示深层生命意志，说出人类渐渐遗忘了的沉思存在的语言的诗歌，倒可能成为绝响。在另一篇《现代诗：个体生命朝向生存的瞬间展开》里，陈超再一次强调，真正诗性来源于对"个体生

① 陈超：《打开诗的漂流瓶》，河北教育出版社 2003 年版，第 3 页。

命与语言遭逢的深刻理解"。他高度评价美国诗人西尔维娅·普拉斯的诗歌创作，认为她的"诗意高超，在对词语的个人化敏识，和结构的内在控制力上，表现十分出色"。他强调，"在今天，诗不再是一种风度，而是诗人烛照生命和语言深处的一炬烽火，诗的价值，只能体现在这种烛照的深刻度和表现的犀利度上。"① 西方哲学中的"语言论转向"曾经深刻影响了中国新时期文学的走向。中国作家开始关注"怎么写"。二十世纪八十年代后期的先锋小说正是在"语言论转向"的刺激下诞生的。但是，九十年代后期一些先锋小说放弃了先锋之为先锋的姿态，而在与现实讲和当中写出了所谓反映现实的小说。先锋小说的先锋意义被先锋小说家们自行消解了。现代诗却走了一条与先锋小说并不相同的道路。当一些现代诗开始写出逃避压迫的美文、颂体的时候，陈超提醒现代诗应该有能力完成"对当代题材的处理"。"对当代经验的命名和理解"，是"汉语先锋诗歌存在的最基本模式之首项"。他提出诗"应当更广泛地占有当代鲜活的、'日常'交流的、能激活此在语境的话语"，而不仅仅是为自己划定一套唯美的、相对稳定的"语言'纲领'"。这是从生存和语言的双重视角对当代先锋诗歌提出的要求。事实上，先锋诗歌主题意蕴的开掘、题材的拓展、结构意识的深化、修辞技巧的应用等，都离不开作为知识背景的语言学观念的启迪。

西方哲学中的"语言论转向"传递出的是人们看待世界方式的革命性变革。关于"语言论转向"，罗蒂曾经有一段很好的文字说明："语言转向与众不同的贡献根本不是一种元哲学意义上的贡献，而是在于推动哲学完成了一个根本性的转换，即由探讨作为表象媒介的经验，到探讨作为媒介自身的语言的转换。这一转换就如其所证明的那般，使哲学更为有效地放弃再现或表象（representation）的观念本身。"罗蒂这段话十分明确地指出了"语言论转向"是一种看待世界方式的语言学模式的变革，即从过去对"表象媒介"的关注转向对"媒介自身"的探讨。而被陈超格外看重的英美新批评，就是在"语言论转向"背景下从对"媒介自身"即语言的关注开始了文学的探讨的。按照罗伯特·魏曼 1962年发表的著作《"新批评"和资产阶级文学批评的发展》一文的观点，英美新批评最初实际是对英国维多利亚文学批评危机的一种回应。其核心在于以"文学的知识"取代维多利亚时代那种对经验和"常识"（common sense）、传记和书信依赖所形成的自我中心式的印象主义批评。在新

---

① 陈超：《打开诗的漂流瓶》，河北教育出版社 2003 年版，第 33 页。

批评看来，维多利亚时代的文学批评根本算不上文学批评。因为这种批评提供不出属于文学的知识。新批评强调文学知识的特殊性。如反讽、张力、架构—肌质、悖论、隐喻等，这些术语都不是经验或常识意义上的概念，而是依附于特定语言学模式所形成的对于文学的独有的命名。退特在《作为知识的文学》（1941）特别强调：诗是"关于完整客体的知识"。诗的价值不是感情性的（emotive），而是"认知性的"（cognitive）[①]。从这些言论里，我们不难发现新批评与现代语言学的紧密联系。正是由于新批评的努力，文学批评才成为高度专业化、专门化的工作。

陈超对现代诗学的理论建构，遵循着和新批评相似的路径。他给自己规定的理论批评的任务之一，就是"微观实践的文本细读或修辞学批评"[②]，他的洋洋四卷本的《20世纪中国探索诗鉴赏词典》（上下卷）、《当代外国诗歌佳作导读》（上下卷）即是这方面积极的成果。不要小瞧这些被学院中人视为"普及性的""没有什么难度"的工作。事实上，正是这项看似没有难度的诗歌鉴赏和导读，决定了陈超诗学批评与理论言说接地性和专业化。使得陈超在行使文学批评与理论思考的时候，始终有一座文本的高山作为背景，潜隐地影响着他的诗学判断。甚至，当他在困顿、迷惘的时刻，那浩如烟海已经内化为筋骨血肉的诗歌文本就发挥了唤醒诗人、照亮迷宫的独特功能，使得他始终保持专业的、上手的状态，而不至于说出一些应景的、外行的、对不住诗歌的话。当然，对于读者，鉴赏和导读也是一次帮助读者走出迷宫的学术训练。因为陈超的鉴赏、导读，读者开始喜欢上了现代诗，并以现代诗的方式思考、写作，保持住了精神的高度和纯度。

三

法国哲学家让—弗朗索瓦·利奥塔在评价吉尔·德勒兹（1995年）的时候说："他从未做过什么来让人承认他的伟大，他只相信渺小。建制，集体规划，仪器，让他恐惧。他知道，它们只会走向紊乱。这样的知识把他置于一个和福柯往来密切的时代。逐渐地，学生，研究者，发现了这种游荡之思的多产和热情。他的魅力给他带来了朋友，他'阅读'并劫掠他们，他为他们保留了一种连他们自己也不知道的品质。"德勒

---

① 赵毅衡编选：《"新批评"文集》，中国社会科学出版社1988年版，第125—126页。

② 陈超：《打开诗的漂流瓶》，河北教育出版社2003年版，第324页。

兹是利奥塔承认的少数天才哲学家之一。我想，讨论一个人的意义和价值，一定要看他为同时代、为历史提供了怎样的与众不同的东西。德勒兹的游荡之思的多产和热情，带来的是他对于集体规划、建制、仪器的抵制和疏离，而这正是时代弥足珍贵的品格。

无独有偶，法国哲学家福柯的历史研究，特意回避了使用诸如"历史学"之类的提法。因为在他看来，西方近代以来形成的历史学一个致命的问题，是某种超历史、超时间的视点，即把人类在时间中所经历的多样性最终化约为单一的普遍时间。这种历史带着世界的终极的眼光来看待过去的一些事物。这种历史学家的历史在时间之外寻找一个支点，并妄称其判断的基础是一种预示世界终极的客观性。然而，这种历史却假定了存在永恒真理、灵魂不朽以及始终自我同一的意识。一旦历史感为一种超历史的视角所支配，就会被形而上学所利用，并且，形而上学通过把历史感纳入客观科学的一类，也就可以把自己的"埃及"强加给历史感。这是福柯在《尼采、谱系学和历史》一文中的一个基本观点。福柯所致力的历史研究，是"一项解放历史知识使其摆脱奴役的事业"，也就是有能力对统一的、规约的、形式化了的、科学的话语进行反抗和斗争。他提出"局部知识"的概念以反抗科学和认识中的等级化倾向以及权力干预。

陈超的诗学理论与德勒兹、福柯等人的哲学表面看是风马牛不相及的事情，但仔细揣摩，不难发现其中精神血脉的相似性。陈超也是一个强烈反对"宏大叙事"和某种超历史的形而上学观念，反对诗和诗学被集体规划收编的理论家。他强烈反对一些人对于现代诗缺乏所谓"历史感"的指责，认为这些人挥舞在诗人头上的所谓"历史感"，不过是对"意识形态价值系统的卑屈认同"。因为，诗的历史感不是先在的、自明的、超个人的，而是在"活生生的个人处境中产生的"。在个体生命存在的最幽微最纠结的角落，折射出"更为真切的历史症候"。陈超对于"大写的匿名权威"、超历史的"历史感"持本能的警觉态度。陈超用鲜活的文本解读和切肤的生命体验来唤醒一切热爱诗歌的人们的生命意识，把异质的经验、陌生的体验、怀疑、多元、差异以及弱者的声音呈现给这个世界。他认为，二十世纪现代主义文学的全部要义，就在于"真正有效地提供了生命体验中的怀疑精神、多元精神，拯救了卑微的个体生命的尊严，让差异、弱势、局部、偶然发声，它培养了人们对不

诗探索 9　理论卷　2018年　第 1 辑

可公度的事物的容忍能力"①。这多像当年利奥塔在《后现代知识状况》里说的话。在《令人欢愉的诗学启示》里，陈超认为，现代诗写作的合法性，用不着卑屈地认同某种元叙述和元抒情的支撑；保持写作有效性的东西，说到底是词与词之间的磋商和周旋。诗人不是效忠于已成的形而上学体系甚至诗歌经典，更不是被动认同写作与"生活"的表面上的对等，而是捍卫住生存以问题的形式存在，"沉溺于对未知事物的迷恋"，享受写作带来的活力、热情和欢愉。显然，陈超的诗学理论，与世界哲学和人文学科的走势保持着同步或对话的姿态。

这样讨论陈超的意义，很容易使人将陈超与西方现代思潮联系起来。的确，陈超的诗学体系里，有强大的西方哲学特别是西方诗性哲学的印记。但是，西方资源对于陈超来说不过是化解本土诗学问题的"支援意识"，而绝不是什么膜拜的对象。对西方资源的敬仰犹如对于中国传统的敬仰一样，这里是没有厚此薄彼的分界和本土/他者的对立的。陈超以独有的心性悟解人类历史上每一个先哲诗人提出的破解人类命运的命题、思想等，又以特定的文化过滤机制和独有的汉语表达使之转化、生成为具有本土性的命题。在陈超的诗学体系里，我们已经分辨不出哪些是西方资源，哪些是本体智慧。他不像某些整瓶子不满半瓶子晃荡的所谓诗学评论家，对于西方的言说只是停留在"借挪"操作的层面。陈超对于知识的整合能力是空前的，这既得利于诗人的敏感的血性，能将干瘪、机械、条分缕析的物理概念转化成散发着体温、有丰富表情的人文词汇，又得力于陈超诗学品质中独有的问题意识的召唤。读陈超的诗学批评文章，你会感受到他对问题的强大的聚焦能力，他的每一篇文章，都是回应问题的结果。始于问题，又通向新的问题。循环往复，无有终结。它就像置身于硝烟弥漫战场中的斗士，始终保持着冲锋陷阵的姿态；又像置于空中的雷达，警觉地注视着发生在文学现场中的一切，处于端倪中的细微变化，也会引发他格外的关注，从而生成对于诗歌状态的独有命名。批评界经常用接地性、现场感来说明及物的有针对性的文学批评。我想，在诗学的园地里，陈超作为真正意义上批评家和理论家的位置始终没有缺席。

前不久，一位令人尊敬的老人，九十八岁的钱谷融老先生去世了。一位高寿的老一辈学人离世，引起了非常多的人的哀思。这是为什么？有人说："钱先生的离去，至少有以下四方面的损失：一、在经师遍地

---

① 陈超：《打开诗的漂流瓶》，河北教育出版社2003年版，第14页。

的时代，人师又少了一个；二、在文学狂欢的时代，以文学提升生命的声音又少了一个；三、在中西学术分裂的时代，能够充分消化西学，又充分尊重传统，转化西学，这样的人物又少了一个；四、在课题和锦标主义主宰大学的时代，珍视母语的高贵与美丽，这样的人又少了一个。"我想，这些话也适合于陈超。陈超属于那些少数的"能直接影响我们的理智与内心"的人。正因为如此，陈超获得如此广泛的追思实在是实至名归。我们通过陈超诗学的研讨，不只是对逝者陈超表达一份缅怀之情，更是为了从中寻找一份破解当下问题和难题的智慧和力量。我想，这也是陈超绵延不绝的意义之所在。

[作者单位：河北师范大学文学院]

陈超个人历史化生命诗学体系

苗雨时　郭友钊　王之峰　王克金

　　陈超（1958—2014 年），祖籍河北。1978 年考入河北师范大学，并于学生期间首次公开发表诗歌《未来》和诗学论文《试谈鲁迅早期的新诗》，从此与诗结缘。热爱诗歌，写诗、读诗、论诗、教诗，成为毕生的事业[①]。写诗，出版有诗集《热爱，是的》（2003，远方出版社）、《陈超短诗选》（2012，香港银河出版社）及《无端泪涌》（2015，中国青年出版社）等三部；读诗，展开了中外诗歌的文本细读，著有《中国探索诗鉴赏辞典》（1989，河北人民出版社）、《20 世纪中国探索诗鉴赏》（1999，河北人民出版社）和《当代外国诗歌佳作导读》（2002，河北教育出版社）等三部；论诗，专著或文集连连，《生命诗学论稿》（1994，河北教育出版社）、《打开诗歌的漂流瓶——现代诗研究论集》（2003，河北教育出版社）、《中国先锋诗歌论》（2007，人民文学出版社）、《游荡者说——论思与诗》（2007，山东文艺出版社）、《精神重力与个人词源：中国先锋诗歌论》（2013，台湾秀威出版）、《诗与真新论》（2013，花山文艺出版社）、《诗野游牧》（2014，陕西人民教育出版社）及《个人化历史想象力的生成》（2014，北京大学出版社）等八部；教诗，自 1982 年大学毕业，陈超留本校执教，从 1996 年开始招收现代诗学等方向的研究生，不仅教授《现代诗学》等，还教授《西方现代哲学》等课程，把西方哲学与中国文学融合起来研究、传授。

　　陈超留下了大量的诗歌作品与诗论作品，悟透了生存 / 生命的意义，或许也完成了对自己再生的创造。"现代诗从内在精神上永远不会也不能放弃这种标度：它是一种词语的存在形式对生存 / 生命存在形式的揭示和对称。……它是对伟大过去的唤回，也是对未来盘诘的回答。……它对生命之终有一死肯定，它对精神广义的先死拒绝；它坚持写作就是坐下来审判自己，它又相信人是可救的，人是唯一能按自己想要写成的

---

① 吴昊、张凯成：《陈超学术年谱》，《新诗评论》2016 年第 1 期。

样子而创造自己。"①本文拟从诗学体系的角度，从优秀诗人天职的视野，重新审视陈超在诗学中的创新性创造，探讨陈超在诗学体系建设中的成就，那不死的历史生存／生命中的精神遗产。

一　存在的问题与研究方法

陈超诗歌与诗论，获得空前的赞誉，不仅获得河北省第五、第十、第十一届"文艺振兴奖"，被河北省政府授予"河北省十佳青年作家""河北省优秀教师"及"河北省师德标兵"等称号，而且还获得"第六届华语文学传媒大奖·年度文学评论家奖""首届中国当代诗歌奖·批评家奖"，特别是《打开诗的漂流瓶——现代诗研究论集》获第三届鲁迅文学奖（文学理论与批评奖），是鲁迅文学奖颁奖以来至2017年诗歌理论评论作品的唯一获奖作品。由此可见陈超在当代中国诗歌界的影响与地位，他是中国诗歌批评界的高峰之一。

陈超的诗学论文，都独立成篇。陈超的诗学论集，都是由独立成篇的诗学论文组成。在陈超的所有论著中，尚未发现他构建自己的诗学体系或者诗学理论构架的表述。正如陈超的宣言："我的诗学研究不是从理论中确证理论，我始终有着描述'当下'的热情。我写作的个人方式，更多是介于诗人和批评家之间，类似于快乐的自由撰稿人，而非中规中矩的理论家。"②因此，若研讨一篇篇陈超的诗学论文，犹如见到了一棵棵秀木，不见高峰上的整片森林。但陈超是有诗学理论追求的。"坚持诗歌的本体依据，深入文本并进而揭示出现代人的生存与语言间的严酷关系，是我为自己设立的理论目标。"③

陈超半途离开诗歌界，他是否已达到了他自己的诗学理论目标，是否构成了他自己的诗学体系？诗评家已有探讨与论述。《生命诗学论稿》出版不久，孙基林认为陈超生命诗学中的"语言"与"生命／生存"是构建我们时代新诗学的"两块基石"④。杨洁系统研讨了陈超诗歌与诗学，认为"语言、生存、个体生命是陈超诗学的基本框架的三个边极"⑤。苗雨时在综评《打开诗的漂流瓶——现代诗研究论集》时讨论了陈超的

① 陈超：《生命诗学论稿》，河北教育出版社1994年版，第77—78页。
② 同上，第3页。
③ 同上，第2页。
④ 孙基林：《陈超生命诗学述评》，载《诗探索》1996年第2辑。
⑤ 杨洁：《情到深处人孤独——陈超的诗论与"诗论诗"》，《文艺争鸣》2016年第12期。

现代诗学体系，认为下列四个主题构成了陈超的诗学理论框架：（1）个体生命/生存是现代诗的本源、本体；（2）语言作为生命存在的家园，在现代诗中具有独立自足地位；（3）生命在现代社会中的体验有其质量和精神向度；（4）语言的艺术形式是在传统与现代的碰撞中历史地生成的[①]。最近霍俊明、韩少华认为，文本细读、生命诗学、先锋诗论和现代诗话构建出陈超别开生面的"历史—修辞学的"综合性批评的现代诗学体系[②]。

陈超诗学体系已经成为客观的存在。至于是什么样的一个诗学体系，诗评家尚未取得共识，这也将是本文试图探讨的一个问题。如何合理命名陈超的诗学体系？也是本文探讨的另一个问题。纵观如高峰一般的诗评大家，多可获得一个合适合理的诗学体系名称。例如，孙绍振（1936—）的诗学体系可冠名为"以马克思主义哲学、美学为本体的诗学体系"[③]，袁可嘉（1921—2008年）诗学体系称"现代化诗学体系"[④]，王国维（1877—1927年）建立了"现代感悟诗学体系"[⑤]，英国的奥斯卡·王尔德（1854—1900年）诗学体系称为"唯美主义诗学体系"[⑥]。

陈超诗学体系的清厘，应是中国现代诗学构建的一个新课题。对于中国现代诗学的构建方法，赵东（2013）做了总结：王国维开创了"以西释中"的中国现代诗学体系构建方法，以西方的哲学、美学以至诗学理论来解释中国的现代诗歌，历经百年、影响至今，是一种中西文化的"融合论"，但在强势文化面前导致了中国诗学的"文化失语症""学术断裂""西方综合症"等问题；闻一多（1899—1946年）提出了构建中国现代诗学的"转换论"，主张把传统诗学理论转换为现代诗学理论。"融合论"与"转换论"均有其方法论上的合理性，但最佳的构建方法应是兼并"融合论"与"转换论"的"通"：打通传统与现代、东方与西方之间的堰塞湖，在通中求变，不断深化中西文化融合的同时凸

① 苗雨时：《陈超的现代诗学体系——评〈打开诗的漂流瓶——现代诗研究论集〉》，《诗探索》2005年第1辑。

② 霍俊明、韩少华：《"诗人批评家"：从"先锋游荡"到"诗野游牧"——陈超的诗学研究及作为一种批评的启示性》，《当代作家评论》2015年第1期。

③ 俞兆平：《孙绍振诗学体系的哲学底蕴》，《诗探索》理论卷2015年第4辑。

④ 夏强：《袁可嘉新诗现代化诗学体系的现代认同》，《云南师范大学学报（哲学社会科学版）》2013年第3期。

⑤ 欧阳文风：《王国维对现代感悟诗学体系的初步建构——以〈人间词话〉为考察对象》，《学术论坛》2012年第9期。

⑥ 杜吉刚、王建美：《试析王尔德的唯美主义诗学体系》，《鲁东大学学报（哲学社会科学版）》2016年第4期。

显中国现代诗学的个性，这样才能达到"围绕意象而开展类概念体系建设"，"以零散的诗论拼贴出完整的诗学框架"①。

比赵东（2013）稍早些时候，陈超提出"历史—修辞学的综合批评"概念中就明确了"打通"的意义："从历史话语与文体修辞学融渗的角度切入，或许就可以做到从形式到意义的层层剥笋式的整体研究，从而有效打通内容与形式、内部研究与外部研究的界限。"②

本文拟打通的是从诗歌到诗人（历史整体到个体生命）、从诗人到诗歌（个体生命到历史整体）这一循环过程的主要环节。这过程的环节，陈超有简练的论述："揭示生存，眷恋生命，流连光景，闪耀性情，是不同时代和种族的诗人们共同具有的基本姿势和声音"③，以及"一个真正的诗人，在任何情况下，其天职都是要揭示生存，回应历史，眷恋生命，流连光景，闪耀性情，尤其还要为发现语言幽暗的、纤敏的机枢而效力，使机枢触动，使之发光，使之鸣响。"④可见，优秀诗人在履行他天职的过程可划分出生存、历史、生命、光景、性情、语言等六个环节（当然，并非所有的诗人都能步入六个环节）。进一步从陈超的诗论中寻找、审视各环节相关的类概念以构建陈超的诗学体系：

（1）类概念应是陈超创新性地提出或者引进的，具有崭新的含义，并在其诗学论著中经常使用的；

（2）类概念中可能存在着中心类概念或者核心类概念；

（3）类概念具有描述相应环节的功能或者能力；

（4）由多个类概念描述的各环节之间应具有明确的或者隐含的逻辑关系，具有构建性，可用于进一步构建诗学体系。

二 陈超诗论中的类概念及中心类概念

从陈超诗学论著的题目中，可以提取出陈超常使用的类概念。

在《生命诗学论稿》一级、二级题目中的类概念主要有：

生命诗学、生命源始、当代、个体生命、瞬间、诗歌信仰、个人乌

---

① 赵东：《"通"：论中国现代诗学构建的问题及对策》，《民族文学研究》2013年第5期。

② 陈超：《近年诗歌批评的处境与可能前景——以探求"历史—修辞学的综合批评"为中心》，《文艺研究》2012年第12期。

③ 陈超：《当代外国诗歌佳作导读》，河北教育出版社2002年版，第2页。

④ 陈超：《诗野游牧》，陕西人民教育出版社2015年版，第90页。

托邦、生命、意象、象征、生命心象、生命体验、精神大势、极端写作、实验诗、探索诗、第三代诗、结构、诗歌本体、现代诗、先锋诗、人、精神萧条、生存、文化、现实主义、个人话语

在《打开诗歌的漂流瓶》题目中出现的类概念主要有:

先锋诗、困境、求真意志、生命、个体生命、生存、精神大势、我说、它说、正典、诠释、诗歌信仰、个人乌托邦、现实主义精神、诗歌审美、个人话语、精神肖像

在《中国先锋诗歌论》题目中出现的类概念主要有:

历史语境、生命、灵魂、历史生存、想象力、先锋诗、困境、精神向度、个体主体性、整体生存、语言本体、语言功能、反文化、反道德、反诗、返诗、现代、传统、求真意志、生存、精神重力、大地哀歌、心灵词源

在《诗与真新论》题目中出现的类概念主要有:

语言言说、结构意识、历史—修辞学、综合批评、乌托邦、圣词

在《个人化历史想象力的生成》题目中出现的类概念主要有:

个人化历史想象力、转换、困境、乌托邦、圣词、历史—修辞学的综合批评、个人、心灵词源、大地哀歌、精神重力、结构意识、语言言说、诗歌精神

陈超对自己诗学论著中常使用的类概念做过清理,体现在《20世纪中国探索诗鉴赏·现代诗学常用术语简释》及《诗野游牧·话语斜坡》,前者多应用于文本细读中,后者多使用于诗学学术论文中。《话语斜坡》出现的类概念主要有:

精神重力、个人词源、求真意志、个人化历史想象力、特殊知识、可信感、本体、功能、在场、此中含彼、信教者、活力、伟大梦想、意

义、技艺、镜像、悖论结盟、对称、对质、改变语言、改变生存、反诗、返诗、语言、整体性、言无言、虚无、充实、反崇高、思乡病、传统、先锋、历史化、非个人化、自我、澄明、想象力、灵感、绝望、激情

何为诗，虽然没有公认的定义，但诗评家多有自己对诗的理解，代表其诗学思想或体系观念。因此，可从陈超对诗的论述中寻找其诗学的类概念。"诗，是个体生命和语言的瞬间展开。""写诗是诗人在过一种个特化的语言生活。""诗歌是操劳生活中可贵的瞬间迷失，宽怀。""诗歌是生命的泉涌。诗是一道被技艺护持的生命泉涌。"[①]可见其类概念为：

个体生命、个特化、语言、语言生活、生活、瞬间、生命、技艺

求取上述共有的类概念，对照诗人履行天职的生存、历史、生命、光景、性情及言语等环节，获得"诗"以及各环节类概念的组合（其中括号中的类概念是从陈超著作的文本中提取）如下：

诗——生命诗学、现代诗、实验诗、探索诗、第三代诗、先锋诗、大地哀歌、诗歌本体、诗歌信仰、反诗、返诗、特殊知识、可信感……
生存——整体生存、历史生存、改变生存、（人类生存）……
历史——历史、历史化、历史生存、历史语境、历史—修辞学、传统……
生命——生命源始、生命心象、生命体验……
个体生命——个体生命、个体主体性、个特化、非个人化、自我、个人乌托邦、个人词源、个人话语、个人化历史想象力……
光景——在场、当代、（当下）、现实主义、困境、（噬心主题）……
性情——精神大势、精神萧条、精神肖像、诗歌精神、精神向度、精神重力、诗歌精神、求真意志、想象力、绝望、激情、乌托邦……
语言——语言本体、语言言说、语言功能、语言生活、言无言、心灵词源、个人词源、个人话语、改变语言……

在陈超留下的诗学论著中，在题目中强调"为中心"的文章仅有两篇：一是《先锋诗歌二十年：想象力维度的转换——以诗歌的"个人化

---

① 陈超：《诗野游牧》，陕西人民教育出版社 2015 年版，第 14 页、第 30 页、第 81 页。

历史想象力"为中心》，二是《近年诗歌批评的处境与可能前景——以探求"历史—修辞学的综合批评"为中心》，均收入《个人化历史想象力的生成》一书中。

想象力是一种能力，是诗歌创作中的重要能力。"诗歌的想象力，就是诗人改造经验记忆表象而创造新形象的能力。对诗人想象力维度的发生和发展的探询，会拖出更为深广的关联域，它事关诗人对语言、个体生命、灵魂、历史、文化的理解和表达。"①诗歌想象力有多种多样，如审美想象力、美文想象力、日常生命经验想象力、灵魂超越性想象力，等等。诗歌想象力是决定诗歌诗性、质地、历史意义等的关键因素。陈超首先研究"诗的想象力"②，继之在"后现代思潮特别是'新历史主义'的启发"③下提出诗歌的"历史想象力"，再进一步"为当代诗的写作和读者的知觉提供某种理论力量"④而提出的"个人化历史想象力"——"个人化历史想象力是寻求异质包容力的诗学，它要求诗人具有独立思考带来的历史意识和当下关怀，对生存—个体生命—文化之间真正临界点和真正困境的语言，有深度理解和自觉建构意识；能够将诗性的幻想和具体生存的真实性作扭结一体的游走，处理时代生活血肉之躯上的噬心主题。"⑤陈超的诗歌批评观也经过了三次嬗变：1989年在《光明日报》刊文《谈诗论方法的颠倒》，倡导与亲历"文本细读式批评"；在2004年获得鲁迅文学奖（文学理论与批评奖）后继续探索诗歌批评理论方法，2007年提出"综合批评"的概念："我们或许应该尝试转入一种有活力的有效的难以归类的'综合批评'。它要求批评家保持对当下生存和语言的双重关注，使评论写作兼容具体历史语境的真实性和文学问题的专业性，从而对语言、技艺、生存、生命、历史、文化，进行扭结一体的思考"⑥；2012年，正如把"历史想象力"明确为"个人化历史想象力"一样，陈超把"综合批评"协调地定位为"历史—修辞学的综合批评"："从历史话语与文体修辞学融渗的角度切入，或许就可以做到从形式到意义的层层剥笋式的整体研究，从而有效打通内容

---

① 陈超：《个人化历史想象力的生成》，北京大学出版社2014年版，第1页。

② 陈超、李志清：《诗的想象力及其他——问与答》，《山花》1996年第5期。

③ 陈超：《重铸诗歌的"历史想象力"》，《文艺研究》2006年第3期。

④ 陈超：《诗野游牧》，陕西人民教育出版社2015年版，第101页。

⑤ 陈超：《个人化历史想象力的生成》，北京大学出版社2014年版，第18—19页。

⑥ 陈超：《寻求"综合批评"的活力和有效性》，《文艺报》2007年11月15日。

与形式、内部研究与外部研究的界限。"① 由此可见，"个人化历史想象力"和"历史—修辞学的综合批评"在陈超诗学中的地位，它俩应是陈超诗学类概念中的核心类概念，是其他类概念的统领。

三　陈超诗学体系的基本构架

研究诗学，首当其冲的问题是对诗的信仰的确立。在陈超看来，"'诗'从构字方式上告诉我们，它是对一种神圣言语方式的祈祷和沉思。'诗'，从言从寺，它既标明言语方式的特殊性，又标明它是与现实生存对称和对抗的另一种高于我们生命的存在形式。"② 诗有形式与功能两方面。形式方面，它"从言"，是一种语言，由深思而来的语言，是一种生命存在的形式。"语言乃存在之家，'词语确有生命'，我们依靠不断深入语言之家而深入存在，我们存在的深度就是我们话语世界可能达到的深度。"③ "完全可以设想，优秀的诗人表现在诗歌上，他的生命方式是不断深化展开自己，将自己最有意义的方面归附人类的大记忆大瞩望。"④ 诗人通过诗歌作品，将自己的生命用诗歌语言的形式生存在历史整体的大记忆大瞩望中而成为历史的一部分。也就是说，诗人作为生命个体，他能够通过诗歌语言的历史生存而永生不朽的机会。"对诗人的有限生命来说，也只有从个人的具体处境出发，不断深入到更广博的对人类生存或命运的关怀，才能从根本上保证个我精神的不被取消。"⑤ 一个人成为诗人，再因为他的语言切入当下的噬心主题，就有了自己的个人词源，可能由此创造出与他所处的时代共鸣的诗作，他的个我精神永存而进入历史。这过程当是"生命"（个体生命或者诗人个人）承接并承受宏大的"历史"及"光景"所赋予"噬心主题"，再通过"求真意志"修炼成个人化的"性情"而拥有"个人词源"，用"语言"记录个体生命瞬间展开的姿态而成为诗作，因"语言功能"的遗传等特性，这样的诗作有可能进入"生存"状态。

但进入"生存"状态的"语言"并不都能通过"历史生存"而进入"历

① 陈超：《近年诗歌批评的处境与可能前景——以探求"历史—修辞学的综合批评"为中心》，《文艺研究》2012 年第 12 期。

② 陈超：《生命诗学论稿》，河北教育出版社 1994 年版，第 7 页。

③ 陈超：《个人历史想象力的生成》，北京大学出版社 2014 年版，第 338 页。

④ 陈超：《生命诗学论稿》，河北教育出版社 1994 年版，第 34 页。

⑤ 陈超：《游荡者说》，山东文艺出版社 2007 年版，第 80 页。

史"。生命并不都能得到永生。"一定历史阶段上的人生，永远是构成这一阶段艺术创造的总中心，是它的最高本质，也决定它的不朽或速朽。纵观人类文明史，不断揭示人、发现人是一种不可逆转的潮流。……当诗人独异的审美创造力与那个时代人性的表现、发现达到深深的默契时，一代诗歌巨子便可能应运而生。"① 一个诗人成为可信度高的一代诗歌巨子，才能获得进入"历史生存"的门票。"不仅仅正视苦难深渊的存在，而要进入并命名它，使之由盲目、原始的噩梦状态，升华为庄严峻刻的诗章。假如这一视点的确具有注视生存全局的力量，并始终与现代人的存在状态息息相关，我们是不是就可以认为，真正的现代史诗性就存在于其中呢？或者说存在于个体对整体包容的现代理性之中？"② 实现从"生命"经"性情"达到"语言"爆发创造一代诗歌作品而能够"生存"并进入"历史"，靠的是"个人化历史想象力"。

诗歌的功能方面，"从寺"，是一种具有祈祷功能的神圣言语为己构建的诗歌体系，是一种存在，属于历史的一部分。"诗歌并不是来自乌有、去向虚无的东西，它永远比我们更实在更有意义，我们应该相信它，它是使我们卸掉媚俗，引渡灵魂到达彼岸的方舟。"③ 这就是对存在的或者传统的诗歌作品的批评问题。批评不仅仅是批评家的工作，也是优秀诗人的工作。"用自己话语的血液，去粘和几个世纪的椎骨，优秀的诗人就是这样带着天才勤谨的劳动精神，扩展并加深了传统的语境，强化了它被诗人意识到的某些本质因素，并最终使之成为活生生的今天的一部分。"④ 然而，"当下诗歌批评整体上呈衰落之势，越来越缺少与当代历史、文化生活，以至当代诗歌写作对话的能力。"在当下诗歌批评未能树立起来"诗歌信仰"的"寺"的时候，"增加诗歌批评与当下历史语境、文化生活对话的能力，寻求介入当下诗歌写作的活力和有效性，应是诗歌批评家工作的目标和动力。"为此，陈超提出了"历史—修辞学的综合批评"的核心概念："要求批评家保持对具体历史语境和诗歌语言/文本问题的双重关注，使诗论写作兼容历史语境的真实性和诗学问题的专业性，从而对历史生存、文化、生命、文体、语言（包括宏观和微观的修辞技艺），进行扭结一体的处理。"⑤ 从"历史—修辞

---

① 陈超：《"人"的放逐——对几种流行诗潮的异议》，《诗刊》1986年第12期。

② 陈超：《生命诗学论稿》，河北教育出版社1994年版，第15页。

③ 同上，第102页。

④ 同上，第157页。

⑤ 陈超：《近年诗歌批评的处境与可能前景——以探求"历史—修辞学的综合批评"为中心》，《文艺研究》2012年第12期。

学的综合批评"的类概念分析，诗歌批评家对个人化的诗歌"新产品"的评价，不仅要从"语言"出发，还要从"历史"出发，全面评审作品的生存、生命、语言等方面的真实性与专业性。这种在"历史"背景下的综合批评，是打通时间的（从古代传统到当今现代）和空间的（从西方到东方）的语境。"许多人认定我的知识来源是西方现代主义和后现代主义，对此我不能说不对。……会知道我的诗论中有很大成分的中国古典文论特别是诗论的影响。"[①] "作为跨人文语境中的我国现代诗，其产生和发展壮大，同样受惠于诗人们对西方现代诗的从追摹到发展为自己的创造"以及"现代诗的内质，是发展着的、永远向未来开放的。它对传统诗质，在超越的同时又要追复。"[②] 因此，从临时"生存"的诗歌新作能否通过"历史生存"而进入永恒的"历史"，在"历史"中的传统诗歌作品是否具有"历史语境"而成为当下生活的"光景"，诗人能否从"光景"中挖掘出时代的"噬心主题"而构成他的"生命"，因此成长为拥有"求真意志"的诗人或（和）批评家，均由"历史—修辞学的综合批评"来完成。

综合上述，陈超提出的用于阐述诗歌创作的"个人化历史想象力"和用于诗歌批评的"历史—修辞学的综合批评"是接近"诗"核心的两大相衔接的中心类概念，它通过西方哲学及诗学的嫁接、中国传统诗学的转换，能够使用一组类概念来阐明个人诗歌创作从"生命"经"性情"到"语言"再进入"生存"的诗歌发生过程，以及从"生存"沉入"历史"再被显现为"光景"进入"生命"的诗歌批评过程，构成了完整的循环（图1）。这就是陈超的诗学体系。

何以命名陈超的诗学体系？考察该体系中的过程，无非是历史上的诗如何影响当代人的生活，即诗人从历史中走来，无非是当代诗人又如何通过语言进入历史，即诗人从当下走进历史、诗歌从历史进入现代。再考察体系中的两个核心概念"个人化历史想象力"和"历史—修辞学的综合批评"，修辞学含在诗学中，剩下的词是"个人""历史"和"化"，组成起来有"个人化历史诗学体系""个人历史化诗学体系"两种选择。因"个人历史化诗学体系"体现当下个体生命的历史意义，是陈超《生命诗学论稿》中的基本精神，因此本文命名时强调"生命"二字，称其为"陈超个人历史化生命诗学体系"。

---

① 陈超：《游荡者说》，山东文艺出版社2007年版，第163页。

② 陈超：《生命诗学论稿》，河北教育出版社1994年版，第96页。

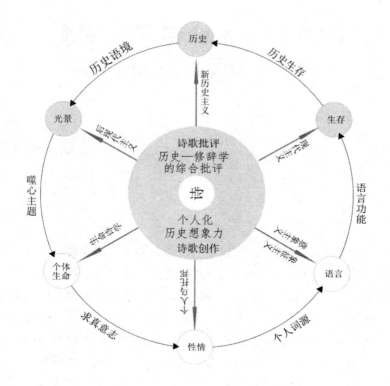

图 1 陈超 "个人历史化生命诗学体系" 的构成示意图

　　著有《诗辩》一书的英国诗人、诗评家菲利普·西德尼（1554—1586）说："当你死去，你会被世人遗忘，因为你缺乏一篇墓志铭。"本文作者则说：当陈超飞翔而去之前，陈超的一首首诗作、一篇篇诗论都在让他自个儿永生。陈超的墓志铭是他的《生命诗学论稿》《个人化历史想象力的生成》等，我们称之为"陈超个人历史化生命诗学体系"。

[作者单位：廊坊师范学院雨时诗歌工作室]

陈超的"生命诗学"理念

——以对海子评价为中心

刘卫东

海子生前落寞，没有出版过个人诗集，即便"对于海子的人与诗都抱有好感和尊敬的读者，有时也会弄不明白，这究竟是属于已被取代而消亡的艺术，还是那种'不是一种终结，一种挽歌，而带有朝霞艺术的性质'的事物？"[①] 争议颇多，而且是"本质性"的。在这种背景下，陈超对海子的研究就有了多重意义。研究者把自身诉求投射在研究对象之上，是常见现象；陈寅恪为纪念王国维书写的"独立之精神，自由之思想"，就是他自己对这种境界的诉求，这也被后来的事实所坐实[②]。对海子这样一位几乎跟他同时代的特殊的诗人，陈超做出了怎样的阐释，其中，寄托着他怎样的"生命诗学"[③] 理念，是本文拟讨论的问题。

一

陈超对海子的评价，看起来有些矛盾。他在《大地哀歌和精神重力——海子诗歌论》（下文简称《海子论》）中明确说："尽管海子的诗歌也有明显的缺失——多年前，笔者曾在一篇文章中指出其过度的'那喀索斯'情结，长诗的语言和结构尚缺乏精审的打磨、提炼和夯实——但在诗人们以'庸人'自炫自美的今天，我却更愿意积极肯定海子诗歌

---

① 洪子诚：《中国新诗史》，北京大学出版社 2005 年版，第 225 页。

② 在 1953 年的《对科学院的答复》中，陈寅恪表示，"我的思想、我的主张，完全见于我所写的王国维纪念碑中"。陆键东：《陈寅恪的最后二十年》，生活·读书·新知三联书店 1995 年版，第 111 页。

③ "生命诗学"是文学理论研究中的关键词，如《论闻一多的生命诗学观》（陈国恩，《文学评论》2006 年第 6 期）、《沈从文的生命诗学》（吴投文，东方出版社 2007 年版）等。陈超形成了以"生命"为中心的诗学理念，他将自己第一部诗论、诗歌总集命名为"生命诗学论稿"。"诗歌作为生命和存在的共相展现，它的本体方式是语言，而它的个人方式则直接存在于诗人的灵魂"，是陈超较早的对"生命诗学"的阐释。陈超：《生命诗学论稿》，河北教育出版社 1994 年版，第 3 页。

诗探索 9 理论卷 2018 年 第 1 辑

的开拓性价值。"① 说到对海子的批评，陈超是指他认为海子的诗"伴有阵发的、亢奋的'自我迷恋'（或那喀索斯式的自我崇拜更合适些？）倾向。"② 这无可厚非。文学史对海子的批评，也很严厉③。不过，陈超对海子的评价是比较纠结的，他从诗艺的角度对海子的诗歌（主要是长诗）并不满意，但是从个体生命探索、展现的角度，又高度肯定了海子。这在陈超的诗学批评中，是一个个案。那么，陈超对海子的评价为什么如此纠结，就值得讨论了。

陈超对海子的长诗及言说方式评价不是很高，其中"乌托邦"④ 问题应该是其中一个重要的因素。在不同历史时期和场合，陈超都对乌托邦及其实践发表过看法，说明他对乌托邦的认识有一定持续性和关联性。陈超认为，"乌托邦强行实验，成为某种专制制度、极权强人、本质主义者、绝对主义者、历史决定论者兜售其独断论思想的代称"，"对乌托邦叙事的消解，是 20 世纪以来思想史、哲学史、文学艺术史上的重大事件，其持续性影响至今未曾消歇。"⑤ 作为一个深刻的怀疑论者和不屈不挠的自由主义者，陈超对"独断论"的批判是贯彻始终的。回忆自己"文革"后期的读书生涯时，陈超曾谈及西方文化对自己的影响："那时，独断论者和思想改造机制，要求人们统一意志、统一思想、统一行动，人被作为有待'脱胎换骨'，进行现代迷信和道德献祭仪式的试验品对待，而我们内心的应答是'对不起，我惹不起你，但你也别想蒙我'。"⑥ 由此，陈超对乌托邦叙事衍生出来的"道德化""圣词"等持反对态度。在他看来，"圣词"需要摒弃，因为它"遮蔽了生存与生命经验的矛盾性、差异性、此在感，使诗歌精神类型化、整体化、彼岸化，与诗歌在

① 陈超：《大地哀歌和精神重力——海子诗歌论》，《个人化历史想象力的生成》，北京大学出版社 2014 年版，第 226 页。

② 陈超：《精神肖像或潜对话》，《打开诗歌的漂流瓶——现代诗研究论集》，河北教育出版社 2003 年版，第 300 页。

③ 例如，"海子对奇异精神图景的倚重导致了他诗歌的美学缺陷，在 80 年代汉语的修辞、语义所构成的表意系统中，海子并没有找到稳妥的精神归属，海子诗歌中精神和自然的参照总是处于悬空状态，抒情者自负孤傲，同时又自卑孱弱，是一个矛盾体。这种焦虑所引起的诗语表意结构的混乱、诗歌内在节律的紊乱对内在诗美有较大损伤。"丁帆主编：《中国新文学史》，高等教育出版社 2013 年版，第 137 页。

④ 需要说明，本文所谈的"乌托邦"，是指由理想主义激情而产生一种以宏大叙事为视角的思维方式。在陈超这里，乌托邦叙事通常与"文革"经验及话语相联，以及由此产生的圣词、本质主义、独断论、原教旨等语义表述系统。

⑤ 陈超：《乌托邦和圣词的消解》，《个人化历史想象力的生成》，北京大学出版社 2014 年版，第 56 页。

⑥ 陈超：《击空明兮溯流光》，《个人化历史想象力的生成》，北京大学出版社 2014 年版，第 409 页。

具体历史语境中深入揭示生存和生命真相的功能相抵触"①。可以说，陈超对乌托邦为中心的一套系统话语，都是持抵制态度的。

海子后期的诗歌注重对宏大事物的思考，有强烈的乌托邦倾向。他说："我写长诗总是迫不得已，出于某种巨大的元素对我的召唤，也是因为我有太多的话要说，这些元素和伟大材料总会胀破我的诗歌外壳。"②他的《太阳·七部书》的序幕就是"天"，从宇宙爆炸开始写起。在这部没有最终完成的鸿篇巨制中，海子以诗剧的形式，似乎想叙述某种起源的东西，充满了神秘、独白与仪式。据西川说，海子对这部长诗也不满意，曾经要销毁③。虽然并未完成，但能够看出海子的雄心壮志。海子是一位对乌托邦具有极大兴趣的诗人，这也差不多是海子研究者的共识，有很多成果都以此为切入点④。可能是出自对乌托邦叙事的厌恶，陈超对海子长诗持有保留态度。但是，他对海子诗歌中对宏大事物的爱好，却并没有表示反对。在1989年出版的《探索诗鉴赏辞典中》，陈超选了海子的《抱着白虎走过海洋》和《龙》两首诗。在鉴赏《抱着白虎走过海洋》时，认为"这首诗借助了梦幻的形式，揭示了生命的本质：那种宏伟的，义无反顾的、战胜死亡的伟力"⑤。指出《龙》"歌颂了中华民族沉默而不乏内力，受难而不乏崇高的精神伟力"⑥。他对海子这两首诗的解读，都抓住了"生命"和"伟力"，是从宏观的方面来入手的。

《海子论》中，仍然能够看到陈超对宏大叙事的不满。但是，他非常明确地把海子与"其他诗人"做了区分。在陈超看来，虽然海子有强烈的宏大叙事冲动和乌托邦倾向，但因为"真诚"，是可以被"择"出来的。陈超把海子的诗歌称为"灵魂超越性"写作。对此类作品，陈超提出了自己的批评："对'灵魂超越性'想象力范型而言，其诗歌有精审的形式和高贵的精神质地，但却缺乏更深刻的对'此在'历史和生命经验的有效处理，不期然中成为一种可供遣兴的高雅读物。其流弊特别

① 陈超：《乌托邦和圣词的消解》，《个人化历史想象力的生成》，北京大学出版社2014年版，第56页。

② 海子：《诗学，一份提纲》，西川编：《海子诗全集》，作家出版社2009年版，第1038页。

③ 西川编：《海子诗全集》，作家出版社2009年版，第554页。

④ 汪树东：《精神乌托邦的致命危机——海子诗歌与中国当代诗歌精神的重建》，《石河子大学学报》2010年第4期。

⑤ 陈超：《探索诗鉴赏辞典》，河北教育出版社1989年版，第615页。

⑥ 同上，第616页。

体现在诗人海子去世后，某些盲目而易感的追随者身上。"① 也就是说，陈超在对大多数诗人的"灵魂超越性"写作过于超拔，不能跟生命发生碰撞的提出批评的情况下，唯独放过了海子，而且还把他作为此类作品成功的典型。原因在哪里？当陈超提笔写《海子论》的时刻，海子已经以自杀震动文坛，成为无法绕过的诗人。作为善于借用"圣词"抒情的诗人，陈超是持怀疑态度的，但海子用极端的方式证明了自己的真诚，就得到陈超的谅解，并且刮目相看了。在陈超看来，海子对诗歌题材的处理，有自己的逻辑来源，而对一些"大词"的运用，也出自个人化表述的需要，"海子的诗大量地突出了'麦子''火焰''太阳''马匹'等。但深入辨析，我们会发现，他是经由自己的生命心象来重新处理这些语词的。"② 可以说，陈超从自己诗学的"反向"的维度上了肯定海子。

二

陈超对乌托邦叙事保持了足够的警惕，但从何种意义上肯定了以乌托邦叙事见长的海子，需要细究。在陈超的诗论中，有时能看到对海子的批评，比如谈骆一禾时说，"他不像海子那样以从天下视的先知的方式说出，他更像是一位地上的义人。就我个人的喜好而言，我或许更倾向于骆一禾的态度。亲切，友善，触动心房。"③ 从这段叙述看，陈超对海子的言说方式不是很接受，他更认同骆一禾的精神气质。陈超讲他与海子的交往经历时说，"我与海子的交往是极为有限的，仅有两次为《诗神》约稿。直截了当，没有任何具体的交流，彼此小小的自尊心所致，也由于我那时不太热爱高古宏大的作品。"④ 印象并不深刻。这里的"那时不太热爱"，暗示了陈超对海子的评价和对长诗的认识都有修正。

陈超肯定海子，是因为他捍卫了诗歌的严肃性。陈超多次表达对诗歌成为"无足轻重的小摆设或自我麻醉术"⑤ 的担忧。他认为，"中国

---

① 陈超：《先锋诗歌20年：想象力维度的转换——以诗歌的"个人化历史想象力"为中心》，《个人化历史想象力的生成》，北京大学出版社2014年版，第10页。

② 陈超：《先锋诗的困境和可能前景》，《个人化历史想象力的生成》，北京大学出版社2014年版，第32页。

③ 陈超：《精神肖像或潜对话》，《打开诗歌的漂流瓶——现代诗研究论集》，河北教育出版社2003年版，第295页。

④ 同上，第299页。

⑤ 陈超：《传媒话语膨胀时代的诗歌写作问题》，《诗与真新论》，花山文艺出版社2003年版，第244页。

的诗歌形成了一种新的陈词滥调，充斥着对于美人、骑士、田园、马车、麦子、雪花、霏雨、城堡、神殿、缪斯、玫瑰、上帝……的混乱抒情。这样的诗歌既不转喻生活，也不回应历史，因而完全丧失了活力。"① 他把"口水体""垃圾体""下半身""废话体"等诗歌"哄者"赢得点击率的行为，比作"成年人在闹市区强行拦路装傻、卖乖、露阴"②。从整体来看，作为一个从业者，陈超对当代诗歌的评价不是很高，当然这也跟他较为苛刻的审美观有关——因爱之深而产生。在不断批评当代诗歌问题的状况下，他对海子的推重，就有反拨的意义。陈超认为，"80 年代中后期，海子、西川、骆一禾的诗，就确立了超越性的'个人灵魂'的因素，充任了世俗化的时代硕果仅存的高迈吹号天使角色。他们反对艺术上的庸俗进化论，对人类诗歌伟大共识体有着较为自觉的尊敬和理解。对终极价值缺席的不安，使之发而为一种重铸圣训、雄怀广披的歌唱。"③ 在这里，陈超表现出对八十年代诗歌深入到"个人灵魂"的超越性诗歌的认同。

海子是一位把诗歌和生命熔铸于一体的诗人。他在 1987 年的日记中说，"我实在是全身心沉浸在我的诗歌创造中，这样的日子是可以称之为高原的日子、神的日子、黄金的日子、王冠的日子"，他决定"以全部的生命之火和青春之火投身于太阳的创造。以全身的血、土与灵魂来创造永恒而又常新的太阳，这就是我现在的日子"④。对于诗歌，海子倾其所有，义无反顾。海子渴望献身，他在《祖国（或以梦为马）》中表示，"我的事业就是要成为太阳的一生"，"和所有以梦为马的诗人一样 / 最后我被黄昏的众神抬入不朽的太阳"。海子将自己的生命体验与诗歌创作绑定，共同向人类精神痛苦的极限挑战。这是个人孤绝的冒险，前途未卜。正如有论者所言，海子的诗歌如同他的生命，都是"一次性"和"反经验"的⑤。在陈超看来，海子的献身激情和行为使他的诗歌超越了语言，与生命追求紧密相连，并指示出一条以个体苦难修行

---

① 陈超：《我眼中的今日中国诗歌》，《诗与真新论》，花山文艺出版社 2013 年版，第 232 页。

② 陈超：《传媒话语膨胀时代的诗歌写作问题》，《诗与真新论》，花山文艺出版社 2013 年版，第 248 页。

③ 陈超：《先锋诗歌 20 年：想象力维度的转换——以诗歌的"个人化历史想象力"为中心》，《个人化历史想象力的生成》，北京大学出版社 2014 年版，第 7 页。

④ 海子：《日记》，西川：《海子诗全集》，作家出版社 2009 年版，第 1030 页。

⑤ 张清华：《"在幻想和流放中创造了伟大的诗歌"——海子论》，《当代作家评论》1998 年第 5 期。

而获得"纯正伟大"诗歌的救赎之路,而这,与他对"诗歌是个人乌托邦"[①]的理解不谋而合。他以少有的惊叹口气说:"海子不可思议。他启示录般短暂的一生,使任何有良知的诗人都感到痛心。他的自杀,几欲造成先锋艺术中高迈激情长久的缺席,如果不是永久的话。海子是圣徒般的诗人,他捐躯的意志具有'不顾'的性质,以至当我们反观他的诗作时,竟产生了一种准神学启示录的意义。"[②]在这一点上,海子深得陈超之心。陈超本身所谓的"生命诗学",就是用生命撞击语言,将诗歌和人生视为共生体的。他说,"我在巨冰倾斜的大地上行走。阳光从广阔辽远的天空垂直洞彻在我的身体上。而它在冰凌中的反光,有如一束束尖锐的、刻意缩小的闪电,面对寒冷和疲竭,展开它火焰的卷宗。在这烈火与冰凌轮回的生命旅程中,我深入伟大纯正的诗歌,它是一座突兀的架设至天空的桥梁,让我的脚趾仅仅扣住我的母语,向上攀登。"[③]陈超描述的这样一个孤绝、奋进的诗人形象,是自我指认,也是他生命诗学的基本理念,而这一点,正是被海子发挥到了极致。

诗歌来自生命,超越生命。在这一点上,海子达到了陈超的高度认同。骆一禾说,海子这类"短命天才"有共同点,就是"抒情诗中有鲜明自传性带来的雄厚底蕴、向史诗形态作恃力而为、雄心勃勃的挑战、绝命诗篇中惊才卓越的断章性质"[④]。对于海子来说,诗歌就是他的信仰。他与生命唯一的沟通手段,就是"献诗"。荷尔德林、卡夫卡、梵高、太阳、村庄、麦子、黎明、死亡,是他"献诗"的对象,也是他触摸生命的"及物名词"。由于挑战的内容太过强大,海子不得不以一生为赌注,并最终死于途中。海子对诗歌的信仰,使他的挑战不是做作的无病呻吟,而是对生命极限发起冲击。海子的这种圣徒感,已经从诗歌中消失很久了。陈超对当代诗歌不断表示失望的同时,不断强调信仰问题。他说:"是的,诗歌信仰!我们几乎从来不提到它。这个不证自明的道理使我如此煞有介事,是希望能教一些朋友感到亲切,类似一种怀旧的

① 在陈超看来,"保留""前进""纯正伟大"诗歌的方式"更接近于诗人个人的理想和抱负,更多地有赖于诗人坚执高蹈的信仰"。陈超:《诗歌信仰和个人乌托邦》,《生命诗学论稿》,河北教育出版社1994年版,第29页。

② 陈超:《精神肖像或潜对话》,《打开诗歌的漂流瓶——现代诗研究论集》,河北教育出版社2003年版,第299页。

③ 陈超:《生命诗学论稿》,河北教育出版社1994年版,第2页。

④ 骆一禾:《海子生涯》,西川编:《海子诗全集》,作家出版社2009年版,第2页。

情感罢。"① 陈超在理论上抵制乌托邦、"圣词"，乃是一种"假象"，一个巨大的乌托邦，就在他的心中隐藏。

陈超见惯了乌托邦和"圣词"的"假"，因此他推崇诗的"真"，"在今天的具体历史语境中谈诗歌之'真'，肯定不是指本质主义、整体主义意义上逻各斯'真理'，亦非反映论意义上的本事的'真实性'。而是指诗人个人化历史想象力和生命体验之真切，以及强大的语言修辞能力所带来的'可信感'。"② "生命，生命是我们与自己的反复冲突"③，是海子的生命观。海子诗歌的"真"，恰与他的生命互证，而且他必须以此证明——这是海子诗学的"黑洞"。一个不献身的"圣徒"，无论怎么谈信仰，都仅仅是"修辞"，无法带来"可信感"。

评论海子时，陈超谈了他对乌托邦的另一种看法。他认为，诗歌需要乌托邦精神，"乌托邦的消失使人几乎成为物"，"失去了任何理想，变成了仅仅凭冲动行事的生物"④。在《海子论》中，陈超从"大地哀歌"入手，阐明了海子的写作与乌托邦的关系，然后，用"精神重力"来论证海子转向"大诗"写作后的思想轨迹，给予了相当高的评价。陈超套用王国维的话评论海子说，"中国先锋诗自海子，眼界始大，感慨遂深"⑤。从海子的诗歌中，陈超强调的是"眼界"和"感慨"，可见，陈超对海子的认识发生了一个转折，认可了海子对宏大叙事的偏爱。

三

评论海子的时候，陈超秉持的是自己对诗和生命的看法。他强势地介入了自己的话题。如果认识到这一点，就能看到他对海子困境的理解了。海子在诗歌中，不停痛泣谕告，他感到了难以忍耐的痛楚。"万里无云如同我永恒的悲伤"（《村庄》）、"我的琴声呜咽泪水全无"（《九月》）、"草原尽头我两手空空 / 悲伤时握不住一颗泪滴（《日记》）"。陈超对此的理解是，"海子的灵魂体验显得激烈、紧张、劲哀，在辽阔

① 陈超：《诗歌信仰与"个人乌托邦"》，《打开诗歌的漂流瓶——现代诗研究论集》，河北教育出版社 2003 年版，第 163 页。

② 陈超：《诗与真新论·自序》，花山文艺出版社 2013 年版，第 2 页。

③ 海子：《太阳·七部书》，西川：《海子诗全集》，作家出版社 2009 年版，第 636 页。

④ 陈超：《大地哀歌和精神重力——海子论》，《个人化历史想象力的生成》，北京大学出版社 2014 年版，第 226 页。

⑤ 同上，第 227 页。

的波浪里有冰排的撞击，在清醇的田园里有烈焰的噼剥"①。海子的抒情是平缓的、压抑的、苍茫的，但陈超看出了这之后的暴烈和冲突的隆隆回声。

海子钟情毁灭，"我与欲望也互通心声，互相壮大生命的凯旋，互为节奏，为夜半的钟声和急促的屠杀。我透过大火封闭的牢门像一个魔。对我自己困在烈焰的牢中即将被烧死——我放声大笑。我不会笑得比这个更加畅快了！我要加速生命与死亡的步伐。"②这是他对压迫的激烈反弹。陈超认为海子诗歌中存在其他论者所谓的"暴力"，但是，"'暴力'在海子个人词汇表中的可替换词，或许就是'残酷的必然性'。上帝跟生活中的光明与黑暗同时相关，二者同时存在。对于这个年轻、单纯而敏感的诗人海子来说，认识到这一点真是太残酷了。"③在陈超看来，海子的很多痛苦是生命中随之而来的、与幸福共生的一部分，是必然存在的。陈超虽然以过来人的口吻叙述了海子的年轻、单纯和敏感，以及由此而产生的"生命中不可承受之问题"，而他所承受的苦痛，同样痛彻心扉。陈超在《冬夜》中写了他的噬心痛楚："冥界的冠冕。行走但无踪迹。/血液被狂风吹空，留下十字架的创伤。/在冬夜，谁疼痛地把你仰望，/谁的泪水，像云阵中依稀的星光？"陈超的"暴力"，同样充满了惊人的能量，"让我放弃牧歌，让我向后追上这速度这残酷/让我的愤怒显得更过度吧/让我语言的军火库失火吧/——我已经失去耐心"（《艺徒或火焰赛跑者之歌》）。毫无疑问，对于海子和陈超来说，心灵内部奔突着滚烫的岩浆，因此生命的火山喷发，不过是时间早晚的事。

终于，也是必然，死亡主题出现了。写作《海子论》的时候，陈超预先做了一个郑重的声明，反对将海子的诗歌与海子的死亡联系起来。陈超认为，这样会歪曲对海子诗歌的理解，"需要特别注意的是，与日常的诗歌批评工作状态不同，讨论甚至仅仅是阅读海子的诗歌，我们会遇到一个巨大的'磁场'——换一个说法，也可称为'干扰源'——由诗人自杀所带来的强劲后制作力的吸摄，它会强使海子纷杂丰富的诗作迅速排列好规则的磁力线，似乎海子短暂一生的诗歌生涯，就是一场不

---

① 陈超：《先锋诗歌20年：想象力维度的转换——以诗歌的"个人化历史想象力"为中心》，《个人化历史想象力的生成》，北京大学出版社2014年版，第7页。

② 海子：《日记》，西川：《海子诗全集》，作家出版社2009年版，第1032页。

③ 陈超：《大地哀歌和精神重力——海子论》，《个人化历史想象力的生成》，北京大学出版社2014年版，第224页。

断的死亡演习和最终的'实战'"①。这个声明是必要的。海子研究中把"死亡"作为重点论述，忽略海子诗歌中其他质素的说法，简化了海子诗歌的内蕴。有论者也指出，"海子与顾城是 80 年代诗人中较早对生死等哲学问题进行思考的诗人，死亡不再被当成诗歌观念，而是形成了鲜明的诗歌意象"，"海子去世后，诗人的死亡成为解读诗歌的注脚，在一个阶段内影响较为深远。"② 现在的问题是，陈超的提醒的背后，是否还有其他的考虑？确切说，是否还有一种潜意识中抗拒的因素？

　　事实上，海子写作中对死亡的迷恋，是研究者绕不开的。酷爱建立自己乌托邦的海子，对死亡充满了兴趣。《死亡之诗（之一）》《死亡之诗（之二：采摘葵花）》《自杀者之歌》等，都是以此为主题的作品。如此大规模地书写死亡，是诗人中不多见的。海子把死亡当作自己体察世界的一扇门。他说自己"是一个黑夜的孩子，沉浸于冬天，倾心死亡"（《春天，十个海子》）。在海子这里，生死是同构的，"左边的侍女是生命 / 右边的侍女是死亡"（《抱着白虎走过海洋》）。在海子的诗中，看不到对死亡的恐惧。在他看来，死亡甚至是美好的，"幸福找到我"的时刻，就是"在劈开了我的秋天 / 在劈开了我的骨头的秋天"（《幸福的一日》）。海子的遗书表明，他的死与练习气功有关③。但是，在对海子的研究中，死亡总是被作为"时代的神话"解读④。《海子论》中，陈超与海子就死亡问题进行了"对话"。陈超虽然拒绝直接谈论海子死亡的意义，但通过对海子诗歌的解读，最终抵达了这一问题。相对于其他论者所看到的海子面对死亡时的平静、安详，陈超看到的是，海子"跌向太阳"，"走上的是一条疼痛的'单足人'般的天路历程，是瞽者般返诸内心的黑暗与光明含混难辨的道路"⑤。他几乎是把海子作为受难圣徒，写了海子的死。事实上，很多评论者都对海子死亡的意义有所阐发，而陈超的说法，更有意味。陈超放弃了对海子死亡的"宏大叙事"指认，甚至认为海子是"失足""迷失"，但这却是陈超最高的褒奖。也许在这一点上，他们达成了默契。陈超拒绝的不是宏大叙事，而是假

　　① 陈超：《大地哀歌和精神重力——海子论》，《个人化历史想象力的生成》，北京大学出版社 2014 年版，第 201 页。

　　② 丁帆主编：《中国新文学史》（下），高等教育出版社 2013 年版，第 137 页。

　　③ 朱云乔：《海子传》，中国华侨出版社 2013 年版，第 249 页。

　　④ 黄其恕：《被带到"葵花之外"的"孤独之王"——海子诗歌中的死亡意识解读》，《当代文坛》2002 年第 2 期。

　　⑤ 陈超：《大地哀歌和精神重力——海子论》，《个人化历史想象力的生成》，北京大学出版社 2014 年版，第 222 页。

的宏大叙事。往往是出于避免亵渎，他才避开宏大叙事。陈超描述过一次看夕阳的经历，他从壮观的、惊心动魄的景色中感受到了诗，但是，"我放弃了写作。我知道词语的背叛开始了。如果我勉强写下这组诗，在我的生命中，将永远被这壮硕的日落杀死"[1]。他认为自己如果对此发言，将可能会使用一些庸俗的语句，而勉强写下的诗将代替自己的珍贵体验。陈超把海子的死亡看成了他诗歌追求的一部分，所以才没有大惊小怪，就此大做文章。正如有论者对二人做出的比较："海子笔下的死亡是个性化的审美书写，既有对死亡不遗余力的赞美，亦有激烈的形而上思辨，而陈超对死亡的认识更冷静客观。"[2]纵观《海子论》，陈超对海子充满了"感同身受"，但并没有从意义上拔高，而是引用了海德格尔的存在主义哲学阐释海子死因[3]。他似乎躲避的不是海子的死亡，而是自己。

巧合的是，陈超和海子都对梵高有浓厚的兴趣。海子写过献给梵高的一首诗《阿尔的太阳——给我的瘦哥哥》，把梵高的艺术道路比喻为"火中取栗"。艺术品是艺术家用生命疼痛换来的。1989年春天，海子自杀前后，陈超在回答"艺术"与"艺术家的死"的问题时，说了一段类似意思的话："我记得俄国诗人曼杰施塔姆写过这样的诗：'我冻得直哆嗦／我多么想闭口无言／而黄金在天空舞蹈／命令我歌唱！'我以为，这几句诗就道出了艺术和生存的对称关系。一个在寒冷的地上，一个在黄金的天空，一个直哆嗦，一个在舞蹈。这不是一种隔离，而恰恰是互动激励关系。用梵高的画可以直接为这首诗做注脚……"[4]在陈超看来，艺术家和艺术品之间，是相互"激励"的关系——梵高的生平就是例子。在另一篇文章中，陈超又提及了上述话题，并且把意思说得更明确，"梵高说，'我作为一个苦难的人，不能离开一种比我更强大的力量。'这句话，正道出了一个真正艺术家与他所创造的对象之间的严酷关系。"[5]个人苦难级别和诗歌重量之间，紧密相连。这里，可能也存在梵高、海子、陈超之间共同的"密码"。

---

[1] 陈超：《论诗与思》，《打开诗歌的漂流瓶——现代诗研究论集》，河北教育出版社2003年版，第184页。

[2] 段曦：《陈超与海子诗歌死亡意识之比较》，《当代作家评论》2016年第3期。

[3] 陈超引用了海德格尔来讲海子的意义："此仰望穿越向上直抵天空，但是它仍然在下居于大地之上。此仰望跨于天空与大地之间。"《大地哀歌和精神重力——海子论》，《个人化历史想象力的生成》，北京大学出版社2014年版，第221页。

[4] 陈超：《反叛·反驳·反证》，《打开诗歌的漂流瓶——现代诗研究论集》，河北教育出版社2003年版，第283页。

[5] 陈超：《现代诗：个体生命朝向生存的瞬间敞开》，《打开诗歌的漂流瓶——现代诗研究论集》，河北教育出版社2003年版，第28页。

进行诗歌评论以来，陈超解构、反乌托邦追求的特征很明显。但是，他本身也在建构一种本质主义的理念，那就是注重践行、化血为墨的生命诗学。陈超诗歌创作的"乌托邦'桃花'"和"日常精神生活"两个向度①，都指向"好诗"。海子打动陈超的，正是不屈不挠地对自己的"逼问"，以从中获取诗篇。用生命之火炙烤自己，在他人看来是疼痛的，而海子感到的是幸福。陈超对海子的研究的精到，在于他能体验这种疼痛，并且能够理解海子的幸福，这是诗学理论，更是诗人之间心意相通之处：用生命写诗。1990年代，诗歌持续"下行"，陈超反其道行之，对海子建构诗歌乌托邦的"向上"的努力做出肯定，除了表现出他诗学的拓展，还表现出对诗歌宗教般的热爱。按照陈超自述，这就是他所追求的"个人化的历史想象力"②。

[作者单位：天津师范大学文学院]

---

① 霍俊明：《乌托邦"桃花"与日常精神生活——诗人陈超》，《南方文坛》2015年第1期。

② 即："诗人从个体的主体性出发，以独立的精神姿态和个人的话语修辞方式，去处理具体的生存、历史、文化、语言和个体生命中的问题，使我们的诗歌能在文学话语与历史话语，个人化的形式探索与宽阔的人文关怀之间，建立起一种更富于异质包容力的、彼此激发的能动关系。"陈超：《个人化历史想象力的生成·后记》，北京大学出版社2014年版，第414页。

让文字"带上自己的心"

——陈超《诗野游牧》诗话随想

薛 梅

一

陈超先生是我的恩师。"带上自己的心",是芒克的诗《诗人》的全部诗句。也是陈超老师一篇短文的名字,亦取自芒克。这一篇短文中,陈超透过芒克的心映现的是自己的心,即对本真心灵的尊重及珍重。如今恩师肉体已逝,但那颗本真的心却始终高悬在诗歌的圣殿之上,成为一面镜子,不时在警醒着我们要抱有一种求真意志。因为这颗心的永恒在场,先生不死,精神长存!

作为中国当代诗歌史上一位卓有建树、风格独标的诗人评论家,陈超已经成为一座丰碑。或者说,对于八十年代以来那些"动辄贩卖西方文论和唯某某主义是瞻的批评家"① 来说,陈超的出现,给乱象的诗坛吹来了一股清凉的风,吹刮着那些自以为是到处贩卖着样板化"学术"的学院派朽木的味道,也吹刮着诗坛上自以为是到处叫嚣着泡沫式"先锋"的职业批评家和网评家硫黄和泡茶的味道。陈超始终固守着自我对于诗歌的干净之心,所以他将之命名为"生命诗学",所以他要"打开诗歌的漂流瓶",让心成为真正的"游荡者",让心本本真真地在"诗野游牧"。甚至连他的离开,也是这颗心要带他飞翔。

这是自由的灵魂,更是自觉的心性。陈超常常带来创作的惊喜,那些没有任何拘囿而自在采摘的诗歌的果实,那些没有任何匠气而自如吐露的诗话的芳菲,那些没有任何功利而自明修为的诗评的菩提,都必然让他的影响范围、强度和时间跨度成为一种无法估量的高度。

陈超多维度的诗学特质,具有不可复制之美。陈超是一种唯一。

---

① 霍俊明、韩少华:《"诗人批评家":从"先锋游荡"到"诗野游牧"——陈超的诗学研究及作为一种批评的启示性》,《当代作家评论》2015 年第 1 期。

二

《诗野游牧》①是陈超的诗话之作，陈超让每段文字都带上自己的心，这就决定了陈超诗话的自觉创造性和自悟探索能力。陈超之所以为陈超，这是最根本的价值指向和真理吁求，是"在维系诗歌的本体依据和诗人的个体主体性的同时，在时代的强行转换中，他持有了规避话语失语症的对时代的对应与回声，甚或挑战"②。陈超的诗话，是揭示了他的艺术禀赋和生命意识、他的诗歌情怀和艺术良知的总体特征的。

自古诗话作为一种最具民族特征的文学批评样式，不仅是诗学观念的传达，更多还是其史学意识、文化意识、审美意识的综合体现。中国文人以"余事作诗人"的态度作诗，又以"以资闲谈"的宗旨写作诗话，但始终体现了作家们所尊崇的文化观念。"五四"时代有了一个大转折，那就是打通了古典诗学与外国诗学的壁垒，兼容并包中让"余事"和"闲谈"都肩负起思想启蒙、精神建设的使命，那些余事和闲谈中也便注入了更多新诗体内在建设的紧张感和迫切性，其理性思辨色彩甚为流行，重建了民族文化自信心，并由诗话向诗学转变、向美学结合。而后当代诗话在缺席二十年之后，八十年代开始复兴。如果说，《鲁迅诗话》和钱钟书的《谈艺录》，超越了前人诗话的深度和广度，成为中国现代诗话的两座丰碑，那么，陈超的诗话集《诗野游牧》，则成就了陈超成为中国当代诗话的一座丰碑。他企及并超越前人的恰恰是他自己身兼诗人和诗评家的学养兼修，在完成了自身的先锋转换和诗学理论体系的同时，也完成了当代诗话的用心自觉和深邃直击内里的劲道。他将诗学版图的无限辽阔，以其"牧游"的心之所至神之所邈的广延性，包容起诗歌内部与外部的多元质素，以其本真的灵魂独语和诚实对话的双向建构，完成一种自觉背后有洞见式的深邃和学术视野的辽阔。

《诗野游牧》作为一本诗歌理论批评的别样表达，不仅呈现出了当代诗话的创新意义，更呈现了一位杰出的诗评家不凡的诗歌洞见和对当下审慎的学术涵养。其人格魅力独标孤怀，力拔超群，却思想开放，绝不偏执，为人又内敛低调，仁德厚朴，实为学界楷模。这或许都源于他的每次游牧，每点启悟，都是要"带上自己的心"的，诚如他所说的："好的诗歌，心灵大于学养，性情逾越头脑。/只有个人才有心灵"，强调的也就是"带上自己的心"。看诗歌就是品人品事，就是及人及物，这里的心，不仅是心灵本身，还有用心而为。"对那些真正成熟而优秀的诗来说，无法截然分出'悲观'与'乐观'，'坚信'与'迟疑'。它像坚实润泽的蛋白石一样，它的光能在慢慢转动的不同角度下放射出不同的色彩，成人写作，经验的包容力在此产生。"其实，陈超就是这样的一块诗意的蛋白石，在诗的内部与外部都无可争议地放射出异彩，照亮每一个在诗歌路上苦苦寻觅的人。

三

陈超应该是梁宗岱认为的那种"两重观察者"，"他的视线一方面要内倾，一方面又要外向。对内的省察愈深微，对外的认识也愈透彻"，这"内""外"二者不但相成，而且相生："洞观心体后，万象自然都展示一副充满意义的面孔。对外界的认识愈准确，愈真切，心灵也愈开朗，愈活跃，愈丰富，愈自由。"① 陈超的《诗野游牧》共分三辑，其一"诗艺清话"，其二"片面之词"，其三"话语斜坡"，都是内外兼修的竹子品相，有清凉的警醒和通透的从容。陈超并不拘囿于传统的文体界定，他的《诗野游牧》其实已经兼并了传统文体中的诗话、诗说与诗法。或者说，陈超的《诗野游牧》扩大了诗话的现代性意识和先锋性创造。这三辑里，诗话（评）、诗法（格）与诗说杂糅一体，各自独立中又呈整体性的诗论架构：生命诗学、个人化历史想象力，及其批评品相：求真意志，这是与其诗论集《生命诗学论稿》《打开诗的漂流瓶》《中国先锋诗歌论》《诗与真新论》《游荡者说》一体同构的。这些《诗野游牧》中随处收集的蘑菇、野草、花朵及石头，都是诗中之论和论中之诗，其神韵和格调美不胜收，有随心所欲的大自在，又有直刺极谏的酣畅，对诗歌文化建设有着不言而喻的价值和意义。

四

第一辑"诗艺清话"，一个"艺"字突出了诗法问题，一个"清"字突出了诗说意味。这一辑发出了"单纯悦耳的'泠泠'声响"："不只是你怎样看世上万物，还有万物怎样看你。诗人的高下在此见出"，

---

① 梁宗岱：《谈诗》，《梁宗岱文集 2 评论卷》，中央编译出版社 2003 年版，第 84 页。

“对现代诗而言，声音绝非装饰，它也是诗的创造性存在本身。/ 对好的诗人来说，声音也要求有原创性。声音本身也是讲述、吟述、回忆、畅想、讥诮、反讽……/ 声音——语言在抖动。/ 嘿！别忘了，寂静，原始寂静也是诗的声音之一”，“隐喻，只是诗歌的语型之一，不应形成‘专权’。/ 诗意的经验未必都要用隐喻表现，有不可言说的神奇，也有可由口语言说的平中见奇，在表面波澜不惊中，有内在心灵的陡峭”等，都是呈现了有“破”有“立”的诗学观念。“在表面波澜不惊中，有内在心灵的陡峭”，正是“诗艺清话”的真相。

这“破”与“立”的关系，都只在一个“清”字上了。这“清”是“月到天心处，风来水面时。一般清意味，料得少人知”（[宋]邵雍：《清夜吟》）中的清新之意，是“踠彼千里足，伤哉一尉欺。陈生富清理，卓荦兼文史”（[唐]卢藏用：《宋主》）中的清理之法，是“楚水清若空，遥将碧海通。人分千里外，兴在一杯中”（[唐]李白：《江夏别宋之悌》）中的清澈之感，是“鸣笳临乐馆，眺听欢芳节。急管韵朱弦，清歌凝白雪”（[唐]李世民：《帝京篇十首》）中的洁净之旨。可以说，“诗艺清话”这一辑，“清”是灵魂，也是陈超特识先觉的妙悟。

五

第二辑“片面之词”则是锋芒机杼，匕首投枪，读来大快朵颐，淋漓尽致。比如“艾略特的小老头，不能用来构造中国的小老头”“现在的诗人有意表演自己的生活怪癖，自我戏剧化”“废话诗欲从功力桎梏中解放，却变为废话的打工仔”“潮流算什么？鲤鱼跳龙门，从来都是逆潮流而上”“有诗人总是指责批评家是‘老好人’，你好我好他也好。但我看到，诗人间彼此的评论，更充满曲意奉承乃至肉麻的吹捧。/ 搞笑的是，在这点上，一流诗人和三流诗人都不怕丢脸，完全一样”等等，这样散落的卫生球比比皆是，从古今文化的态度到时代的观察，从诗评家到诗人，陈超都视同为诗歌的一部分，辩证客观，精当中肯，毫无中和之态，更无惧怕之姿，只有独立的人格品性和自信的诗学气质，令人高山仰止。

这一辑他正名勃莱“贫穷而听着风声也是好的”，他认定海德格尔所说的语言命名，“并不是简单重复对象的‘已知’，还应有能力揭示其内部‘未知’的意味”，他感受马拉美“报纸是一首隐形的诗”，同时又沉思着"当下的诗坛又何尝不像一张'隐形的报纸'",他指出中国现代"田园诗"的"禅写"和"旅游诗"的宿疾,打开了人与自然的诗歌谱系之根……可见,陈超的"片面之词""片面"得恰如其分,这是见出一位诗评家真正内行的功力,诚如霍俊明在"序"中所言:"陈超这种特殊性的诗歌批评话语方式,形成了其难以替代的专业性、有效性和独特的诗学难度。"① 这一辑大概是陈超在窗外飘雪的冬季,"坐下来提审另一个自己",因为他呈现每一种人、每一种现象的时候,他其实是把自己的心交付了的。所以他无畏而无惧,从容而冷凝。令人心生敬畏。

六

游牧的意味在于有趣,有意思。这貌似很浅,却相当重要。其实诗话是个难度,不是谁都可以写到大成,大多流于诗歌空泛之谈,无聊且无效。《诗野游牧》中的第三辑"话语斜坡"就是颇有意思之作,话语渐浓,叙事性渐强,既有诗歌叙事理论的梳理,也有叙事、抒情、议论的错落交融,开阖抑扬。这部分有趣故事的叙事性言说,和诗题凸显旨归的一目了然,都达成了一种合纵连横的批评氛围,自由又紧张,片面又受益,个性又智慧,属于阅读丰赡和诗思智敏的化合结果。当然大部分也来自于他的诗论,是他诗论的骨头和钙质:《精神重力与个人词源》《思就是诗》《求真意志》《个人化历史想象力》《成为"一",是自知责任重大》《至深者呼唤至深者》《内在的智性》《不是美,而是活力》《本体与功能同时"在场"》《别样的"信教者"》《意义和技艺均不让步》《见证和愉悦同等迫切》《悖论结盟》《改变语言即改变生存》《反诗和返诗》《语言,美和意义的乡土》《由"充实"造成的"虚无"》《体内能量的转化》《想象力与可信感》《绝望的激情》《希望的诗学》《语言的缺席》《诗歌,也可以意味着…》,单看这些画眼睛、勾灵魂的诗题,就已经进入了诗育的启蒙,这是一项浩瀚的诗歌文化建设工程,既有东西方诗艺融合的诉求,又强化民族本土上的诞生之魅和成长之思。其实,陈超所成就的是新时代的"诗界革命",是一面高高扬起的诗学大纛。

阅读陈超著作,宛如走进了一所庞大多层结构的诗歌博物馆,其征

· 陈超诗学学术研讨会论文选辑 ·

---

① 霍俊明:《从"游荡"到"游牧"——〈诗野牧游〉谨序》,为陈超《诗野牧游》序言,陕西人民教育出版社 2015 年版。

集、陈列、典藏和研究功能齐全，他安置的是自己的心，这颗心，既吸引着生活走进了诗歌的博物馆，又吸引着人心走进了诗意生活的幽邃之中。可惜他的遽然离世，让中国的诗坛陨落了一位巨星，但同时站起来无数的追随者、仰望者、别样的"信教者"，因为他点燃的心灯高悬，让我们重新找回诗歌迷失的路径。

为此，感谢河北师范大学、廊坊师范学院举办的这次"陈超诗学研讨会"，让陈超诗学的心灯愈发明亮和耀目，历史必将会留下它。

[作者单位：河北民族师范学院]

失败或曰诗人之心

——毛子诗歌论

何方丽

> 谢谢他们在一个二流时代
> 保留一颗失败之心
> ——毛子《失败之心》①

英国历史学家汤因比曾预言二十一世纪将是中国的世纪，他认为只有儒家思想和大乘佛法能拯救二十一世纪的人类社会。儒家思想强调入世，"修身、齐家、治国、平天下"。出世本为一个佛学用语，含义之一便是舍离世俗之事，是佛法（又称"出世间之法"）的重要理念。可以看出汤因比预言的基础是互相矛盾的思想体系，这也是中国人心理的基本矛盾。通常情况下，入世将面临诸事不顺的挫败感，出世则可能面临无所作为的无力感。在中国历史上，积极的入世者和出世者层出不穷，他们的抉择与经验成为后来者的理想范式。但不得不指出，二十一世纪中国似乎并未因为儒家思想和大乘佛法显示出主导性迹象。由于个体入世和出世的矛盾程度、个体与时代的摩擦程度差异颇大，新世纪的中国社会在不同人心中具有不同的面貌。在诗人毛子这里，时代的巨浪时而将其逼退，时而推其向前，他用诗歌记录了二十一世纪宏大叙事中一位失败者的心声。然而，他的失败包蕴着一颗虔诚的诗人之心。这颗心与伪善、浮夸、干瘪的世界无法兼容，却与失败、孤独、暗淡共存、共生、共舞。

---

① 诗歌选自毛子诗集《我的乡愁和你们不同》，长江文艺出版社2017年版。本文所涉及毛子诗歌皆选自该书。

一 软与硬

于坚用软与硬来形容诗歌语言的分歧①，而毛子诗歌的软与硬则表现为其诗歌精神的特质。在毛子的诗中看不到他与世界和解的尝试，与他的作品一样，毛子有坚硬的外壳，也有柔软的内里。当然，他的柔软并非为世界同化而产生的平和与安定，而是在与生活的对抗中发现的爱与美，以及由此带来的刹那间的顿悟和超脱。在杂语众声的世界中，他是一个强硬的抵抗者，同时也是一个柔软的悲悯者。由于只身抵抗世界这庞大之物以及生活这张紧密之网，他的失败无可避免。但毛子并未耽于失败之苦，他在失败中探求存在的本质，也用失败之诗承载真实的生命。为生命去蔽是毛子诗歌"外硬内软"的根本原因。

美国心理学家马斯洛的需求层次理论将人类的需求从低到高分为五种：生理需求、安全需求、爱和归属感、尊重和自我实现。他认为前三者属于低一级的需要，后两者属于高一级的需要。从目前的创作来看，毛子缺乏安全感和归属感②。他的不安来自于精神的乡愁。他直言："在宜昌，我并不快乐 / 我与周围的生活格格不入 / 为什么一直在后退 / 为什么我快把没到过的地方当成了祖国"（《我的乡愁和你们不同》）。刘波曾在一篇文章里将这种"直把他乡做故乡"的精神取向，视为毛子对"自由理想之处"和"高贵的灵魂"的向往和追寻③。除了这种关乎理想与灵魂的精神追求外，诗人的乡愁抵触生养他的宜都④，还与当下的困境和曾经的不堪有关。在故乡恒定的空间里，诗人无法打破被时间串联并不断堆积的焦虑和不安。《捕獐记》《天黑，和父亲回家》《魔咒》都曾提及诗人儿时的不安体验。无论是《捕獐记》中面对獐无辜的眼神而体验到的"力气全无"，还是《天黑，和父亲回家》中感受到的"河水的阴森、恐怖"，抑或《魔咒》中"为什么星期天紧挨着星期一 / 而星期一又远隔星期天"这个魔咒似的问题"第一次冒出来"时的漫不经心，都让诗人的童年记忆难以成为他快乐的精神之源。按照弗洛伊德的理论，诗人的"不快乐"在某种程度上受儿时创伤的影响。暂且不论弗

①　于坚：《诗歌之舌的硬与软：关于当代诗歌的两类语言向度》，《诗探索》1998 第 1 期，他在文中指出普通话与方言是中国当代诗歌的两种语言向度，前者坚硬，后者柔软。

②　需求理论由人本主义心理学家马斯洛提出，本文所言的毛子缺乏安全感更多的是在精神层面，而非对人身安全的担忧，因而与马斯洛提出的缺乏安全感、归属感的表现有所不同。

③　刘波：《在生活的难处里写作——论毛子的诗歌》，《诗探索》（作品卷）2013 年第 4 辑。

④　宜都现属湖北宜昌的县级市，毛子生长于宜都，现定居宜昌。

洛伊德的理论是否值得信任，单从《魔咒》中诗人"还没有长出喉结"时深邃的思考来看，毛子诗歌"天然的孤绝感"①气质确是其敏锐、感性、多思的结果。过往的经验与当下的困境共同造成了毛子对生活的不信任。诗人怀疑他的所见所闻及拥有的东西，如《我拥有的东西并不可靠》：

> 我坐着的这个下午，并不是我的
> 多年后，那些后来出生的人
> 也会像我一样进入
> 但这个下午也不是他们的
> 它也不是祖先们的
> 哪怕他们比我早，比我年轻

诗人从时间入手，指出时间并不属于他一人。从历时的角度，诗人以自己为坐标原点，将祖先与后人同时纳入"这个下午"。在时间之轴上，诗人与祖先、后人共同分享该下午，然而无人能将其占为己有。这种横亘古今的时间意识与张若虚面对"春江花月夜"时的感受遥相呼应。此节是毛子时间意识的一种体现，更是诗人与时间关系的真实写照。在毛子看来，他可以进入时间，却始终无法与时间融为一体。若将时间视为不断向前的客观之物，那么从位置关系的角度来看，诗人与时间的关系有两种情况：超前或者落后于时间。当诗人无法与时间同步，由不信任而产生的不安之感就合乎情理。诗人无法缝合与时间的裂隙，因而无法信任时间，于是有了第二节的遐想：

> 有时候，我真的羡慕
> 街边打雪仗的孩子
> 他们不必想我们的问题
> 他们把雪球抛得老高
> 要是没有地球的引力
> 那些雪球就会在天上飘着、飘着

孩子般的天真无忧成为诗人可望而不可即的理想。一方面，诗人渴求孩童般轻盈的思绪，另一方面，他也期盼雪球自由地飘荡。地球引

---

① 魏天无：《我们时代诗歌的伦理状况——评毛子的〈我爱……〉》，《文学教育》2016年第3期。

诗探索9　理论卷　2018年　第1辑

力是毛子诗歌中的一个重要意象，他在《为什么我们不是光速》中首先列举出人类受制于种种外物，如"受制于大气/受制于婚姻/受制于列车时刻表"等等，最后一句则明确指出人类"受制于无法摆脱的地球引力"。诗人不加修饰地罗列了大量束缚"我们"的名词，然而，再多的束缚都比不上"无法摆脱"的地球引力。这是情感不断积累最终爆发的结果。从大量简单的罗列到唯一绝望的修饰，毛子的"技法"①让本诗在结尾处获得了巨大张力。诗人证明即使各类束缚之和都难敌地球引力，因为唯有它无法摆脱。这是一个绝望的发现，具有取消行动的意义，因为它否定了突破限制的可能。通过此诗，毛子对人类能否获得绝对自由进行了思辨性的回答。在《没有什么是理所当然》中，毛子对地球引力做了更为形象的解说："在一个重力统治的世界/秤砣的地位/似乎不容置疑"。他用秤砣不容置疑的地位指认无处不在、无时不在的地球引力，但通读全诗可以看到，诗人怀疑这种不证自明性，因而他试图用太空中"漂走"的宇航员以及天体间"急剧地扩离"突破地球引力。在某种程度上，摆脱了地球引力的太空是毛子精神世界中乌托邦式的存在。因此，他才能在看到降落的雪球时自然地构想出在一个无重力的世界里，雪球在天上飘动的景象。显然诗人所向往"无重力"世界只是一个仅存于想象的世界。事实上，只要稍加推测，便可知此种设想的乌托邦气质：若无重力，雪花不会降落，更何谈雪球的出现。毛子的可贵之处在于他对乌托邦和现实之间的界线有清醒的认知，诗歌第三节就是现实与乌托邦的一次博弈：

> 如果这样我会不会又去想
> ——能落下来多好
> 能有个固定的地方，有个依靠

虽然诗人向往一个无引力、无限制的世界，但他承认引力的限制是安全感的来源。地球引力对毛子而言是一个悖论性的存在。一方面，它禁锢着渴望自由的人类，是最本质的枷锁；另一方面，它却是地球上最可信的安全感之源。整体来看，诗人在第一节解构了时间，明确了时间的不可信；在第二节和第三节中辩证地思考地球引力的可信度。诗人对地球引力的态度难以辨认，他渴望突破引力，却又急需由此获得的归属

① 此处使用"技法"并不准确，只能作为笔者的权宜之计，因为诗人并非刻意雕琢。从诗中看到的多与少、简与繁的对比或许出自笔者的"职业病"。

感。毛子曾说："作为一个诗人，你要有一把无坚不摧的'矛'，而你的内心又要成为不可攻破的'盾'。这很难，但你只能这样努力。"① 如其所言，对诗人来说，处理好指涉自身的"矛"与"盾"的关系很难，但只有优秀的诗人会遇到此种矛盾，因为他们能用审视的眼光和谨慎的态度对待自己并不断完成自己。也是在这个意义上，毛子对生命始终报以热爱与悲悯，方式之一就是承认失败。

《失败之心》就是一首赞美失败的典型之作。毛子否定人类由于自命不凡而蔑视其他生命的行为。他认为对生命和世界的敬畏，就是其诗人朋友扎西所谓的"诗，还是少写为宜"。毛子把由人类主体性膨胀而引发的对客观之物（如月亮、王维的空山）的描写视为毫无意义，并从客体的视角出发，指出在山那里"就是不见人"。事实上，毛子承认的失败就是打破主与客的二元对立，推翻人类盲目的主体意识。毛子诗中不乏对人类过分夸大其主体性地位的反思。但本诗中那拍纪录片的朋友认为，拍摄西藏是一种冒犯和不敬，"是谵妄中的不诚实"。毛子感激二流时代的这些失败者。在大众看来，否定人类主体性是人类失败的表现之一，毛子却赞美这种失败之心，这源于他对生命万物以及世界原始法则的尊重。他在《测深度：致 X》中写道："而果戈理说得多好啊 / ——我怜悯你们 / 你们这些战无不胜的人……"毛子借果戈理之口呈现了人类可悲的狂妄：高高在上的人类掌控着世界，但这种掌控更多情况下是一种主观臆断。在毛子看来，人类至少受制于自然的引力（《为什么我们不是光速》）。通过对人类思维模式及认知结构的挑战，毛子的诗获得了思想的力度和生命的热度。

二　羞耻与罪恶

诗歌是一盏灯，映射世界与诗人之心的种种形态。中国古典诗歌传统中有《诗经》质朴无华的农事、爱情，有屈原、杜甫的忧国忧民之心，有李白、苏轼的飘逸豪迈……中国新诗中则有李金发、卞之琳的技艺与巧思，有郭小川、贺敬之的政治抒情，有北岛、食指的责任与担当，有李亚伟、韩东的日常与叙事等等。诗歌是一种情感艺术，宽恕与爱共同交织产生了毛子诗歌的情感核心——耻感与罪感。无论是孟子的"无羞恶之心，非人也"，还是陆九渊的"耻存则心存，耻忘则心忘"，都在

---

① 转引自魏天无：《我们时代诗歌的伦理状况——评毛子的〈我爱……〉》，《文学教育》2016 年第 3 期。

诗探索 9　理论卷　2018 年　第 1 辑

试图阐明羞耻心与罪恶感对于人之存在的必要性，因为"人是唯一知道羞耻和有必要知道羞耻的动物"①。与孟子和陆九渊出于礼教而推崇羞耻感、罪恶感不同，毛子的羞耻感和罪恶感源于对自身的反省以及对人类主体性思维的审视。

> 我穷。
> 说过谎。
> 八岁时偷过父亲的钱。
> 至于我拖欠的命，有青蛙、蚂蚁、麻雀
> 和跟随我多年的一条狗。
> 二十岁进工厂，我嘲笑过一个喜欢我的女孩
> 原因是她丑。
> 1995年在郑州火车站，面对一个发烧的农民工
> 我犹豫半天，但没有掏出钱。
>
> 现在我知天命，尚在人世苟活
> 我写一种叫诗的东西，它们大多对不住汉语。
> 其实我远不止七宗罪。
> 但这首诗不算，它不是诗
> 它是忏悔。
>
> ——《忏悔》

这首诗集中反映了毛子的忏悔意识，他从儿时说起，重审自己的一生，甚至认为他的诗歌"大多对不住汉语"。从其忏悔的内容来看，毛子一方面认为他的所作所为伤害了他者，另一方面，他认为通过忏悔可以得到心灵的解脱，因为他在诗末指出这首不是诗的"诗"由于是一次忏悔故而不是其罪宗之一。基于上述两个方面的理解，毛子在诗中构建了一个具有"毛子特色"的充满耻感与罪感的世界。在呈现耻辱但不抹杀耻辱方面，毛子与朵渔殊途同归。他曾回应（或许是一种感同身受的抒发）朵渔，"在农夫面前，和冻僵的蛇一起羞愧吧／夜深人静时，想想弯腰的耶稣／给门徒洗脚"（《致朵渔》）。

---

① 此为美国作家马克·吐温的名言。

毛子对自身存在的局限及由此产生的罪与恶有明确的认知，但他未曾通过写作来洗刷自己的耻辱。他认为即使写作可以洗刷耻辱，那也是另一种形式的羞耻。这便是毛子诗歌中耻辱观的核心理念，他明确反对通过写作洗白自身的耻辱——"是的，在耻辱中/把自己洗得清白无辜/是另外的耻辱"。确实，这种以诗祛耻的行为首先是对汉语的不敬，其次是对世界的不敬，同时更是对生命的不敬。毛子对上述三者始终存有敬畏之心，这种敬畏之心与刘波所说的"背负着思考前行"[1]，共同塑造了毛子诗歌的厚重感，因而他少有轻逸之作，即使在回忆儿时捕獐的诗作中也可见其忏悔之心。在毛子的回忆中，捕獐的少年诗人与鲁迅笔下刺猹的少年闰土大相径庭，前者深沉，后者轻灵。同为儿时刺捕行为，同为对人性的召唤，鲁迅与毛子的切入点不同，因而具有不同的美学风格。如果说鲁迅塑造少年闰土旨在启蒙，那么毛子回忆儿时的自己就具有反启蒙的意味。因为通过启蒙，人的主体地位被无限放大，久之，产生了矫枉过正的效果——漠视他者生命，毛子要做的正是将膨胀的人类"打回原形"。他通过大量诗歌对漠视生命的言行表示不满，如《母亲》《麻雀之歌》《滚动新闻》《对一则报道的转述》等等。它们作为毛子诗歌中的血肉，赋予了其诗作生命和体温。

毛子诗中的罪恶感主要来自他对人类绝对主体性地位的审视。在西方，紧随着尼采"上帝死了"的宣言，人的主体性地位急剧扩张；在中国，随着一个消费、物质时代的到来，人已然成为世界万物的主宰。这种观念在毛子看来，就是罪恶的根源之一。毛子的诗歌写作往往是一种自我忏悔，也是一种立足人类之恶的忏悔。作为人类整体之一，毛子更多情况下与他所属的整体格格不入，由于分享了共同的人类内涵，他承担了为人类的罪与恶忏悔、致歉的责任，以求超脱于世。毛子对抗人类之恶的方法主要有两种，一是发现那些处于边缘被漠视的生命，并赋予其生命的尊严。二是反思并揭示人类之恶，以警醒世人，引以为戒。前者如《树木》，诗歌还原了树木"各有其土，各有其名"的状态。与人类相比，"那么多的树，都是身体之树/那么多的人，都是无用之人"，毛子通过比较，强调了树木的主体性地位。树木完全拥有自己的身体，仅此一点，人类无所不能的优越感就难以成立。再如《母亲》一诗，诗人提醒自己和人类，"它们也是母亲"，分娩的毛驴、发情的牝马、护食的母鸡……这些形态各异的雌性物种都拥有母亲的身份。在诗人看来，"母

---

① 刘波：《在生活的难处里写作——论毛子的诗歌》，《诗探索》（作品卷）2013年第4辑。

亲"一词具有广泛的包容性，不应为人类独占。多数人忽视这些非人类的母亲，这是过度狂傲的结果，因为人类称霸自然界之后便以自以为正确的逻辑形成了对其他物种的偏见。文中所言的失败之心以及悲悯和爱，在某种程度上就是毛子对这种偏见的修正。后者如《麻雀之歌》，反思麻雀数量的急剧减少。具体原因读者不得而知，但无论是城市化进程的影响，还是人类捕食的结果都细思极恐：以往常见的麻雀竟难寻其踪。曾经"我们彼此冒犯，但旗鼓相当"，而多年后麻雀的羽毛将会嘲笑"我们的兴师动众"——这首诗中，人类是漠视与掠夺其他物种生命的"缺席的在场者"。他的《对一则报道的转述》及《滚动新闻》，则聚焦漠视他人生命的"大多数"。本·拉登的死曾数度让人们欢呼雀跃，毛子却难以融入世界的欢愉。在此不得不指出的是，毛子的"不舒服"绝不是为恐怖主义辩护，而是因为他不想看到"结束一种野蛮／是以野蛮的方式去结束"（《滚动新闻》），正如在911事件中失去了怀孕六个月女儿的唐纳尔所言"我们不是一个会庆祝死亡的家庭／不管死的是谁。"（《对一则报道的转述》）毛子冷静的思考背后便是宽恕、博爱的诗人之心，他与熊培云所说的"若我被谋杀，宽恕杀害我者，善待他，他的生命里有我的余生"[1]有相似的价值观。毛子以此不断修正着整个世界的偏见，但正如前文所述，毛子面对的是一个顽固而宏大的思想体系，他的每一次修正必然产生不可控的挫败感。好在毛子"已经具备了化解生活现实的能力，并且还具备将之转化为诗歌现实的能力"[2]，因此，毛子诗着眼于批判，但并不刺眼；致力于忏悔，但并不羸弱；着力于对抗，但并不挑衅。

当刹那的自我与永恒的时间和宇宙相碰撞，个体的孤独渺小与无助就显现出来。诗人的孤独往往具有别样的诗意之美。从屈原到海子，从济慈到艾米莉·狄金森，纵观中外诗歌，真正入心的诗歌常常是孤独的产物。美学家蒋勋在其著作《孤独六讲》中从情欲、语言、革命、思维、伦理、暴力六个方面阐释孤独美学，他在本书中试图说明美学的本质就

---

① 参见熊培云《比死刑更可怕的是不宽容》，凤凰网，http://news.ifeng.com/opinion/zhuanlan/xiongpeiyun/detail_2011_04/07/5592434_0.shtml，2018—01—26.

② 张执浩：《它在光明的一边，也在黑暗的一边》，见毛子《我的乡愁和你们不同》，长江文艺出版社2017年版，第267页。

是孤独①。毛子的诗是一种并不悲戚的孤独美学，因为他写孤独并非为了博取同情，而旨在书写存在和生命的本质。毛子的孤独之所以显得独树一帜，与他深邃的宇宙意识相关，对此，他诗中常用的星宿、引力、虫洞、天体、光速等意象可提供证明。毛子将人类及整个地球置于宇宙背景之下进行考量，尽管身体为引力所限制，但他的眼光及思想已经走出人类和地球，并走向了浩渺的宇宙深处。由于人类活动的背景从地球变成了阔大的宇宙，人类与地球万物共同享用着宇宙的资源，因而本质上不存在孰优孰劣的区别。可人类大都局限于周遭的世界，他们看得到星空，却想不到宇宙。毛子的孤独便由此而来，当他已将感知的触角伸向宇宙，他热爱的人类却囿于眼前的名利与权势，自视为万物主宰，藐视自然规律、无视人类命运，一种"大宇宙观"②视域下觉醒者的悲哀在毛子的诗作中漫溢而出。

毛子对宇宙的痴迷流露在诗歌的字里行间，他对宇宙相关意象的运用收放自如，更多情况下带来的是一种阔大的诗歌气象，但在阔大的背后，却是人类的渺小与无知。《立秋》《联系之诗》《空间站》《在沪蓉高速公路》等诗歌的叙事脉络突然被与宇宙相关的意象打断，诗人的视野、思绪突然打开，畅游宇宙之后又折身回到栖居的现实。如立秋之时，诗人"想起今日立秋，气流分岔/宇宙星宿，必有微妙的变化/只是我们不知道"。诗人由地球逻辑进入宇宙微妙的变化之中，但并不继续展开宇宙如何变化的想象，而是即刻回归人类现实：是人类认知的局限使我们忽视了宇宙的变化。诗人立足于狭隘的现实与宽广的宇宙之间，他似乎有意成为二者之间的桥梁，因为只有将二者打通，毛子所求的爱与宽恕才有可能实现。宇宙对毛子而言是最后的栖息之地，也是他信任和向往的归宿。他在《宇宙流》中直言对宇宙的信任，甚至认为由于宇宙的存在，人类应放弃积累千万年的智慧："多样性的时空啊，它真的不可言说/该是放弃智慧的时候了/因为这宇宙运行着的天文/它涵括着所有的可能性……"此外，毛子的宇宙观也是其生死观的基础。个体乃宇宙的一分子，根据能量守恒定律，若个体来自宇宙，那么最终也将回归宇宙。毛子对此深信不疑，因此他在《星空》中写道："那么多的人/已回到繁星深处/即使在最冷的夜里，我都拥有一部/温暖的天书"，

---

① 此为论者阅读全书之后得出的结论，具体参阅蒋勋《孤独六讲》，广西师范大学出版社2009年版。

② 此处的"大宇宙观"是本人基于刘慈欣小说《三体》中的"宇宙社会学"而提出的一种宇宙观设想，指将整个宇宙视为一个整体，个体的人与整体的人类只是大宇宙中微不足道的一部分。

他认为所有的逝者并未真正消失，他们只是回到了各自的起点。由于他认定此理，因此即使毛子与现实频频撕扯，他仍能在孤独中温暖地体察整个世界。在《我曾如此来过》（这首诗当为展现毛子宇宙观及生死观的核心之作）中，毛子将属于自己"从哪里来、到哪里去"的哲学命题做了明确的回答——他在"天地已经老去"的时候从宇宙来到这个星球，将在"某一天，退回到宇宙更远的角落"，归去时，诗人会在太空中搜索他可能要去的地方，他将"无悲无喜"。通过这首诗，毛子诗歌中的爱与宽恕便找到了真正的思想源泉。

　　毛子诗歌的魅力不止体现在他对永恒宇宙谦卑的敬仰之上，在刹那与永恒的对比中而产生的无限张力也是其诗的迷人之处。刹那与永恒原是佛教术语，"一花一世界，一叶一菩提"就阐明了这一朴素而深邃的时间法则。虽然前文一直在强调毛子诗歌的孤独感与沉重感，但毛子察觉到的刹那美好、幸福、满足却异常丰富。当然这与前文所言的种种"毛子特色"并不矛盾，因为这些瞬间的参照物往往是一个永恒之物——毛子信任的宇宙或者他怀疑的时间。在毛子的诗中，刹那与永恒相对相通，产生出奇异的诗学力量。

　　　　1928 年前，这世上
　　　　还没有我父亲。五十年后
　　　　我的女儿也白发苍苍

　　　　穿过人行天桥时
　　　　我这样想起时间的硬
　　　　我这样想起时间的软

　　　　我这样望着日落、摩天大楼
　　　　和熙熙的人群……
　　　　它们那么的庞大、真实
　　　　它们无非光学的投射
　　　　在我的视网膜上
　　　　停留片刻

　　　　　　——《片刻》

日落、独行、冥想、观望，这首诗具有典型的叙事性特征，但充盈其中的感性认知与理性思辨让这首诗又具备了抒情性、哲学性的双重特质。诗人从时间切入，将父亲、我、女儿三代人的人生赋予时间的意义。时间成为勾连三代人的线索。时间坚硬如铁同时又柔软如水，三代人的关系也因此具备时间的硬与软。毛子理性地审视三代人之间的关系，他们只有在时间的统领下才会获得应有的长幼秩序，血缘在某种程度上仅为时间的产物。当毛子从冥想转入观望，他感受到了日落、人群与摩天大楼的庞大和真实。这是诗人审美的结果，可他理智地拒绝了这刹那的美感，在永恒的时间里，他用科学的光学原理打破了刹那的美好。毛子诗歌中的美好与幸福总是昙花一现，在他看来，个体在永恒的宇宙中尚且转瞬即逝，更何况这些隶属于人类的瞬间，这仍与其宇宙观紧密相关。毛子鲜有真正的释怀之作，就连与女儿登山时所品味到的"在世的幸福"，都转瞬消失于他对时间的焦虑之中。《刹那间》是个例外，在本诗中，毛子似乎领悟了净空法师赠语——无量、无碍、无果、无穷……的真谛，他罕见地保留了刹那间身体的"清廓、圆满"。其实，毛子之所以让这刹那成为永恒乃是因为这一刹那本身具备永恒的所有特质，净空法师的赠语给毛子提供了使瞬间成为永恒的方式。通过对比净空法师引导下的刹那与毛子体悟到的尘世刹那，以及毛子对二者的态度，可看出毛子的思想体量。或许可以这样认为，毛子的思想深处有一股永恒的力量，它已经成为其理解现实的一种参照，唯有时间（无论他信任与否）以及宇宙是永恒的，除此皆为刹那芳华。但这似乎与毛子同现实世界互不兼容的关系相左，回答这个问题的关键在于毛子对现实和世界仍充满希望，因为他从未放弃对善和爱的追求。即使世界终究是永恒之一瞬，毛子也始终希望这一刹那饱含爱与宽恕。

毛子诗歌的软与硬以及其中的羞耻与罪恶、刹那与永恒共同分享着"失败"这个词。在多数人看来，走出主客二元对立、指摘人类之罪恶、承认人类之渺小均是一种失败的表现，毛子却对此充满向往。他对失败的赞美于诗歌而言是一大贡献，对"人学"而言更是如此。继尼采"上帝死了"之后，福柯宣布"人也死了"，毛子诗歌存在的价值便在于唤醒最初的人性，它没有被权力、金钱异化，它属于人类，也仅属于人类——这便是毛子的失败之心或曰诗人之心。

[作者单位：三峡大学文学与传媒学院]

广阔又混沌的幻影

——读毛子的《迁徙之诗》

胡清华

·中生代诗人研究·

毛子开篇即道："待在家里，却不停地迁徙"。"待在家里"是相对静止的，而"不停迁徙"是运动的，这两种矛盾的状态靠一个"却"字作为联结点，同时向两极悄然拉开，形成了极具张力的动态效果。这种相悖又合理的奇异情绪在接下来的诗句中表现出来：

前不久，我跟随契诃夫，搬到了萨哈林岛

这个比我大一百零四岁的老兄，不知道

我来自聊斋的国度，不知道

那里的鬼，像这里的囚犯一样善良

他也不知道，与此同时

我前往了更多的地方。譬如画家与疯子集聚的巴黎酒吧

譬如中国古代的空山，那里盛产菊花、酒和长亭下

走来的故人

俄国的"契诃夫""萨哈林岛"，中国的"聊斋"；"巴黎"的"酒吧"，中国"古代"的空山……毛子在叙述中交互穿插中西和古今，将事物两两并列，异度的空间和时间在"我"处获得了交集。同时，这些意象互为对照，本身既互文又背离，被公认的"恶"的鬼与囚犯具有善良的人性，天才的画家竟与疯子共聚……清醒、了然、愉悦、不平、嘲讽、疯癫、狂傲，这些情绪酿成一个内部高速运转的漩涡，旋转成巨大的不断扭曲变换的张力网，这样，一个相对陌生却富有吸引力的封闭空间在照应中产生了。"契诃夫""聊斋"等独立作为意象时熟悉感强烈，距离读者太近，极易限制意义的感受和持续的审美好奇，然而，当迥然不同的二者被置于统一的维度时，刻板的印象就变得流动和循环，它们

互为对象，任意一方成为参照时，另一方总是不同的。所以，这二者通过相互摩擦不断延拓了自身的意义范围，从对方身上汲取异质，激发自身的新鲜度，也使诗歌整体呈现出熟悉又陌生的体验效果。

诗人是自由的，他们总是拒绝灵魂的荒凉，为了在俗常中实现精神的救赎和超越，达到"未知"的境界，有时他们要成为"通灵者"。兰波认为要通灵，就必须打乱自己的感觉系统，"长期、巨大、有步骤地使全部感官错位"，在幻觉和梦呓造成的错乱中接近冥冥的真实。不同于如此彻底的疯狂，如果说兰波努力在无意识的失控中渴求诗歌的"天才"，毛子则愈显谨慎，他有根据地控制意识进入想象，为寻找"灵光"增加了些许智性的因素。"我喜欢这分身有术"，"喜欢灵魂 / 像一架运输机，把无数的我 / 空投到不同的时代和生活之中"，语言和文字的诗意让一个世界徐徐展开，他是清醒的，他的感官在肉体与那个世界之间轻盈地穿梭，"而我即将写下的任何一首诗，都是它们 / 接头会合的地点 / 它们像银幕，一片空白 / 却上演古往今来的波澜和传奇"。毛子努力发掘思维的深邃和广博，探索诗歌的难度，在极具个人化的想象中对时空的细节进行隐秘的投射，使他的诗在虚构中更加瓷实。

对于一个写作者来说，接受和创作是一对往复的循环，这二者常常并行不悖。观念、想法的生成、转换和集体性"基础信息"的建构是个人与世界能动的沟通联系和多重可能性的塑造，这种对其他文本的主观的接受是生产再创造的契机之一。在这首诗中，毛子采用第一人称的叙述视角，诗中的"我"既是接受者，也是创作者，塑造了一个两位一体的形象。当"我"作为一个接受者时，"灵魂 / 像一架运输机，把无数的我 / 空投到不同的时代和生活之中"，遇见了"契诃夫""萨哈林岛"的"囚犯""聊斋"里的"鬼"等等，这些事物急促而密集，交错着纷至沓来，令人可以清晰地感觉到："我"在"阅读"时直观地受到了各种意象的冲击，从而全身心地投入进去，彻底地被占领，深深地处于震撼中，而这些意象也投射进了个体的想象世界中，这时，"我"写下的诗也成为自身存在处境（即他者的意象自觉融入自身的创作）的描摹。同样读者在阅读"我"的诗时，也容易产生相似的精神震动，它敦促我们去翻找曾经的经历，发现其中曾拥有的与此类同或相交集的经验。这样，身份的认同以及"这是我们也经历过的"的情绪悄悄改造着阅读者的思绪，诗歌恍若变得亲切有温度，共鸣也由此产生了。

巴什拉对保持意象体验的当下呈现有独到的解析，无独有偶，《迁徙之诗》所展示的"我"之精神在各种时空中遨游亦有相通之处：个人的独特经验集成、生长、离开，复又于他者身上延续、重生，构成"集体"经验。可以想象，这些思考离开躯壳，漂洋过海，在偶然地触碰到另一个体的瞬间迸发出奇异的战栗，也就是在这一刻，有的人听见了一些呼声，这呼声穿过风，穿过云，穿过初雪，穿过年轮，从亘古，从异度，穿透他的身体，来到他的身边。他虔诚地接受了这些信息的洗礼，让全然陌生的它们在自己的精神世界中扎根，成为自己的，并把自身作为载体，以同样的方式化精神为一道呼声，和其他的一起，去世间游走，找寻下一次"碰撞"。如果经历重复被演绎，那么生命的意义将在无限的被反复重演中湮灭，无论曾经是多么灿烂和美丽都将不再被惊奇，过去、现在和未来也不再生产可能性，从而失去冲动而变得麻木。而经历的迷人之处正在于其永不会以完全相同的方式再现，所以成就了独一无二的特质，令人在能回顾时为自己触摸到一丝神秘的裙角而倍感激动，这就是"经验"，而许多"经验"正在被传达。当我们审视生命时，我们总要去捕捉能让自己落在地上的"负担"，在这个过程中，经验给予了重量，让灵魂更靠近真实。"我"既接受，又创作，在"迁徙"中，诗歌既展现出个人的独特思考，也饱含了"大我"属性的超越性奥秘。

毛子曾经历颠沛流离，而他这首诗的语调却格外平和，可以感受到诗人在阅读和创作中通过不断置换而获得的喜悦。但在通过迁徙而获得的宽阔中，又能感受到诗人内心理想的坚定，以及灵魂挣脱枷锁后，原始的冲劲和生命力获得的圆熟质感。同时，这种温润置换了粗粝的野性，溶解生命外在的不幸，解放了固有的痛苦和困顿，让人向内审视时，即使信息浩荡驳杂，但仍能以精神的纯粹将生命变得深邃，寓重于轻，分寸拿捏得恰到好处。

《迁徙之诗》短短十数行，轻盈而内敛，将游离和悠然、碰撞和波澜尽收其中，在其内部于不经意间闪现出广阔又混沌的幻影，思绪在被引导中到达了更广袤更奇异的地方，在那里，时空纵横，激流沉静，他挣脱虚妄，让生命负重，让灵魂降落，他在靠大地最近的地方，轻盈地飞行。

[作者单位：南开大学文学院]

【附】

迁徙之诗

毛 子

待在家里，却不停地迁徙
前不久，我跟随契诃夫，搬到了萨哈林岛
这个比我大一百零四岁的老兄，不知道
我来自聊斋的国度，不知道
那里的鬼，像这里的囚犯一样善良
他也不知道，与此同时
我前往了更多的地方。譬如画家与疯子集聚的巴黎酒吧
譬如中国古代的空山，那里盛产菊花、酒和长亭下
走来的故人

我喜欢这分身有术。喜欢灵魂
像一架运输机，把无数的我
空投到不同的时代和生活之中
而我即将写下的任何一首诗，都是它们
接头会合的地点
它们像银幕，一片空白
却上演古往今来的波澜和传奇

言说不尽的"母亲"

——从毛子的《母亲》谈开去

杨 亮

　　当代诗坛一向不缺乏抒写"母亲"的诗，如果将不同时期、不同语境下这些关于"母亲"的诗并置，恐怕还能梳理开新诗中"母亲"形象的演变。的确，母亲与女人、母亲与人、女人与人这些概念所交织出的复杂话语组合，深刻地烙印在不同时代的"母亲"的诗作中。如我们所熟知的舒婷的《啊，母亲》，虽然这首诗有别于诗人那些讴歌祖国、赞美爱情的气势恢宏的"大作"，带有较明显的个人回忆色彩，但诗中所呈现的母女之爱却也非常的类型化，母爱是如此的无私与伟大，母亲的形象是高大、慈祥与可亲的，这种标准化的表达深刻地体现了"朦胧诗"时期对于母亲与母爱的理解——母亲是充满神性光辉的形象，她没有作为"人"的弱点，更早已忘记了自己还是一个"女人"。打破这道神性光晕的，是翟永明的《母亲》。在这首诗作当中，母爱虽然也是伟大的，但活着便是"站在生与死／之间"，便是"我自取灭亡"般的宿命，"以对抗亘古已久的爱"，"生"不是唯一的向度，指向光明，母亲的子宫孕育着"生"，同样也孕育着"死"的必然，"凡在母亲手上站过的人，终会因诞生而死去"。母亲，在翟永明的笔下，重新被界定，重新进行"生／死"的哲学思考，母亲不再具有光明的唯一性，同样她也身披着阴暗的面纱。

　　毛子的这首《母亲》则又赋予"母亲"以新的理解，全诗如下：

　　我厌恶肉体的衰老，尽管她是我的母亲
　　——痴呆、昏聩、腐朽……
　　特别是从抽屉里翻出她年轻的照片：
　　漂亮、照人，有着大街上
　　任何一个女孩一样的苗条，时髦

我的厌恶更胜一筹
我就想起四岁时，她从夜校回来
刚好遇到一支游行的队伍
她毫不犹豫拉着我的手，跳进欢乐的海洋之中
她兴高采烈，喊着口号，唱了一支又一支歌
我以为我的母亲会一直那样的年轻，而那支游行的队伍
也永远没有尽头

但一切散了，现在只剩下我的母亲和她的衰老
剩下她的口齿不清和大小便失禁
剩下她的现在时和我的将来时
一想起这些，我的厌恶火上浇油
可又有什么办法呢，我爱我的母亲
我只能抱怨上帝设计生命时
没有做逆向的思维

　　这首诗中，"母亲"已告别完全抽象化的身份——无论是作为真善美的化身，还是作为传递生与死的使者。"母亲"这一个"大词"终于成为"一个人"的母亲。在毛子的笔下，日常生活的真实细节与情绪支撑起了整首诗作。年迈的母亲丑陋不堪、她"痴呆、昏聩、腐朽"，她"口齿不清和大小便失禁"，面对母亲的衰老与死亡气息的临近，"厌恶"成为"我"最直接、最真实的情感反应。毫无缺陷的"母亲"，与"亘古不变的爱"堕入了庸常，"美"在"时间"面前化作"第二性"的谦卑姿态。的确，作为一个人的母亲、作为一个女人的母亲，时间的消逝与生命底色的褪去是无论如何也无法超越的话题，因此，这首为"母亲"的诗作，"时间"成为又一关键词，在时间面前，在生命面前，在一个真实的人面前，那个形而上学的"母亲"倒下了。伴随着"美"的消失，生命的欢乐与活力，"一切散了"，"我"的"厌恶"在不断地升级，与其说诗人厌恶的是丑陋的肉体，不如说厌恶的是造物主残酷的时间法则，所有的一切，那些弥足珍贵的、想要珍惜至永恒的，统统都在消逝，剩下的只有如火中烧的愤怒和对无法回溯的无可奈何，因为"上帝设计生命时/没有做逆向的思维"。诗人在碎片化地呈现母亲生活细节的同时，抓住了"时间"进行哲学上的逼问，时间改变也摧毁了一切，人类编织的谎言也终将淹没在人类对于衰老的厌恶与恐惧之中，消逝在"她的现

在时与我的将来时"之中。"母亲"实际上是毛子非常乐于去思考的一个主题,这个主题非常富于层次性,抽象的"母亲"与具体的"母亲"哪一个才是"我"爱的母亲,在《母亲》中,诗人多么想能拥抱那个抽离了时间控制的抽象的"母亲",可是真实的"母亲"她将永恒地以憔悴的神情、枯槁的面容、行将就木的生命提醒着"我"时间的严酷与不近人情。

关于"母亲"的思考毛子并未停止。在另一首《母亲》和《母亲节的咏叹》中,诗人思索的维度也在不断扩展。

那是一天的劳作之后,就寝前的母亲
总要查看那些牲畜和家禽。
她添上草料,撒上干土;挡一挡
漏风的鸡笼。
仿佛我的母亲,是水牛的母亲,生猪的母亲
是小鸡小鸭的母亲。

——《母亲节的咏叹》

我忘了它们也是母亲
——分娩的驴、孵蛋的海龟、护食的母鸡、哺乳的鲸
装着小家伙的袋鼠、发情的牝马、舔舐幼崽的母狮……
这些蹼趾的、鳞鳍的、盔甲的、皮毛的
翅羽的、蹄角的母亲
它们遍布在水底、空中、洞穴、丛林

它们没有闺前名,也无夫后姓
在一个泛自然的世界
我们笼统地称它们为马、为驴、为鸟、为鱼……
但它们不需要这些
它们只用气味和肢体
表达古老的哺育
它们甚至比我们更懂得
世界的无意义

它们也是如此捕获着
一颗人类之心
并接受着野生世界的
再教育

——《母亲》

　　在这两首诗作中，"母亲"的身份又一次地被抽象化了，只是这一次的抽象拒绝了空洞与虚假，而多了一层普泛性的视角，拒绝人类对于符号"母亲"的垄断，将其提升至万物有灵的层面。母亲穷其一生辛苦地劳作，她的爱、奉献、情怀早已挣脱了"母与子"的偏狭，超越了"我"而指向了一切她所爱的世界，虽然这样的爱伴随着"牛粪，鼻息和甘草的味道"，显得如此卑贱与卑微，但这源于生命的本能，只因为她"爱"这个世界，她变成了这所有一切的母亲。这份"爱"究竟是什么？诗人赋予了她以"无意义"的解读，也就是说，当我们刻意地去寻求、思索、界定什么是母爱的时候，我们会陷入一种空洞的意识形态，这种意识形态教会我们用现有的词语去理解母亲，去表现母爱，我们应该褪去那些凌驾于生命与本能之外的僵化的模式与表达，重新去审视那个人类社会之外的、"泛自然"的世界，因为在这样的世界里，所有能孕育生命的，她们都是"母亲"，她们的母爱充满了野生世界的原始与本能，而这一切并不因为"意义"而孕育出所谓的升华。也许这样的认知，毛子是透过母亲琐碎的、卑微的、无意义的一生所体悟到的吧，爱，是因为爱本身，而不是因为这个世界值得去爱！另一方面，诗人毛子在这里借"母亲"也在表达一种写作的困境与理想，这份理想来源于对原生的渴望，对词语本身所蕴含的力量的渴望。所以，毛子的"母亲"是凡俗的、生活的；同样也是超越的、是精神性的；是丰富的，不被忘却的。

[作者单位：大连理工大学国际教育学院]

已经开始的未来

毛　子

12月31号。在一列由北向南的夜行火车的上铺，我打开手机上的记事簿，完成着一篇与诗歌创作有关的约稿。走走停停的绿皮火车，一度在旷野的一个岔道口长久地停顿，直到另一列绿皮火车轰鸣着迎面而过。恍惚中它像我那久违的沸腾的八十年代的脸，又仿佛是呼啸而去的2017年。车窗外是北方严峻的夜空，颗粒状的星星在寒冷中发出冰凉的光。这是又一年的终结，大地上发生了多少的事情——经济的衰增、核战争的乌云、国家的对峙、自然的灾难、房价的波动、个人的悲欢离合……每个人都深陷裹挟在这生活流里，但对于这颗星球来说，它只是在宇宙中日复一日地循环着公转。人类的任何事情不被它怜悯、不被看见、不被感受、不被改变。即使我们沉浸在岁末辞旧迎新的感喟中，对于它来说也无非是围绕着太阳转了一圈而已，亿万圈物理运动中的普通一圈。

人类在时间流中的丰富情感，物体世界无动于衷的客观运行。它们像对顶角逼视着我的写作，也逼视着过去的2017年。

我在硬卧的上铺上敲击出这些文字的时候，时间已悄悄从2017年进入到2018年。微信朋友圈里满是朋友们的祝福和对过去一年的感喟。我问自己，如果这过去的2017年有一个让你记忆深刻的选项，你会选什么？我想到的是阿尔法狗和"卡西尼"号探测器。

绿皮火车、手机软件、诗歌、阿尔法狗……一种内在的密码把它们编织在一起，和沉入梦乡的旅客一起，行驶在由北到南的铁轨上。这奇妙的感觉，让你不得不感叹语言的神奇。而在踏上返程的旅途之前，我在渭水麦积山下的一个叫秦州的小城盘桓了几日。就是在这里，安史之乱后的杜甫羁旅于此，写出了著名的《秦州杂诗》。在他客居的南郭寺，我见到了参天的古木群，其中的苍柏已有两千五百岁。就是说，当初栽下它时，春秋的孔子才刚刚出世，而千年后的杜甫见到它时，它已虬曲苍盘，不得不发出"山头南郭寺，水号北流泉。老树空庭得，清渠一邑传"的慨叹。而又一个千年之后，当我来到它面前，它依然葱茏着它的摧枯折腐。那一刻，我举头叹仰，看着秦州的天空依然在秦州的上空，但没有一个生命可以长久地留在世上。感慰的是伟大的声音在诗歌里永恒地留存下来。

是啊，千百年来，我们骄傲于人类是这个星球上唯一拥有语言的物种，而诗人从事的是以语言为生的伟大事业。但这世代的骄傲，却在2017年随着一条叫阿尔法的狗，产生了动摇。

2017年5月27日，那是颠覆人类未来的一刻，当代表人类顶级智力的柯洁完败给人工智能阿尔法后，充满沮丧地对人类说抱歉时，一种回天无力的感觉让我不寒而栗，我知道一种关系不可逆转，一种可怕的"美"已经诞生。

那天从围棋的绝望和人类的沮丧中走出来，恍惚地穿行于人海中。大街上依旧如往日的杂闹、忙碌、喧哗——商贩、行人、店铺、车辆、广告、欲望、挣扎、兴奋……而新闻里又一起恐怖事件在西半球发生，我小区旁的一家制作地沟油的小作坊也被工商部门查封。那一刻，一个问题冒出来：我们完全地进化为人了吗？如果这个答案是否定的，那接踵而来的是当我们还没有完全进化为人时，我们却又创造出一个超乎我们之上的"物种"，它们同时裹挟着我们山呼海啸地扑向未来。

随后的时间，一款叫小冰的机器人写的诗，在微信圈流传，媒体也紧追不放地对诗人们展开了问卷式的采访。几乎所有的诗人的看法在某一点是一致的——机器没有情感，没有意识，它所写的无非是基于程序设置的，对词语的智能化的选择和堆砌，是一种人工智能的编码游戏而已。

机器没有情感——这似乎成了诗人们慰藉的稻草。但我心怀存疑，比他们悲观。人类不久前还认为围棋的世界是无穷的，可阿尔法狗瞬间抽空了它的无穷，让那个变化莫测的围棋世界走到了尽头。而我们认为的"诗无达诂"，它真的无达诂吗？现在的机器人没有意识，没有情感，这并不意味它将来就不能突破文明的奇点。我们生命的进化也是从一个没有情感的单细胞开始的啊。

在一次朋友的饭局上，我们就人工智能展开了争论。我似乎是唯一一个坚信机器人是会突破文明与生命的奇点，成为全知全能的"物种"的人。我也坚信它们写下的诗，会比人类现在所写下的诗更为"完美"。

诗探索 9　理论卷　2018年　第 1 辑

我乐观的背后其实是一种忧心忡忡或绝望。因为一种"全知全能"的物种，意味着世界对它们来说，是完全的已知。一个已知的世界，意味着什么？——意味着绝望，意味着尽头，意味着世界丧失了未知、丧失了体验。而诗歌最大的魅力是它面对的未知性和体验性。

一个瞬间掏空了围棋无穷性的物种，它接下来也会掏空和颠覆我们的艺术、音乐、伦理、宗教……这就是我们面对的未来，不可知的，无限种可能的未来。这是已经开始的未来，当把诗歌的现场置身在这未来中，我回头打量我们人类的局限。我得说，我对我们在宇宙中的局限和困境抱有深深的敬意——悲壮而伟大的敬意。正因为我们的局限，我们对世界的未知，才驱使我们有无穷的探知欲，无穷的好奇心。诗歌正是建立在对世界的好奇之上。

现在我要说说"卡西尼"号。这艘由人类1997年发射的探测器，在经过二十年的漫长而孤独的宇宙之旅后，于2017年9月15日冲向土星的大气层而完美地谢幕。从天体物理学家的角度看，"卡西尼"所经过的所有天体都是黑暗的，宇宙本身的空间也是巨大的黑暗带，连"卡西尼"号本身也是不发光的物体。就是在这几近绝望的整体的黑暗中，勇往行进中的"卡西尼"，成为黑暗自身的能见度，成为宇宙中的生命之光。困于局限的人类，能从局限出发勇敢地面对无穷的未知世界，这本身就是人类的悲壮和伟大之所在。

从某种意义上，我们每一个写作者，都是一艘"卡西尼"号，都面对的是孤立无援中的孤身前行和探索。我们永远在局限中，诗歌也永远在局限中，这是人类的命运，也是写作的命运。在如此的命运中，我充满矛盾地凝视着已经开始的未来，并迎接它，给它深深的拥抱和迎头一击。

[作者单位：宜昌市文联《三峡文学》杂志社]

廖伟棠诗的"地理"与"身份"论

余文翰

廖伟棠一度被视为"南来作家",却因大量为香港量身定制的作品而被大陆文坛定位为香港诗人,在台湾则称他是在华文圈中浪游。1975年他出生于粤西新兴县,十几岁时便移居珠海,后曾赴广州求学直至1997年移居香港。出于香港现实生活的迎拒,2000年底便远赴北京,历经五年漂泊方才回到香港定居。但无论身处何地,他惯于四处行历,"青春到处便为乡"①,生活上长于行动的作风亦带给诗歌兼容叙述与体验的影响。然而,正是作品中鲜明的地理风貌与相异的精神气质使地缘关系成为解诗环节中必须理清的问题。尽管地缘关系的讨论自动包含了时间上的趋变,但其实质却以空间分析替代时间的作用,源自"地方"这一抽象概念的指涉:段义孚认为它是一个被赋予文化意义和价值的空间,而赋予的过程是人在空间中不同的区位进行移动、认识②。因此,时间的历程就是空间变化与认知的过程,二者并不矛盾,但就新诗而言这些空间变化落实在小到语词、大到风格的诗歌面貌上,使地理因素从诗歌的背景素材逐步跃升为内部思情的核心。换言之,诗歌的地缘关系所带出的问题不仅指向包含地域性知识、方言、性格在内的诗风差异,也指向可能存在的守护本土观念的身份认同,且二者皆是动态性的。这便是诗歌地理与诗歌身份的来源,与人生地理和诗人身份并不相同。就廖伟棠而言,他不仅是一位诗人,还扮演着摄影师的角色,他视摄影为"重新深入认识世界的一种手段"③,诗歌身份自然而然受到诗人多重身份的潜在影响,诗歌身份的内涵却归于同一部作品从一个文化空间抽离而加入另一个文化空间后不可被复制的那一部分,从这个角度上说,

---

① 原为台湾阿钝写给他的诗句,亦是廖伟棠所撰之文的标题。见廖伟棠:《青春到处便为乡》,《全国新书目》2011年第11期。

② 李欧梵:《情迷现代主义》,(香港)牛津大学出版社2013年版,第69页。

③ 廖伟棠:《全民皆摄影记者的时代已经到来?》,《明日风尚》2009年第4期。

诗探索9

理论卷 2018年 第1辑

诗歌身份与某一地理空间的实际处境紧密地联系在一起。此外，这种联系还无法脱离人生地理的影响，即诗人在自己与他者的关系上所进行的反省及其所选取的位置，"他者"伴随人生地理变迁亦不断转换，正如廖伟棠在文章中所说："对于经历过北京的我，香港又重新成为一个异乡——如今异乡真正成为故乡的代名词，他再也不是束缚我的地方，反而成为我的一个新的'发射基地'。"[①]本文正是从诗歌地理与诗歌身份的角度切入探索诗人在北京、香港等地的出离或融入；反之，不同城市所提供的特殊时空为诗歌身份的形成创造了条件，使诗歌身份能够作为文本的特性之一加以理解，实际上，它更是作品众多特性之所以成形的立场或途径。也斯认为，"Identity""可以介乎'身份'与'认知'之间，是一种寻觅位置的过程，其中包括自我认识的需要，而不一定是一个固定的完全可以认同的东西"[②]。于是，诗歌身份如也斯所述的对话关系给诗歌自身带来了自信与活力，更成为我们进一步探索诗人不同时期作品的重要工具。

一 "跟生活结合的艺术"及抵港初期的诗歌转型

在移居香港之前，廖伟棠已有经年累月的写作经验。而在最初转入香港生活的一段时间内，诗歌创作上并未迅速发生转型。1997年成为香港人的廖伟棠便开始写作取材于香港的诗和小说，并在1998年、1999年连续出版《随着鱼们下沉》《花园的角落，或角落的花园》两本诗集，揽获香港青年文学奖、台湾中国时报文学奖等奖项，其诗歌写作水平在港台得到了较高的评价和承认。实际上，《随着鱼们下沉》内设山水与花园、土地与梦幻、乡村与节气等主题线索，并未转入以城市为标志的现代体验，所收录的正是1995至1997年间的旧作，香港主体并不存在，但诗集已彰显了这一时期沉迷末世情调、贯穿形而上思考的鲜明风格，不仅适应廖伟棠到港初期的精神境遇，更影响到后来他于城市间位移而做出的选择。对于到港后的感受，诗人曾有一番记叙："当时既失业，又怀念故乡，心中甚是寂寥，看着那远处的烟花和霓虹，只觉得那个香港并非我的香港。"[③]他一度回到新兴县故居，写下了收录于《花园的角落，或角落的花园》的十封《乡间来信》，作品终稿于香

---

① 廖伟棠：《青春到处便为乡》，《全国新书目》2011年第11期。

② 也斯：《香港文化十论》，浙江大学出版社2012年版，第119页。

③ 廖伟棠：《被隐蔽的幽灵香港》，《明日风尚》2010年第2期。

港仿佛向读者说明了剪不断、理还乱的思乡情愁。其后廖伟棠找到了书店的工作，得以正式加入香港生活，当一切现实扑面而来，"我的思想从出世转向入世……我的诗歌趣味也从现代主义的'纯诗'转向美国当代更强调现实、经验、行动的开放诗歌……一切逆反于我的也成为我的营养。"①

于是，这一转变成就了在香港出版的第三部诗集《手风琴里的浪游》。其一，敏锐的城市观察使诗歌经验由乡村转入城市：许多作品涌现出"地铁""酒吧""大厦""街区"等城市形象，诗人更是在作品中直接复制了城市的节奏："请上紧上紧上紧上紧我的发条，/世界在成熟在开花在发甜发腻而我在发烧。"②（《发条橙之歌》）诗句不仅内蕴了城市的高速生活，且表现出诗人对城市与个体关系的把握。然而《中银大厦的两首不相关歌谣》所呈现诗人与城市的关系却显得微妙，文本先行组织了人与城市在时代之下的默契："我的肉体（这也是中银大厦银光闪烁的肉体）/在狭仄的焚化炉里暗淡起来。"随后毫不犹豫地道出对中银大厦的异己感："为它唱哀歌（为中银大厦，而不是我的肉体）：/'灵魂，听啊，你拆哑的钟声动荡在街上。'"最后，诗人在同一座城市分离出中银大厦与行脚僧两种不同命运："中银大厦正在加速，正在猛烈膨胀，爆炸！/他淡然一笑：'当地球毁灭后，我要去旅行，做一个衣衫褴褛的行脚僧。'"可见诗人在城与城之间摆渡，却未打算真正与城市的命运同一。其二，香港与诗人个体的位置关系在诗歌中获得了充分的表现与审思：一方面，廖伟棠总是以一地为定居点又四出游历，除了香港，诗集中还出现了洛阳、泉州等城市，一些诗歌更直接注明写于京九线上。譬如《在火车上想起另一列火车上的韩博》一诗便说明了诗人的"在路上"情结，通过不断奔走来回以寻求生活本身的完整并反省内心与外部世界的关系——"就让我们赞美这些没完没了的铁路吧，/让我们对这个不断驱逐着我们的世界微笑，/就像对它怀有一个流亡者的爱。"另一方面，作为定居点的香港总是以客体身份出现，即诗人予香港以题材化的处理，将其视为生活认知和写作实践的对象，承担诗人主体价值的审视，尽管主客体随着时间迁移常发生相互的转化，但所需时间则很漫长。因为城市生活总伴随着一些艰深的纠葛，这在当

---

① 廖伟棠：《被隐蔽的幽灵香港》，《明日风尚》2010年第2期。

② 本文所引用廖伟棠诗作均节选自作者诗集，包括《手风琴里的浪游》（香港，素叶出版社2001年版）、《黑雨将至》（台北，宝瓶文化事业有限公司2008年版）、《波希米亚行路谣》（台北，联合文学出版社2004年版）、《和幽灵一起的香港漫游》（香港，Kubrick 2008年版）、《野蛮夜歌》（北京，金城出版社2012年版）等，不另注。

时指向了香港民众所陷入的负资产困境，难以形成所谓"认同"，人们在迷失中寻求出路，走出去却一筹莫展："每当我们看见一两盏尚未在灰尘中熄灭的路灯，// 西蒙就会惊叹：光明，光明就在前方——/ 我不知道是惊叹号还是问号"（《西蒙在广州，没有方向但是坚定》）。其三，入世使诗人认识到："除了真正的生活，和跟生活结合的艺术，并无一个救渡我们的神。"① 彻底融入生活，让时代写出自己，无疑也是渐渐消化异己感、使香港从客体转换到主体角色的途径之一。在《旺角天使组曲》一诗中，诗人试图寻找不同城市空间的印记：亚皆老街的金发乐手、山东街的应召女、通菜街的抢购者以及在西洋菜街静僻处买书的天使等等，他并不需要与每一人、每一物产生共鸣，只需"论证"他与同行者的共生共存。《贫民窟之歌》欲在生存的乏困中解除对诗意的束缚，换言之，廖伟棠尝试不让诗意与生活本身对立起来，在社会现状和时代氛围下临危受命，寻求诗歌所能承担的意义。诗歌对生活的承担在《查理穿过庙街》《阿高在街上弹吉他，在 BAND 房睡觉》两部作品中表现得更为积极，前者突出了现代城市建设与个体生活之间的落差，带有鲜明的问题意识；后者则发现了城市中与自我心灵相契合的内容，焕发新的城市美和立足在与城市相融的基础上的精神风貌。从这个角度上说，或在挖掘现代都市诗意或在追索生活本身的病症上，之前的"异己感"已有所缓和。

"融入"香港并未如料想中容易，即便处在近乎"末世"的香港，对于诗歌写作也存在两面性——它在廖诗的风格营建上"迎"，复在现实的生活时空上"拒"。廖伟棠入港前诗歌中里尔克式的抒情在入港后有极其丰富的资源，不仅是作为"新移民"所面临的精神境遇，更有香港在亚洲金融风暴后的国际风云中博弈，这些竟意外地使知性和感伤兼具的诗风与"底层市井生活原生态"达成了默契，形成了团结多数人的"怀旧情怀"——"他们的内心也许非常脆弱，因为他们早已是社会的落伍者，他们所适应的'时髦'和'道义'早已和窗外的新世界格格不入"②。旅美俄罗斯学者博恩曾指出两种类型的怀旧：恢复性与反思性。民众的怀旧是希望恢复常态即原本已成习惯的生活内容，但对于到港未久的廖伟棠，这种恢复又从何谈起？诗人更多借助于怀旧的情绪针对面前的种种事物展开反思，即便也可能是一种恢复性怀旧，但诗人怀旧的对象却与其他城中人不同，从一些作品可以见到，那是由众多电影、音

---

① 廖伟棠：《手风琴里的浪游》，（香港）素叶出版社 2001 年版，第 155 页。

② 廖伟棠：《草根香港：底层市井生活原生态》，《西部人》2005 年第 1 期。

乐、绘画直至文学的旧元素共同构成的城市趣味。而在 2000 年以后，这一由方言乃至所接触的艺术作品建立起来的认同逐渐被与想象中不同的"末世感"所侵蚀。这实际上便是指作为现实时空的香港的推拒——东岸书店的命运便能说明此问题。正是得到了东岸书店的工作使廖伟棠摆脱了到港初期的尴尬与陌生，盛极一时的东岸不仅云集一批文坛学界名士，更推出了"东岸诗丛"，而廖伟棠的诗集《花园的角落，或角落的花园》位列"东岸诗丛"之二。与人群接踵而至的旺角闹市不同，"无论它办了多少次诗会，售出多少诗集、小说和文集，只因为它不肯贩卖畅销书"①，书店就始终跟不上上涨的租金，东岸的境遇无疑在窘迫的店员心中埋下了反抗的种子。后来廖伟棠远走北京，面临结业危机的书店也被迫搬迁，另一方面香港则走出危机、迅速起步，比廖诗更快地在新世纪中找到自身的新位置。正如前文所论，从移居香港到离港旅居北京，香港仅作为承载诗人青春岁月的一个片段，即便在具体作品中，对这一座现代化大都市的包容亦时常伴随着对它的疏离，香港的主体性便若隐若现。尽管诗人提出了将自己"下放"到生活的诗观，使地理因素成为诗歌必须介入、审视的对象，亦难改变当时的现实环境所导致的"香港认同"难产以及诗人的出离，廖诗所扮演的诗歌身份尚未破除隔膜、深入到香港社会，恰如也斯所言处在寻觅之中，但文本至少张扬了诗人"在香港"的生活，其丰富性也决定了不能将廖伟棠与"南来作家"简单等同。

二 精神客寓与北京风格影响下的"身份意识"觉醒

从 2001 年初至 2005 年秋被廖伟棠称为他的"黄金年代"，北京的漂泊生活充斥着激情、爱、诗与音乐。选择波西米亚人的浪游亦是自觉就位于社会的边缘视角，当诗人无法迁就一座城市的价值追求，诗歌所需的安全感只来自无所拘束的观看，诗人通过行走与经验对垒而完成自身的腔调，同时边缘地位也意味着在行走途中不设藩篱，在他的诗里，北京的形状由生活万象自行决定，也由想象和激情决定，刘均认为这是因为"生活本身正在造就新的诗歌"②，我却以为是廖伟棠使诗歌成为生活的另一部分。

---

① 陈智德：《地文志》，（台北）联经出版公司 2013 年版，第 244 页。
② 廖伟棠：《波希米亚行路谣》，（台北）联合文学出版社 2004 年版，第 21 页。

诗探索 9　理论卷　2018 年　第 1 辑

我们首先关心的是廖诗对北京的形塑。它有时具体可见："哗啦哗啦，人民转身，又转身，走向四面八方／走向羊肉串、一元擦鞋店和ITAYO华堂。"（《十里堡人民欢迎你！》）诗人通过近距离取景缩放现实中的城市面貌，留下了片段式的城市记忆。又如《小九路中巴》一诗像北京本身一般将各色人等汇聚在一起，民工、时尚编辑、少妇与小孩的视界交织却各怀心事、彼此想象。有时诗人则借用历史予北京城以私人化的处理："那里是北京那个破城啊／可汗悲伤的大军、疯狂的大军曾经占领"（《野蛮夜歌》）。然而从作于北京或为北京而作的大部分作品中可见，北京形象与诗人自身参差错落在历史、现实与梦的转换间，如它在《暮春围城志》扮演了古代"帝京"，在《故都夜话》分离出地安门、故宫、三里屯、十里堡等虚实相替的场景……其次，北京的出现也成为文本中象征意义上的符号，构建了它与诗人的特殊关系。一方面，不甘于做北京的过客，诗人挑战了城市不断更新的合法性，"今年那些新大厦纷纷落成，／还记得旧时光的，只有／这棵树和我住的苏州街二号楼。／……也将被新世界拆除，／新世界又将被更新的世界替代。"（《窗前树》）诗中抗议了城市健态的超速发展，不断强调屹立不倒的树，拒绝成为席卷而过的历史风尘。《2002年的社会学》一诗则是在经济建设的大势下反思集体与个体的矛盾，聚焦社会底层的困顿与挣扎。从这个角度上或许诗人已然融入北京，化身为城市的一个角落、一棵树，或站在城中严肃地思考着城市人的共同命运。但另一方面他并不纵容我们这番猜想，"哦，首都已经在望，／赶快结束吧！以便再开始。／如此出牌收牌，在旅行中／输掉上一次旅行。"（《在旅行中回忆上一次旅行》）诗人热衷做决绝的背包客，似乎北京的重要性远小于漂泊的精神世界，个人的笔触得以随时抽离，无关爱恨。"我站在，转瞬即逝的华北平原上，这广大，／这远方——时速三百公里，我突然歌唱起来。"（《北征》）这时，在其他一些作品中北京也泛读为"北方"。于是，诗人在北京亦主亦客，迫使我们关注到北京的具体内涵，换言之，即它在不同文本间所扮演的角色。其一，北京或为书中人物的出场铺设背景，如以《今生书》和杜甫《秋兴》相联系时，北京与长安对照而提领着古今不尽相同的忧思。其二是作为诗人人生中一段岁月的象征，代表"青春"、代表"自由"，也代表"远方"。作为暂居地，他总是不断疏远北京，通过去台北、去哈尔滨，也回香港，但北京在诗人心中的"远方"占据了牢不可破的位置：廖伟棠移居北京并非为了淘金，而是寻找与他同类的人群，"在北京的五年，是我把自己的生活彻底抛给偶然的五年……凭着激情过活，沉浸于诗歌、摇滚、醉酒、爱情与决斗"①。然而，上述两类"北京"内涵并不足以覆盖北京经验、反映主客心理的彼此纠缠，真正能够令诗人个体命运与北京城两相交汇的是那些将"北京"上升为"家国"，将自我拓展到他者的诗作——廖伟棠以一首《四月抄》完成了北京经验下的命运之书：诗人忙于生计、小说家跌入了市井生活的陷阱，他们连同画家、混混家、资本家一起构成作者笔下的"表演者""新生活"和"好春光"，但作者又称"春已老"，把春天滋养下的生机演化为一场"闹剧"，他自己复装扮作古代骑马的少年踏花而去。诗歌一面是北京的纪实而无条件地向生活开放，不仅容纳了生硬的实用语言，更不加掩饰地予现实生活以无情曝光；另一面却是诗人的诀别，与处理香港都市题材时所展现的多元素杂糅不同，这首诗内蕴的生活语言与诗歌语言的冲突、现实景象与诗美诗韵的张力背后都藏有诗人主观上的取舍，他终将北京视为一个拯救不了的国度。

不禁要问：何以诗人在短短五年间"走进"北京却又急于离开？何以诗人踏上南归火车却发出"多希望这次能够和北京永别"（《四月抄》）的慨叹？廖伟棠在北京找到了与他同类的友人，他们分享相似的精神认同、站在边缘位置上发展艺术，在漂泊的城市里他们彼此投注各自的期许。然而正是这一群人在 2004 至 2005 年发生了变化，奥运会进入筹办阶段后北京仿佛盛世复兴般充满了商机，"当你看到身边你曾亲近的朋友开始变得势利，追求名气，你知道好玩的日子终将过去了"②。诗人如是说。这实际也是廖诗在北京的"身份"命运：作品一方面带着"主"的激情去经历所发生、审视所遇见、接纳所认同。许多作品为北京而写，也只能为北京写，当廖诗开始反思"北京风格"、记录北京才有的故事、审视北京的生活和发展，北京就已经超越素材而担当诗的一部分。另一方面廖诗又与城市环境正面交锋，相对城市发展而言，诗人选择了坚持自我的人生轨迹，事实说明融入一座城市除了诗人的主观愿望，还离不开城市对他的包容。而在城市对诗人的包容空间逐渐缩小，也即诗人所守护的生活方式甚至写作方式越显不适应的情况下，他更能意识到艺术被下放到的生活且是个体生活而非城市生活，触及城市主体的诗歌书写确很有限，"总是坐这路车由东往西，一脑子自私 / 什么都看不见，就像一块顽石"（《718 路公车》），诗人逐渐认识到自己的北京"只是

---

① 廖伟棠：《波希香港嬉皮中国》，三联书店 2011 年版，第 180 页。

② 鞠白玉：《一笑梦惊南北人：廖伟棠》，《苹果日报》2014 年 1 月 18 日。

我作为一个任性的翻译者一厢情愿的倾注"①。你能看到廖诗不断挑战自己的视野、反省着自己在城市中间所站立的位置。总结两方面可见廖诗成就了北京具体作为"诗歌地理"的作用,但北京最终并未成为廖诗的一种"身份"。尽管如此,它意外地促成了廖诗的"身份意识",寻找一座能够彼此接纳的"家园",为诗歌获取坚守一方土地、真正替一座城市发声的权力,从而得以勇敢地敞开内心世界、向现实靠拢。而这种"身份意识"当初之所以不能在香港产生,既是因为作为"新移民"的廖伟棠尚未与香港生活真正结合,也是因为香港与北京两座城市截然不同的风格,就诗歌而言,偏于"细节体察"与偏于"宏大叙事"的两种写作气质影响的思考方式亦差别迥异。但是,当诗人"在一个城市中寻找另一个城市的开始"②,香港相对于北京的缺失反而成为其自身的可塑性。

三 "香港主体性"回归与廖诗的"我城"品质

如果说五年前廖伟棠因为人文精神的缺失而离开香港远赴北京,五年后这种情况便重新调转过来:"年轻人不再遵循唯一的价值观,他们轻视物质,尊重自我表达,关心社会民生,有我行我素的勇气,文学艺术也令生活自由而辽远。"③诗人称之为香港人文精神的再复兴。"再"字则体现了廖伟棠对待香港从不以"文化沙漠"视之,作为一个外来者他始终保持对香港历史文化传统的敬意与谦逊。除了与诗人早年所在城市的方言文化相近,香港的魅力还在于它作为现代文明的集中展示提供了极为丰富的写作资源,及其作为自由开放且多元杂合的都市文化环境不断为写作带来的冲击与磨合,更重要的是,诗人在这里找到了城市与文学得以结合的精神向往,人们在快节奏生活中努力放大心灵休憩的片段,周而复始的物质追逐使他们开始寻求精神重力。对廖伟棠而言,参加皇后码头、菜园村等保卫运动都是使诗歌从"行走"演化为"行动"的最佳契机,同本地青年一道树立未来的价值与方向,也为廖诗寻求写作上的新位置。客观地说,2005年后回到香港定居,使他有意无意地加入了香港人寻找文化认同的行列。

① 廖伟棠:《衣锦夜行》,北京大学出版社2011年版,第140页。

② 原属廖伟棠为纪录片《三元里》而作的评论,见廖伟棠《在一个城市中寻找另一个城市的开始》,《经济观察报》2004年9月13日。

③ 鞠白玉:《一笑梦惊南北人:廖伟棠》,《苹果日报》2014年1月18日。

什么是香港？谁代表本土？如何成为"香港的诗"？针对此类问题的回答一向是众说纷纭、莫衷一是。然而在讨论这些问题时，引入诗歌身份、诗歌地理等概念显得更为必要——使我们专注在统一的方向上努力开掘文本所反映的香港内涵，在强调地域性差异的基础上重新看待文学对本土处境的实际回应。譬如1984年当《中英联合声明》打破了平静、使"香港人"的固有认同开始面对"中国人"这一新认同的冲击时，居港的台湾诗人余光中便写下《过狮子山隧道》："时光隧道的神秘／伸过去，伸过去／——向一九九七／迎面而来的默默车灯啊／那一头，是什么景色？"① 余光中在多数文学史记载中几乎都以台湾诗人的身份出现，香港回归之后余光中也再度回到台湾定居，然而《过狮子山隧道》则是一首毫无疑问的"香港的诗"，这并不是因为作为香港地标性位置的"狮子山隧道"出现在诗作中，而是考虑到这首诗所反映的回归前普通民众的半信半疑、踌躇不前的心理状态和他们对香港前途的思索，融入了特定时期的香港历史及其具体处境，呈现出对香港现实的艺术化回应。"香港的诗"并不一定"在香港"却非得是"为香港"而写的。在"香港诗人"这一命题的讨论中人们曾相继提出以香港永久居民、香港生活成长环境、香港故事、香港方言等为标准进行判定，但"香港的诗"所关心的并非诗人自身而是回到香港主体，于香港的历史回忆、现实影像、未来期许中看待香港，"为香港"的写作态度更使诗人们在文本中充分表现其"我城"意识，自觉实现在写作中将主体由自我过渡到香港。尤其当廖诗主动担负了对香港文化历史的关照时，这一写作策略亦可作为艾略特"非个人化"的一种变式加以理解：即通过"为香港"的形而上追索主导自我的感官体验，不断反思自我而走入"香港价值"的探索与确证，凸显文本高于自我的被诠释地位。于是，当我们欲考究廖伟棠在香港写作的诗属于回归香港主体还是属于自我的再漂泊，就需要检验具体文本是否具备这样一种"我城"品质。

首先，"为香港"的形而上追索既为廖诗确立了精神立场，又引导其语言风格的构创。"香港诗人正是生活在商业的广告、政治的大论述和各种文化背景和意识形态的冲击之中，使用的文字无法不受沾染、难以避免对话。"② 在这一情况下，香港诗人难以就对香港的认识甚至认同达成一致，但重要的是一些香港诗人自觉地被纳入城市的精神捍卫与未来发展历程，在其香港经验中挑选出精神高地，以诗的方式进行怀

---

① 胡国贤：《香港近五十年新诗创作选》，（香港）香港公共图书馆2001年版，第346页。

② 也斯：《城与文学》，浙江大学出版社2013年版，第167页。

疑和探索。就廖伟棠来说，"香港之成为我的我城，是因为它的书店、老区、人情和散漫"①，它们时时提醒着在香港激进、耀眼的外表之下存在一个"看不见的香港"正试图抵抗、超越"中环价值"（即以中环所代表的商业竞争、财富追逐、讲求效率等作为社会指标引导香港人的精神追求）。因此，一方面廖伟棠并不坚持"纯诗"，而是将文本向"看不见的香港"乃至外在香港的一切元素尽可能地开放、接纳，以期获得对更广阔的题材的艺术处理能力，无论是高楼、快速交通还是人们的金钱梦，都被首先置入诗的思考与表现之中；另一方面他坚信香港有真正值得捍卫的精神种子，不断向周围拓展非"中环价值"的经验领域及其写作的可能性，在《香港岛未来史》这首诗中，廖伟棠大胆地采用科幻的遐想假设了一场下了一万年的雨，"调侃"了过去香港人对"陆沉"的担忧，他不仅写出了人的窘迫境地，如"孤独/散居在铜锣湾、金钟和中环的废墟，/每人假装拥有一朵云/里面足以淹死其他所有人的雨水，/但他们吃的，是一种特殊的虫子/它能够消化电子板和光纤"，且无情嘲弄了商业经济制造的虚无的未来幻境，"他们为迎接世界末日囤积的/丰富的铁和石油/竟然成了藤蔓繁衍的堆肥。/全球化在真正意义上来临了，/香港仍然是地球唯一大陆的/先进一隅。"然而，廖伟棠对"我城"的选择，究竟是再一次的怀旧还是归属于人文精神的锲而不舍？在这一点上二者并不冲突，怀旧本身就是拒绝遗忘，且是依托于香港自身历史、传统的怀旧，与南来作家的怀旧有本质上的区别。它至少表明了诗人不是抱着盲目的进化论式的乐观看待香港，而是以诗歌的运命为高度机械化的时代重添一道生的色彩。

其次，反抗"中环价值"更为有效的手段无疑是直接投入真正的"香港价值"的探索，聚焦于对"什么是香港"的回答，借以反思廖诗自身所处的位置。值得一提的是，在探索过程中诗人并未携带狭隘的"本土意识"，无论是回答还是反思都需要经过"出离"的确证——"一则走出香港这个'离岛'去看华文文化艺术圈万象，再反顾此城，可为鉴；二则'出离'乃'出离愤怒'之出离，超越之意，我素来主张超越狭窄的'我城'思维，于世界整体中思考香港位置。"②带着问题意识"出离"即是廖诗的特殊意义，意味着它能够不断制造可能的疑问对香港的未来加以试探。《和幽灵一起的香港漫游》这部诗集正是在这个意义上的一次实验，尽管它的"出离"并非是眺望华文圈抑或整个世界，但至少做

---

① 廖伟棠：《波西米亚香港》，北京大学出版社 2011 年版，第 63 页。

② 同上，第 123 页。

到了超越当下。而这部诗集对"什么是香港"做出间接回答且真正实现艺术超越自我以透视香港的，是第二部分"不失者的街道图"。《荃湾，石围角存》《观塘，翠坪村》《蓝田，启田村》等诗作瞄准无依无靠的准来港妇女、老人、工人等弱势群体，塑造了城市的一个个鲜明的"他者"，诗人像里尔克呼唤着爱那般呼唤着这样一个香港："去完成一个世界，为了他人完成一个自己的世界"①。《湾仔情歌》《中环天星码头歌谣》《皇后码头歌谣》等诗作中的抒情主体进一步从"自我""他者"拓展到兼容二者的"大我"，与其说是城市精神的输出、渲染，不如称之为以香港主体为终极目标的自我灌注，在高度敏感的现实神经与大众意识的象征世界间寻求诗意的平衡。通过第二部分所呈现的一幅崭新的"香港地图"，我们能够初步理解诗人所传达对香港的认知：个体不代表集体，集体所受益的不一定就能发生于每一个个体。真正的香港应该具体到每一个人身上。这意味着香港不仅是一个地区，更应该成为地区中每一个人的精神理想的凝聚，诗歌所要追逐的香港主体并不是现实当中发生在这一地理位置上的一景一物，而是落实在真正"香港价值"上的精神重力，并将这一追逐作为诗人自己乃至诗歌的一种身份求索。如前文所述，廖诗的位置不是一种静止的观察，而是在理想与现实多维度的"区别——磨合——区别"的循环里摸索香港主体的面目，如果说廖伟棠是一位"文化观察家"，那么他的诗歌早已成为"文化行动者"。

最后，凸显文本高于自我的被诠释地位即是建立文本的独立艺术价值，不使它的现实效应单调地完成于自我呐喊和主观体验下，而是赋予文本以扎根于现实的品质以及充分的艺术复杂性。在现实刻画上，廖伟棠时常以尖锐的笔调将内在情感与外部面貌熔于一炉，直指社会现实境遇与人的情感，他的笔尖所沾的不是"贵族的泪水"而是"平民的汗水"，"在人们归家的时候，风把电视上的美景 / 卷作一堆雪花，把新闻报道员的话：/ '昨天，以色列……' 卷成了四散的人头珠串。"(《风中作》)诗人以充沛的想象力打开现实世界不为人知的一面，而廖诗的艺术复杂性更是与作为现代化大都市的香港结伴出现的，古今时空的贯通、自然意象与城市意象的混杂、从内在节奏蔓延出语词的律动，都是为了通过自设情境还原"什么是香港""什么是现代"，甚至"什么是诗"的答案。换言之，他通过不断考证子命题以抵达命题的答案，这一过程中廖诗所展示的综合性技艺及其多样化风格不仅与香港本身的都市特质相符

---

① 里尔克：《给一个青年诗人的十封信》，上海外语教育出版社 2010 年版，第 44 页。

而成为典型的香港美学范例之一；它们更是保护并发挥香港本身多元化优势的有效途径，在不断制造、接纳"他者"的情况下认识自身的独特性，非但不妨碍反而利于丰富、带动本土性写作的发展。

四　站在地理与身份之上

廖诗"我城"品质的形成即是其诗歌身份得以辨认的标志，值得进一步探讨的便是促成其作品跃出诗人个体及众多个体间的争执转而融入"香港认同"这一文化环境的具体因素。称之为文化环境是因为"香港认同"本身虽属香港人的自豪感与自我建设意识的结晶，始终立足于本土文化，但它实际又处在本土与外来文化的不断区别当中，其自我认知、自我建设具有动态性，"香港认同"的所指亦不断修正或扩充。2005年后廖伟棠回到香港，其时因为中国加入世界贸易组织的后续影响以及开放自由行而使港人生活空间受到挤压等多种原因，"香港人"的本土身份遭遇了"中国人"这一新身份的再度冲击，对现实状况的不满使诗歌集中关注香港主体所陷入的各种矛盾，通过文学作品的梳理、反思，追索"香港认同"的新内涵。而《和幽灵一起的香港漫游》就是诗人对"香港主体"的集中思索，表达针对"香港认同"应有之义的个人意见。除此以外对于廖诗的融入更为重要的一点是，诗人在对香港文坛更为深入地了解后自觉接受了它的未来走向，加入了这座现代化大都市的建设与反思。香港人尤其重视城市，相信城市的命运与文化的兴衰乃至个体的沉浮时刻相连。而在香港城市诗歌传统的影响下，廖诗逐渐接纳了与之命运同一的新城市，"飞机将喷射着焰火，落入大屿山 / 我的斗室。那是幸福的双塔、仍然焚烧着"（《野蛮夜歌·杀劫》）。"幸福"与"焚烧"的张力与廖诗所代表的城市诗相符，一方面他的"幸福"并不是情感向度的喜悦之情，而是"为香港"的未来主义式的可能性写作，《香港岛未来史》乃至"为未来的鬼魂写诗"都保有一种挣脱常规书写、憧憬未来的激情；另一方面"焚烧"则是诗人为这座城市量身定做的书写视角，"你叫喊 / 的时代被吹卷起来、甚至你挖开的岩石 / 被吹卷起来，仍未成为我们的旗帜。"（《弥敦道上空》）而这一视角正代表着诗人就寻求"香港认同"的先破坏再建设的独特姿态。

从1997年移居香港、2000年迁居北京至2005年后定居香港，三个不同时期的诗歌作品及其风格营建已体现出鲜明的地理风貌。正如前文

姿态与尺度

所述，这种地理风貌涵盖了方言、知识、经验、性格乃至诗风等地方性差异，却与诗歌的"地方性"概念有所不同——尽管李少君也认为"地方性"应当体现参与构建整体文化格局的区域文化，但当代诗歌的"地方性"还建立在地方性诗歌活动及诗群的基础上①。诗歌地理自地理风貌着手，并不刻意回避不同地方的诗人结群、诗歌活动、出版与评奖制度等外在现象，但遵循从文本内在空间出发的原则，要求确认能够支撑起作品地方性特点的内部因素。廖伟棠三个时期的作品都各自吸纳了香港、北京等不同城市的具体生活经验，指向了能够反映特殊城市一定时空的内外情形的文本现象及其写作策略。1997年移居香港后的作品已能体现现代都市文化的融入，而诗人一方面将香港古今中西多元混合的特质植入其作品的语言表达方式，另一方面受到了香港批判现实写作风尚的影响，《从本土出发——香港青年诗人十五家》被视为"九十年代——二千年新生代的思考与创作"②的记录，其中就包括：小兜的《！》对都市中人与人沟通渐以物质形式取代精神内容这一现象的批判；王敏的《城市》则是控诉香港的空间改换脱离了有效规划且不顾自身的文化记忆；陈智德《我剪纸城》在城市的新与旧之前寻求"我城"的意义……他们都从个体抒写走进社会观察，探讨社会人的生活价值与前景，开展城市建设的未来想象。而回归之后的香港复在亚洲金融风暴中接受挑战，这是廖诗原有的末世诗风在香港得到延续的契机。2000年迁居北京后，廖诗中"人民""中国""革命"等组成的诗歌语汇以及历史人物事件的拼接共同彰显了北京所代表的"宏大叙事"倾向，无论是"城市吞下自己的儿子，/正当那儿子趴在天桥上/把旧雪、发票和假证如汤畅饮"（《春光曲》）、"你知道他们梦想捍卫的那个中国/早已经不存在了吗"（《一个中国人对旅游者说的话》）等诗句所表现的对社会整体的文化秩序的探寻，抑或是《小九路中巴》《718路公车》等细节描绘背后对经济、文化情势在生活中具体样态的觉察，都能与社会现实并驱，在大叙述框架里发现其自身的谎言或陷阱。2005年廖伟棠重新回到香港定居，即使在香港，大叙述本身对群体的现实关注并未改变，但后来的许多作品在具体写法上则将"人民"消解为一个个具体的"人"，回到了香港写作本身"以小见大"的诗叙传统。可见，诗歌地理考察的是作品自身的地理面貌，其核心是找到能够确认具体文本现象的地方性的独特诗写，实际上便为我们解答"如何写"这一疑问，见证

---

① 李少君：《当代诗歌的"地方性"》，《扬子江评论》2013年第4期。

② 关梦南、叶辉：《香港文学新诗资料汇编》，（香港）风雅出版社2006年版，第13页。

诗探索9　理论卷　2018年　第1辑

了文本吸纳当地的历史与现实的双重经验再转入营建个人诗写风格的全过程，且诗歌地理并不要求一座绝对真实的城市，而是针对作品具体反映城市的真实特点与转化城市的现实情境的能力。与诗歌地理不同，诗歌身份回应的则是"为谁写"的命题。

"身份"在新诗研究中已有不同提法。从写作意义上看，"为谁写"属于阅读期待的范畴，受到自我定位和受众群体的约束，欧阳江河认为知识分子写作就是"为自己的阅读期待而写作，这一命题中的'自己'其实是由多重角色组成的，他是影子作者、前作者、批评家、理想主义者、'词语造成的人'。所有这些形而上角色加在一起，构成了我们的真实身份"①。然而，欧阳江河从作者本身的阅读期待出发所提炼的诗人身份与诗歌身份并不完全一致，前者是写作之动因，而当作品始于表现、驻于解读，后者体现的便是解诗环节中所需还原的可能之"身份"，它不取决于创作意志，却又由创作意志直接催生。因此，诗歌身份与诗人身份的最大区别在于它并非归于阅读期待的范畴，而是基于文本符号能指探讨其所指的可能范围。谓之"范围"源自"身份"概念本身：美国汉学家欧阳桢指出"身份"辐射出的问题至少包含三个层次，"即'实质'（Quiddity）、'邻近'（Contiguity）、'奇特'（Oddity）"②，第一个层次的"身份"指向有界之空间、有限之时间的"此在"；第二个层次的"身份"指向主体与他者的接近与衔接，通过彼此关联以确保被认知；第三个层次的"身份"则要求不可复制的独特性。由此则诗歌身份作为诗歌自身的属性，产生于具体文本语境限制下的语言符号与现实情境发生的特殊的深刻关联。与此同时作为解诗的一环，解诗者也为诗歌身份的解读设立了一定范围。本文正是在依据地理划分不同时期作品、观照诗歌所反映的地理差异与本土意识的情况下，将廖诗的诗歌身份限定为"为香港"或是"为北京"。而"为香港"的诗之所以不可能"为北京"也是因为"身份"有界有限，一旦超出了香港情境而与新的情境结合，其能指原本具备的所指范围便不复存在。且若要与现实情境内在地结合一体便要求是"为香港"的写作而不能仅仅是"在香港"的，作为一种身份解读，在具体作品中我们还应该看到香港的主体性存在。关于香港的主体性，值得进一步思考的有三大疑问：（1）香港主体性是否存在——"到底是主体的幽灵在寻找一个

① 欧阳江河：《89 后国内诗歌写作——本土气质、中年特征与知识分子身份》，《花城》1994 年第 5 期。

② 欧阳桢：《作为自我的他者——诗歌中的异同身份》，周发祥译，《文学评论》2000 年第 5 期。

· 姿态与尺度 ·

故事？又还是有无数的故事在寻找主体的幽灵？"①香港特质能否作为主导力量存在于一个形象乃至一个故事之中？承载香港主体性的故事并非通过众人讲述逐渐建构、固定而成，也斯认为真正的香港故事必须将对象放回香港自身的文化脉络去考察。对于文学作品而言，它必须致力于创造一个能够思考香港主体性的命题或情境，不断利用文学自身的想象与创新展开对香港文化的深入反省。从这点出发看待廖诗，更多香港的诗集中出现在2005年回到香港以后的创作，许多诗作自觉反映香港的现实处境，诗人亦主动将香港、香港价值作为对象探讨其特点。（2）香港的诗能否代表香港？从创作初衷来看，代表香港绝非作品的艺术追求，且独廖伟棠一人更无法反映香港新诗写作的丰富面貌。事实上，正是这种"不具有代表性"保证了诗歌身份不会对创作形成束缚。就廖诗而言，它的抒情主体几乎都是"我"（除了诗人自己，还包括其他城中人），较少出现意图囊括集体的"我们"，既丰富了"我"的形象话语，亦不断突出强调个体意识；与其说它是借"我"寻找"我们"，不如说它代表着诗人所持"我们"的香港应该指向社会中的每一个"我"这一观念。（3）如果说写作主体本身并无分裂，香港的主体性又如何获取？如何使具体诗作从私人写作过渡为属于香港的诗？毋庸赘言，"香港"并不是单一的"本土化"或"西化"的产物，作为一个稳定有序的主体，其自身复杂的文化结构难以表述，以香港文学为例，"它发展的场域多元且混杂、使用的载体有其独特性，在社会上传达与接收也与别的社会不同，而评论和研讨空间缺乏，更令人对香港文学的本质不易把握清楚"②。在这一情况下，也斯认为香港"是什么"首先必须通过它"不是什么"来确立，将香港特质置入传统与西方、本土与外来、雅与俗等多元平衡的关系中彼此对照，这决定了"香港"无法通过"我们"来概括而只能通过"我"加以观察。任何单一作品都不足以回答香港"是什么"的问题，廖诗亦不例外，它的身份就在于不断向现实发出质问，尝试提出香港"不是什么"；它的诗意空间则存在于针对"不是什么"的艺术激辩。而为了充分带动香港在文本中间的主体性回归，作为写作主体的诗人虚构了自身的多种存在形式，许多作品呈现出开放式（既向他者开放也向现实开放）的自我形象，文本中的"我"亦是独立的，从中得以形成一次完整的情景体验而不是碎片似的有感而发。从根本上说，廖诗不在回答相对含混的香港"是什么"的问题，而是坚定地

---

① 也斯：《香港文化十论》，浙江大学出版社 2012 年版，第 19 页。

② 也斯：《城与文学》，浙江大学出版社 2013 年版，第 232 页。

迈向香港"不是什么"的探索，提供了不止一种想象香港的方式。

诗歌对地理与身份的关注并不构成其自身的创作局限，相反它们是廖伟棠的一个"发射基地"。这意味着主动汲取香港都市各类生活素材的营养以寻求原创性的城市诗意，建立一种守护香港文化历史、展望城市未来的本土文学，不仅来自于香港对廖伟棠及其作品的影响、接纳、启发，更是廖伟棠自觉地完成从"移民诗人"到"本土诗人"角色转变的必经之路。香港诗歌对于现代汉诗的关键意义就在于"把现代城市生活的经验、感觉和想象，带入了现代汉语诗歌的话语系统，从而让我们知觉城市生活的经验，认识现代城市的性质，反省人与城市的关系。"[1]而廖诗已通过其艺术自觉汇入了香港诗歌的不息洪流。值得一提的是，一个真正的诗人绝不满足于可被概括的香港风格，他每一度出离与回望似乎都酝酿着一个精准的转弯。

[作者单位：香港城市大学]

·姿态与尺度·

---

① 王光明：《现代汉诗的百年演变》，河北人民出版社 2003 年版，第 477 页。

归家之诗　赤子之诗　自然之诗

叶延滨

诗探索 9　理论卷　2018年　第 1 辑

诗人武自然的新诗集《自然的诗》拿到以后，读完他的第一首诗《别怕，咱们回家》，我就下决心把他的诗都读完，《别怕，咱们回家》读了以后我非常感动，我想尽量地在简短的时间内把我想谈的要点表达出来。

读了这本《自然的诗》，我非常清楚地感觉到这是武自然的归家之诗、赤子之诗和自然之诗。

第一首《别怕，咱们回家》，他表达的是内心深处最重要的一种人生感悟，就是当我们遇到困难、遇到问题、遇到麻烦的时候，首先想到的就是亲人、想到妈、想回到家，这是从童年人生第一个记忆对社会、对亲情、对人生、对家的感觉，在这首诗中被准确表达出来。我读这首诗的时候发现，前一段时间也有一个叫作"新归来派"，洪烛也是新归来的诗人。现在的社会确实为这个时代、为这个社会、为现代人提供了施展才华的机会，每个人都在这个时代里打拼、奋斗。武自然是《经济日报》的站长、新闻界的成功人士，我相信他早年一定是非常热爱诗歌的文学青年，我们在这个社会上不管是当兵也好，当记者也好，不管是当书记也好，当宣传部长也好，到最后的时候，我想他有一个愿望，要寻找自己的精神家园。这时候中国有一大批诗人，而且有一批成功的企业家、公务员、教授重新拿起笔来写诗，诗歌让他找到回家的路，诗歌让他找到人生当中最值得珍惜的亲情，找到那些自然、那些人与人最纯真的感觉。这个情绪流露在武自然整首诗里面，成为潜在而且是引导我们读下去的一种力量。

再往下读《别怕，咱们回家》，家是什么？是《毡房》。六行诗如下：

你是草原上四季常开的雪莲 / 你是裹满爱的温暖 / 你是走出草原而

走不出记忆的牵挂 / 你是生命的摇篮 / 你是流动的白云 / 是乳香飘飘的思念

　　这六行诗非常单纯、非常透明，这些意象并不新，并不是他发明的，但是这些意象从各种纷繁的意象中提炼出来，构成他归家的"家"的整个气氛、氛围，温暖、透明、干净、透彻。这样的情绪可以不断激荡、不断昂扬。今天很多诗人已经不再像过去一样注意韵律和节奏，但是客观来说，诗歌无论如何要重视诗歌内在的韵律和情调。这种内在的韵律用得好，会把非常简单的东西反复地强化，像拨七弦琴的弦一样，拨准了就会把人打动。

　　还有下面的一首诗，把意象拼结，构成音乐的旋律，《从内蒙古到内蒙古》：

从内蒙古到内蒙古 / 马的脚步心的脚步 // 从草原到草原 / 羊的家园梦的家园 // 从白云蓝天到白云蓝天 / 童年的笑脸百灵鸟的笑脸 // 从地平线到地平线到地平线 / 遥远的很近很近的遥远

　　八行，他的归家之路。实际上重新给我们展示了一位诗人重新找到了自己的出发点，现在总说不忘初心，找到对历史最透明的眼光。这个世界是复杂的，这个世界确实有丑恶、阴暗的东西，我们诗人不是把阴暗、丑恶的东西摆出来，展示暴力或者血腥，那不是诗人干的事，那是侦探小说家干的事。诗应该让我们用晶莹、透亮的眼睛发现人身体当中、人性当中的最重要的温情、人性中间最重要的纽带、我们对家乡和精神故乡的追溯。

　　从诗当中，他归家之路线条非常清晰，而且他的语言特别的干净、纯洁，有的地方特别像当年顾城写的诗，他写《距离》：

是山水之间的阅读和赏析 / 是惊涛拍岸的前行和退去 / 是弹拨的琴弦 / 是大雁循环往复的寻觅

　　这四句寄语是他对山水之间的寄语，是前进和后退之间的寄语，是传达之间的寄语，往复遵循之间的寄语，这种东西用鲜明的手法表达出来，他作诗不光是为了发现美，而且在发现美的过程中扩大了疆域。

　　所以，我首先发现他的诗确实是归家之诗。

第二是赤子之诗，他把自己童心放在现实环境当中，放在复杂的人群、复杂的人际关系和对社会复杂的分析中，来审视这个世界。今天不可能简单地面对这个世界，但是当我们重新回到起点的时候，保持我们的童心，找到自己最珍惜的童心的时候，很多时候他的诗就像孩子的眼光看到的东西一样，透彻、明晰、干净、纯洁。像他写的《那一年》：

那一年 / 山上长满了苹果 / 笑声滚满了山坡 // 那一年 / 草原盛开的花朵 / 想象和白云飘过 // 那一年 / 沙湖好多鱼漫游 / 头顶上星光闪烁 // 那一年 / 我们保守着秘密 / 像森林里风的歌 // 那一年 / 我们都没长大呀 / 想起来甜蜜羞涩

全诗总共十五行五组同样的句式，互相对仗的意象，显示出干净、纯洁、典雅的风范。

归家的诗作为赤子之诗，并不是说他就完全不重复前人所说过的话，看今天的社会和今天的时代的时候，他也有一个诗人的童心和归家之心。最重要的，就是诗人的才华是什么，如果没有才华，前面说的都是废话，诗人的才华就是诗人能够在大家所看到的事情中间发现独特的美，发现独特的生活的情趣和哲理。比如《城市时光》这首诗，一共八行，八行中间对关键词"倒来倒去"：

河流在自由地流淌 / 车流在红绿灯的控制下 / 站站停停缓慢徜徉 / 公交车和地铁 / 倒来倒去的追逐 / 倒来倒去的时光 // 倒来倒去的时光 / 把梦想擦亮

这一下把他对全部时光的发现，交通车辆反复倒来倒去、时光反复倒来倒去，被我们看烦的时候，时光是倒来倒去的，像磨刀一样，这个倒来倒去是把梦想擦亮，一下子就闪出火花了。

而这种发现，在这里面是他自己重新的创作，把一个非常简单的东西加上那么一笔，就像许多画家一样，非常简单地加上一个创作，就构成一个新的世界，这个发现不光是发现，而且还有创作。比如《风景画》：

雾气绰绰的街 / 逍遥地掠过 / 一只绚烂的蝶 // 亮了一半的世界 / 暗了一半的世界

诗探索 9　理论卷　2018年　第 1 辑

我们天天在这个时光里，诗人加上飞过去的蝴蝶，一只可以飞翔的蝴蝶，有色彩的蝴蝶就让整个城市亮了一半。这种写意非常干净、也非常含蓄，同时这么一笔显示出那种如画的功底。同时，最能够表现诗意的发现和诗意创造力，我们天天讲关注社会、关注时代，许多人把社会的小故事、小段子分开写下来就以为是诗，其实诗是需要创作的，不能够再停留在原生态的粘贴、原生态的杀鸡杀狗了。

诗人武自然的诗《高铁》是非常精彩的诗：

一群人一群人 / 如被时间蜇了 / 很痛 / 争着抢着 / 拥进车厢 / 去寻找 / 最新的场所

总共八行，最长一句六个字，这就叫诗人的才华，诗人的发现和别人不一样。发现就是看到别人看不到的美，同时创作出别人没有写过的创造性的美。我们天天坐高铁，武自然写高铁的诗把其他人都给压掉了，一群人天天上高铁，被时间这个蜂子蜇伤了，忙着找一个诊所疗伤。确实写出了这个时代、这个时代最痛的那一点。我们赶时间、匆匆忙忙坐高铁，从二百公里到四百公里，到八百公里，一群一群人如蜂被时间蜇了，很痛，争着抢着去找诊所。

归家之诗、赤子之诗、自然之诗，三重解读。第一，武自然让我们看到了他尽管在社会上是一个成功人士，但他仍然不忘初心，保持着一个诗人当年的童心来看待这个时代，重新发现这个世界。

第二，诗人去发现什么？不是把这个卑劣、黑暗、下流重新展示出来，让别人也看得很恶心，而是用自己的眼睛在这个社会中间重新唤起被阉割、被遮蔽、被忘记的真善美的东西。写出有温度的诗来，让有温度的诗温暖他人，所以诗人的诗才显得高贵和典雅。

第三，诗人和一般人不同的地方，诗人应该有特殊的才华，这个才华就是他善于在这个世界上发现诗，发现诗的美，这种发现同时也让读者发现这个诗的作者是怎样的人。

[作者单位：中国作协诗歌委员会]

姿态与尺度

· 151 ·

走出夹缝之后的辽阔与从容

——王立世诗歌的一种方向

高亚斌　刘晓飞

　　诗歌是存在之思，二十世纪文学的一大主题，就是对"人存在于世界上"的思考与追问。在古往今来的诗篇中，呈现出来的都是人之存在的宽阔与狭窄、丰厚与瘠薄，表达的都是人之存在的局促与余裕、庄严与荒诞。对于山西诗人王立世来说，他的整个写作基石，都构筑于对存在意义的不懈追问上，建立在一种对于价值立场与道德取向的明确判断上，在目下这个令人晕眩而又信仰迷失的消费时代，执意卫护着诗歌的写作方向，这使得他的诗歌本身成为一个意义。

一　夹缝人生的从容与超越

　　王立世的诗歌引起人们的关注，始于他的《夹缝》，那种对于现代人生存处境与生命际遇的独特书写，成为一代人现实生存的锥心写照。时过境迁，他的内心开始由痛心于现实的悲愤与壮怀激烈，转而为看破世态和超然物外的豁达与平静，由潜隐的不平与抗争，走向跟外部世界的握手和解。他的思想，连同他的诗歌，都由悬空而下的飞瀑，一变而为平缓的河流，其间少了许多湍急与喷溅，多了几分开阔与舒展。李健吾在《新诗的演变》一文中曾经谈道："伟大的作品产生于灵魂的平静"，由此，王立世的诗歌创作获得了一个契机。

　　走过人生的青春期，王立世不再倾心于炫人眼目的光耀与显赫，而是开始注目于那些看似黯淡的、易于凋零之物。于是，秋后、黄昏、落叶、泥巴、渗入地下的流水……一进入他的诗歌，营构着他的诗歌语境，凸显着他的诗歌氛围。在《想开了》《五十岁书》等诗歌中，他极力彰显衰老疲惫的事物背后的无力无奈与壮怀激烈，一种浩大的生命意识降临了他的诗歌，为整个诗篇镀上了静穆的苍茫。但他的诗歌绝非颓废的、悲观的，在他的诗歌里，没有太多的自怜自叹、没有矫情的无病呻吟，犹如他在《心迹》一诗中所写："我后悔一生的是／不能从汗水里／晒出更多的盐／不能从骨头里／提取更多的钙／不能从抑郁的心海里／捧出一颗理想主义者的太阳"，隐藏在背后的，是一颗悲悯与关怀之心，是美人迟暮的伤怀与烈士暮年的感慨。诗人在对于事物的苍凉之美的叙述中，能够穿越那些纷乱的物象，抵达事物深处的脆弱与疼痛、在物我之间进行彼此的心灵慰藉，从而实现对于生命本体的忧患与沉思，入于幽冥隐微的深邃境地。

可贵的是，岁月的流逝固然飞快，却并没有使诗人的心性浑浊，诗人始终秉持着自我的不泯童心。穿行于王立世的诗歌，会发现这里还遗留着青春期的废墟：残余的爱情城堡、往昔的童年废墟、遗落的枯萎花瓣、风干的闪光露珠……他用那些业已显得过时和沧桑了的爱情诗，来表达他尚未忘却的少年情怀。恰似"少年一段风流事，只许佳人独自知"的情形，诗人曾经的刻骨铭心，变成了一簇带露的明日黄花，连那些无痕春梦，也有了朝花夕拾的挽歌意味。于是，一如诗人在《风景》一诗中所写的："两片落叶／在冬天的墙角谈论爱情时／浑身在颤抖"，或如他在《枯草》中所写的："山坡上一撮枯草／秋风吹得瑟瑟发抖／他们也曾绿过／也有过春天／但体能耗尽／灵魂已不会疼痛"，那些挥之不去的往事前尘，夹缠在青春不返的复杂情感中，成为生命长久的感叹。在这里，爱情不过成为怀旧的代名词，诗篇成了有意味的岁月招魂，在爱情的记忆与想象中，诗人拾取了过往、重温了旧梦，找到了返老还童的灵芝仙草与青春驻颜术。

二 内心世界的深入掘进

几乎所有诗人的创作，都要完成由激情飞扬的青春期写作，向沉潜稳健的知性写作的转向，由振翅高翔向俯首低飞的转变。对于王立世来说，已经走出不惑之年的他，在诗歌里多了一份知天命般的生命意识的融入和参与。他开始在岁月中频频回望，在诗歌中一再深情眷顾，对于往昔岁月与少年情怀的怀旧情感，冉冉而生。

诗歌来自于生命体验，体验需要沉淀与升华，一个成熟的诗人，会舍弃外部世界的各种纷乱欲望，转向对内部心灵的窥视与探索。王立世正是一个心灵探索型的诗人，他由以夹缝为表征的外部世界，向着更加幽远的内心世界掘进，这使他的创作具有了深挚内敛的气质与深厚的哲理意味。他寻求思想与精神上的同声相应、同气相求，在《读〈有关陶渊明〉致张曙光》一诗中他写道："即使我们做不到陶渊明那样离尘绝俗 / 至少也要投去羡慕的眼光 / 在我们精神的家园 / 塑一尊陶渊明的雕像"，与陶渊明"采菊东篱下，悠然见南山"，以及米沃什"直起腰来，我望见蓝色的大海和帆影"的情形，都有着动人的会心之处，表现出与古今中外优秀诗人的心有灵犀。这样，在经历一番少年意气的人生鏖战之后，他又卷入了个人灵魂的拷问与搏斗，从而呈现出自我反诘和剖白的另一种诗歌景观。

但是，在看似平静如流的叙述中，诗人仍然没有舍弃对于生活的审视与批判。他以一种冷眼旁观的冷隽目光和拒绝介入的边缘心态，注视着世间的荣枯沉浮，感受着人生的温暖与凉薄，揣测着人性的明亮与晦暗。在他的一些"身体叙事"的诗歌中，他在人的身体与精神之间展开思考，如"有的人又黑又厚……我们不要指望 / 从脸上能读懂一个人"（《脸》）、"从人民栽种的树上 / 摘下一枚枚果子 / 装入自己的筐中"（《手》）之类，都写得妙趣横生、饶有趣味。诗人主动放弃了价值判断者居高临下的审判姿态，或者道德裁决者的虚妄角色，而择取了更为客观中允的旁观者的立场。旁观者是卓然清醒的，他宁愿孤独自守，也不愿与世俗同流合污，在沆瀣一气中和光同尘，体现出一个知识分子应有的风骨与操守。

与此同时，他还是一如既往地延续着对于人生困境的书写。在《雨》中，他不由自主地被裹挟进人生的风雨中，经受严峻的生存与精神的双重磨难。俨然同他的那首《夹缝》一样，他对生命中不能承受之重的刻骨感受，对于生命中的那种乖谬与荒诞，都能够表现得饶有情致而又惊心骇目。他在另一首《无题》中这样写道："乌云钻进深山 / 雨，开始在山口滴答 / 行人慌乱 / 躲进一个黑洞 / 天晴后 / 也没找到出口"，命运的反复无常、人之存在的局促与荒谬，被表露无遗。他另有一首《这倒霉的梯子》写道："上天堂时 / 有人把它撤走 / 下地狱时 / 有人又把它搬回"，其中所透露的人生的悖谬情境、世事的变幻叵测，不禁使人心生感慨。但诗人并没有因此而消极沉沦，或者向命运妥协与屈服，他的抗争仍然在持续，在《与上帝书》中，他甚至与表征终极判断与最高主宰的上帝展开了博弈："往日 / 你让我发疯 / 今朝 / 我让你头疼"，一个略带俏皮的精神斗士的可爱形象，跃然纸上。

由于返归内心的辽远之境，王立世的诗意空间开始变得无限开阔，

诗探索9　理论卷　2018年　第1辑

他从自我的内心找到了书写的拓展与蔓延。青春期写作的理想主义激情已经黯然退潮，在他的诗歌里开始充满了内心的考量与辩诘，连同深刻的反躬自省。在《悔过书》《罪人》等诗里，他以近乎忏悔般的宗教情绪，进行毫不避讳的人性追问，充盈着直面现实和正视内心的勇气，也饱含着对于现实的沉痛与无奈，体现出一个时代知识分子的良心。在这个层面上，王立世的诗歌表现出诗与思的接壤，践行了"诗歌与哲学是近邻"的诗学箴言。

三　中年写作与底层视角

中年是让人伤感的年龄，"月到十五光明少，人到中年万事休"（《增广贤文》），在不甘情愿的被动情势下，使人不得不承认风景已属他人。中年时分，话已然说尽，而心事依旧萦绕，内心翻腾不已，而一切尽在不言，对此，董桥在《中年是下午茶》里有着精彩的譬喻："中年是杂念越想越长、文章越写越短的年龄"。在王立世近年来的作品中，他内心的所有激昂，转而成为一声喟然长叹，进入了类似王维"中年唯好静，万事不关心"的生命状态。由于有了中年写作的况味，先前那种对于生存处境和生命际遇的痛彻肝肺的切肤之痛，在时光的流转消逝中，化为"临来时是苦，回头是乐"（周作人）的悠然从容。

中年写作是一种非激情状态的写作，读中年写作的诗歌，是要如同饮下午茶一般，安闲自在、不慌不忙、细细品咂、含英咀华。许多平淡蕴藉的滋味，要在波澜不惊中娓娓道来，要有一种"世事沧桑心事定，胸中海岳梦中飞"的淡定。如《我这一生》一诗所表达的"没有多少要紧的事／更没有什么要命的事／不必多虑，也不必多情／不必心怀鬼胎，更不必咬牙切齿"，在阅尽繁华之后，王立世的诗歌展现出某种温和与宽厚之美。而且，他还要在诗歌中道出从前，言说往事；他要回到人生的起点和源头，诉说生命的最初诧异与感动："年轻时／蘸着缕缕阳光／在蓝天上／书写浪漫的誓言／／年老时／垂下智慧的头颅／思索大地上／那些沧桑的日月"（《向日葵》）。在他的《大海》《练习死亡》等诗里，他是一个无比深情的叙述者，满怀伤感与悲怆，在不断的反思中拷问内心。这种自我省思与否定的姿态，有助于他个人诗艺的增进，古人说："诗穷而后工"，杜甫指出："庾信平生最萧瑟，暮年诗赋动江关"，一个处于精神困境、渴望走出茧缚的诗人，是有望跻身优秀诗人之列的。

在诗歌的叙述视角上，他惯于择取卑微的事物，作为叙事的出发点。《致麻雀》《毛毛虫》《一粒尘埃》《像草木一样生息》等诗中，他把自我的人格投射到蚂蚁、麻雀、蚂蚱、草木、尘埃之类的朴素事物，企图从这些生命中寄托言说，体现出显明的平民立场。王家新认为："我不太喜欢那种慷慨悲歌的诗，那种比较外在表面的诗，尤其比较厌恶那种做戏的诗。有些人有意扮演一个角色，要一呼百应。对于这种人我本能上是加以抵制的。"① 当今许许多多的诗人莫名其妙的狂妄和近乎疯癫的自恋，在这一点上，王立世的诗歌是谦逊的、不大事声张的，他坦然自陈："在城市的广场上/我依然是一个乡村孩子/站在人群里/我多像一株朴素的玉米/更多的时候/我像埋在地下的土豆"，这种姿态本身值得人肃然起敬。

同时，他发现了那些高贵凋零、华丽谢幕后的伤怀，他用更多的时光来抚摸往昔，追怀流逝。在《老街道》中他写道："沥青泼在身上时/老街道说：我疼/布鞋换成高跟鞋时/老街道还是说：我疼//更多的时候/老街道疼着，什么也不说/在回忆飞扬的尘土/和布鞋的温情"；在《怀念》中，他"把许多时光/用于怀念/怀念行人渐少的老街/怀念杂草丛生的故居……怀念入土多年的老邻居/怀念一只亲切的麻雀/怀念一颗乡村的土豆"；在《星星》中，诗人"伤感于它的平庸和暗淡/追忆它曾经无法遮掩的灿烂"……诗人已经在更加潜隐的生命意义上实现了回归自我，回归内心的宁静淡泊。在中年之后，诗人终于抛开了一切语言与技术层面的浮华，走向了不事雕琢、臻于无技巧写作的化境，在昔日的绚丽灿烂之后归于平淡无华，在大悲大喜之后返璞归真，退守到原初状态的本色之美。

四　不懈寻求与孜孜探索

王立世在诗歌的苦旅上孜孜探求，他不满足于自我的诗歌创作成就，也不满足当下的诗歌创作现状，他在向老子、孔子、陶渊明、李白、杜甫们致敬，向芒克、海子、欧阳江河、卧夫们致敬，也在向荷马、里尔克们致敬。在他们的诗歌与思想里，诗人汲取了写作的灵感与人性拯救的力量，找到了人格形象的参照和自我精神的对应。

艾略特在论及叶芝时曾说，作家到了中年有三种选择：停止写作，

---

①　西川等：《当代诗歌承担了什么》，《诗潮》2004年第4期。

诗探索 9　理论卷　2018年　第 1 辑

或者由于技巧的增长而不断重复自身，或者通过修正自身，找到一种完全不同的写作方法。在诗歌史上，曾经出现过许多这样的情形：诗人们或者放弃诗歌，或者转向其他文体的写作，陈子善就曾经说过："在中国现代诗歌史上，有一个有趣的现象，年轻时以诗名者，到中年以后往往不再写诗。"[①]导致他们的创作难以为继的因素是多方面的，但创新意识的匮乏、诗艺的突破之难与举步维艰，肯定是其中非常致命的因素。如果拿这个标准来观察王立世近来的诗歌，就会看到他在创作上进行的某种探索痕迹，这成为他日后能够继续写下去的理由。

也许正如王家新所说："压力在造就着诗歌，尤其是那种内在的压力。"[②]这种来自内心的不吐不快的压力，也是促使王立世热情不衰地写下去的因素之一。诗人还是一如既往地直面生存，不过，他早年对于现实的无奈与痛楚，开始被容纳与隐忍所替代，一方面，他的诗歌开始呈现出明亮与温暖的因素，而不再一味言说生命中的风雨与创痛；另一方面，他继续努力寻找词语中坚硬的部分、锐利的部分，以完成他近乎执着的楔入的工作。于是，在他诗歌的"夹缝"意象中，出现了"一束生动的光／经过多次折射／才抵达潮湿的夹缝／……那些灰暗的草木／开始欣欣向荣／那些憔悴的鸟儿／开始鸣翠柳"（《夹缝里的阳光》）的动人情景，在《灯》中出现了"天上那些星星靠不住／就提前给我备好一盏灯／我提着这灯／一次次地／穿过人生黑暗的隧道"的叙写，由此，他日益走出人生的夹缝状态，走向精神的浩瀚深邃与宽阔无垠，进入诗性的豁然开朗与无限澄明之境。

在一次采访中，王立世谈到自己的诗歌追求是："最浅的语言，最浓的情，最深的哲理"[③]，这透露出他在语言、情感与哲理的三个方面的诗歌探索方向。在他新近的创作中，他致力于在宏大与微渺、高贵与粗鄙之间做出权衡，在理想与现实、责任与担当之间做出选择。他的《牙》《这水》等诗，在貌似平静中蕴含大愤怒大鄙夷；在《这世界怎么了》中，他于嬉笑中含着讥诮："喝酒的装疯／没喝的卖傻／这世界怎么了／喝与不喝一个德行"；在《生命的长度》中，他开始像数学家一样精于计算，体现出"有为有不为"的洁身自好……在一个精神荒芜的时代，他要借助诗歌，从无意义中发现意义，传达出诗人内心巨大的隐痛和某种受挫的激情，隐含着诗歌何为、诗人何为的沉痛与愤慨。

① 陈子善：《刘延陵的最后一首诗》，《书城》1997年第2期。

② 王家新：《当代诗歌：在"自由"与"关怀"之间》，《文艺研究》2007年第9期。

③ 少辉：《真诚地做人，朴实地写诗——王立世访谈录》，《朔风》2012年第4期。

可以看出，无论在诗歌主题的表达，还是在诗意的表现方式上，王立世都在进行着不懈的持之以恒的探索。尽管，在这一探索过程中，他也不免出现了写作的模式化之弊，他的有些诗歌具有某种理念化的倾向，存在"思大于诗"、理胜于趣之嫌，这是该引起诗人足够警惕的。但总的来说，他的诗歌就像醇厚芬芳的山西陈醋，或是酒香四溢的杏花村，越是经过岁月的发酵、沉淀与酝酿，越是能够历久弥香。如今，笔耕不辍的王立世仍然饱含着热爱，用自己的创作酿造时光的佳酿，相信读者一旦打开他诗歌的酒坛，定会香飘十里、迎风醉人！

[作者单位：兰州交通大学文学院]

以闪烁思想光焰的灵性文字守护汉语诗歌品质
——诗人庄伟杰教授访谈

师　榕　庄伟杰

采访时间：2017 年 5 月 22 日

采访地点：厦门，庄伟杰工作室

师　榕：2017 年对你的个人创作而言，是一个值得期待的丰收年。诗集《远行或归来》已由海峡书局出版，另一部诗集《沿着风的指向》和散文诗集《交错的跫音》也即将于年内推出。请你谈谈这方面的情况。

庄伟杰：谢谢你持续不断的关注！《远行或归来》应该是本人出版的第六部诗集，由我的母校列入"福建师范大学文学院文学创作丛书"，早已列入海峡书局今年年度出版计划，收入近年来创作的一部分诗歌作品，大约二百多首。其他两部应约交由新疆文化出版社，正在出版中。

师　榕：我发现你的诗学研究工作不仅仅局限于中国当代诗歌研究，还包括海外华文诗人、作家作品研究，进而涉足文学艺术及跨文化领域研究，可谓成果显著。比如，即将出版的《跨文化诗学建构》《边缘的声音——海外新移民作家个案批评》。请问你是如何有效地拓展自己的文学研究视野的？

庄伟杰：说不上成果显著，但我的诗学研究的确并非局限于一隅，更多的呈放射性状态。对于中国当代诗歌，我倾向于用批评的方式展开；对于海外华文文学，我主要是以学术研究的方式进行。前者与我本身从事诗歌写作实践有关，后者是因为我本身是海外华文文学队伍中的一员，而且博士论文和博士后研究报告，也是选择华文文学作为自己的讨论对象和研究方向的。

依我之见，一个人要有效地拓宽自己的文学研究视野，需要不断地学习，需要拥有超前意识，需要满怀敬畏生命与文学之心，并在融会贯通中找到自己的学术兴奋点或思维发散点，沿着自己选择的路向前挺进或探险。其中有三个条件可谓举足轻重。首先，从外在因素看，与研究者自身的阅历和眼界有关；其次，从探讨对象看，与研究者对文学的充分理解和感悟有关；再者，从研究主体看，与研究者对自己的认识和把握有关。

文学世界是多姿多彩的，研究什么或者批评什么，每个人都有自己的选择和价值取向。可见，如何选择批评研究对象，如何拓展研究视野，因人而异。其实，世间所有的学问都是相通的。确切地说，做学问并不存在古今中外之分，有的是高下精粗之别。当然，任何人的研究水平并非取决于其研究对象，而是取决于其研究能力、学术视野、思想深度和精神境界。

师　榕：今年适逢中国新诗百年，你是当代汉语诗歌的创作者又是研究者，你认为百年中国新诗取得的最大艺术成就是什么？

庄伟杰：以江河不断蜿蜒向前的姿态，汉语新诗自"五四"新文化运动发轫至今，已历经近百年的艺术流程。或汹涌前驱，或起伏翻滚，或腾挪跌宕，或顺流而下……可谓沉浮曲折、起落回旋，构成百年中国新文学文化地形图的一处奇特景观。纵览百年来的流变和发展进程，汉语诗歌从初创期到探索期、从勃兴期到延续期、从转变期到开拓期，乃至进入多元共生态势的新世纪，一路探险式地奔流而来，在自身发展和嬗变的流程中，经历了对西方文艺思潮与中国诗歌传统的双重吸收、融化和滋养，不断更新和营造自己的审美追求和表现方式。光荣与梦想共生，机遇与挑战同在，其间留下的历史足迹和得失成败的经验教训，为我们提供说不清也道不完的无尽话题，如同那些丰美而芜杂的果实一样，需要珍视更值得探究。

作为一种自域外（西方）引进的诗歌新品种，现代汉语新诗（或称自由体新诗）从内容到形式上，明显是对传统旧诗词的一种反叛和变异。这种以打破旧格律的束缚而创造自由的律动为形式的"革命"，无论在诗学思想、精神内容和表达方式上，都带给我们一种全新的感觉。在经历二十世纪与整个世界精神的血液大循环之后，一代代的新诗人在历史与生存、命运与心灵等的冲击与洗礼下，沿着诗之大道，一往无前地走向今天。一个世纪过去了，汉语新诗在当下已有了长足的进展，甚至是脱胎换骨的巨变，尽管一路上留下了深浅不一的印痕，留下了辉煌也留下了遗憾。正因为如此，才留下了许多值得我们关注、思考和探索的诗学话题。然而，不可否定的事实是，诗人们庶几已进入了自主写作的状态。在新诗百年的流程中，经过时光的淘洗，其中的一些优秀之作，已成为一份民族文化的记忆和精神档案，或成为新诗的经典进入文学史的行列，即使和世界上一流诗人的作品相比较，也并不逊色。只是由于种种原因使然，我们尚未出现在整个世界具有重大影响的现代诗人。或许，这与西方强势文化的霸权笼罩有关，也与汉语诗人自身的创造性与想象力有待进一步提升有关。对此，我们既充满信心和希望，也生发些许的忧思。

师　榕：你在《延续写作生命的三大因素》一文中，对中国当下诗歌存在的致命伤提出了严肃的批评。你说："目前诗界文坛普遍存在一种现象，即过于注重或强调常识，或则一味反知识反文化，这是一种致命伤。诗人可以反常识，但不可以反知识。知识反不得，反了，诗就失去其艺术魅力。当下的口水诗往往存在此症状。"同时，我还发现你特别强调诗歌文体意识（自觉）的重要性。请问你是如何思考延续写作生命的因素的？

庄伟杰：一个诗人作家最后的结果会如何？他到底能走多远，能延续多长的创作生命，能获得多大的文学成就，能为我们带来什么，或为后世留下什么？这些都是十分有趣而引人深思的问题。除了具有天赋、才情、禀性等先天性因素外，作者自身的阅历、学养、能量和气度，同样不容忽视。因为文学不仅是观念和美学问题，也不只是技巧和方法问题，还有作家自身的问题、时代语境的问题、潜在文化结构等问题。

针对目前诗坛的现状，面对当下铺天盖地，如批量生产的流水线产品的诗歌，之所以令人不敢恭维，究其原因，除了匮乏诗的创造性思维外，关键是难见境界，难见"眼界始大，感慨遂深"（王国维语）的诗歌格局和气象。当下不少诗人，由于创作主体在思想上日益单薄（这跟当下诗人普遍不读哲学有关，而这可能是思想走向贫乏的主要原因），写作情绪流于表象的经验，写作过程成为一种语言的放纵，使得汉语言的审美和诗性价值日渐流失。加之支配诗人写作的仍然是对某种社会公论、流行思潮的附和，导致现在的诗歌普遍失去了与灵魂、与智慧遇合的可能，以至于写作日益走向浅表化而缩减了诗歌的精神空间。可谓量大而质劣，败坏了诗的品位。可见，没有精神的内在性、语言的独特性，没有分享人类命运的诗性智慧和野心，没有创造一种文体意识和话语风度的自觉性，要想写出与众不同的好诗谈何容易？

中国现当代众多的诗人中，真正注重诗歌文体和文辞的诗人屈指可数。严格地讲，只有早期的现代诗人如郭沫若、闻一多、徐志摩、李金发、戴望舒、艾青、卞之琳、何其芳、彭燕郊、蔡其矫，政治抒情诗人如郭小川、贺敬之，台湾及海外诗人如余光中、洛夫、郑愁予、痖弦、非马、杨牧、彭邦桢，当代诗人如北岛、杨炼、江河、顾城、多多、芒克以及之后的严力、韩东、于坚、海子、周伦佑、西川、孟浪、欧阳江河、臧棣、吉狄马加，女诗人中的郑敏、舒婷、王小妮、翟永明、伊蕾、唐亚平、李轻松、李成恩等少数一些诗人。从某种意义上说，文体意识所指的就是一种辨识度、一种话语风格。毋庸讳言，多数的诗人（不包括写诗的人。诗人与"写诗的人"是有明显区别的），诗歌文体意识的觉醒还远远不够，甚至没有文体意识，即只会用一般人也会用的语言写诗。

师　榕：你在《新诗的精神转向与探索性写作》一文中，总结出诗人有"三条命"的理论，进一步强化了诗歌的本体价值观，在诗坛产生了较大的反响。你是如何发现这一独特理论的？

庄伟杰：一个诗人有多大价值？一个人的写作到底能走多远？固然与每个个体的潜能与禀赋紧密相关。但更为重要的是，要有自己能立得住、传得远、留得下，即富有生命力的作品。"不是歌德创造了《浮士德》，而是《浮士德》创造了歌德。"一句话，一个诗人要独立自主，卓然自成风貌，只有靠作品说话，并让作品成为一种永久的生命存在而风行于世。说时容易做时难。这里牵涉两个重要因素，一个是如何理解创作的生命价值，一个是如何自觉地进行精神转型。唯其如此，才能在一个更大的精神世界里重新找到自己的位置。

细细揣摩，诗人大有三条命：第一条命应是自然状态中的生理性的生命；第二条命乃是其书写的作品的生命。相比之下，作品往往比人长寿，诗人都活在自己的作品里。那些优秀的诗作，可以让读者记住诗人，记住诗人的思想、追求和人文品格。可见，诗人的第三条命便是其高尚人格、精神重量和生命境界。

师　榕：在你的期待视野中，你所理解的诗歌是什么？诗歌的本质属性应当如何把握？或者说，当下诗歌应该值得注意的关键性问题是什么？

庄伟杰：美国当代著名语言学家、诗学家、符号学家罗曼·雅可布逊说："诗是美学功能的语言。"诗歌不仅是生存之学，更是灵魂的学问。它应是来自灵魂底部的声音，或是来自思想内部的声音，那往往是天语是神性的声音。一句话，诗是诗人表达情感和思想的另一种智慧（艺术）形式，是一种灵悟或发现，要展现出作品的情调、韵味、色泽和境界。确切地说，一首好的诗歌应该是作者最个人的、最独特的、最意外的发声方式，即灵魂话语的建构方式。

对于普罗大众来说，寻求意义是对现实生活方式的确认，由此生成一种肯定性的心态——人应当相信自己、认识自己，运用自己的认识和思考能力直面人生，实现自我人生价值。在多数人看来，寻求有意义之象征无非是一种想象，甚至给人以虚幻的感觉，即认为这是不现实的。按照这样的观点，文学艺术中很多属于想象或幻想的诗意境界的存在价值就被抹杀了。事实上，这种诗意境界恰恰是人生的深远向往和希望之所在。因为诗意境界的想象是与现实关联的，当然它是高于现实或多于现实的。这种高于或多于现实的想象对于诗人来说，乃是与现实真诚相处的美好途径，也是人生所追求的最高的真实性。缺乏这种诗意情怀，就难以真实地见证现实的生存；缺少这种想象，就无法更理想地拓宽生存和精神的空间。

想象是诗歌包括一切文学艺术创造的思想源泉，也是科学上各种创新的思想源泉，人类的进步是离不开想象的。善于想象，大胆幻想，科学才大有希望，文学艺术方能瑰丽多彩。譬如，诗歌的本质并非现实的产物，而是理想的产物，是那些在现实中插上想象翅膀的思想在语言世界的飞翔和实施，并作为人类自我意识和想象能力的拓展。从这一点讲，一个最富有想象力的民族，肯定是最有希望和最有思想力量的民族。一味强调现实性，忽视理想（想象）性，死死地框定在某种固定的模式下，是没有希望的，社会也不可能产生令人满意的进步。

须知作为诗人的意义不是逃离，而是要大胆介入，介入存在介入周遭世界，勇于对活生生的现实发言，勇于直面切入生活并极力寻找突破口，挖掘母语的诗性及对当下现实生活给予重新命名，让诗歌以敏锐的思想触角，获得一种直指人心的力量。无论现实中的想象，还是想象中的现实，唯有思想的力量能够穿越时空，成为人类的精神共享。然而，诗歌写作说到底是以想象力的飞翔为基础的超物质主义、反异化的乌托邦之歌的抒唱，并以语言方式来实现人类的精神价值和心灵自由的。一个真正的诗人，只有知道过去、现在和未来，其诗歌精神才能进入普遍的意义和价值中。因此，在自由状态下，如何更清醒地认识自己来表现心灵所能拥有的宽度和广度，用独特的眼光审视我们面对的世界、感悟诗意的内心秘密；如何更好地寻求写作的意义来实现心灵的自由与精神价值的提升，用独具灵性且闪烁思想光焰的文字释放出母语的优美、自尊和品质，让自我心灵空间的拓展和开掘，如"面朝大海，春暖花开"一样。或许，这才是当下诗歌写作值得注意的关键问题。

师　榕：你那篇题为《呼唤诗教与提升人文素质》的论文，2016年9月在复旦大学举办的全国博士后学术论坛上宣读过，并收入论文集《全球创新与国家发展》。你在文中提出：诗是一种特殊的灵药，可以用来医治"心病"。或者换一种说法，诗歌是人生的保健品。请问你为什么如此高度重视诗教的妙处？

庄伟杰：如果说，医生的职能是医治人的身体，那么诗人的职能应是用来安抚灵体的。所以，我曾经说过，诗歌是关于灵魂的学问。或者换一种说法，诗歌是人生的保健品。就此而言，诗歌的确是一种妙不可言的"药物"，可以医治并安抚我们（人类）的孤独感、相思病、乡愁、情殇、困惑、压抑、忧郁、失落、痛苦、不幸等症状，特别是对于知识分子（古代称文人、士大夫）来说，此"药"之灵验之疗效不言而喻。那么，对未成年人，特别是青少年、儿童来说，诗歌更像一种营养保健品，其营养价值同样不可小觑。

置身于物欲横流的当下，诱惑常常令人欲罢不能，这是人性的弱点。是故，人往往易被"糖弹"引诱而不能自拔。但人之所以为人，得有一种精神、一种境界、一种气概。人可以没架子，但得有样子，骨头刚硬、内心柔软、腰板挺直，方能练就金刚不坏之身，涵养个人高洁品质。可见，学会管理自己的灵魂多么重要。而诗歌恰恰是这样一种东西：在讲究实用的世俗面前，可能最无用也最不重要；但在看似无用而精神处于无助之时，往往最有用也最为重要。一句话，诗歌虽然从俗世中来，但必须到灵魂里去，即进入人的精神世界。基于以上思考，探讨"呼唤诗教与提升人文素质"这个话题，让更多的人理解诗歌，认识到诗歌教育的妙处，显得非常必要和及时，其潜在的意义非同寻常。

身处消费和享乐主导下的娱乐化时代，在学校开设诗歌课，让学生多读诗、多接触诗，肯定利大于弊。一是可以让学生学会培养情趣和领略情趣；二是可以提升学生的文学素养、审美水准和鉴赏能力，为其迈向光彩亮丽的人生架起一座诗意的桥梁。从某种意义上说，诗歌最有利于培养人的高雅情趣，而欣赏本身是一种再创作，既能增长人的见识，也能提高自身的语言能力。欣赏力的高下，欣赏时受益多少，与个人平时的修养和训练紧密相关。如果不读诗不懂诗，就无法领略诗之美、诗之真谛。诗歌称得上是语言的黄金，或讲究贵在含蓄，或讲究简洁空灵，或讲究一词多义，或讲究超常组合，等等。读诗既能检验和提高学生的语言水平，又能培养他们美善的情怀。一句话，不读诗、远离诗就是远离自己的"家园"，也是偷懒的表现。朱光潜先生认为："读诗的功用不仅在消愁解闷，不仅是替有闲阶级添一件奢侈；它在使人到处都可以觉得人生世相新鲜有趣，到处可以吸收维持生命和推展生命的活力。"当然，在诗教的同时，如能让学生学会尝试写诗，相信校园生活就会更加美丽和富有情趣。

作为一种寓教于乐的方式，诗歌与音乐、书法、绘画、舞蹈等艺术虽然有某些相似的美感特质，或以意象给人以美的视觉盛宴，或以节奏给人带来美的听觉享受，但诗与音、视、像等多媒体合一的娱乐方式同中有异，即诗歌之美的获得并非是直接的，更多的是通过语言的媒介，经由想象和思维的过程而获取。这首先需要对语言的敏感和熟练把握，其次才是知识的积累。表现情感思想是人的精神需要，而语言乃是其直接媒介。诗传情，诗言志。但"不学诗，无以言"。怎样传、如何言的技巧并非人人都能掌控和表达，诗教则可训练人们更好地驾驶运用语言，更好地表情达意。从这个意义上说，诗教既有利于提高学生的写作水平，又有利于提升学生的人文素质。

[作者单位：庄伟杰，浙江越秀外国语学院特聘教授、《语言与文化研究》主编；师榕：甘肃诗人]

自觉的声音：读陈太胜的著作

郑政恒

一 中国象征主义诗学

陈太胜是诗人，也是学者，在学术研究和教学工作的双重压力下，他保留着亲近诗歌的心，相当难得。

陈太胜早年专门研究象征主义诗学，对梁宗岱的诗作与理论特别有心得，在这一时期他出版了《梁宗岱与中国象征主义诗学》（2004，北京师范大学出版社）和《象征主义与中国现代诗学》（2005，2007二版，北京大学出版社）两本学术著作。

《梁宗岱与中国象征主义诗学》是陈太胜的博士学位论文，以梁宗岱的诗学建构为讨论对象，此书正式出版之时，似乎赶上了中央编译出版社和香港天汉图书公司推出四卷本《梁宗岱文集》（2003）的时机。然而，陈太胜研究梁宗岱时，并没有借重《梁宗岱文集》，而是回归到第一手数据。关于陈太胜早年求学的历程，《梁宗岱与中国象征主义诗学》的后记和导师王一川的序言《倾听象征诗心的深层颤动》已有回顾。

《象征主义与中国现代诗学》是陈太胜博士学位论文的副产品，由于题材更为广阔，读者似乎比《梁宗岱与中国象征主义诗学》更多。《象征主义与中国现代诗学》之重要，是陈太胜集中考察现代主义中尤其重要的象征主义一脉，梳理出法国象征主义的发展简史和诗学四大要素（语言—形式、意象、音乐性和暗示性），并且引申、讨论中国象征主义的发展，尤其是李金发、穆木天、王独清、梁宗岱、戴望舒、李健吾、冯至、穆旦等人对象征主义的吸收和转化，从而直指中国新诗的现代性及现代主义的最核心部分。相对于吴晓东的《象征主义与中国现代文学》一书，陈太胜的《象征主义与中国现代诗学》更集中于诗人与诗作的专论。

如今看来，可以补充的是戴隐郎早在1934年于香港《今日诗歌》第一期发表的论文《论象征主义诗歌》，这篇文章全文曾收于郑

诗探索9 理论卷 2018年 第1辑

树森、黄继持、卢玮銮合编的《早期香港新文学作品选（一九二七—一九四一年）》（1998，香港天地图书），近年再收入陈国球主编的《香港文学大系 1919—1949：评论卷一》（2016，香港商务印书馆），而陈国球在导言中对《论象征主义诗歌》一文有不少有意义的阐发。

此外，曾留学法国巴黎大学的香港树仁大学创办人钟期荣校长，也曾写过一篇四平八稳的法国象征派诗歌概论文章《论象征派的诗》，原刊香港《大学生活》1960 年六卷十一、十二期总第 83、84 期，另收于莫渝编译的《法国十九世纪诗选》（1979，台湾志文出版）。

二　后理论时代的文学研究

《象征主义与中国现代诗学》出版后至今十年间，陈太胜也有推出新作，包括了《作品与阐释：文学教学引论》（2006，广东教育出版社）和《西方文论研究专题》（2008，北京大学出版社），也主编大学本科学生入门教材《20 世纪西方文论新编》（2011，北京师范大学出版社），这一时期的著作和编著都围绕着文学教学与西方文学理论。

陈太胜在近几年间活跃出版，成绩有目共睹，首先是出版了个人诗集《在陌生人中旅行》（2015），其诗风静好徐缓，诗意蕴藉深沉，从小辑的题目（乌鸦回归之日、月出之岭、野地）不难想象诗人向往自然，诗中也多自然意象，但诗人并非以浪漫主义的笔法，将个人情感投射于自然，而是在个人的静观冥思或生活体察中，用平等的态度呼应物我。

诗集出版以后，单单 2016 年，陈太胜推出了四本书，两部中译本由北京大学出版社推出，分别为伊格尔顿（Terry Eagleton）的《如何读诗》（*How to Read a Poem*）和贺麦晓（Michel Hockx）的《文体问题：现代中国的文学社团和文学杂志》（*Questions of Style： Literary Societies and Literary Journals in Modern China*，1911—1937）。

2016 年，陈太胜出版了两部学术论文集，都是由湖南人民出版社推出，分别为《声音、翻译和新旧之争——中国新诗的现代性之路》和《语言的幻象——后理论时代的文学研究》。自 2005 到 2015 年间，陈太胜由中国象征主义诗学研究，转到文学教学与西方文学理论，但同时他也发表了多篇论文，在 2016 年结集成书。

《声音、翻译和新旧之争》和《语言的幻象》的部分篇章以至成书概念，显然是受伊格尔顿的《如何读诗》影响。

早在中国象征主义诗学研究时期，陈太胜已对诗的语言和形式有鲜

新诗理论著作述评

明的关注，而将形式置于现代性及现代主义的情境中来说，象征主义诗人将语言和形式放在艺术本体意义上的重要位置，语言和形式不单是社会现实和个人情感的附庸，而是艺术本身，也是焦点所在。

现代诗人对语言和形式，有艺术上的自觉，而且是个人的自觉。由于巴赫金（Mikhail Bakhtin）和《如何读诗》一书的影响，陈太胜对诗的语言和形式的探索，焦点落实于声音，声音包括了音高（Pitch）、语调（Tone）、节奏（Rhythm）、措辞（diction）、音量（volume）、格律（metre）、速度（pace）、情调（mood）等形式范畴，但同样重要的是声音指向审美范畴、世界观、思想、个性与命运。

《语言的幻象》是陈太胜2003年以来的论文汇编，一共有三辑，其中第一辑最为精彩，尤其是开篇的《新形式主义：后理论时代文学研究的一种可能》，呼应了伊格尔顿的《理论之后》（After Theory）一书中的观点，并指出西方的文化理论黄金时期已经告终，倡言带着理论的眼光，回归文学，重视形式，但又关注历史与政治，陈太胜称之为新形式主义或新的形式诗学。

如何结合形式分析和政治批评呢？

英美新批评不理会政治议程和历史脉络，文化研究者并不重视文学的形式、语言和风格，伊格尔顿曾经着力于政治批评和文化理论，但《理论之后》面世后，已对之前的立场有所修正，尝试融合形式分析和政治批评，陈太胜追随伊格尔顿的步伐，带出折中的立场，从形式内部把握历史和政治，从实践的成果看来，他标示新形式主义，是看重形式多于政治（例如他倾向逐行审视仔细分析，却相对少涉及历史和政治）。

三　中国新诗的现代性之路

回到中国新诗的语境，《新形式主义：后理论时代文学研究的一种可能》中，陈太胜以食指六十年代诗歌作为讨论对象，发掘出他的诗中个人情感（以《这是四点零八分的北京》一诗为圭臬）和时代精神（同时期的诗作）的矛盾冲突。

更多的例子见于《声音、翻译和新旧之争》一书。此书"主要的批评目标，是通过对新诗形式的修辞批评，揭示其'缓慢而持久的社会功能'"。他透过十位诗人、译者及诗论家胡适、郭沫若、闻一多、徐志摩、戴望舒、梁宗岱、卞之琳、叶公超、废名、彭燕郊的分析，来回思考诗歌与社会、新诗与旧诗、中与西的问题。

《声音、翻译和新旧之争》中，陈太胜论郭沫若新诗中高音与低音两个面相，最见伊格尔顿的影响，又配合了废名在《论新诗》中"乱写的诗"与"天成的诗"两种见解，陈太胜说郭沫若高音的诗展现了"五四"的时代精神，但郭沫若也有低音的诗，具有传统文人的气质，怀古、深沉而克制，两种诗风展现了两种意识形态，高音的诗宏大洪亮但不那么民主，而低音的诗节制而理性，保留了个人及私人的世界。

同样是发掘两种声音，陈太胜论徐志摩就难以贯彻新形式主义或新的形式诗学主张，他解说了徐志摩抒情绪的诗与叙事实的诗两种面相，就难以通向历史和政治的批评。另一个例子是论戴望舒诗中的"唱"的语调与"说"的语调，也面对相似的难题，但无论如何，戴望舒从《雨巷》转到《我底记忆》确实是个人诗艺的一次转变与提升，但宏观来看戴望舒，他的香港时期作品，才算是他的艺术成就的顶峰，《灾难的岁月》比《望舒诗稿》而言，又见再一级进境，而诗中的形式和语调，跟当时的战事和历史，有紧密的关系，更值得从新形式主义的角度探索。

作者重视郭沫若的《电火光中》和《瓶》，而批评《凤凰涅槃》《天狗》《晨安》《立在地球边上放号》；作者重视徐志摩的《献词》和《秋月》，而批评《我不知道风是在哪一个方向吹》；作者重视戴望舒的《我底记忆》，而批评《雨巷》，目的大概是为了重审大众约定俗成的文学经典，这一点对文学教育也不无裨益。

陈太胜提倡的新形式主义或新的形式诗学，平衡了形式分析和政治批评，但从伊格尔顿另一些著作如《理论之后》和《如何阅读文学》（*How to Read Literature*），我们了解到价值（value）的重要，尤其是文学批评与文化价值的相互对话，实有必要。

《理论之后》一书涉及的真理（truth）、德行（virtue）、道德（morality）、死亡（death）与邪恶（evil），都是文化价值思考的中心议题，伊格尔顿也不原地踏步，不断为这些课题出版了多部著作，已有中译本的包括《人生的意义》（*The Meaning of Life*）、《论邪恶：恐怖行为忧思录》（*On Evil*）、《文化与上帝之死》（*Culture and the Death of God*）、《论文化》（*Culture*）等等。

新形式主义平衡了文学与政治，带出折中的方案，但如果要跟随伊格尔顿，进一步思考理论之后的文学批评出路，就不容忽视在文本与政治以外，文化价值的重要，价值的思考也是值得引入的要项和角度。

[作者单位：香港岭南大学]

交际、场域、政治与诗歌

——读霍俊明《先锋诗歌与地方性知识》

李文钢

如果世界上只有一个人，当然就不会有时常令人感到烦恼的交际问题，更不会有调整人与人之间关系的"政治"问题，然而，恐怕自然也就没有了诗。因为，很少有人是只写诗给自己看的。事实上，任何一位诗人的写作，都是暗中寻找知音的过程，都很难从一定的场域中完全剥离出来，甚至有的直接就是对某种时代的声音的回应，真空中的写作是不太可能存在的。因而，交际的圈子、文化的场域、政治的关系，实际上对于一个诗人的写作形成了某种隐秘的框架，我们完全可以设想，若能将一个诗人连根拔起，安放到另外一个交往的圈子、文化的场域、另外一种政治关系中，这个诗人的写作必将会呈现为另外一种样子。即便不是有意"顺从"或"对抗"式的写作，无意识中仍不可避免地逃脱不了现实的限阈，交际、场域、政治的作用，本是携带在每一首诗中的天然因子，但长期以来，人们却更愿意沉浸在诗歌的高尚、纯洁与神圣的想象之中，不愿去清醒地面对这些"事实"，更很少有人愿意耗费自己的精力去清理这些"俗事"。

霍俊明的《先锋诗歌与地方性知识》[①]一书，则"试图在那些差异明显的'地方'以及背后的知识和构造那里，在一个个具体和日常的场所与空间里（比如胡同、街道、居所、车站、广场、里弄、酒馆、公园）寻找诗人的命运"（第10页）。通过还原与呈现具有典型意义的诗坛往事，来梳理新诗的发展演进线索，给人耳目一新之感。是的，有谁曾经思考过酒桌和饭局、胡同和民居、风水和性格，对于诗人成就的影响呢？这些难道对诗歌没有影响吗？表面看来，诗歌写作确乎发自个体的心灵，然而，却又总有看不见的范式在左右着诗人写下的文字。当代诗歌写作中各显身手的十八般武艺，暗中自有其来路和谱系。

---

① 山东文艺出版社 2017 年版，本文所有引文均出自该书。

诗探索 9　理论卷　2018年　第 1 辑

北岛亲自下厨请王家新吃饭，多多深夜骑车去找王家新喝酒，芒克和多多每年进行一次"诗歌决斗"，舒婷和北岛、芒克、蔡其矫一起在北京游玩，张枣、柏桦陪北岛逛重庆温泉公园，柏桦、张枣、李亚伟、廖亦武等人在周中陵的农舍里喝酒吟诗，杨黎瞒着周伦佑和蓝马变动《非非》创刊号的内文，柏桦在南京登岸后来不及整理行装就去见韩东，陈东东给柏桦写信告知海子自杀的消息，徐敬亚为了能与王小妮缔结恋爱关系和吕贵品在小酒馆谈判，雷平阳、李亚伟、默默、沈浩波一起走在空无人烟的雪野……这些信手拈来的诗坛掌故串联起了一个又一个诗人群体形象，更在生动的历史细节中勾勒出了当代诗歌发展演进的精神线索。"主义"的影响、思想的传播，也正是在这些人际的交往中得以实现的。

在一个个鲜活感人的个案之上，作者为我们描绘的是文化权力博弈的大格局。在新时期先锋诗歌伊始，占据天然优势的北京诗歌自然而然地成为文化权力的中心，而其他诗人乃至诗歌写作群体的命运，则直接与他们和"北京"诗人的亲疏远近有关。这些北京诗人的形象太过耀眼，以至人们只愿看到自己想看到的先锋姿态，而对他们那些与当时的主流诗歌并无什么区别的诗歌文本却不愿直视。无论是食指在杏花村写的"为建设大寨县贡献力量"的诗，还是多多在白洋淀写的几十首古体诗，都因不符合人们的期待而被"无视"了。占尽天时、地利、人和的"北京诗人"，在人们的仰望中迎来了属于自己的理想时代。因此，"以北京为中心的北方诗歌在空间形态上的特征不仅影响到了新时期之后的先锋诗歌的格局，而且使这一时期的外省诗人尤其是'南方'诗人产生了巨大的焦虑感。这种焦虑感的结果，就是使得'北方'和'南方'的诗歌处于文化权力的博弈与胶着之中。"（第17—18页）当然，任何一个高高在上的权威都必然将会有一天遭遇接受挑战的命运，在作者的描述中，1986年12月北岛等人赴成都接受《星星》"中国十佳青年诗人"奖一行，即是中国诗歌写作的重心"发生剧烈倾斜"的开始。"四川诗人""重庆诗人"和"西昌诗人"对"北方诗人"的"暴动"，并非突然发生的，而是在心理上有其受压抑的深层根源，在文化上有其敢于公然叫板的资本。作者通过对地方文化环境、集体意识、群体性格的细致梳理，令人信服地解释了"西南诗人"何以会"急于另立门户"，并在轰轰烈烈的"第三代"诗歌运动中，让一度辉煌过的北京诗人走向了落寞的"边缘"。终于，"随着1986年诗歌大展和第三代诗歌运动开始，诗歌地理的中心已经由北京位移到成都和南京、上海等地。"（第186页）

然而，无论诗歌的重心是在南方还是在北方，以海子的自杀为标志，诗人们都将共同面对的是"再也不能回归'故乡'的集体宿命"，无论在北京还是上海，都"正在遭受着前所未有的城市化和去地方化时代的挑战和损毁"（第155页）。正如作者所描绘的那样："中国先锋诗歌在80年代完成了以北京和四川两地为代表的诗歌传奇之后，进入90年代已经逐渐在日益全球化、城市化和去地方化的背景下丧失了地方知识……从1989年开始，诗歌与真理之间的距离可能越来越遥远了。"（第172—173页）1990年代，进入了一个"已经没有了'远方'"的时代："这注定是一个没有'故乡'和'远方'的时代！城市化消除了'地方'以及'地方性知识'。同一化的建筑风貌和时代伦理使得我们面对的是没有'远方'的困顿和沉溺。"（第297页）

在带着惋惜的情感呈现了这一"事实"后，作者用回忆的视角，分别以海子、陈超、王家新、徐敬亚、王小妮、李亚伟等人为例，回顾了中国先锋诗歌中集体的理想主义的"出走"和"交游"，他们的心中，都曾存在过一个理想和精神的"远方"，"远方"情结不断地驱动着他们的生活抉择和抒写道路。然而，"远方"情结"已经在1990年代宣告终结"，在今天这样一个不断去除"地方性"的城市化和城镇化时代，我们已经没有了"远方"："顺着铁路、高速路、国道、公路和水泥路，我们只是从一个点搬运到另一个点。一切都是在重复，一切地方和相应的记忆都已经模糊不清。一切都在迅速改变，一切都烟消云散了。"（第228页）

由此，作者提出了一个启人深思的问题："没有'故地'的时代诗人何为？"作者认为，今天这样一个"乡土""地方性"和"远方"不断丧失的时代，是一个"冷时代"，"因为更多的诗人沉溺于个人化的空间而自作主张，而更具有人性和生命深度甚至'现实感'的诗歌写作的缺席则成了显豁的事实"（第254页）。当前，"诗人们普遍缺乏的恰恰是通过诗歌的方式感受现象、反思现实、超越现实的想象能力。"（第253页）诗歌需要的是"对社会和当下的重新发现与再次命名"（第256页）。继而，作者以雷平阳和陈先发等人为例，来说明一个诗人在今天这样一个没有了"地方性知识"的时代如何实现有效写作的可能，在一个过于"油头粉面"的时代如何写出"不纯的诗"的可能，在一个"平滑流畅"的时代挺进精神难度和写作难度的可能。

在解释何为"地方性知识"时，霍俊明如是说："我这里提出的'地方性知识'，更为强调的是诗人和诗歌现象在中国特殊的年代里的文化

诗探索 9　理论卷　2018年　第 1 辑

权力、空间结构、地方想象以及地方精神之间的内在关联。"（第7页）霍俊明长期耕耘于当代诗歌的研究领域，成就斐然，对于诗歌研究的现状有着极为清醒的认识，他敏锐地意识到："对于地域差异性和人文地理学的研究，还有建立与地域文化精神基础之上的更为复杂的诗歌活动以及相应的社会、历史、民俗、政治、经济、生态、文化、宗教之间的互动关系的考察（比如发展的不平衡性、不同步等），则成了中国诗歌研究长期的缺陷。"（第7页）为了填补这一缺陷，他不只梳理了诗人的写作与"地方性知识"之间的关联，也即是诗人的写作与他们的交际、场域乃至政治的关联，更提出了在今天这样一个没有了"地方性知识"的时代，如何实现有效的诗歌写作的大问题。

霍俊明现供职于中国作协创作研究部，因工作的需要，常常出席各种诗歌活动，国内的诗人，几乎没有他不认识的，交往的广泛更是让他掌握着很多常人难以得知的诗人掌故。在这本书中，作者便以马尔科姆·考利的《流放者归来》为暗中追摹的样板，用貌似闲谈的随笔，信手拈来一个又一个诗人的故事，串联起了当代诗人的群像。读者的阅读也因之趣味横生，绝无寻常诗学文章的枯燥之感。然而，作者的立意却绝不在于讲述诗人的家长里短，而是在这些诗人故事的生动呈现中，提出了如前所述的一个重大课题：在"一个没有'故乡'和'远方'的时代"如何捍卫诗歌的"地方性知识"？在今天这样一个交际方式、空间结构和政治生态都已经发生了巨变的时代，诗人的写作该如何进行新的回应与拓展？作为一个始终站在诗歌观察前沿的批评家，霍俊明提出的这个问题启人深思。作者在本书的最后一辑中将提倡面向远方的"行走诗学"作为匡救时弊的良方，却也不能不陷入不确定的犹疑："对于'地方性知识'正在消失的时代而言，诗人再次用行走开始诗歌写作就不能不具有时代的重要性。然而，我们的诗歌可以在行走中开始，但是我们又该在哪里结束呢？"（第299页）作者的犹疑和感叹当然是有道理的，然而，有时，提出一个有效的问题远比提供一个简单的答案重要，因为，当我们正视这些问题之日，就是我们探寻答案的道路的开始，我们的前方因此又出现了新的方向。

[作者单位：河北科技师范学院文法学院]

跨国诗学

[美] 杰汉·拉马扎尼 著　周　航 译

[译者前言]

　　"跨国诗学"理论在诗学著作 *A Transnational Poetics*（《跨国诗学》）中于 2009 年最早提出，由美国著名诗歌理论家、弗吉尼亚大学英语系教授杰汉·拉马扎尼（Jahan Ramazani）所著。这一理论提出后引起很大反响并得到美国和国际学界的高度认可，迅即摘取美国比较文学协会（ACLA）2011 年度哈利·莱文奖（Harry Levin Prize）。

　　杰汉·拉马扎尼主要研究方向是当代诗歌、第三世界诗歌和后殖民文学，出版有 *Poetry and Its Others*.Chicago：University of Chicago Press，2014./*A Transnational Poetics*. Chicago：University of Chicago Press，2009.等八部诗歌论著。他长期从事大学教学，"跨国诗学"的提出最初与学科建设有关。在修订第三版《诺顿现当代诗歌选本》时，他发现诗人跨国界身份的冲突，其中一些现象是民族主义和地方主义所不能解释的。他质疑单一民族文化观念，推动跨国和全球化的文化观念，并论证二十世纪与二十一世纪诗歌研究的概念重建问题。为打通大西洋两岸的鸿沟，打通北半球与南半球、东半球与西半球之间巨大的历史、文化上的鸿沟，他在《跨国诗学》一书中提出多种使诗歌相连与对话鲜活起来的方法，这些方法超越了政治与地理（甚至是各个半球之间）边界，成为考察诗歌跨文化、跨国度意义上的交流、影响与融合的方法。追溯拉马扎尼"跨国诗学"理论的源头，他是在詹姆斯·克利福德、阿俊·阿帕杜莱、夸梅·安东尼·阿皮亚及其他一些学者对现代文化跨国研究基础上的延续。

　　"跨国诗学"提出后，加州大学洛杉矶分校的迈克·诺斯教授、哈佛大学的斯蒂芬·伯特教授以及 Journal of Philosophy 等众多学者和期刊都撰文高度评价拉马扎尼的学术成果，这一理论成果正在国际学界产生广泛和持续的影响。综合来看，对这一理论的评价主要集中在学术价值的肯定、方法论的创新、学科建设的成效以及对这一理论的具体运用

诗探索 9　理论卷　2018年　第 1 辑

等几个方面：美国蒙特克莱尔州立大学的简·纳认为跨国诗学为诗歌研究建立起了全球性词语 [Journal of Modern Literature （3）：2011]；美国乔治亚大学的迈克尔·福特认为，跨国诗学最大的特点是从文本到文本、从大陆到大陆、从半球到半球、从诗人到诗人的大幅度跳跃，这是之前没有的研究 [Comparatist （35）：2011]；美国迈阿密大学的安妮塔·麦纳认为，跨国诗学改变了诗歌现代性和现代主义的话语方式，建立起了新的批评范式，使诗学语言跨国主义成为可能 [MULUS （4）：2010]；美国威斯康辛·麦迪逊大学的克里斯托弗·麦克认为，跨国诗学为二十世纪、二十一世纪诗歌研究留下了根性和可追溯的想象资源，而且打破了传统的空间隐喻 [College Literature （4）：2010]；简·纳认为，以往的大学世界文学课程将使大学生止步于不同文化世界的疆域边界，而拉马扎尼的跨国诗学则打破了这一僵局；加拿大布鲁克大学的帝姆·康利《现代主义 / 现代性》一书"词语的蜂巢：埃菲尔铁塔的跨国诗学"一节中，结合跨国诗学的方法进行符号学意义上的跨文化影响研究 （The Johns Hopkins University press，2011），等等。以上例举只是其中极少数，从文献查询结果来看，跨国诗学已在英语国家得到有效传播，地域上主要集中于北美和西欧。大体上，对少数语种国家以及中国，对这一理论的认识尚处于初识甚至是空白阶段。

本文为美国弗吉尼亚大学英语系教授杰汉·拉马扎尼（Jahan Ramazani）《跨国诗学》（*A Transnational Poetics*）第二章内容的删节版。原文含注释四万余字，现保留主体部分近一万五千字。

"美国是我的国家"，斯泰因提到，但是为了打碎这一明显的国家主义宣称，她会加上一句，"而巴黎是我的家乡"。尽管斯泰因通常被纳入"美国"文学的民族主义叙述当中，但她跨地域的身份，与其他许多现当代诗人的跨国从属关系和跨国身份相一致。文化跨国主义研究最近在许多人文亚学科领域中得以急剧扩散，但是在英语现当代诗歌研究方面，单一国家的谱系根深蒂固得令人吃惊。针对于单一国家叙述的"例外"——主要是现代"美国的""英国的""爱尔兰"的诗歌——是如此的丰富，以至于它们必须要加速再次考虑这一领域很多批评研究的观念结构。跨越全球的影响、活力和阻力，绝非少数以国家民族为根本的离经叛道，它们从现代主义时期到当下，已经有迹可循地风格化和塑造了英语诗歌。

虽然文学研究不属于美国公民及移民事务局的业务范围，批评家们还是共同建构了作家公民的国家和种族身份，煞有介事般想把护照颁发给 T.S.艾略特、米娜·洛伊、奥登、丹妮丝·列维尔托夫和西尔维亚·普拉斯，比方说，以脚注、文学史和作品选等形式断言他们是"美国人"或"英国人"。然而文学，正如安德森所指出的，有助于塑造"想象的共同体"，或者"同种同文化的民族"，当诗人、小说家、剧作家和读者跨越辽阔的地理、历史和文化而将文体和情感联姻之时，国家和区域共同体的疆界也会被他们搅得混淆不清。

如果跨国主义成为基本的而不是偶然性的，那么现当代英语诗歌研究将会呈现怎样的面貌？如果对诗歌跨国主义的理解绝不仅限于后斯泰因先锋派，而是渗透力要远远大得多呢？如果诗人和诗歌的民族性和种族性，真正被视作混血的、间质的和流动性的想象结构，而不是沃纳·索勒斯所说的"自然的、现实的、永久的和静止的个体"，那么这一领域会显出怎样的不同？

一

现当代诗歌单一国家的建构不够充分的主要原因是明显的。许多重要的现代主义作家移居国外，这一点一再被人提到。赛义德总结道："现代西方文化大部分都是流亡者、移民和难民的功劳。"然而，以国家为基础的文学史与那些被迫背井离乡的文化制造者之间的纠缠关系，还没有完全纳入基本上仍以国家为中心的文学教学、传播和批评体系之内。这些移民作家是因政治逼迫还是受金钱诱惑而离开家园的，是为了追寻文化传统还是为了摆脱那种文化传统的包袱，是为了获得出版机会、教育提升还是为了拓展新的文化视野，他们之前写的作品总是不能够作为单一国家文化的标志。"在形式上革新的最重要的基本元素"，正如雷蒙德·威廉姆斯对现代主义者的说法，"是迁往大都市的事实，而且绝大多数情况下这种事实不可能被强调有多少个重要的革新者身处其中，精确而言，即移民。从作品主题层面来说，这明显是陌生和距离感等元素产生的起因，实际上就是疏离感，它有规律地成为多种主题呈现的部分形式。"针对流亡者和移民，伊格尔顿也引用了"高度创造性的紧张"来描述他们记忆中的家乡文化和他们所接受的大都市文化之间的情形。现代派把他们频繁的地理位移和跨文化疏离感转化为不和谐和陌生化诗学，而这种混血和陌生化的艺术也在公然对抗受其压制的国家文学谱系。仅需提到二战前一些最突出的例子，比如移民诗人叶芝、斯泰因、艾米·洛

诗探索9　理论卷　2018年　第1辑

厄尔、米娜·洛伊、劳伦斯、庞德等等，他们诗歌的公民身份不应该总是预设为"美国人""英国人""爱尔兰人"或者"牙买加人"。

随着流动诗人的数字不断增大，二十世纪跨国阅读实践也削弱了单一国家的文学模式。跨国影响的巨大数字和现代派的挪用瓦解了通常意义上代代相传的直线家族叙事。"文艺复兴或觉醒的第一步"，庞德于1914年写道，"就是绘画、雕刻或写作的模式的输入"——这个评论无疑抓住了现代派文学革命的关键。出于对来自远方的形式模式的改造，这些诗人加剧了苏珊·斯图瓦特所说的诗歌的"文化修辞误用和转型的进程"。

进一步挫败单一国家叙事有以下诸多原因：电话、电影和广播等地理穿越技术的激增；坐轮船和飞机旅行愈加方便；从南部农村迁往北部城市的大量北美黑人移民；先锋艺术在欧洲及北美城市的传播和转化；快速的全球资本运动；人类学家周游世界的调查；到"一战"发生前大英帝国惊人的扩张已经覆盖了地球陆地四分之一的面积；同时美国作为世界新的政治和经济强国的崛起。即使诗人在美国或英国自己的"家中"，也会与来自跨大陆和跨半球的形象、种族、艺术、文化和观念发生关联。现代主义时期的诗人体验了全球化经验和想象、跨国流动和流转这一时空压缩的语境之下的环境。正如诺思基于威廉斯的分析而写到的，"全球流动性的影响"和"调节"，其影响是如此的深远，以至于"甚至是久坐不动的人也可能被调动了"。

然而，在近数十年出版的大量与现当代英语诗歌相关的批评著作和作品选集，它们一直都以国家或地域为中心，而不是跨文化，当一个世纪前全球化进程已经在扩大化和提速之时，文学批评家们似乎一直都沉迷于为每个国家的文学唱挽歌。克劳福德断言，现代主义作家们，像他们的继承者一样，有意识地写作地方性诗歌，与英国都市中心的规范性价值观和标准英语唱反调，以此将文化权利转移到前大英帝国的边缘地区。但是为了抵制以英格兰为中心的帝国主义，克劳福德具有讽刺意味地助力于帝国叙事，其意在为使一种文学去中心化而以强化另一种文学作为代价。他对二十世纪文学的讨论就是要尽力确立艾略特的"非英国性"，如此就可确定其"持久的美国性"。他把艾略特的文学根源追溯到"正宗美国"作家亨利·詹姆斯，甚至之前的惠特曼，这使得作为英国玄学派诗人和浪漫主义作家的一个前辈由此而黯然失色。

尽管庞德是二十世纪初伦敦先锋派的核心人物，他所开创的意象派诗歌艺术部分源自日本的俳句和中国的古典诗歌，并且将汉语、意大利语和希腊语交错层叠置用于他的长诗《诗章》中。正如艾略特对南亚的探索，庞德对东亚的兴趣也被认为是"根本在美国"，因为受到了美国欧内斯特·费诺罗萨著作的影响，而且也间接受益于惠斯勒对日本艺术的兴趣。为了论证庞德"本质上的美国性"，克劳福德甚至研究庞德冷眼看待的维切尔·林德赛、埃德加·李·马斯特斯和其他一些很明显的美国地方诗人，以作为庞德"最深刻的美国性"的陈述。正如克劳福德所有效论证的，庞德和艾略特的美国背景对他们的艺术无疑起到决定性作用，但是同一性的标签，诸如"来自圣路易斯的诗人""根本在美国""典型的美国人""独特的美国人""正宗的美国纹路"和"纯美国人"，有让现代主义中的跨国复杂性流失的风险。

克劳福德所认为的"本质上的地方性"的现代主义，反倒具有深刻的跨文化性、跨地域性和跨国性。庞德和艾略特的成就如果没有严肃地将现代主义和全球化影响联系起来，那将会是不可思议的，也即通晓多种语言和参差不齐的跨文化、欧洲古典主义和中国表意文字的交织、伦敦方言俚语和梵文寓言、孔夫子和托马斯·杰斐逊、《希伯来圣经》的雷神和婆罗门的创造神。由于骑在欧洲帝国的背上以及人类学的介入，这类诗歌不仅因跨大西洋的移居也因临遇东亚和南亚的文化素材而被深刻地塑造；庞德的意象主义受毕加索缘于非洲面具的立体主义的影响，但更得益于东亚的文学模式；《荒原》尽管改变了东方的素材，将其融入西方危机的叙述之中，但它通过梵文寓言的透镜再想象了基督教教义，也通过与佛教学说的关联而重新构想了奥古斯丁的学说。尽管这些诗人的文化根源有助于澄清他们是怎样、为何吸收"外来"素材并产生什么影响的，但是如此的关注不应该掩盖其中的间质关系和诗人的模糊身份、想象中的全球主义和现实中的跨国主义，而这些会影响到他们的创作。

诗歌批评往往把作家定义为"本质上的美国人"或者"苏格兰人"或者"爱尔兰人"，同时依照早期文化人类学的模式，把每个作家都归属到一个特征和行为封闭的、有机的群体中。但是，与那些"在'文化'建设和呈现方面的地方化策略"相比，诗歌批评与很多现当代诗歌的文化与国家的含混性和全球的流动性更为一致，地方化策略描述那些交叉重叠和发生冲突的、多重和流动的关系和身份。现代主义的中心策略——跨国拼贴、多语并用、引喻融合——是"位移实践"，其以跨文化意义的产生为例。文化的间质性概念——混血和杂糅，接触区域和离散身份——很适用于现当代诗歌的跨地域连接和跨文化流转。更为主要的，在后冷战时期的美国教室里和批评中，单一国家的范式会有让美国例外主义意识形态得到加强的危险；在这种语境之下，跨国主义诗学能够有助于对民族主义，甚至是对文明性的意识形态做出一种可供选择的界定。

不仅仅是漂泊国外的"精英现代主义者"（high modernists）斯泰因、艾略特和庞德，无数个体诗人也都为单一文化的民族志学者构成了障碍。尽管麦凯通常被纳入哈莱姆文艺复兴的叙述之中，但他去世后又被称为牙买加民族诗人。他所谓的方言诗也许确实显得"牙买加"，但是麦凯使用的克里奥尔混合语，正如诺斯和伯恩斯坦所指出的那样，却反讽地得到英国语言学家和民俗学家沃尔特·杰基尔的支持，而且麦凯牙买加英语诗歌的基本形式结构正是彭斯所热衷的民谣诗节。但是，如果这些诗歌不属于地方的、纯朴的"民族"文化，那么它们也不会全然卷入大都市的规范和期待；为了描述它们的这个特征，就要冒风险去释减跨国动力学意义上的抵抗和吸附之间的矛盾。比如，麦凯的诗《午夜女人对警察说》，这首诗如此戏剧化了麦凯的自我分裂：年轻的牙买加的自我、受性别歧视的女性和与此相连的性交易，以及警察的自我，警察诗人在人种学意义上记录了牙买加人的语言特征以展示给英国殖民当局。在这首诗中麦凯的用语多是爆破音，强调刺耳和噪度，克里奥尔语中生动的放肆，对英语语音和语法规则的扭曲和变形，恰如午夜的女人升起了抵抗的勇气而拒绝服从。如此对话体文本——既非全然"牙买加的"也非全然"英国的"——就是一首东扯西拉的跨国诗，其中的聚合、挤压、对抗的民族性的力与反作用力于此遭遇。

同理，麦凯离开牙买加（但他仍属英国臣民）后用标准英语创作的"美国"诗歌，也不能简单地归入美国诗歌。在以"美国"为题的一首商籁体诗中，美国被寓言化为滋养和生命力的源头，然而"她的虎牙深入到我喉咙中，/窃走我生命的呼吸"——意指威胁到了诗歌的灵感，可对得到美国公民身份来说，这又不可避免。此外，比如《若我们必须牺牲》这首诗在英国的"输入"和"输出"，将使其列入"美国"的诗歌变得复杂化。不过，这首商籁体具有莎士比亚《亨利五世》中的英雄气概，"二战"期间的丘吉尔（Winston Churchill）顺手挪用并且不说明归属地吟诵了这首诗：

> 如果我们必须牺牲，啊 就让我们高贵地走，
> 那样我们宝贵的血就不会白流
> 那时我们所蔑视的妖魔

也将在我们死后尊敬地低头！

啊 同胞们！我们必须与共同的敌人交手！

让我们勇敢起来吧尽管敌人很多，

把对他们的满腔控诉汇成致命的一搏！

不同的文化观念和偏见甚至在诗歌的声音结构中进行着对话式的争辩，这与杰基尔所说的"黑人变体"英语相抵触，并非"短化了，柔化了，拒绝辅导和元音中相似的更硬的发音"，相反地，是拖长了谐元音（"O let us nobly die"）并且押了硬辅音的韵（spot/lot，pack/back）。麦凯的跨国诗歌，无论是早期的还是晚期的，如果不限定其文化矢量的离心还是向心，都不可能称其为"牙买加的"或"英国的"，"美国的"或"欧洲的"，"加勒比黑人的"还是"欧洲美国人的"。

很明显，"跨国主义"这一术语，并不总与对话体的活力和间质性的身份（我将其归入黑人和白人现代主义）相关联。它通常是新自由主义的全球主义和商人奢华频繁的旅行的同义词。跨国主义的文化政治，像民族主义文化政治一样，都是应运而生的，都不可能被预测——种族分离主义和跨文化交流，全球对话和帝国强权，在某种意义上都是"跨国的"。就本身而论，这种跨国主义模式容易适应于人文学科中的民族主义：无论是爱尔兰人还是中国人，印度人还是阿拉伯人，尽管多少会因迁徙或旅行而改变，但在全球流动过程中离散的族群会复制和稳定自身。当然，有些诗歌在跨文化交战当中是帝国主义的、专用的和扁平的。但是，当诗歌跨文化的修辞、引喻和词汇胜于单一国家或单一身份的参与时，那么它们就能够为跨文化探索的生成树立潜在的典范。

二

要讨论生活和创作从单一国家中偏离的诗人个案将是不可能的，因为，正如从庞德、艾略特、斯泰因和麦凯等诗人身上所显示的，这将要大量地复述二十世纪的文学史。然而，我已提到过，仅需概览文学史——哪怕是以电报式和最浅显的方式——就能凸显在国家范畴上所蒙受的曲解和不充分。

尽管多少受到语言、时代和体裁等人为疆界的限制，跨国主义的范式也开拓出一个规训的空间而为欧洲现代主义和哈莱姆文艺复兴的诗人、叶芝和后殖民印度诗人所共享。这有助于勾勒文学史，其中跨国的

诗探索9　理论卷　2018年　第1辑

混杂性、混血性以及文化整合几乎成为我们理解现代主义和后殖民主义的基础。

然而诸如艾略特和麦凯等都是因种族、阶级或国籍而彼此孤立的典型人物，甚至在横跨白人和黑人的现代主义批评中，一次彻底的跨文化领域重估就能够揭示诗人们在口音和民族转换之间的意料不到的姻亲关系，他们因现代性不断加速的流动性而迁移，因迁移而再定义他们的文化身份，他们用不同的英语来写作，并且在诸如《被遗弃者》《东科克》等诗中再想象了他们在英国和在非洲的祖辈的家园。叶芝是生活和创作溢出民族主义规训体系边界的另一个诗人。尽管他通常被明确地贴上爱尔兰标签，但他却频繁往来于英格兰与爱尔兰之间，既因爱尔兰民族主义又因英裔爱尔兰新教优越阶级而知名，渴慕一个爱尔兰女人又娶了一个英国女人，又与南亚诸如泰戈尔和舍理·普罗希导师合作。他的写作混杂了英国和爱尔兰的体裁、韵律和拼字法，又混合了东南亚的形式和主题。他在《驶向拜占庭》一诗中暗示了诗歌是地理和时间旅行的一种方式，在《天青石雕》中以镜头交切的形式穿插了文艺复兴时期的英格兰、现代欧洲、古希腊和中国。叶芝和米娜·洛伊一般被认为是毫无共同之处的——叶芝整体来说被认为是一个典型的爱尔兰人，而洛伊却被认为是一个更具试验性的近代英裔美国的离经叛道者。但是正如跨国诗学能够为表面上不像麦凯和艾略特的诗人们提供一个统一的立场，叶芝对他的爱尔兰和英国血统怀着剧烈的摇摆心态，像《1916 年复活节》这首诗，就能与洛伊支离破碎的身份相提并论；他的跨国性和跨文化的间质性，与洛伊也是有得一比的。洛伊诗中的"盎格鲁混血儿"以无情和尖锐的表象以及跨语言的混杂性，反映了美国、英国和欧洲大陆对她的影响。她被双重性地异化了，正如她对受到英国和犹太血统中固有模式的控制而深感不安一样，这位英国—欧洲—犹太—美国的诗人与英国新教的母亲和匈牙利犹太移民的父亲一起长大，在她离开英国去意大利、法国、纽约、巴黎、再返纽约并最终在科罗拉多州的亚斯本定居之前，她在长诗《盎格鲁混血儿和玫瑰》中，不失揶揄地对父母做了寓言化的诠释："艾丽丝不是犹太人 / 埃克瑟德斯才是"。跨国范式有助于鲜明地表达风格和文化上的共性及其差异，这能使我们认识到，无论是洛伊还是叶芝都是被卷入其中的具拼贴性质的移民，从他们的诗中可看出卷入过程中的紧张分裂和多方面的文化从属关系。

同样地，劳伦斯和休斯被认为属于完全不同的文学世界。然而跨国的方法可以跨越地理、政治和艺术上的巨大差异，有助于将他们共同的特征和不同的特点都归入一个共享的先驱。正如所谓的哈莱姆桂冠诗人休斯在《我，也》（"I，Too"）中所承认的，惠特曼还是他诗歌创作的基础资源，尽管休斯借鉴惠特曼并非为了抓住"正当下"，却唤回和获得了非裔美国人以往得不到的丰富历史的尊荣。休斯的《黑人谈河流》是一首非裔美国人身份源头的颂歌，诗中建构了超越历史和跨文化的"我"，学着惠特曼诗歌中的样子自由地淌过时间和韵律的限制。"非裔英国黑人"（black British）诗人通过借鉴黑人文艺运动中的激进和方言的范例，也完成了相同的跨大西洋的流转，这相应地要得益于"垮掉派"（the Beats）和"黑山派"（Black Mountain）诗人，同时也受益于如休斯一类的哈莱姆文艺复兴的诗人。

跨文化框架也使现代主义诗歌的跨地理映射和后民族主义的怀疑论更为突出。早期模仿希腊抒情诗写诗的希尔达·杜利特尔，出生于宾夕法尼亚却在英国和欧洲度过一生中的大部分时光，而且嫁给了一个叫理查德·奥尔丁顿的英国男人，又将或许是英国首富的女儿、小说家布赖尔作为生活伴侣，正是这样的一位女诗人在《不倒的墙》一诗中重写式地融合了古埃及和遭闪电战摧残的伦敦，在开放性的连续的诗节当中，诗人一再简练地重复着"这里，那里"，直至这些词的暗示力消除并且跨大陆场域变得不可分离为止。简而言之，这些和许多其他情形，诸如位错与混血、体裁和风格的杂糅、跨文化先质和形式的共享、后民族主义的怀疑论和沉积地理学等，都揭示了民族主义规训分割的漏洞。

的确，无论是美国还是英国都不缺少文学的地方主义者或民族主义者：就像卡尔·桑德堡歌颂芝加哥城市风光一样，豪斯曼赞美什罗普郡乡村，然而罗宾逊却讲述提尔伯里镇的惨败人生，还有马斯特斯的匙河故事，尽管这些诗人使得在全球传播的传统文化恢复生机，诸如豪斯曼的拉丁古典主义和马斯特斯的希腊墓志铭，然而其目的是为了表达他们的地方或区域体验。或许在美国地方主义和民族主义诗人中最为突出的要数威廉·卡洛斯·威廉斯，他的例子正好说明了很难撇开国际语境来讨论本土主义诗人。威廉斯的父亲是英国伯明翰人，母亲讲西班牙语，波多黎各出生，带有巴斯克、荷兰、西班牙和犹太血统，来自双语家庭的他（给自己首部重要的书冠名为 *Al Que Quiere!* [①]）态度激烈地推动美国民族主义文学，在某种程度上他是在抗拒他所强烈反对的非本土的古典主义和象征主义（"如此做才正确！"），尤其针对艾略特和

---

① 译注：拉丁语，《献给要它的人！》。

庞德——"人应该对自己文学前辈的内涵感到知足"，他愿意重新焕发欧洲原型的光彩。虽然威廉斯不是侨民，但他像华莱士·史蒂文斯和玛丽安·穆尔一样生活在"种族杂居的曼哈顿"（安·道格拉斯语）及其周边地区，在此三个诗人不约而同地接触到欧洲先锋艺术，他们的诗更多地与情感强烈的透视主义和立体派类似，而不是美国前代的诗歌。威廉斯在《地狱中的科拉》中滑稽地打乱节段的编号、粗暴地从预言转为纪实、大量使用引用语，他在该书序言中对立体派的空间分析和"现成之物"的数据实验表露出很高的兴致，譬如马塞尔·杜尚的陶瓷尿壶或称为《泉》——如此欧洲"发现派"艺术的典范将可能引导出威廉斯"典型的美国"诗歌。可见，作为对地方主义和民族主义影响的回应，现代主义想象仍然与不断加剧的全球现代性的流动不可分割。

三

　　由于现代主义诗歌的跨国主义与民族本位的文学史相抵牾，故诗歌中的跨国主义被多种手段吞吸并产生偏离，我认为其中首当其冲的策略就是先天文化决定论（culture-of-birth determinism）。依此逻辑，出生于黑利、爱达荷、圣路易斯、密苏里、伯利恒和宾夕法尼亚州阿勒格尼的诗人，无论他们是否在美国出生、又生活在美国哪里，无论他们回应或激起过什么风格和运动、声称何种公民身份，只要他们在美国长大，就不可避免地参与了美国艺术的创造。假定诗人的情感构成中最基本的要素是母语和家庭、宗教以及教育背景，那么常见的必然结果将是任何地理、文化或者语言的置换都不能改变这些基础。然而这些观点是有局限性的，在从"原住地"到"移居国"、语言和宗教认识等多方面都很容易被施以过于深远的迁移上的影响，这种影响还被跨国界的文学和艺术作品有力地回应，这使得常态的迁移不会产生任何结果，或者至少需要重新认识这种迁移所带来的影响。先天文化的范式当用于儿童移民身上时问题就最为明显：桑德堡开始讲瑞典语；路易斯·朱可夫斯基讲意第绪语；斯泰因开始讲法语和德语，而且实际上，斯泰因早期的多语主义有助于解释她所坚持的语言媒介的介质密度理论，她也将此紧密结合了毕加索立体派和保罗·塞尚原始立体派绘画的断裂理论。基于先天文化决定论，艾略特的英国口音、皈依英国国教、成为英国公民并定居于英国，这些都只不过是他对事实上的美国性的规避。

　　正如艾略特这一例子所示，当国家叙述需要时，先天文化决定论有时也相互矛盾地让步于其他范式。比如说，"美国诗歌"谱系必须朝向理解麦凯或洛伊的意义的方向行进，要从诗人来源的叙述转向地方影响的目的论——不是"你属于你所来的地方"，而是"你属于你有过影响的地方"。麦凯的影响在于哈莱姆文艺复兴，他也因此才被描述为"美国的"，哪怕是在他产生影响期间人在大西洋的另一边；同样道理，他也有可能被认定为"牙买加的"，这是考虑到他影响了诸如路易丝·贝内特此类克里奥尔语诗人，或者因为他对非洲诗人和对有黑人文化认同的非裔国外散居诗人产生影响而被视为"后殖民的"，比如列奥波尔德·桑戈尔。在战后作家中，"美国诗人"丹妮丝·列维尔托夫二十五岁时才到美国，其时她已经在英国出版了第一部诗集。无论是在美国出生和成长的还是作为成熟的诗人才到的美国，他们的作品都打上了"美国制造"的标签。有些诗人有着与生俱来的美国性，有些是获取的，有些是被强加的。

如此跨国写作的国家化的文化政治是什么？当身份含糊具附属性的诗人被要求服务于以国家为中心的世系时要满足何种需求？美国标准的扩展性可被看作是美国多元文化开放性的一个令人满意的副作用，或者被看作美国文化帝国主义一个不幸的后果和不断扩张的自叙传的需要。

美国民族主义叙述并非孤例。一个更加老牌的帝国在其衰落期间，所谓"运动"中的诗人和批评家，比如菲利普·拉金，他们做着关于英国"民族"诗歌的、与亲美批评家类似的努力，即回到豪斯曼、托马斯·哈代和英国乔治王朝时期，抛弃从美国和爱尔兰输入的、故作艰深的现代主义。但是拉金却将非裔美国人的爵士乐形式作为他的美学范例——由于其更为传统的形式，拉金认为这是一种能够直接传达感觉和情感愉悦的艺术，正如他在诗歌中想做的一样。拉金的英国本土主义，像威廉斯的美国本土主义一样，在超出国际语境之外这点上都是不可思议的——他反对叶芝、艾略特和庞德现代主义中可感知的外来性，而且对战后大英帝国的崩溃表现出焦虑和怀旧心理，就像他在诗歌《向一个政府致敬》中表达的那样。尽管战后英美诗歌之间存在假定性的跨大西洋的分歧，但是移居到美国的"运动"中的其他诗人——唐纳德·戴维和汤姆·冈恩——在形成跨大西洋诗歌形式主义上接受了庞德和伊沃·温特斯的影响，而查尔斯·汤姆林森则声称他的"他者性"（otherness）诗学即以史蒂文斯、穆尔和客观主义者为理论模型的，而杰弗里·希尔基于尖锐伦理自省的诗歌则以艾伦·塔特的诗为范例。二十世纪六十年代以降，不同的诗歌流派如"自白派"（confessionalists）、"垮掉派"（Beats）和"纽约派"诗人对英国和爱尔兰产生了更为广泛的影响。

这些影响并非单向流经大西洋。1947年至1959年，奥登生活在美国并主持"耶鲁青年诗人丛书"的工作，他帮助并打造了一大批热烈探求诗艺的美国诗人。在英国定居的普拉斯，她吸收了英国丈夫诗中激烈和阴冷响亮的风格，从她为英国广播公司（BBC）录制她的诗歌作品的半美半英的语调来看，她的跨国主义是不可省约的。她诗中预设的集体无意识——其中奥斯维辛和贝尔森集中营以及广岛原子弹爆炸所带来的全球性的历史创伤溢过了国家和精神的边界——超越了自我认同和美国中心的范式。

爱尔兰诗歌和文化的批评性讨论通常仍然带有残余的爱尔兰人的爱尔兰的痕迹——用特伦斯·布朗的话说就是，"对本土想象性的忠诚和对历史给予本地生活免受外国影响的延长性保护的信念"；然而，我们不应当忘记战后的爱尔兰诗歌频繁地国际化了本土的事实。希尼被人赞誉和被人诋毁攻击都因为他是一个民族主义者，一个将"语言和文化再领土化（reterritorialisation）"的诗人（大卫·劳埃德语）。希尼诗歌中富于想象的地形学是一种跨文化的空间，一种分层的地理学。他通过展现爱尔兰本土的跨国积淀，来刷新爱尔兰地名的传统主题。他以沼泽地为背景的第一首诗《沼泽地》诠释了与美国西部相关的爱尔兰地形学，从屏幕的反面来看爱尔兰的沼泽地——"未扎篱笆的家园"，"他们再不也会在这儿挖煤"，"我们没有那么多草原/在黄昏时把那轮大大的落日切成片"。诗歌考古学反讽地令本土非领土化了，本土于是被发现可能"熔化和打开"了。挖掘沼泽地一如他挖掘词句，看到爱尔兰人散居国外以及在爱尔兰和美国之间做跨大西洋的流动，诗人发现的不是本土主义者的陆地，而是"……大西洋的漏洞。/湿地的中心深不见底"。希尼沼泽诗的那些地名"Tollund, Grauballe, Nebelgard"凸显的是一种跨文化和跨语言的拼贴艺术。《沼泽女皇》诗中的"波罗的海琥珀的梦想""漂浮的泥煤""腓尼基人的刺绣"和"峡湾的依偎"，多向矢量在其中交叉往返。诗中"I""my"（我）的首语重复和拟人都令人想起特德·休斯的动物诗，而他诗结尾的复活——"于是我从黑暗中起身，/劈裂的骨头，完整的头颅"——也让人想到普拉斯的诗《拉撒路夫人》的结尾。然而他只是命名了一个想象之地，是地方的然而又是不可还原的合成物，其中有跨地域的一面：在他写给弗朗西斯·莱德威奇的挽歌中，爱尔兰人和在英军服役的爱尔兰人"忠诚的"性格二者交错往返；在《苦路岛》中，但丁的净界与Lough Derg（译注：爱尔兰地名）的叠加；《字母表》中多种语言的错位；《贝奥武甫》中爱尔兰语和古英语之间修辞的交互运用；在《什么事情都有可能发生》一诗中，"清澈蓝天"之下贺拉斯笔下朱庇特的迅猛闪电与"911"恐怖袭击异文合并；还有，在《电光》中，外祖母陈旧的言辞、库迈（Cumae，译注：意大利那不勒斯附近的古城名）的女巫、乔叟的"外国的海滨"和"德里郡的土地"等令人惊讶的交集。

另一个在美国度过大半职业生涯的北爱尔兰诗人保罗·马尔登，他的诗歌像地理万花筒一般把跨国倾向甚至推得更远。比如，《米达大街7号》把爱尔兰地名这一传统主题粗暴地打乱了。在《郑重的对话》一诗中，马尔登古怪地戏剧化了弗洛伊德所说的"小差异的自恋"（narcissism of minor differences）。他挪揄地唤醒了传统主题中的地名：Comber（译注：爱尔兰小镇名）和Loughgall（译注：北爱尔兰地名），还有Charlottesville（译注：美国弗吉尼亚州地名）、Korelitz（他妻子的姓氏），最诙谐的是"胰岛"（the islets of Langerhans）——不是地理意义上的地名，而是胰脏里的胰岛素分泌细胞。对于马尔登文化差异性的充满迷惑和迷恋的能指而言，地名只是变成了一种替代，表面上看来它们都是身份之锚，然而当代跨文化体验更大的讲究是跨越地方、部族和种族疆界的"郑重的对话"；这首诗中北爱尔兰的丈夫和犹太裔美国妻子大声叫喊起来"……各顾各地/从他或她自己茂密疯长的灌木林中"。

希尼和马尔登都不是孤例：许多来自爱尔兰岛的其他当代诗人都不可能在狭窄的国家框架之内得到充分的理解。为了打破爱尔兰男权主义者"模仿的缪斯"（Mimic Muse）的控制，伊文·博兰转向以美国女性主义诗人为先例：她在诸如诗歌《厌食》（"我是皮和骨"）中接受了普拉斯个人极端的行为语言，也接受了艾德里安娜·里奇对象征意义的、第一人称女主人公的使用，比如在诗《我是爱尔兰》中的群像人物妓女（"我是这样的女人——//……那个练习/快速摩擦的女人"）和移民（"我是这样的女人/穿着羊毛织衫/在美瑞贝尔号的甲板上"）。同时，梅德·麦古奇恩"双链词语"的"梦的语言"——句法上的不固定、鲜明的意象主义、语义上的间接性、充满无意识的素材——与新超现实主义或深层意象诗歌比较起来，与博兰德宣言式的作品较少相同之处。一生中大部分时间生活在纽约和伦敦、受益于法国象征主义的英裔爱尔兰诗人德里克·马洪问道："何谓家园？"这就是爱尔兰诗歌的不确定性——像其他现当代诗歌一样——更多的是提出问题而不是回答。总而言之，

诗探索9　理论卷　2018年　第1辑

就爱尔兰而言，也针对英国或者美国，先不说更为明显的跨国后殖民世界和"种族"意义上的英国和美国，实际上不同国别的文学已得以和谐地传播，但其范式证实了不适合于二十世纪和二十一世纪诗歌强大的跨文化动力。

四

果真如上文所述，那么不仅是单一的国家叙述，也包括本土主义和世界主义之间的差异性（虽然这种差异性还没有完全消除），或许它们需要承受更多解构的压力，因为要冒使"本土主义"中的跨国性含糊不清的风险，以及人为地把诗歌中的"世界主义"从受国家定义的现当代主流英语诗歌中分离开来。同是尼日利亚的诗人索因卡和奥克格博，他们的写作通常被拿来与其他非洲作家诸如奥卡特·皮比特克的"传统主义者"（traditionalist）、"有根据"的诗歌做比较。在加勒比，除了沃尔科特的卡里普索韵律杂糅了标准英语之外，他的国际性可以和诸如克里奥尔诗人路易丝·贝内特做比较，而贝内特的克里奥尔诗歌像麦凯的诗一样，也是用英国民谣体诗节来结构诗篇，正如她的诗《太多杀戮》将牙买加英语和经过《牛津英语诗歌词典》认可的其他方言进行比较：

> 他们开始努力地成为一种"语言"
> 从十四世纪开始——
> 五百年过去了，他们有着
> 比我们更多的方言

贝内特幽默地让牙买加克里奥尔语去地方化了，她将其再语境化，在全球化背景下仅将其作为某种世界流通语言所衍生的大量方言之一种。同样地，在哈莱姆文艺复兴中为了将跨国性转向与跨种族密切相关的问题，康蒂·卡伦和麦凯的欧美手法通常可与休斯的更显"本土的"实践相比较，或者是拿基恩·图默的英国意象主义与斯特林·布朗口语风格的诗歌做比较。但是惠特曼、桑德堡和鲁滨孙也对"本土主义者"（indigenists）产生过深刻的影响。"世界主义"（cosmopolitans）诗歌，包括梅尔文·托尔森的《哈莱姆画廊》所显示出的密集暗示和多语言混合的现代主义，受到了非裔美国人口头传统的影响，比如突出的节奏感、夸大的讽刺、修辞的间接性和恣肆的风格：

无例可比地，痉挛着，
蛇般的身体和灵魂
像交缠的牛皮鞭般开始扭曲和伸展——
开始盘绕，开始扭动
像一条棱晶色彩的巨蛇
苦苦挣扎在交尾的最后时刻。

　　阿米里·巴拉卡的黑人艺术民族主义拒绝同化于欧美诗歌的规范，
而是歌颂布鲁斯和爵士音乐的模式。但是巴拉卡的即兴创作美学是基于
"垮掉派"和"黑山派"自发性诗学的，自发性诗学反过来又严重依赖
于爵士乐和布鲁斯音乐的即兴创作，以抵制"新批评"形式上追求完美
和闭合的规范。既然批评已经强调了现当代写作的家国和人种的特殊起
源问题（这种写作甚至看似无来处和无种族），那么更加积极地去探讨
跨文化的来源以及诸如巴拉卡、休斯、布朗、贝内特或者奥卡特等诗人
诗歌的影响也就是时候了，他们的诗歌似乎深深地根植于本土传统和地
方土壤。在二十世纪"旅行文化"（克利福德语）和"急剧的非地方化
世界"（阿帕杜莱语）的整体语境之下，那些看上去是本国的、本土的
或地方的诗歌往往被证明是极其外源性的。

　　即便如此，在修订现当代诗歌史上，民族性和种族性仍然需要去扮
演重要角色。无论是地方主义（localist）还是普遍主义（universalist），
无论是民族主义（nationalist）还是茫然的全球主义（globalist），其作
为一种跨地域诗学都没有突出特殊话语、体裁、技巧和多种来源形式的
对话式交集（有时是焦虑和抵抗，有时又接受开放性的同化）。定位于
跨地域、跨民族和跨种族的文学史因此也不同于"后民族主义"或者"后
种族主义"的历史，其中，当这些术语得到最广泛使用之时，作家就被
看作是自由地漂浮于非民族化和非种族化的外界领域之中。全球化渐行
渐远，但是要说单一民族国家是一种被容忍的时代错误，那么这只是对
民族文化的向心力及其回浪的轻描淡写。诸如休·肯纳和理查德·艾尔
曼这些早期著名的一代批评家所表述的"国际现代主义"的范式，也不
应当毫无修正地得到恢复，比如说，犹太诗人就很少依其身份得到关注
和描述。但是犹太人身份可能有助于理解乔治·奥朋在《赞美诗》中用
词近乎宗教意义的客观性——

诗探索9　理论卷　2018年　第1辑

这些小名词

哭着的信仰
信仰中的那只野鹿
受到惊吓，而眼神呆傻

——或者是这种信仰的逆向处理，这在语言诗派诗人伯恩斯坦讽刺性地贬低词语艺术的传统观念上有所体现：

诗歌服务为读者提供了
成本节省，诸如
避免了住院治疗（你不大可能
在家里读诗的时候遭遇事故），把时间浪费
降到了最低限度，也减轻了
相反观念的相互影响。

然而，如此种族或民族的解说性符号其本身还不够充分。跨文化诗学依赖于身份自身复杂化的范式—— 依赖于这些范式以追寻正在被融合、冷嘲热讽和重塑的文学文化的踪迹。

诸如"欧洲的"或"英裔美国的"身份标签，贴在曾经被认为文化优越的技巧和方法上，这些可能也会有用处，因为种族的文化遗产（比如十四行诗）有助于我们理解麦凯如何把激烈的情绪和矛盾摇摆的心理糅合成一种形式，即便这种形式得以发展，也能显示出他文化的疏离感。除非我们假定出清晰的定位参考点，否则我们将无法认清跨文化交汇的关系结构中不时紧张的关系。基恩·图默的《在乔治亚的肖像》完全重塑了英美意象主义的并置方法，使其成为一种美国种族暴力体验的文字编码的工具。图默的诗并非要唤引一种印象的内在心理状态，而是把一个白种女人脸上纹章似的描述叠加到另一个被判处了私刑的黑人身上：

头发——栗色的发辫，盘绕着像处私刑的人用的绳索，
眼睛——柴捆，
嘴唇——老伤疤，或者最初红色的水疱，
呼吸——甘蔗最后的香甜，
还有她苗条的身段，白得像
黑色肉体烈火焚烧后的骨灰。

诸如庞德诗中的面孔和花瓣（《在一个地铁站内》）或者希尔达·杜利特尔诗中的松树和大海（《山神》），意象主义并置瞬间的突然性被强有力地重新表现了，而且从困扰着非裔美国人的活生生的冒渎之中被赋予了社会和政治的内容。图默诗中的破折号划出了种族之间颜色的界限，然而又穿越了界线；诗中的男女违犯了白种女人和黑人身体不可身体接触的戒条，然而又强调了他们命运的不同。在诗歌运动轨迹之内所发生的不同种族之间的交集，在某种程度上是非裔美国诗人和白人文化传承之间跨种族的对抗，非裔美国诗人所苦苦重构的也是一种审美层面上的融合，其在文本记忆之内驳斥了历史的禁律。图默的诗表明了种族、种族性和民族性在跨文化研究上是多么必需的要素。不同界限的划分能够洞察跨语言、跨文化和跨种族的焦虑和渴望，这将赋予现当代诗歌以更多的生气。

然而，过度民族化和种族化的叙述会导致淡化跨文化传输和冲突的活力的风险。与虔诚或者影响的焦虑合拍的是，文学传播的单一文化叙述会减弱影响的反讽。尽管庞德生活在法西斯统治下的意大利，是一个公开的反犹分子，但是他的"客体派"（objectivist）诗歌追随者诸如雷兹尼可夫、奥朋和祖科夫斯基，他们都是主要居住在纽约的左翼犹太人。祖科夫斯基把反犹分子的诗歌技巧，用来锻造包含依地语（Yiddish[①]）歌谣和幽默感在内的第二代现代主义艺术，他在《诗从"The"开始》一诗中用玩笑的语气——

> ……母亲，
>
> 同化并非太难
> 一旦信仰倾斜了
> 我可能也像 Shagetzg[②] 正如像犹太人一样。

同样地，雷兹尼可夫借仿了庞德使用历史文献的创作实践，拼凑出《大屠杀》，这首长诗基于纽伦堡市及其对艾希曼的审判。除非我们将判决书和现代诗歌的历史叙事跨国化，否则我们可能会错过丰富的反讽。奥登为代表的"英国"诗人圈子，本应挪用"爱尔兰"诗人叶芝的右翼启示论（apocalypticism）和"美国"诗人艾略特的左翼政治；格温多琳·布鲁克斯本应刷新新批评的对比美学以及淡化式探讨非裔美国诗

---

① 译注：依地语（Yiddish）为犹太人使用的国际语。

② 译注：Shagetz 是犹太依地语当中对男性非犹太人的不敬用词。

诗探索 9　理论卷　2018年　第 1 辑

人表述的社会限制；香港出生的陈美玲本可能刷新黑人艺术女权主义的前卫、身份认同诗学，以展现亚裔美国诗人的文化断裂；古巴出生的迪奥尼西奥·D.马丁内斯本应转向纽约学派的超现实的错置（dislocation），以表现拉丁美洲移民的文学上的错置；牙买加出生的林顿·奎西·约翰逊本应受非裔美国诗人的激励才创作了他的以伦敦为中心"击鼓"和"雷鬼音乐"（reggae）诗歌；美国"少数民族"诗人李立扬、哈荷、洛娜·迪·塞万提斯和艾伯特·利奥斯本应发现赞成私有制的模式作为自白派和深度意象派诗歌的工具，以纪念集体主义文化的历史。

强调这些跨国和跨种族的反讽，从根本上讲就是要重申跨国诗学意欲做得更好的民族和种族的身份范畴。将诗人视为混杂化的意象主义或者新批评的形式主义，欧洲现代主义或者黑人艺术的女权主义，这就需要我们将作家种族化和民族化，其中每个作家的美学观都源于早期混杂化的错综复杂的历史。然而，近来被提出来的另一些选择竟然冒着更加明显的还原主义风险。为了强行把"现代主义"作为一种统称性的范畴，欧洲现代主义就要粉饰不同人种、不同大陆和不同历史之间的差异性，同时将它们同化为一种二十世纪和二十一世纪"现代派"的无差别的大众文化。当使用诸如"跨国主义"（transnationalism）、"混血化"（hybridization）和"混杂化"（creolization）等具有争议性的术语时，我们需要不断地提醒自己，相连的或并置的文化、地域和身份它们本身就是复合性根源的成因——尽管它们早期的融合通常以不同的方式得以归化，但也遮蔽了它们融合的突发性和反讽性。

当追踪跨国传承的一波三折时，我们发现其历史带有"许多精巧的通道，人为的走廊/还有很多重要问题"（艾略特语）。越过而没有抹掉国家和种族性的疆界以及它们所包含的更早时期的混血性，来追溯其中复杂的跨文化关系，这就应该着手解释诗歌是如何有助于新质进入这个世界的。

[译者单位：长江师范学院文学院]

Poetry Exploration

(1st Issue， Theory Volume， 2018)

CONTENTS

// ATTITUDE AND SCALE

// INTERVIEWS WITH POETS

// COMMENT ON NEW POETRY THEORY

// TRANSLATION OF FOREIGN POETRY

(Contents Translated by Lian Min)

图书在版编目（CIP）数据

诗探索·9 / 吴思敬，林莽主编. — 北京：作家出版社，
2018. 3

ISBN 978-7-5212-0000-3

Ⅰ. ①诗… Ⅱ. ①吴… ②林… Ⅲ. ①诗歌—世界—
丛刊 Ⅳ. ①I106.2-55

中国版本图书馆 CIP 数据核字（2018）第 064618 号

诗探索·9

主　　编：吴思敬　林　莽
责任编辑：张　平
装帧设计：刘营营
出版发行：作家出版社
社　　址：北京农展馆南里 10 号　　　　邮　　编：100125
电话传真：86-10-65930756（出版发行部）
　　　　　86-10-65004079（总编室）
　　　　　86-10-65015116（邮购部）
E-mail：zuojia@zuojia.net.cn
http：//www.haozuojia.com（作家在线）
印　　刷：北京亚通印刷有限责任公司
成品尺寸：165×260
字　　数：426 千
印　　张：26
版　　次：2018 年 3 月第 1 版
印　　次：2018 年 3 月第 1 次印刷
ISBN 978-7-5212-0000-3
定　　价：75.00 元（全二册）